왕의 무사 귀인별

| 일러두기 |

* 이 글은 『조선왕조실록』과 야사에 등장하는 인물과 기록을 모티프로 하였으나
  작가의 상상력을 더하여 창작한 소설입니다.

* 이 소설은 '카카오페이지 장르소설 공모전'에서 우수상을 받고
  카카오페이지에 연재된 「귀인별」의 개정판입니다.

이은소 장편소설

왕의 무사
귀인별

고즈넉
이엔티

1

왕의 무사
귀인별 1

1쇄 발행 2022년 5월 9일

지은이 이은소
펴낸이 배선아
편 집 강지형
디자인 엄인경
펴낸곳 (주)고즈넉이엔티

출판등록 2017년 3월 13일 제2021-000008호
주소 서울특별시 중구 청계천로 40, 1203호
대표전화 02-6269-8166 **팩스** 02-6166-9199
이메일 gozknockent@gozknock.com
홈페이지 www.gozknock.com
블로그 blog.naver.com/gozknock
페이스북 www.facebook.com/gozknock
인스타그램 www.instagram.com/gozknock

ⓒ 이은소, 2022
ISBN 979-11-6316-304-6 04810
    979-11-6316-303-9 (세트)

표지/내지이미지 Designed by Getty Images Bank, Freepik

차
례

·가 계 도·

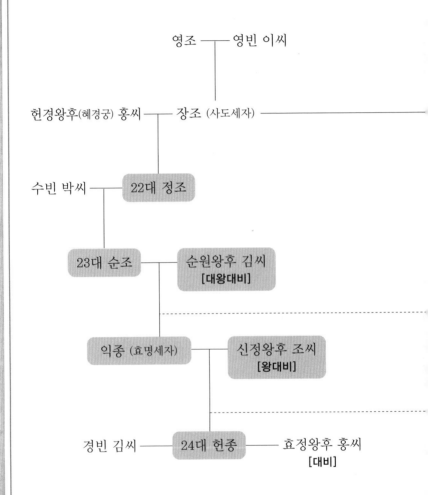

영조 ——— 영빈 이씨

헌경왕후(혜경궁) 홍씨 ——— 장조 (사도세자) ———

수빈 박씨 ——— 22대 정조

23대 순조 ——— 순원왕후 김씨
[대왕대비]

익종 (효명세자) ——— 신정왕후 조씨
[왕대비]

경빈 김씨 ——— 24대 헌종 ——— 효정왕후 홍씨
[대비]

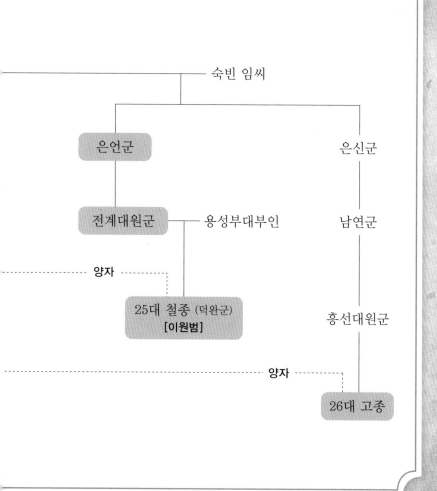

숙빈 임씨

은언군

은신군

전계대원군 ── 용성부대부인

남연군

양자

25대 철종 (덕완군)
[이원범]

흥선대원군

양자

26대 고종

하늘은 일주일째 섬에 비를 뿌려댔다. 축축하게 젖은 섬은 바람까지 불러들였다. 섬사람들은 하늘을 향해 얼굴을 찌푸렸다. 삿갓과 도롱이를 쓰고 갑곶 나루터로 모여들었다. 지우산을 쓴 사람도 있었다. 아이들은 눈을 깜빡거리며 비를 맞고 어미들은 젖은 수건으로 아이의 얼굴을 훔치며 몸을 떨었다.

소년은 강화섬 갑곶 나루터에 젖은 발을 디뎠다. 장성한 형의 손을 꼭 잡고, 제가 타고 온 배를 돌아보았다. 다시 저 배를 타고 이 섬을 나갈 일은 없으리라. 아무도 가르쳐주지 않았지만 소년은 알고 있었다. 표정 없는 나졸 하나가 소년과 그의 형을 재촉했다. 그들은 강화 유수부로 가야 했다.

구경 나온 사람들이 웅성댔다. 유배 죄인이라고 했다. 소년의 아비도, 할아비도 유배 죄인의 신분으로 강화에 산 적이 있다고 했다. 삼대째 유배 귀신이 씌었다고 했다. 종친이라고도 했다. 유식한 체하는 자들은 영종* 대왕의 왕손이라고 했다. 역모 죄인이라고도

---

* 영조. 고종 26년(1889년)에 영조로 추존됨.

했다. 머지않아 유배지에서 죽을 거라고들 했다.

아비의 손을 잡고 길을 가던 소녀도 군중 속에서 발길을 멈추고 죄인을 바라보았다. 소년은 하얀 얼굴을 가면처럼 쓰고 시퍼런 입술을 떨었다. 머리부터 발끝까지 빗물로 젖었다. 큰 눈에서는 빗물 섞인 눈물이 하염없이 흘러내렸다.

소녀는 아비에게 속삭였다. 아비가 몸을 낮추어 소녀의 말을 귀담아들었다. 고개를 끄덕였다. 소녀는 소년에게 다가가 제 삿갓을 건넸다. 소년이 말없이 소녀를 바라보았다. 맑고 촉촉한 소년의 눈망울에 소녀의 모습이 비쳤다.

"써."

소년은 대꾸하지 않았다. 눈만 한 번 끔뻑였다. 소녀는 삿갓을 소년의 머리 위에 씌워주고는 자리를 떴다. 소년이 소녀의 뒷모습을 맥없이 바라보았다.

사람들의 말이 옳았다. 소년의 조부는 영종 대왕의 손자이자 사도 세자의 서자이자 정종* 대왕의 이복 아우였다. 그러나 소년의 뒷배가 되어 줄 조부는 이미 세상을 떠나고 없었다. 소년이 태어나기 전에 소년의 백부가 역모에 연루되는 바람에 온 가족이 강화로 유배되었다. 백부는 자결하였다. 조부모와 백모는 천주쟁이가 되어 사사되었다.

순종** 대왕 시절, 아비는 유배 죄인의 신분에서 풀려나 도성으로 돌아왔지만 남은 생이 길지 않았다. 소년은 아비와 어미를 여

---

* 정조. 고종 36년(1899년)에 정조로 추존됨.

** 순조. 철종 8년(1857년)에 순조로 추존됨.

의고, 형 원경을 의지 삼아 숨죽여 살아갔다. 그러나 허울뿐인 종친이라도 역도에겐 쓸모가 있었다. 형 원경은 저도 모르는 사이에 역도가 택한 새 임금이 되었다. 소년은 형 원경과 함께 조부와 아비의 뒤를 이어 유배 죄인의 신분으로 강화 땅을 밟아야만 했다. 왕이 되지 못한 왕족의 운명이었다.

소년이 강화도에 유배된 다음 날, 도성에서 죄인을 사사하라는 명이 내려왔다. 사람들의 말이 다 옳지는 않았다. 소년은 살아남았다. 소년은 살아남아서 절망했다. 살아서 두려웠다. 살아서 죽고 싶었다. 소년은 종일 쪽마루에 앉아 허공을 응시했다. 밥 한 술, 물 한 모금 넘기지 않았다. 밤이 오면 쓰러져 눈을 감았고, 아침이 오면 쓰러진 채 눈을 떴다.

소녀는 소년의 형이 사사되던 날도 군중 틈에서 소년을 바라보았다. 그 다음 날도, 그 다음다음 날도, 그 다음다음다음 날도 소년을 바라보았다.

나흘 후, 저녁 어스름이 깔리고 소녀는 소년의 앞에 보리밥 한 그릇을 내밀고 갔다. 다음 날, 새벽 어스름이 걷히고 소녀는 소년의 집으로 달려왔다. 소년의 머리맡에 놓인 보리밥은 그대로였다. 소녀는 산나물과 새 보리밥을 다시 내밀었다.

저녁 거미와 함께 소녀가 다시 소년의 집으로 왔다. 보리밥도, 산나물도 그대로였다. 소녀는 부엌으로 들어갔다. 뚝딱뚝딱, 쿵쾅쿵쾅하는 소리가 들리고, 소녀가 상을 들고 나왔다. 상에는 보리죽과 산나물, 된장국, 소금에 절인 무김치가 놓여 있었다.

"먹어."

소년은 말도, 행동도 하지 않았다.

"먹어."

소년이 소녀를 응시했다. 소녀의 눈동자에 소년의 슬픔이 담겼다.

"먹어."

소녀가 소년의 손에 숟가락을 쥐여주었지만 소년은 숟가락을 놓아버렸다.

"그럼 죽든가. 죽어. 죽으면 죽은 네 형이 아주 좋아라, 하겠다."

소년이 으앙, 하고 울음을 놓았다. 소녀는 미안한 마음에 가는 입술을 맞물고 소년의 울음이 그치기를 기다렸다. 소년이 한참 울음을 쏟은 후에 입을 열었다.

"동정은 필요 없어."

소년의 시선이 야무졌다.

"동정이 아니라 인정이야."

소녀가 야무지게 대답했다.

소년이 숟가락을 쥐고 된장국을 한술 떴다. 죽도 먹었다.

"내 이름은 별이야. 박별이."

"……."

"너는?"

"……."

"너는 이원범이지?"

소년이 소녀를 말없이 바라보다가 입을 열었다.

"응."

소녀, 별이가 입을 벌리고 웃었다. 별빛에 반짝이는 별이의 이가 가지런했다.

섬마을 첫사랑

1

샘물은 맑고 찼다. 원범은 옹달샘에 담근 얼굴을 들고 머리를 흔들었다. 공기 중으로 물방울이 흩어졌다. 고개를 들어 하늘을 올려다보았다. 하늘은 맑고, 숲 내음은 산뜻했다. 시원한 산바람이 불어와 땀에 젖은 몸을 씻어주었다.

원범이 연푸른 하늘과 유유한 구름에 넋을 빼고 더위를 식히고 있을 때 표창 세 개가 날아들었다. 원범은 재바르게 몸을 놀려 표창을 피했다. 표창이 원범을 빗겨 나가 바닥으로 떨어졌다. 표창 주인이 숲에서 달려 나와 원범이 놓아둔 지게막대기를 들고 공격했다. 원범은 맨손으로 막대기를 막아냈지만 상대의 빠른 움직임을 감당할 수 없었다.

"항복! 항복!"

원범은 제대로 싸워보지도 않고 백기를 들었다. 표창 주인이

쪽빛 치맛자락을 펄럭이며 자리에 섰다. 헝클어진 옷고름과 물빛 저고리 매무새를 가다듬고 미소를 지었다. 별이였다. 별이가 손가락으로 원범의 발밑을 가리켰다.

"조심하랬지!"

"아…….."

원범은 제가 표창을 맞은 듯 얼굴을 찡그렸다. 원범의 발치에는 뱀 한 마리가 표창을 맞은 채 꼼짝 않고 있었다. 별이는 원범의 심정을 안다는 듯, 같이 얼굴을 찡그렸다.

"가엾다고 생각하지?"

원범은 고개를 끄덕였다.

"저 뱀이 새끼는 없는지, 짝은 없는지 근심하고 있지?"

원범은 다시 고개를 끄덕였다.

"한데 가만둘 수 없었어."

"응."

"독사잖아. 까딱하면 네가 죽는다고…….."

"응."

원범은 여전히 얼굴을 찡그리고 있었다.

"네가 물리는 걸 어떻게 두고 봐? 넋 놓고 있지 말라니까!"

"죽었을까?"

"기절했어. 애도 기다리는 가족이 있을 테니까 함부로 죽여서는 안 되지?"

원범은 고개를 끄덕였다. 몸을 낮추어 뱀을 들여다보았다. 손을 뻗어 표창을 제거하려다가 멈칫했다. 별이가 원범의 팔을 잡으며 미소를 지었다. 내가 할게, 라는 뜻이었다. 별이가 한 손으로 뱀을 잡고 다른 손으로 표창을 뽑았다. 원범은 오만상을 찌푸렸다. 원범은 숲속으로 슬금슬금 사라지는 뱀을 바라보았다. 다시는 만나지 않으면 좋겠구나, 생각했다.

별이가 샘물에 손을 씻으며 나무가 가득 쌓인 원범의 지게를 보았다.

"나무 다 했네. 내일 장 서면 돈 많이 벌겠다."

"아니, 이건 귀순네 갖다줄 거야. 귀순네 아저씨가 성 보수 공사에 나갔다가 다리를 다쳤잖아. 그 집에 아저씨 말고 나무할 사람이 없으니까……."

"어제는 덕삼네 나무해주고, 그저께는 봉심네 물 길어다주고……."

"덕삼네는 아저씨가 부역에 나가느라 바쁘고, 봉심네는 아주머니랑 봉심이 둘만 살잖아."

"하여튼 네가 없으면 우리 마을 사람들은 불도 못 때고 물도 못 마시지. 한데 내일 장사는 뭘로 해?"

"내일은 장사 안 해. 중요한 일이 있어."

별이는 고개를 갸웃거렸다. 나라에서는 유배 죄인의 생계까지 책임져주지 않았다. 원범에게는 먹을거리와 옷가지를 대어주는 가족이나 친지도 없었다. 원범 스스로 돈을 벌어 음식과 의복을 마련해야 했다. 나무를 해서 장에 내다 파는 일은 새끼를 꼬아 짚신을 만드는 일과 더불어 원범이 생계를 유지하는 데 주요한 일이었다. 그런 원범이 장사를 안 할 만큼 중요한 일이 뭘까. 별이는 원범에게 그 이유를 물었다.

"하루만 참아 봐. 내일 오시(오전 11시~오후 1시)가 되면 다 알게 돼."

"그 지게 나 줘. 궁금한 걸 참느니 차라리 지게를 지고 강화섬 한 바퀴를 돌라고 해. 무슨 일이야? 무슨 일인데?"

별이는 속이 타서 곧 죽는다는 표정으로 원범을 바라보았다. 별이라면 정말 지게를 지고 강화섬 한 바퀴를 돌지도 모른다. 하지만 원범은 답하지 않았다. 그저 미소를 지으며 뾰로통한 별이를 달래고 앞세워서 산을 내려왔다.

원범과 별이는 마을로 들어와 귀순네 집 앞에 당도하였다. 귀순네 식구들이 사립문으로 들어서는 둘을 반갑게 맞이하였다. 원범이 지게를 내려놓자 볼이 발그레한 일곱 살짜리 귀순이 원범과 별이 사이에 서서 두 사람의 손을 잡았다.

귀순 어미가 부엌에서 냉수 한 사발을 들고 나왔다.

"미안하네, 원범아. 대접할 게 냉수밖에 없네."

"그런 말씀 마세요. 제가 대접받을 사람인가요? 아주머니가 주시는 냉수가 제일 맛나요."

원범은 웃으며 냉수를 단숨에 들이켰다.

"그 소리 나도 들었는데……."

별이는 원범을 보며 눈을 흘겼다. 별이의 눈에는 원범이 만든 비밀을 향한 앙금이 떠 있었다.

"당연히 별이가 주는 냉수가 제일 맛나겠지."

"냉수가 아니라 똥 사발을 줘도 맛나다고 할 테지. 별이가 주는데……."

귀순 아비가 쪽마루에서 내려와 한쪽 다리를 절뚝이며 다가왔다.

"맞아, 맞아요. 한데 별이 좀 보자. 요즘 들어 인물이 활짝 피는 모양이 시집갈 때가 다 되었네?"

"아, 원범이는 어떻고? 우리 원범이는 왕자님, 아니 임금님보다 훨씬 더 잘났지. 원범이든 별이든 혼례를 올리면 상감마마 왕비마마보다 더 멋지고 아리땁겠지."

"상감마마, 왕비마마가 뭐래? 우리 원범이는 진짜 왕손인데……."

"그래, 맞다. 우리 원범이가 상감마마 되지 말란 법 있어?"

"그런 말씀들 마세요. 전 죄인의 몸입니다."

부부의 말에 놀란 원범이 주변을 경계하며 내외의 말을 가로막았다. 별이가 원범을 쳐다보았다. 그의 할아버지도, 백부도, 아버지도, 형도 왕손이었지만 불행히 생을 마감하였다. 그의 딱한 처지를 생각하니 원범을 향한 앙금이 가라앉았다.

사립문을 나서는 원범과 별이를 보며 부부가 혀를 찼다.

"참, 딱도 하지. 왕손으로 태어나면 뭐 하나? 온 집안이 역모에 천주쟁이에 풍비박산 나고, 유배를 와서 이 고생인데……."

"저리 선하고 반듯한 아이가 어디 있다고, 하늘도 참 무심하셔요."

"아니에요! 원범 오라버니는 행복하댔어. 별이 언니랑 여기서 오순도순 사는 게 제일 좋댔어요. 참말!"

귀순이가 불쑥 끼어들었다. 두 내외는 고개를 끄덕이며 멀리 두 사람이 사라지는 뒷모습을 바라보았다.

한낮, 유월 뙤약볕이 뜨거웠다. 원범의 이마에 땀이 송골송골 맺혔다. 별이는 작은 조각 수건을 꺼내 원범의 땀을 닦아주었다. 원범의 키가 저보다 작아 어렵지 않았다.

"우리 집으로 가야겠다."

별이의 집은 마을과 떨어진 산속에 있었다. 지금은 산바람과 숲 그늘이 간절했다. 별이의 말에 원범은 고개를 끄덕이고 북쪽을 향해 발걸음을 옮겼다.

종각을 지나 객사를 거쳐 고려 궁터 앞에 섰다. 두 사람은 오른쪽으로 방향을 틀어 뒷길로 빠졌다. 오던 길을 따라가는 편이 빠르지만 그 길로 가면 중간에 강화 유수부를 맞닥뜨려야 했다. 유수부에는 고약한 영감이 살고 있었다. 강화 유수 조형복이었다. 조형복은 이 섬에서 원범을 싫어하는 단 한 사람이었다.

험준한 숲을 지나 샛길이 나왔다. 샛길 끝에 별이의 집이 있었다. 별이가 제 아비와 단둘이 살고 있는, 외딴 초가였다.

'너는 왜 사람들과 같이 마을에 살지 않아?'

어린 시절, 별이의 집을 처음 찾은 원범이 물었다. 마을이 아니라 깊은 산속에 떨어져 살고 있는 별이와 그 아비가 이상해 보였다. 별이는 질문을 하는 원범이 이상해 보였다. 당연한 걸 왜 묻지, 하는 표정으로 대답했다.

'그야 우리 집이 여기에 있으니까.'

원범은 그때 이 집도, 이 아이도, 이 아이의 아비도 이상한 사람이라고 생각했다. 하지만 지금 이 집은 세상에서 제일 편한 곳이 되었고, 별이와 별이의 아비 박시명은 세상에서 제일 사랑하는 사람이 되었다.

집 가까이 오자 물소리가 들렸다. 별이의 집은 솔숲에 둘러싸였고, 대나무를 심어 만든 동쪽 울타리와 숲 사이에 시내가 흘렀다. 시내는 대나무 울타리 동남쪽 모서리에서 굽어져 남서쪽으로 흘러내려 갔다. 사립문으로 들어서려면 시내 위를 가로지르는 좁은 다리를 지나야 했다. 집은 밖에서 보면 작은 삼간초가지만 울타리 안에는 넓은 마당이 있었다. 마당에는 밭, 작은 대장간, 공터가 있었다.

이 집 주인 박시명은 농부였다. 밭에는 밭에서 날 수 있는 모든 곡물과 푸성귀가 자랐다. 또 솜씨 좋은 찬모이기도 했다. 밭에서 나는 것으로 늘 맛있는 밥상을 차려냈다. 바느질도 했다. 치마저고리를 손수 지어 별이에게 내밀 때마다 부녀는 티격태격했다.

'곱다. 한데 나랑 안 어울려.'

'그래도 입어야지.'

'아버지, 나 바지 입으면 안 돼?'

'안 돼.'

'왜? 원범이는 입잖아.'

별이는 거친 베로 지은 바지저고리를 입은 원범을 보며 투덜댔다.

'원범이는 사내고, 넌 여자애잖아.'

'그래도 싫어. 나도 바지 입을 거야. 치마가 얼마나 불편한데? 아버지 한번 입어봐.'

'너 만날 검 들고 바지 입고 다니면 누가 너한테 장가들겠나?'

'괜찮아. 원범이한테 시집가면 돼.'

'원범이는 너 좋대?'

별이가 원범을 바라보면 원범은 말없이 미소만 지었다.

또 시명은 꽃을 좋아했다. 봄, 여름, 가을이면 시명의 마당에는 철쭉, 민들레, 자운영, 패랭이, 쑥부쟁이, 봉숭아, 국화, 구절초…… 꽃향기가 사라지지 않았다. 특히 여름부터 가을에는 자줏빛 백일홍이 이 집 마당에 그득했다. 죽은 별이 어미가 좋아하던 꽃이라고 했다.

원범은 나중에 알았다. 시명이 꽃을 좋아해서 꽃밭에 정성을 들이는 것이 아니라 별이가 꽃을 보고 자랐으면 하는 마음에서 꽃밭을 가꾼다는 것을. 백일홍을 좋아해서 백일홍을 가득 심는 것이 아니라 백일홍을 좋아하던 별이 어미를 그리워하여 백일홍만큼은 매년 빼놓지 않고 심는다는 것을. 별이가 어미 대신 백일홍이라도 보고 자랐으면 하는 아비의 마음을 깨달았다. 하지만 별이는 꽃에도 시큰둥했다.

'별이야, 저 꽃 좀 봐. 곱지?'

'먹지도 못하는데 왜 저렇게 많이 심었대? 나는 무나 뽑아 먹을래.'

부녀의 대화 끝은 늘 원범이었다.

'아이고, 저 아일 누가 데려가?'

시명이 한숨을 쉬면 별이는 원범이가 데려가지, 라고 대답했고 원범은 늘 웃기만 하였다.

시명은 대장장이기도 했다. 작은 대장간에서 남몰래 괭이며 호미며 농기구를 만들었다. 원범과 별이는 시명이 만든 농기구를 가지고 마을로 내려가 쌀이나 보리, 바다 고기로 바꿔 오곤 했다. 시명은 또 낚시꾼이자 나무꾼이기도 했다. 계곡에서 물고기를 잡았고, 산에서 나무를 벴다. 시명은 산을 내려가는 일이 없었다. 생활에 필요한 대부분의 것을 이 집에서 만들고, 이 산에서 구했다.

하지만 원범에게 시명은 무사였다. 큰 키와 떡 벌어진 어깨, 단단한 팔뚝과 튼튼한 다리를 지닌, 세상에서 제일 멋진 무사. 밤이면 시명은 숲에서 홀로 검 수련을 했다. 시명이 검을 휘두를 때마다 온 숲은 숨을 죽였다. 새도 날갯짓을 멈추고, 산짐승도 울음을 그쳤다. 나무도 성장을 멈추고 몸을 떨었다.

별이는 제 아비를 꼭 닮았다. 키가 크고 어깨가 넓고 뼈가 단단했다. 바지저고리를 입혀 놓으면 딱 사내 같아 보였다. 검도 잘 휘둘렀다. 음식도, 바느질도 잘했다. 별이는 원범을 위해 밥상을 차려냈으며 원범을 위해 옷을 지었다.

반면에 원범은 키가 작고 뼈대가 가늘고 살이 여렸다. 햇볕에 그을려 얼굴은 가무잡잡하고, 일을 많이 하느라 손은 거칠었지만 별이보다 연약해 보였다. 얼굴선이 별이보다 고왔고, 이목구비도 별이보다 준수했다. 눈이 크고, 콧대가 높았다.

시명은 원범에게도 목검을 쥐여주었다. 산에서 짐승을 만나면 자신을 보호하고, 나중에 제 식구를 지킬 정도는 되어야 한다고 했다.

'원범인 내가 지킬 거야.'

검술에 서툰 원범을 보며 별이는 말했다. 별이는 양손에 검을 쥐고 자유자재로 휘두를 만큼 검술에 뛰어났다.

'그래, 네가 원범일 꼭 지켜주거라.'

시명도 포기했다는 듯이 대꾸하곤 했다.

원범과 별이는 한 줄로 서서 다리를 건너 사립문 안으로 들어왔다. 섬돌에 낯선 궁혜(궁녀가 신던 외코신)가 가지런히 놓여 있었다. 열린 방문 틈 사이로 시명의 얼굴과 쪽을 진 여인의 뒷모습이 보였다.

궁혜의 주인은 대궐에서 대비를 모시는 민 상궁이었다. 민 상궁도, 그녀의 이야기를 듣는 시명도 표정이 심상치 않았다.

"그 누구보다도 강녕한 분이셨는데 한 달 전쯤, 체기가 있은 뒤로 성후가 갑자기 악화되셨습니다. 항간에서는 여색을 너무 탐하여 어환이 드셨다고 떠들어댑니다. 하나 전하의 보령 한창이시고, 성총은 오직 경빈 한 분에게만 머무시는데……."

"그리되었다 믿게끔 하려는 게지. 전하께서 친정을 하신 뒤로 저들이 또 위기를 느낀 게야."

시명의 미간에 깊은 주름이 졌다. 민 상궁은 시명도 이제 꽤 나이를 먹었구나, 생각했다. 하긴 시명이 대궐과 멀어진 후, 왕세자께서 승하하였고, 선대왕께서 승하하였고, 작금의 성상께서 보위에 올랐다. 중전께서는 대왕대비가 되었고, 빈궁께서는 대비가 되었고, 나인이던 저는 상궁이 되었다. 한 세월이 지났고 숱한 일이 세월 속으로 사라진 뒤였다.

"나리께서도 조심하셔야 합니다. 대비전에서 당부하셨습니다."

"걱정 말게. 난 이미 죽은 사람이 아닌가?"

시명이 쓸쓸하게 웃었다. 그 눈가에 주름이 짙어졌다.

"때가 되면 성상의 곁으로 돌아오셔야 한다고도 말씀하셨습니다."

"주군의 아드님이시니 내 마땅히 지켜드려야 하거늘……."

"성상께서 친정을 시작하셨으니 쾌복하시면 곧 돌아오셔야 합니다."

그래, 쾌복하시면…… 시명은 생각을 입 밖으로 내지 않았다.

"탕제는 대전에서 달여 드시는가?"

"예. 내의원에서는 처방만 받으시고 대전에서 직접 달인 약을 드십니다."

시명은 고개를 끄덕였다.

"특별한 연유라도 있습니까? 소인의 생각으로는 내의원에서 의관들이 달인 탕제가 더 좋을 듯한데 왜 대전에서 달이라 하시는지 모르겠습니다."

"의관보다 내관과 궁인을 더 믿으시는 게지. 대전에서 직접 달인 약만 드신 임금이 더러 계셨다네."

"그럼 내의원 의관들은 믿지 못하신단 말입니까? 혹 독살을 염려하신단 말입니까?"

"그럴 리가. 그저 대비를 하는 게지."

불안감이 밀려들었지만 시명은 티 내지 않았다.

"참, 윤 나인, 아니 이제 해원 스님이라 하였지. 해원 스님의 동정은 들은 바 있는가?"

"출가한 이후, 보지도 찾지도 않았습니다. 연심이, 아니 해원 스님을 위하는 길일 테니까요."

민 상궁은 가늘게 숨을 토했다. 오랜 세월이 지났지만 아직도 연심이를 생각하면 가슴 한쪽이 찬 서리를 맞은 듯 시려왔다.

"별이를 보고 가시게. 아까부터 와서 기다리고 있다네."

시명의 검은 얼굴에 빛이 돌았다. 민 상궁은 미소 지었다. 저는 아무런 기적도 느끼지 못했다. 세월은 흘렀고 시명은 나이를 먹었지만 실력만큼은 예전 그대로였다.

민 상궁은 시명을 따라 밖으로 나왔다. 마당에 있던 별이와 원범이 돌아보았다.

"민 상궁 마마님?"

"별이야!"

민 상궁이 웃으며 섬돌로 내려섰다. 별이가 민 상궁에게 달려와 안겼다.

"마마님, 왜 이리 오랜만에 오십니까? 제가 얼마나 보고 싶었는데요."

민 상궁은 별이의 볼을 쓰다듬었다.

"오냐. 별이야, 언제 이리 훌쩍 컸느냐? 이제 어엿한 처녀가 다 되었구나."

민 상궁은 별이를 품에 안은 채 원범을 바라보았다. 원범이 고개를 숙여 인사했다. 두 사람은 안면이 없었지만 민 상궁은 원범을 알았다. 역모에 연좌되어 유배 왔다던 그 왕손이구나, 민 상궁도 고개를 숙이며 생각했다. 소년의 얼굴이 훤칠하여 더 서글펐다.

민 상궁은 별이의 손을 잡으며 툇마루에 나란히 앉았다. 두 사람이 자리 잡는 것을 보고 원범은 마당 한구석, 공터로 갔다. 공터는 원범과 별이가 검 수련을 하는 곳이었고, 주로 별이가 표창을 집어 던지며 노는 곳이었다.

원범은 바닥에 떨어진 표창을 주워 과녁을 향해 날렸다. 표창은 완만한 곡선을 그리다가 과녁 가장자리에 꽂혔다. 원범은 답답하다는 표정을 지으며 한숨을 내쉬었다. 거칠고 누런 소매를 들어 얼굴에 맺힌 땀을 훔쳤다. 원범은 몸에 열도 많고, 땀도 많았다. 반면 별이는 몸이 서늘하여 날고 뛰어도 땀이 잘 흐르지 않았다. 원범은 다시 표창을 던졌다. 표창이 자꾸만 과녁 가장자리로 엇나갔다. 시명이 다가와 표창을 하나 집어 들었다.

"이것만큼은 별이를 따라갈 수 없습니다."

"검술은 따라가느냐?"

시명은 머쓱해하는 원범의 머리를 쓰다듬었다.

"별이는 걷고부터 무예를 수련한 아이다. 네 수련 기간의 세 배가 아니냐?"

시명은 원범의 등 뒤로 다가가 손에 표창을 쥐여주었다. 원범의 어깨를 흔들어 힘을 빼주고, 머리를 잡고 자세를 고정했다.

"등을 꼿꼿이 세우고, 시선과 마음을 과녁에 집중하고, 손목에 순간적인 힘을 실어 쏘아라."

시명은 원범의 손목을 잡고 함께 표창을 쏘았다. 표창이 과녁 정중앙에 꽂혔다. 원범의 얼굴에 웃음이 번졌다.

시명은 원범을 데리고 대장간 안으로 들어갔다. 대장간 구석에 쌓인 도끼, 쟁기, 곡괭이 옆에는 검 몇 자루가 세워져 있었다. 시명은 대장간에서 필요한 농기구나 낚싯대, 도끼 등을 만들었지만 가끔 표창이나 단도 같은 작은 무기도 만들었다. 시명은 검 옆에 놓인 나무 상자에서 표창을 꺼내 원범에게 건넸다. 방금 던진 것보다 가볍지만 더 단단해 보였다.

"이걸로 던져보아라."

원범의 손에서 새 표창이 반짝, 윤을 냈다. 원범은 대장간을 나와 다시 과녁 앞에 섰다.

별이는 툇마루에서 민 상궁과 이야기를 나누고 있었다. 별이의 눈에서 반짝반짝 빛이 났다. 별이는 민 상궁이 들려주는 대궐 이야기에 푹 빠져버렸다.

"임금님은 이야기책에 나오는 공자만큼, 장군만큼 잘난 분이시 겠지요?"

"그럼, 우리 상감께오서는 아주 미남자시란다."

"원범이보다요?"

민 상궁이 표창을 던지고 있는 원범을 보았다.

"음……. 원범이보다 키가 크시고, 등이 넓으시고, 얼굴이 하야시단다."

"우리 원범이도 처음 강화에 왔을 땐 희었어요. 임금님처럼 험한 일도 안 하고, 좋은 음식만 많이 먹었다면 얼굴도 하얗고 키도 컸을 거예요."

"그래. 우리 별이도 대궐에서 살았다면 중전마마, 후궁마마님 만큼 아리땁게 자랐겠지."

민 상궁은 별이의 머리를 쓰다듬으며 웃었다.

"후궁마마님이요?"

"임금님께는 중전마마도 계시고, 후궁마마님들도 계신단다."

"그럼, 상감마마의 연정은 마마님들의 수만큼 나뉘어 있어요?"

"글쎄……. 그러하시겠지."

민 상궁은 한 번도 고민해본 적이 없는 질문이었다.

"참으로 이상합니다. 어찌 정인에 대한 마음이 여러 갈래로 쪼개질 수 있단 말이어요? 중전마마도, 후궁마마님들도 참 가여운 여인입니다."

민 상궁은 별이의 생각이 신기하다는 듯이 고개를 갸웃거렸다. 후사를 보기 위해 임금이 후궁을 두는 일은 당연하다고 생각했다. 그리고 작금의 임금이 중전을 두고 경빈을 총애하지만 중전이 가엽다고는 한 번도 생각하지 않았다.

반면에 별이는 임금님은 또 다른 여인을 사랑하게 될 테고, 지금 사랑받는 후궁마마님은 가련해지겠구나, 생각했다.

"대궐에는 임금님만을 바라보는 궁녀가 오백 명이나 더 있는걸?"

"예?"

별이의 얼굴이 일그러졌다. 대궐에 사는 여인들이 너무나 가여웠다. 자신은 죽었다 깨어나도 대궐의 여인은 되고 싶지 않았다. 별이는 마당에서 아버지와 표창 연습을 하는 원범을 바라보았다. 원범이 임금이 아니어서 다행이라고 안도했다.

2

"대궐에서 아무리 귀한 음식을 먹고, 좋은 옷을 입으며 살더라도 난 왕비마마고, 후궁마마님이고, 대궐에 사는 마마는 되고 싶지 않아."

갑곶 나루터까지 민 상궁을 배웅하고 돌아오는 길이었다. 원범이 큰 눈을 깜빡이며 별이를 바라보았다. 두 사람은 별이의 집으로 올라가는 산 초입에 접어들었다.

"민 상궁 마마님께서 들려주신 대궐 이야기 말이야. 상감마마께는 여러 여인이 있으니 중전마마뿐만 아니라 다른 마마님들에게도 마음을 나누어주셔야 하잖아. 상감마마의 여인들이 가여워. 정인의 사랑은 고스란히 다 받아야 하는데 상감마마의 여인들은 온전한 사랑을 받지 못하잖아. 난 천만금을 준대도 상감마마의 여인은 절대로 되고 싶지 않아."

원범은 걸음을 멈추고 별이를 바라보았다. 원범이 말했다.

"한 여인에게만 사랑을 다 줄 수 없는 상감마마도 어쩐지 가련하다. 정인에게 품는 연정도 오롯이 한 사람에게만 향해야 하는데……."

"그럼, 너는 한 사람의 정인, 하나의 사랑뿐이야?"

별이가 원범을 응시했다. 원범은 미소만 지을 뿐 대답하지 않았다. 나뭇잎 사이사이로 쏟아지는 햇살에 두 사람의 얼굴이 반짝, 빛났다.

"왜 대답이 없어?"

"이제 올라가. 난 집을 너무 오래 비웠어."

"같이 가자."

"아니야. 스승님 혼자 계시잖아. 민 상궁 마마님 잘 가셨다는 말도 전해드려야지."

"그럼 난 한 처사네 집에 갈래."

"참, 한 처사 오늘 집에 없대. 배 타고 나갔대, 멀리."

원범은 고개를 돌려 별이의 시선을 피했다. 별이는 원범의 얼굴을 끌어당겨 눈을 맞추었다. 입술을 맞물고 원범을 뚫어져라 응시했다. 원범은 눈동자를 움직여 별이의 시선을 피했다.

"어라?"

원범의 언행이 오늘따라 수상했다. 숨기는 일이 있었다. 내일 오시가 되면 알게 된다는 '그 일'과 상관있나. 별이가 원범의 얼굴에서 손을 떼고 말했다.

"하나만 대답해. 그럼 갈게."

원범은 고개를 끄덕였다.

"넌 한 사람의 정인, 하나의 사랑뿐이야?"

원범은 웃으며 별이의 등을 살짝 두드렸다.

"잘 가. 내일 오시에 만나."

원범은 손을 흔들며 내려갔다.

"이원범. 네가 대답을 하든 안 하든 넌 나한테 장가와야 해."

별이가 소리쳤다. 원범은 별이를 돌아보지 않은 채, 활짝 웃었다.

붓을 잡은 은규의 손놀림이 바빴다. 은규는 집 안에서도 낡은 복건을 쓰고 해진 도복을 입고 서안을 마주하는 양반이었다. 하여 원범과 별이는 은규의 이름을 직접 부르지 않았다. 초야에 묻혀 사는 선비라는 뜻으로 '한 처사'라고 불렀다.

"소설책을 필사하고 있는가?"

원범이 조용히 다가가 서안 위로 얼굴을 불쑥 내밀었다. 은규가 붓을 내려놓고 원범을 보고 웃었다. 은규는 집안이 영락한 탓에 소설을 필사하며 생계에 보탰다. 소설 필사는 글을 아는, 가난한 양반에게는 짭짤한 수입이었다.

"자네 같은 인재가 학문을 하여 등과를 해야 하는데……."

"과거 급제가 학문만으로 되는 세상이며, 나랏일이 공명정대하게 처리되는 세상인가? 조금이라도 벌어서 어머님의 짐을 덜어드리는 편이 낫네."

은규는 웃으면서도 한숨을 쉬었다. 은규는 유복자였다. 아버지는 은규가 태어나기 전에 경기도 소락현에서 현감 생활을 하였다고 했다. 하지만 은규가 어머니의 배 속에 있을 때 돌아가셨고, 은규 어머니는 은규를 품은 채 고향으로 돌아왔다. 청렴한 아버지는 어머니와 은규에게 남겨준 것이 별로 없었다. 초가집 한 채와 입에 거미줄 치는 일만 면하게 해준 땅 한 마지기가 전부였다.

은규를 따라 원범의 낯빛도 어두워졌다. 은규는 원범을 보면서 괜한 이야기를 했다고 생각했다. 부러 밝은 목소리를 내어 화제를 바꾸었다.

"걱정말게, 곧 이 한 처사님의 초 인기 소설이 세상에 나올 테니까. 그럼 천상에서 적강하여 이슬만 먹고 사는 선녀를 만나 혼례를 올리고……."

"그 혼례는 내가 먼저 올릴 듯한데? 천상에서 적강하여 이슬만 먹고 사는 선녀는 아니지만 내게는 선녀보다 더 고운 아이와 말이야."

원범이 수줍게 웃었다.

"천상에서 적강한 선녀는 언제 도망갈지 모르지. 또 이슬만 먹고 살다가는 죽고야 말지, 어떻게 사나? 튼튼한 두 다리로 산에서 내려와 밥 많이 먹는 처자가 최고지."

은규는 벗의 경사에 마음이 흐뭇해져 환하게 웃었다.

"응, 내일 별이에게 고백할 거야. 내년이면 별이 나이 열넷이니 국법에 따라 혼인할 수 있는 나이지. 혼인을 약조하고 내가 열여섯이 될 때까지 기다려달라고 할 참이야. 쌍지환을 준비했다네."

원범이 적삼 속에서 염낭을 꺼냈다. 염낭 안에는 은으로 만든 쌍가락지가 들어 있었다.

"먹고살기도 힘들 텐데 언제 이런 걸 준비했나?"

"어머니 유품이야. 아버지께서 어머니께 주셨고, 유배 올 때 이것만은 가슴에 품고 가져왔다네. 별이가 환술을 꼭 보고 싶대서 한양에서 보는 공연만큼은 못 하겠지만 내일 낮에 저자에 나가 환술을 보고, 돌아오는 길에 쌍지환을 건네면서 말할 참이네."

원범이 활짝 웃었다.

"뭘 꿍꿍이야?"

두 사람이 환담을 나누고 있을 때 별이가 사립문을 열고 들어왔다. 별이는 궁금하여 얌전히 돌아갈 수 없었다. 은규를 만나 원범이 숨기고 있는 '그 일', 내일 오시면 알게 된다는 '그 일'에 대해 물어볼 참으로 다시 산을 내려왔다. 그런데 은규의 집에 원범이 떡하니 있었다.

원범은 별이의 등장에 당황했다. 별이가 저와 은규의 대화를 듣지 않았을까, 불안했다. 은규가 아무 말 못 하고 있는 원범의 등을 떠밀며 잘 가게, 인사를 건넸다.

"무슨 일이야? 원범이는 왜 벌써 가?"

원범은 무슨 일이냐고 닦달하는 별이를 은규에게 떠넘기고 사립문을 나와 제집으로 향했다. 제집 울타리가 보일 때쯤 낯선 기분이 들었다. 뒷덜미가 서늘했다. 불안했다. 오래전, 형 원경과 함께 이 섬에 처음 발을 디뎠을 때 느낀 불안감이었다. 원범은 걸음을 멈추고 주위를 살폈다. 저를 쫓는 낯선 그림자를 포착하였다. 원범은 불안한 기색으로 걸음을 서둘렀다. 낯선 시선은 그런 원범의 모습을 하나도 놓치지 않고 쫓아왔다.

날이 저물었지만 별이의 얼굴은 아침 해처럼 환했다. 은규와 이야기를 나눈 후, 들뜬 마음을 다잡으며 원범의 집으로 향했다. 얼굴에서 미소가 사라지지 않았다. 좀 전에 은규와 나눈 대화를 떠올리며 호호, 소리 내어 웃었다.

"아! 알았어, 알았다고. 쌍지환이라고는 말 못 하지."

별이의 채근에 은규가 마지못해 한마디를 흘렸다.

"쌍지환? 가락지?"

"거기까지만!"

은규는 더 이상 말하지 않겠다는 듯이 제 팔짱을 꼈다.

"고백, 청혼?"

"얘는 하여간 총명해. 너 반드시 모르는 척해야 해. 넌 아무것도 모르는 거야. 응?"

"물론이지!"

눈빛을 반짝이며 별이가 약조하였다. 안심한 은규가 노래하듯이 읊조렸다.

"아! 이 얼마나 벅차고 설레는 장면인가. 눈 시리게 아름다운 날, 사내는 고백을 하고, 여인은 수줍음에 고개를 떨구고…… 발그레 붉어지는 여인의 뺨. 여인은 살포시 고개를 들어, 사내에게 초롱초롱한 눈빛을 보내며…… 마침내 여인의 입술에서 터져 나오는, 고혹적인 그 한마디!"

별이는 은규의 이야기를 떠올리다 어느덧 이야기 속의 여인이되어 '그 한마디'를 내뱉었다.

"어머나!"

그러나 별이의 목소리는 상상 속 여인과 달리 우스꽝스럽게 과장된 비음이었다. 아니야, 아니야. 별이는 고개를 내저으며 어머나? 어머나! 어머나아, 를 연습했다. '어머나' 연습 삼매경에 빠져 있을 때 별이의 시야에 원범이 들어왔다. 원범은 별이와 함께 가려고 돌아오고 있었다.

"어머."

"뭐 해?"

"나? 어머나! 원범이구나!"

한층 더 과장된 비음이 별이의 입에서 터져 나왔다.

"하하하. 내 목소리가 왜 이러지? 아무 일도 없었는데 말이야. 한 처사한테 아무 말도 못 들었는데 말이야."

별이가 웃으며 얼른 원범의 팔을 잡았다. 원범의 집을 향해 걸음을 재촉했다.

두 사람이 집에 당도했을 때 반갑지 않은 손이 원범을 기다리고 있었다. 이 섬에서 제일 고약한 영감, 강화 유수 조형복이었다. 나졸들도 함께 있었다.

별이는 올 게 또 왔구나, 했다. 조형복이 한 번씩 원범을 찾아 구박하는 일은 흔했다. 원범도 올 게 또 왔구나, 하였다. 저를 쫓던 낯선 사내의 시선이 떠올랐다. 조형복이 방문한 연유로 짐작가는 바가 있었다. 자신은 장성해가는 종친이었다. 그것도 유배죄인. 장성한 종친의 최후를 누구보다 잘 알았다.

"어제 죽었을지, 오늘 죽는지, 내일 죽을지, 모레 죽을지도 모를 죄인이 어찌 몸을 이리 가볍게 놀리느냐?"

공손히 절을 하는 원범에게 조형복이 말했다.

"영감, 죄인의 몸이라도 먹고는 살아야지요. 집 안에 가만히 틀어박혀 있으면 밥이 나오나요, 찬이 나오나요?"

송구하다며, 한 번 더 머리를 조아리는 원범을 보고 별이가 대꾸했다. 조형복이 별이를 보면서 혀를 찼다.

"죄인은 집 밖으로 한 발짝도 나오지 말라는 명이 있으니 집 안에서 조용히 다음 명을 기다려라."

"무슨 일 있나요?"

별이가 물었다.

"죄인에게 무슨 일이라면, 죽는 일밖에 더 있겠느냐? 응?"

"예? 그 무슨 불길한 말씀이세요?"

별이가 이마를 찡그리며 반문했다. 조형복은 원범을 한 번 노려보고는 집을 나갔다.

나졸들은 조형복과 함께 동헌으로 돌아가지 않고 사립문가에서 원범의 집을 지켰다. 원범은 어깨를 축 늘어뜨렸다. 가슴이 조마조마했다. 불안하기는 별이도 마찬가지였다. 하지만 별이는 일부러 밝게 웃으며 원범을 들마루에 앉혔다.

"그 영감, 너 괴롭히는 낙으로 살잖아. 부러 그러는 거야. 별일 없을 거야."

"응, 그래. 별일 없을 거야."

별이가 걱정하지 않도록 원범도 미소를 보였지만 안색은 어두웠다.

"어?"

별이가 손가락으로 하늘을 가리켰다. 원범의 시선도 별이의 손끝을 따라갔다. 밤하늘 별 밭이 아름다웠다.

"참 아름답고 어여쁜 '별'이지?"

원범이 아까보다는 밝은 미소를 지으며 고개를 끄덕였다.

첫 새벽 이슬 내려 빛나는 언덕은

그대 함께 언약 맺은 내 사랑의 고향

참사랑의 언약 나 잊지 못하리

사랑하는 애니로리 내 맘속에 살겠네

난생처음 듣는 이국적인 가락이 별이의 목소리에 실려 왔다.

"좋다. 그건 무슨 타령이야? 한 번도 들어본 적 없는 가락인데?"

"타령이 아니고, 양국 신부님이 가르쳐주는 노래래."

별이가 주위를 살피며 목소리를 낮추었다.

"귀순이한테 배웠어."

"사랑하는 애기놀이?"

"애니로리. 애니로리는 양국 여인의 이름이래. 그녀를 사랑하던 사내가 그녀와 이별한 후 지은 시에 가락을 입혔대."

"하여 그 여인이 맘속에 살고 있구나."

"응."

"어쩐지 좀 구슬프다."

구슬프라고 부른 건 아닌데…… 별이는 노래를 괜히 불렀다고 후회했다.

"별이야."

"응?"

"우린 절대 헤어지지 말자."

원범은 불안하여 눈빛을 떨었다. 별이는 더 밝게 웃었다.

"그럼, 우리가 헤어질 일이 뭐가 있어? 우린 절대 헤어지지 않아. 네가 나 싫다고 도망가더라도 난 끝까지 널 쫓아갈 거야."

"정말이지?"

"응. 정말."

별이가 양손을 들고 귀신 흉내를 냈다.

"원범아, 난 절대 널 놓지 않을 테야. 으흐흐."

"약조해."

"응, 약조."

별이는 고개를 끄덕였다. 원범은 엷은 미소를 지으며 별이를 바라보았다. 원범의 눈에서 반짝, 별이 빛났다.

3

별빛이 창덕궁 수강재 처마 아래로 부서져 내렸다. 수강재는 단청을 입히지 않았다. 대전이나 중궁전처럼 화려하지는 않지만 소박한 멋이 났고, 지어진 지 얼마 되지 않아 정갈했다. 또한 창덕궁 동쪽 끝에 자리하여 조용했다.

전각의 주인인 대왕대비 김씨는 아우 김좌근과 머리를 맞대고 있었다. 두 사람의 목소리가 낮고 은밀하게 오갔다.

"심도(강화도)는 잘 처리했습니까?"

대왕대비는 김좌근이 정승의 반열에 오른 후, 존대하며 대감 대접을 했다.

"예. 일단은 잘 감시하라고 했사옵니다, 마마."

"오늘내일이지 않겠습니까?"

"예. 차질 없이 잘 진행하겠사옵니다, 마마."

"떠꺼머리 지게꾼이라⋯⋯."

대왕대비의 입꼬리가 올라갔다. 얼굴에 만족스러운 미소가 번 졌다.

대왕대비는 김좌근과 수강재를 나와 그를 보내고 중희당으로 향했다. 중희당은 아들인 익종이 정무를 보던 곳이었고, 지금은 손자인 주상이 침전으로 쓰고 있는 곳이었다. 대왕대비가 중희당

뜰로 들어섰다. 중희당은 고요하다 못해 무덤처럼 적막했다. 대전 내관과 상궁이 우울한 얼굴로 대왕대비를 맞았다.

"누가 들어 있느냐?"

"대비마마와 장 어의가 들어 있사옵니다, 자성(慈聖) 전하."

대왕대비는 제 도착을 고하려는 상선을 저지하고, 침전을 올려다보았다.

"아니 먹겠다 하지 않았느냐?"

주상의 성마른 목소리가 대궐의 적막을 깨웠다. 이어지는 날카로운 파열음. 대왕대비가 눈살을 찌푸렸다. 안의 상황을 짐작했다.

임금이 역정을 내며 약사발을 내던졌다. 사발이 벽에 부딪히면서 깨졌다. 벽면을 따라 탕약이 흘러내렸다. 내의원 장 어의가 무릎을 꿇으며 마른침을 삼켰다. 물러가라는 임금의 호통에 장 어의가 식은땀을 닦으며 중희당을 나갔다.

"주상! 어찌하여 거듭 탕제를 물리십니까?"

임금의 모후인 대비 조씨가 울먹이며 젊은 임금을 달랬다.

"아무도 믿을 수 없사옵니다."

임금의 병색 짙은 희읍스름한 얼굴이 대비의 가슴을 후벼 팠다.

"저 탕제가 소자를 병들게 하고, 소자를 죽일 것이옵니다. 결국 소자도 아바마마처럼 저들 손에 죽을 것이옵니다."

임금의 눈에서 눈물이 흘러내렸다.

"주상! 어찌 이리 받잡기 황공한 말씀을 하십니까? 성후 미령하시니 성심 또한 유약해지십니다. 어서 탕제를 드시고 어환을 떨쳐버리셔야지요."

대비의 눈에서도 눈물이 흘렀다.

"어마마마께서 탕제를 달여주십시오. 소자 곁에서, 어마마마께서 직접 탕제를 달여주십시오. 하면 소자, 탕제를 들겠나이다."

임금이 간청하며 대비의 무릎에 쓰러져 눈을 감았다.

"그리하지요. 그리하겠습니다. 주상을 위해서라면 이 어미 생피를 뽑아서라도 달여드리겠습니다. 하니 어서 쾌차하세요."

한동안 제 가슴을 쓸어내리던 대비가 주상의 이마를 짚고 눈물을 삼켰다.

대비는 침전에서 나오다 시어머니인 대왕대비를 보고 뜰로 내려섰다. 지밀 정 나인이 그 뒤를 따랐다. 대비가 몸을 낮추어 인사를 건넸다.

"대왕대비마마, 신첩이 모시겠사옵니다."

"아닙니다. 대비는 가서 탕제를 달이셔야지요."

대왕대비는 온화한 웃음을 띠며 대비를 보았다. 젊다면 젊은 며느리인 대비의 얼굴이 저보다 훨씬 늙어 보였다. 두 눈은 움푹하고 입술은 메마르고 피부도 꺼칠했다.

"대비의 몸도 돌보시고요. 대비가 곁에 없으면 누가 주상을 해치기라도 한답니까?"

"그 말씀 받잡기 황공하옵니다, 마마."

"대비가 걱정돼서 하는 말이지요. 가보세요."

"성은이 망극하옵니다, 마마."

대왕대비가 디딤돌에 올라서다가 대비를 향해 곁눈질을 했다. 대비는 공손히 고개를 숙이고 있었다.

"주상은 전혀 차도가 없다지요?"

"어의가 곧 회복하리라, 하였사옵니다. 성려 놓으소서, 마마."

고개를 숙인 채 대비가 답했다. 대왕대비가 엷은 미소를 지으며 문 안으로 들어갔다.

임금은 앉지도 못했다. 말을 하지도, 눈을 뜨지도 못했다. 시체처럼 누워서 거친 숨소리만 낼 뿐이었다. 대왕대비는 임금의 곁으로 바투 다가갔다.

"주상."

대왕대비가 임금의 손을 잡았다. 눈을 감았다가 다시 떴다. 눈시울이 붉어졌다.

"내 우리 주상을 얼마나 귀애했거늘……."

대왕대비의 눈에서 눈물 한 방울이 흘러내렸다. 그녀가 임금의 손을 놓고, 눈물을 훔쳤다.

"과한 것은 미치지 못하는 것과 같아요. 지나치면 화를 부르는 법이지요."

대왕대비가 나직이 말했다. 임금은 실눈을 힘겹게 뜰 뿐, 반응이 없었다.

"하여 이리 위중하여 낫지 못하시고 이 할미에게 애통망극할 슬픔을 안겨주시지 않소?"

임금의 눈이 가늘게 떨렸다. 대왕대비가 몸을 숙여 임금의 귓가에 입을 가까이 가져가 속삭이고 바로 앉았다.

곁방에서는 호위 무관 심규가 임금의 곁을 지켰다. 그의 손이 검 위에서 떨었다.

대궐의 밤이 깊어갔다. 인경을 알리는 북소리가 울렸다. 정 나인이 탕제를 들고 침전 앞에서 걸음을 멈추었다.

"무엇이냐?"

내시부 상약(내시부에서 궁중의 약에 관한 일을 맡아보던 종삼품 벼슬) 양 내관이 물었다.

"대비전에서 달인 탕제입니다."

양 내관은 정 나인의 얼굴을 한 번 보고는 탕제를 건네 받고 침전으로 들었다. 미리 와 있던 대비가 탕제를 받아 들고 임금에게 가까이 갔다.

"어미가 직접 달였습니다."

임금이 희미한 미소를 지으며 일어났다. 대비가 건네는 탕제를 받아 마셨다.

"어떻습니까? 들 만하십니까?"

빈 사발을 받아 들며 대비가 물었다. 임금이 고개를 끄덕였다.

임금은 양 내관을 내보내고 대비와 단둘이 남았다.

"어마마마, 소자를 용서하소서."

"용서라니요? 주상께서 잘못하신 일이 무어 있다고요?"

"어마마마께 원손을 안겨드리지 못했습니다."

"주상의 보령 아직 이르시니 장차 날이 많습니다."

"어마마마의 한을 풀어드리지 못했고, 강건한 군주가 되지도 못했습니다. 아바마마의 숙제를 풀지도 못했습니다. 그 숙제를 남겨 놓고 가는 소자를 용서하소서."

대비가 소리 내어 흐느끼기 시작했다. 임금이 팔을 들어 대비의 눈물을 닦아주었다.

"심규를 심도로 보냈나이다. 어마마마께서는 지금까지 그러하셨듯이 아무것도 모르는 척 지내소서. 할마마마와 결코 맞서지 마소서. 뒷일은 심규와 박시명에게 맡기소서."

"주상……."

"어마마마, 소자 쉬고 싶습니다."

대비가 고개를 끄덕였다. 임금이 자리에 누웠다. 대비가 부채를 들어 임금의 열을 식혀주었다. 임금은 곧 잠이 들었다.

강화로 간 민 상궁이 환궁하여 대비를 보러 들어왔다. 대비의 얼굴은 혼이 빠져나간 듯 파리했다. 젊은 나이에 청상이 되고, 하나뿐인 아들마저 사경을 헤매니 제정신일 리가 없었다. 근래에는 밤을 지새우는 날도 많았다. 민 상궁이 거듭 침수 드시라, 청하였지만 대비는 아니야, 아니야, 나직이 읊조리면서 임금의 머리맡을 지켰다. 임금을 두고 편히 잠들 수 없었다. 대비는 오늘 밤도 임금의 곁에 있어야겠다고 생각했다.

같은 시각, 대궐에는 잠 못 이루는 이가 또 있으니, 대소 신료들이 '자성(慈聖) 전하', '성모(聖母) 전하'라고 부르며 임금 위의 임금처럼 떠받들고, 스스로 자신을 조선의 '여군(女君)', '여주(女主)'라 이르며 임금처럼 이 나라를 통치하는 대왕대비 김씨였다.

그녀는 초 하나만 밝힌 채 어둠 속에 잠겨 세상에서 가장 슬프고 쓸쓸한 모습으로 앉아 있었다. 늘 화려하고 당당한 자태로 천하를 호령하던 '조선의 주인'이라고는 믿기지 않았다.

또 지켜내느니…….

대왕대비가 깊은 숨을 내쉬었다. 초가 흔들렸다. 병풍에 그려진 대왕대비의 그림자가 한없이 고독해 보였다.

4

한잠도 이루지 못한 채 날이 밝았다. 원범은 방문을 살짝 열어 밖을 내다보았다. 나졸들이 여전히 문가를 지키고 있었다. 원범을 사사하라는 명은 아직 당도하지 않았다. 도성에서 강화까지 금부도사가 어명을 받들고 오려면 시간이 걸리겠지. 해도 오시 전에는 당도하겠지. 오시엔 별이를 만나야 하는데…… 원범은 어두운 얼굴로 한숨을 쉬었다.

5년 전, 집 안으로 들이닥친 금부도사와 군관들에게 끌려가던 형의 모습이 떠올랐다. 역적이 된 형, 원경과 함께 이 집에 유배된 다음 날이었다. 형은 능지처사 형을 받았다. 기절할 듯 우는 원범에게 형은 의연한 얼굴로 말했다.

'원범아, 끝까지 곁에서 지켜주지 못해 미안하다. 부디 너 자신과 네 사람을 지킬 수 있게 강해져야 한다.'

하지만 원범은 강해지지 못했다. 강보에 싸여 있을 때 어머니를 잃고, 이어 아버지를 여의었다. 어머니이자 아버지였던 형마저 세상을 떠났다. 혈혈단신 역적 집안의 유배 죄인으로는 강해지기는커녕 살아남기도 힘들었다. 그런 원범에게 먼저 손을 내민

건 별이였다. 별이는 보수 주인(유배지에서 유배 죄인을 떠맡아 숙식을 해결할 거처를 마련하고 죄인을 감시하는 직무를 맡은 자)마저 외면한 원범에게 물과 밥을 가져다주고, 이름을 불러주고, 집 밖으로 나오게 해주었다.

형이 죽고 나서 매일 들르던 별이가 사흘 동안 모습을 보이지 않던 적이 있었다. 원범은 쪽마루에 앉아 별이를 기다렸다. 해가지고, 별이 뜨고, 달이 지고, 다시 해가 나도 별이는 오지 않았다. 나흘째 되던 날, 원범은 사립문을 밀고 집 밖으로 나왔다. 머리엔 별이가 준 삿갓을 썼다. 형이 사사되던 날에 이어 두 번째 외출이었다. 원범은 별이가 알려준 위치를 떠올리며 길을 나섰다. 사람들에게 물어볼 용기는 나지 않았다. 저와 형이 처음 강화에 왔을 때, 형이 사사되었을 때, 저와 형을 번갈아 '구경'하던 사람들의 눈이 무서웠다.

원범은 별이의 집 앞을 빗겨 흐르는 물줄기 앞에 섰다. 사립문을 밀고 들어갈 용기는 나지 않았다. 땀을 쏟으며 한참 동안 다리 건너편에서 우물쭈물하고 있을 때 별이의 아비로 보이는 사내가 사립문을 밀고 나왔다.

'조심해서 건너오너라.'

원범은 움직이지 않고 주뼛거렸다.

'어서.'

사내가 손을 흔들었다. 원범은 다리를 건너 사내를 따라 집 안으로 들어섰다.

'별이야, 동무가 왔다.'

사내가 방 안을 향해 소리치자 별이가 나왔다.

'왜 이제 왔어?"

'미안.'

원범은 큰 잘못이라도 한 것처럼 어쩔 줄 몰라 했다. 별이는 열병에 걸렸다고 했다. 원범이 올 줄 알았다고 했다. 하여도 너무 늦게 왔다고 타박했다. 와서 다행이라고도 했다. 별이와 이야기를 나누고 감자를 먹은 후, 별이 아버지가 원범을 집까지 데려다주었다.

그날 밤, 원범은 다시 산으로 올라가 발간 산수유 열매를 땄다. 다음 날, 원범은 다시 별이의 집을 찾았다. 별이에게 산수유 열매를 내밀었다.

'열병에 좋대.'

별이가 산수유 열매를 받으며 웃었다.

'동정 아니라 우정이야.'

원범이 고개를 돌려 먼 산을 보면서 말했다. 별이가 원범의 손을 잡았다. 별이의 손이 따뜻하였다.

별이의 손을 잡고 나니 원범은 다시 살아갈 수 있었다. 별이 덕분에 다시 숨을 쉬고, 다시 입을 열고, 다시 웃을 수 있었다. 아침 일찍 일어나 지게를 지고 산에 올라가 나무를 하고, 짚신을 만들어 내다 팔아야 겨우 입에 풀칠을 하는 고된 삶이 이어졌지만 별이가 있어 힘든 줄 몰랐다. 별이가 있어 시명과 은규, 마을 사람들을 만났다. 형이 떠난 자리를 그들이 채워주었다. 가족이 아니어도 '정'을 나눌 수 있구나, 알게 해준 사람들이었다. 별이와 이

옷 덕분에 바람이 불어도 추운 줄 몰랐고, 양식이 떨어져도 배고픈 줄 몰랐다. 유배지에서의 삶도, 혈혈단신의 삶도 살 만하게 되었다.

더 다행으로, 형이 사사되고 나서 오랫동안 도성에서는 소식이 없었다. 유배 죄인에게 오는 도성의 소식은 두 가지였다. 해배(解配) 아니면 사사. 하지만 역모에 연루된 제게 해배 소식이 올 일은 없었다. 제게 소식이 온다면 사사였다. 한 해가 지나고, 두 해가 지나고, 세 해가 지나도 대궐에서는 아무런 기별도 오지 않았다. 원범은 대궐에서 저를 잊은 것이 아닐까 생각했다. 하여 기대했다. 이렇게 잊힌 채, 없는 사람인 양, 이 섬에서 조용히 살 수 있지 않을까 하고. 제가 죽은 듯이 살면 굳이 절 죽일 필요는 없으리라 믿었다.

돌이켜보면 민 상궁이 왔을 때부터 예상했어야 했다. 민 상궁은 성상께서 환후 중이라는 소식을 전했다. 역도에게는 힘없는 왕권을 흔들 기회기도 했고, 후사 없는 왕을 대신할 왕족이 필요한 시기기도 했고, 힘없고 후사 없는 왕에게는 저를 대신할 왕족을 죽일 적기이기도 했다.

이제 나도 형처럼 죽는가.

원범은 좁은 방을 둘러보았다. 살림살이라고 할 것도 없었다. 이불 한 채, 옷 한 벌이 다였다. 밖으로 나가 제가 사는 집을 봤다. 방 한 칸과 쪽마루, 부엌이 있는 작은 초가였다. 마당엔 들마루가 있었다. 시명이 삿갓을 쓰고 산에서 내려와 만들어주었다.

원범은 별이에게 쌍지환을 전해주고, 시명과 은규, 귀순 부모와 귀순에게도 인사를 하고 싶었다. 원범은 부엌으로 갔다. 냉수를 떠 와 나졸들에게 건넸다. 저 때문에 더운 여름날 보초를 서는 나졸들에게 미안했고 부탁도 해야 했다.

"저 잠시만 다녀오겠습니다."

나졸들은 안 된다고 말했다. 원범은 한 시진 내에 꼭 돌아올 터이니 한 번만 눈감아 달라고 사정했다. 나졸들은 원범의 딱한 처지에 공감하면서도 허락하지 않았다.

원범은 빈 물그릇을 받아 들마루에 놓고 방 안으로 들어갔다. 가만 앉아 있질 못하고 계속 서성거렸다. 손에는 염낭을 꼭 쥔 채였다. 어젯밤에 별이에게 염낭을 전해주어야 했다, 후회했다.

'아무 일도 일어나지 않아. 날이 밝으면 나졸들도 없을 테야.'

어젯밤, 원범은 집을 나서지 못하는 별이를 안심시켰다.

'응. 걱정 안 해.'

별이가 씩씩하게 고개를 끄덕였다.

'내일 마을 어귀에서 꼭 만나.'

별이가 다짐하듯 말했다.

'응. 내일 오시에 마을 어귀에서 꼭 기다려.'

원범도 다짐하듯 대답했다.

별이는 웃으며 집으로 돌아갔고, 원범도 웃으며 별이를 보냈다. 하지만 다짐도, 웃음도 소용없었다. 하룻밤이 지나도 나졸은 돌아가지 않았고, 원범은 죽음이 다가오는 것을 온몸으로 느꼈다.

별이를 만나기로 한 약속 시각, 오시가 지났다. 밖이 시끄러웠다. 원범은 가슴이 철렁했다. 밖으로 나갔다. 나졸의 수가 늘어났다. 나장도 함께 왔다. 곧 금부도사가 오겠구나, 짐작했다. 원범은 죽기 전에 별이만은 꼭 만나고 싶었다. 들마루에 놓아두었던 빈 그릇을 들고 부엌으로 갔다. 원범은 그릇을 놓고, 식칼을 집어 들었다. 뒷문을 통해 뒷마당으로 나갔다. 뒷마당이라고 할 것도 없었다. 뒷문을 나가면 뒷간이 있고 바로 울타리가 있었다.

원범은 울타리 앞에 쪼그려 앉았다. 한숨을 크게 내쉰 다음 식칼로 조심조심 울타리를 베어냈다. 제가 나갈 수 있는 개구멍을 만들 작정이었다. 인기척이 날 때마다 칼질을 멈추고 주위를 살폈다. 아무 일도 일어나지 않았다고 확인하면 다시 구멍을 냈다. 울타리와 한참 실랑이를 벌인 끝에 개구멍이 완성되었다. 원범은 참았던 숨을 토해내며 조심스레 개구멍을 빠져나왔다. 하지만 탈출을 했다는 안도도 잠깐뿐이었다. 날 선 삼지창 세 개가 일어나려는 원범을 겨누었다. 조형복이 창을 든 나졸들 틈에서 누런 이를 드러내며 조소를 흘렸다.

그 시각, 마을 어귀에서는 별이가 원범을 기다리고 있었다. 단장이 곱고 어여뻤다.

옥루(玉淚)*

↯

　원범은 포박당한 채, 바닥에 무릎을 꿇고 있었다. 조형복은 대역 죄인이 감히 탈출을 시도했으니 곱게 죽진 못할 거라며 목청을 돋우었다.

　"영감, 도성에서 파발이 왔습니다. 3급 파발입니다."

　동헌에서 나졸 하나가 달려왔다. 상자에서 문서를 꺼내 조형복에게 건넸다.

　"이 보아라. 마침 딱 맞춰 왔구나. 네놈 치다꺼리도 오늘이 마지막이다."

　조형복이 봉투를 뜯고 문서를 읽어나갔다. 그의 얼굴이 어두워지고, 숨이 거칠어졌다. 조형복은 정신이 아득해졌다. 하늘이 무너지고 땅이 꺼질 듯한 기분을 알게 되었다. 조형복이 문서에 얼

---

*　임금의 눈물.

굴을 묻으며 무릎을 꿇었다. 황망한 얼굴로 머리를 조아렸다. 대궐이 있는 동쪽이 아니라 서쪽을 향해. 서쪽에는 원범이 둥그렇게 뜬 눈으로 무릎을 꿇고 앉아 있었다.

"상위복(上位復)! 상위복! 상위복!"

같은 날 오시, 임금이시여 돌아오소서, 라는 외침이 창덕궁 창공 위로 흩어졌다. 임금은 어머니인 대비의 품에서 승하하였다. 그의 총애를 받은 경빈 김씨가 그 곁을 지켰다. 대왕대비는 임금이 대비의 품을 떠나기도 전에 대보(국권의 상징으로 국가적 문서에 사용하던 임금의 도장)를 바치라고 재촉했다.

대행왕은 후사가 없었다. 대왕대비전을 대표로 하는 안동 김씨 일문과 대비전을 대표로 하는 풍양 조씨 일문의 움직임이 급박해졌다. 편전으로 시원임대신이 하나둘씩 모여들었다.

"신들과 백성은 오직 자성 전하만을 바라보고 있나이다. 엎드려 바라옵건대, 슬픔을 억누르시고 하교하여주소서."

김좌근의 사돈인 판부사 정원용이 대왕대비 김씨 시대의 서막을 열었다. 대행왕이 후사가 없으니 대왕대비에게 후사를 정해달라는 청이었다. 용상에 발을 치고 좌정한 대왕대비가 가슴을 치며 울먹였다.

"하늘이 어찌 차마 이리 하는가. 슬픔이 어찌 이토록 지극한가. 하나 종사의 부탁이 시급하니 내 나서지 않을 수 없구나."

"이는 막중하고 막대한 일이니 말씀으로만 받들 수 없사옵니다. 바라옵건대, 문자로 써서 하교하여주소서."

대왕대비가 미리 준비해 온 문서를 꺼내 내관에게 건넸다.

"여기 있소. 돌려 읽고 한문으로 번역해놓으시오."

정원용이 내관에게 문서를 받아 보고는 미소를 지었다. 내관에게 다시 문서를 건넸다. 내관이 문서를 읽었다.

종사의 부탁이 시급한데 영묘조(英廟朝)의 핏줄은 금상과 강화에 사는 이원범뿐이므로, 이를 종사의 부탁으로 삼으니, 곧 광의 셋째 아들이다.*

안김 일문의 안색에 환한 빛이 돌았다. 풍조 일문의 안색이 죽은 사람처럼 창백해졌다. 황망함을 감추지 못했다.

"강화에 유배 중인 죄인이라니요?"

대비의 노한 음성이 대비전 밖으로 흘러나왔다. 대비의 숙부인 조인영, 육촌인 조병현, 측근인 권돈인의 얼굴도 굳어 있었다.

이미 대비전에서는 경원군 인손을 후사로 정하여놓았고, 대왕대비전에서도 암묵적으로 동의한 일이었다. 그런데 대왕대비전에서 이를 무시하고 새 후사를 세웠다. 대비전과 의논 한마디 없이 일사천리로 일을 진행하였다. 더욱더 기가 막힌 점은 대왕대비전에서 세운 후사가 대행왕의 아저씨뻘이었다. 대행왕의 후사를 대왕대비의 아들뻘이자 대행왕의 아저씨 항렬에서 정하는 것은 전례에 어긋나는 일이었다. 처음부터 대왕대비전이 사왕(嗣王, 왕위를 이은 임금)을 양자로 삼아 수렴청정을 하려는 심산이었다.

* 『조선왕조실록』 인용.

대비는 한숨을 내쉬었다. 나직이 울먹이며 편전을 장악하던 대왕대비의 모습을 떠올렸다.

'내 나이 예순이 지나 이미 정신이 혼모하거늘, 어찌 다시 정사를 논할까마는…… 국사가 지극히 중한데도 부탁할 곳이 없으니, 하는 수 없이 수렴청정을 허락하오.'

모든 일이 대왕대비전의 뜻대로 마무리되었다. 대왕대비 김씨는 명실상부 조선의 여군(女君)이 되었다.

조형복은 파발 문서를 읽고, 원범 앞에 무릎을 꿇고 엎드렸다. 그간 시도 때도 없이 원범을 박대하던 일이 병풍처럼 펼쳐졌다. 제 잘못을 용서해달라고 눈물을 흘렸다. 원범에게 곱게 죽지 못하리라, 장담하던 조형복은 강화 유수부 정청에 원범을 고이 모셨다. 원범의 비위를 맞추느라 갖은 애를 썼다.

상석에 앉은 원범도 좌불안석이기는 마찬가지였다. 대궐에서 전한 소식은 원범도 어리둥절하게 만들었다. 원범은 우선 덕완군이 되었다. 오늘 봉영(귀인(貴人)을 받들어 맞이함)단이 도착하면 함께 대궐로 가서 보위에 오르리라고 들었다. 할아버지가 아무리 정종 대왕의 아우이기는 하나 저는 유배 죄인이었다. 그것도 역모에 연좌된 죄인이었다. 그런 제가 어찌 하루아침에 용상의 주인이 될 수 있단 말인가? 원범은 길게 숨을 내쉬었다. 별이, 약속 장소에서 내내 저를 기다리고 있는 별이는 어찌 되는가? 원범은 자리에서 일어났다. 조형복이 허리를 굽힌 채 물었다.

"어디 불편한 데라도 있사옵니까?"

"별이가 절 기다리고 있습니다. 제가 오지 않아서 많이 걱정하고 있을 거예요. 별이한테 가봐야 합니다."

"아니 됩니다. 아니, 소신이 덕완군 아기씨의 앞길을 막는 것이 아니오라 유수부에 계시라는 명이, 그러니까 '자성 전하'라는, 이 나라에서 가장 높은 분의 명이 있었사옵니다."

원범이 머뭇거렸다.

"부디 통촉하여주소서."

조형복은 무릎을 꿇으며 머리를 조아렸다.

"이러지 마십시오."

원범은 조형복을 일으켰다.

"장차 보위에 오르실 덕완군 아기씨, 사령을 보내 별이를, 아니 별이 아기씨에게 전갈을 넣겠나이다. 별이 아기씨를 찾아서 이리로 모셔 오겠사옵니다. 하오니 부디 자리를 지켜주소서."

원범은 마지못해 자리에 앉았다. 하나 아무리 기다려도 별이는 오지 않았다. 원범이 물어볼 때마다 조형복은 나졸들이 백방으로 찾고 있다는 말만 전했다.

날이 저물었다. 원범이 애타게 기다리던 별이 대신, 원범을 모시고 갈 봉영단이 도착했다.

"신 판부사 정원용, 대왕대비전의 분부를 받들어 덕완군 아기씨를 대궐로 모시겠나이다. 어서 연에 오르소서."

원범이 유수부 대청에 모습을 드러냈다. 그새 원범의 차림새는 많이 달라졌다. 낡고 때 묻은 베옷 대신 비단 복건을 쓰고 남색 전복을 입었다. 봉영단이 무릎을 꿇고 절을 했다. 문무 관료와 내관, 궁녀는 물론 연주를 담당하는 취고수, 의장기, 채여, 연 등으로 이루어진 화려한 봉영단 행렬이 유수부 마당을 가득 메웠다.

불편한 표정으로 주변을 힐끔대던 원범은 조형복에게 다가갔다.

"덕완군 아기씨, 소신 아기씨께오서 강화에 처음 오셨을 때부터 이리 되실 줄 알았나이다. 아기씨의 눈동자에선 찬란한 광채가 발하옵고, 콧마루에선 우뚝한 기상이 뿜어 나는 모습이, 가히 군왕의 용모이셨사옵니다."

조형복이 감격하는 표정을 만들어냈다. 원범은 목소리를 낮추어 별이의 소식을 물었다.

"예, 아직 못 찾았사옵니다. 별이 아기씨를 찾으면 꼭 덕완군 아기씨의 소식을 전하겠사옵니다. 소신만 믿으소서."

원범은 불안한 얼굴로 연에 올랐다.

갑곶 나루터를 향해 일대 장관이 펼쳐졌다. 붉은 노을 아래 원범을 모신 봉영단이 지나가고 있었다. 너도나도 한성으로 떠나는 원범과 봉영 행렬을 보기 위해 모여들었다. 평생 한 번 볼까 말까 하는 구경거리였다. 행렬을 향해 부복하던 사람들은 원범이 지나가자 저마다 웅성댔다.

"어쩐지 밤이 되면 원범이네 집에 무지개 빛깔 광기(光氣)가 뻗쳐 있는 것이, 예삿일이 아니었다니까."

"그러게. 원범이 상감마마 만들어주는 빛이었네. 허허허."

"아이고, 이제 원범이가 아니지. 임금님이신데……."

마을 사람은 모두 선하고 공손한 원범을 좋아했다. 그들은 원범의 경사를 제 일처럼 기뻐하고 축하해주었다.

군중 사이로 귀순 어미와 귀순이 달려왔다. 귀순 아비도 다리를 절뚝이며 뒤따라왔다. 멀어지는 원범을 따라잡으려 더욱더 속도를 내던 귀순 어미가 들고 있던 보따리를 떨어뜨렸다. 보따리 안에서 보리 주먹밥 한 덩이와 개떡 두 개, 머루 한 줌이 쏟아졌다. 귀순 어미가 한숨을 쉬며 바닥에 구르는 음식과 봉영 행렬의 끝자락을 번갈아 바라보았다. 귀순이 봉영 행렬을 향해 절을 했다.

"안녕히 가십시오, 원범 오라버니, 아니 상감마마!"

귀순을 따라 귀순 내외도 절을 했다.

멀리서 은규도 붉어진 눈으로 봉영 행렬을 쫓고 있었다.

"부디 성군이 되어주십시오, 전하."

오랜 벗을 향한 염려이자 새 군주를 향한 간절한 바람이었다.

2

별이는 숨을 헐떡이며 원범의 집으로 달려왔다. 머리는 헝클어지고 옷은 구겨졌다. 얼굴에는 눈물과 콧물 자국이 한데 엉겨 번져 있었다. 별이가 사립문으로 들어섰다.

"얘는 왜 불도 안 밝히고……."

집 안이 캄캄했다. 별이는 이미 섬에 어둠이 내렸지만 원범이 불을 밝히지 않았다고 생각했다. 아니, 바랐다.

"원범아, 나 왔어."

별이는 원범의 이름을 부르며 방문을 열었다. 방 안에는 원범이 없었다.

"원범아, 별이 왔어. 박별이가 왔어."

별이가 떨리는 목소리로 원범을 부르며 부엌, 뒷간을 다 뒤졌지만 원범은 없었다.

"너 오늘 약속도 안 지키고, 대체 어디 있니?"

별이의 눈에서 다시 눈물이 쏟아졌다. 조형복의 말이 사실이었다.

'그분은 이제 지존이시다. 너 따위가 가까이할 분이 아니시란 말씀. 너처럼 천한 것이 감히 그분과 연을 이으려 한다면 그분께 누가 되는 것은 물론 네 목숨도 부지하지 못할 게야. 하니 잊어라.'

오늘 오시, 원범은 끝내 약속 장소에 나타나지 않았다. 별이는 애써 부인해온 목소리를 떠올리며 불안에 떨었다. 죄인에게 무슨 일이라면, 죽는 일밖에 더 있겠느냐는 조형복의 말이 목구멍에 걸린 가시처럼 별이를 괴롭혔다.

별이는 약속 장소를 벗어나 원범의 집으로 달렸다. 원범의 이름을 소리쳐 부르며 사립문을 넘었지만 대답이 없었다. 그러고 보니 원범의 집을 지키고 있던 나졸의 모습도 보이지 않았다. 원범의 집은 텅 비어 있었다. 왈칵, 눈물이 쏟아졌다. 원범에게 무슨 일이 생겼다. 집 밖으로 나와 동네 어른과 아이들을 붙들고 원범의 행방을 묻고 또 물었다. 원범이 형, 나졸들이 유수부로 끌고 갔어, 사내아이가 코를 훌쩍이며 말했다. 별이는 유수부로 달렸다. 곱게 다림질한 치맛자락이 펄럭이고 애써 땋은 머리가 헝클어졌지만 개의치 않았다. 유수부에 도착한 별이는 숨을 고르며 입구를 지키는 나졸에게 물었다.

'원범이는요? 원범이 여기 있죠?'

그런 자는 없다며 나졸이 무표정하게 답했다.

'참말이오? 이리로 잡혀 오는 걸 봤다는 아이들이 있소.'

별이가 유수부 안을 기웃거렸다. 나졸은 삼지창으로 별이를 막아 세우며 인상을 썼다.

'눈으로 직접 확인하게 해주시오.'

별이가 창대를 잡으며 사정했다. 보고를 받고 조형복이 모습을 드러냈다. 별이가 대뜸 물었다.

'유수 영감, 원범이 여기 있죠?'

'그럴 리가…….'

조형복은 모른 척, 시치미를 뚝 뗐다.

'그럼, 한양으로 압송됐나요? 아니면 벌써…….'

별이의 눈과 귀, 얼굴이 붉어지기 시작했다.

'무슨 소릴 하느냐? 원범이를 왜 여기서 찾아?'

'원범이가 집에 없어요. 집을 지키던 나졸들도 없고요.'

'우린 모르는 일이니 썩 물러가라.'

별이가 나졸을 밀치며 유수부 안으로 뛰어들었다.

'원범아! 원범아!'

조형복이 쫓아와 별이의 머리채를 잡았다.

'어허! 어디서 소란이냐?'

조형복은 별이를 감금하라고 명했다. 나졸이 별이의 팔을 잡았다. 별이는 유수부 안쪽을 향해 계속 원범의 이름을 불러댔다. 조형복은 성가시다는 듯이 손을 내저으며 별이의 입도 막으라고 했다. 별이는 순순히 나졸에게 끌려갔다. 나졸에게 끌려가면서 귀를 열고, 주변을 기웃거렸다. 혹 원범이 마당에 포박되어 있지 않을까, 원범이 고신을 당하며 소리 지르지 않을까 해서였다. 하지만 눈으로도 귀로도 원범의 흔적을 찾을 수 없었다. 별이는 팔을 뻗어 나졸을 제압하고, 내삼문 안으로 달려가며 소리쳤다. 원범아! 원범아! 원범의 이름을 불러댔다. 놀란 나졸이 별이의 머리채를 잡고 다른 나졸을 불렀다. 나졸 두 명이 더 붙어 포박하고서야 별이를 창고로 밀어 넣을 수 있었다. 나졸이 별이의 입에 재갈을 물리고 나가면서 말했다.

'원범이는 무사하니 걱정 마라.'

별이가 눈을 치뜨고 나졸을 노려보았다. 나졸이 어깨를 움찔하며 나갔다.

조형복은 봉영단이 배에 오르고 나서야 별이를 풀어주었다. 조형복의 뜻대로 별이는 결국 원범을 만나지 못했다.

별이는 텅 빈 방을 둘러보며 털썩 주저앉았다. 눈물이 멈추지 않았다. 달빛이 봉창으로 스며들었다. 오늘은 별이 생애 가장 특별한 날이었다. 원범에게 고백을 받기 위해 어젯밤에는 고이 간직해온 댕기와 새 옷을 꺼냈다. 평소 않던 다림질도 하였다. 오늘 새벽부터는 몇 번이고 머리를 다시 땋고, 옷매무새를 고쳐 입으며 용모를 다듬었다. 평소에도 머리를 땋고 치마저고리를 입기는 하였지만 이곳저곳을 누비며 뛰어다니고 검 수련을 하느라 머리는 헝클어지고, 치맛단은 끈으로 질끈 동여매 있었다. 그러나 오늘만큼은 원범에게 곱고 아리따운 모습을 보여주고 싶었다. 하지만 이제 어여쁜 모습 따위가 아니어도 좋았다. 원범을 한 번만 볼 수 있다면, 원범에게 잘 가라는 한마디만 건넬 수 있다면 원이 없었다.

"오늘 오시에 꼭 만나자고 했잖아. 이렇게 작별할 줄 알았다면 어제 집으로 돌아가지 않을 걸 그랬어, 원범아."

별이가 원범의 이름을 부르며 울부짖었다.

한동안 눈물을 쏟아내던 별이는 눈이 어둠에 익자 방바닥에 놓인 물건을 보았다. 별이는 가까이 가서 물건을 들어보았다. 달빛에 비추어보았다. 붉은 비단으로 만든 염낭이었다. 비단의 촉감이 원범의 눈길처럼 보드라웠다. 별이는 떨리는 손으로 염낭을 열어서 손가락을 집어넣었다. 작고 차갑고 단단한 느낌이 손끝에 묻어났다. 무엇인지 알 것 같았다. 은규가 말하던 쌍지환. 별이는 염낭을 뒤집어 제 손바닥에 쌍지환을 떨어뜨렸다. 쌍지환이 아니라 가락지 하나였다. 별이는 가락지를 어루만졌다. 가슴이 터질 것만 같았다. 원범의 부재가 더 실감났다.

"갔어. 원범이가 갔어. 가버렸어. 원범이가 가버렸어. 원범이가 정말 가버렸어."

별이는 눈앞이 캄캄해졌다. 눈물이 별이의 뺨을 타고 다시 흘러내리기 시작했다. 별이의 어깨가 폭풍 전 파도처럼 넘실댔다. 가락지를 쥔 손이 떨렸다. 별이가 목놓아 울기 시작했다.

별이는 한밤중이 되어서야 겨우 원범의 집을 나섰다. 처음에는 원범의 집을 떠나지 않을 생각이었다. 혹 원범이 돌아올지도 몰랐다. 사람을 보내 제 안부를 물을지도 몰랐다. 하지만 아버지 생각이 났다. 아버지가 저를 기다리고 있을 것이다. 그리고 아버지라면 원범을 다시 만날 방도를 알려줄지도 몰랐다.

"원범아, 다녀올게."

별이는 빈집을 향해 인사를 하고, 사립문을 닫았다. 어느새 밤이 깊었다. 마을에는 불빛 한 줌 없었다. 별이는 달빛과 별빛을 따라 걸음을 옮겼다.

깜깜한 밤이면 원범은 굳이 별이를 데려다주었다. 별이의 눈에는 벌레 한 마리 죽이지 못하는 원범이 더 위험해 보였는데…….
산짐승의 울음소리가 들리면 별이는 검을 뽑거나 돌멩이를 들고, 원범은 몸을 움츠렸다. 그런 원범을 놀려대느라 별이는 부러 짐승의 울음소리를 흉내 내기도 했다. 이제야 생각하니 후회가 밀려들었다. 놀리지 말 것을. 괜찮아, 하고 안심시켜줄 것을.

집으로 오르는 샛길이 보였다. 별이는 당장이라도 쓰러질 듯, 온 전신의 기운이 사라진 것 같았지만 염낭을 쥔 손에는 힘을 꼭 주었다. 별이는 숨을 한 번 내쉬고는 샛길을 향해 한 발짝 내디뎠다. 그리고 별이의 손에 들려 있는 염낭이 바닥으로 떨어졌다. 누군가가 별이의 뒤로 다가와 입을 막았다. 별이는 숨을 토하며 멍하니 염낭만 바라보았다. 반격할 정신도 기운도 없었다.

3

반 시진 전, 별이가 원범의 집에서 울고 있을 때 한 사내가 별이의 집 마당으로 잠입했다. 사내는 검은 복면으로 얼굴과 한쪽 눈을 가렸다. 사내는 조심스레 마당을 가로질러 방문 앞에 당도했다. 한 손으로 검을 쥐고, 다른 손으로 방문을 열었다. 빈방이었다. 사내는 서둘러 건넌방으로 갔다. 방에는 여인의 옷가지만 널려 있을 뿐, 사람은 보이지 않았다. 마당으로 내려와 대장간으로 향했다. 대장간의 문을 열려는 찰나, 냉기가 등 뒤로 스며들었다. 검의 기운이었다.

"오랜만이구나, 솔개!"

솔개의 등에 검을 겨눈 시명이 메마른 목소리로 말했다. 몇십 년 만의 재회였다. 솔개가 움직임을 멈추었을 때 두 명의 복면 사내가 울을 넘어왔다. 시명이 재빨리 그들을 눈으로 훑는 사이, 솔개가 몸을 돌려 시명에게 검을 겨누었다. 곧이어 네 개의 검이 공중에서 부딪쳤다.

민 상궁은 숲에 몸을 숨긴 채 숨을 죽이며 한밤중의 격전을 지켜보았다. 문득 별이 생각이 났다. 별이가 돌아오리라. 민 상궁은 샛길 옆 숲을 따라 산을 내려갔다. 산 아래에서 사람의 그림자가 나타났다. 별이였다. 민 상궁은 나무 뒤로 몸을 숨기면서 조용히 걸음을 옮겼다. 별이 뒤로 다가가 그 아이의 입을 막았다. 별이가 쥐고 있던 염낭이 바닥에 떨어졌다. 별이는 바닥에 시선을 내리꽂은 채 얼이 빠진 양 미동도 없었다. 민 상궁은 별이 앞으로 가 제 얼굴을 보여주고 별이의 입에서 손을 뗐다. 별이가 민 상궁을 보면서 한숨을 쉬었다. 울먹이며 마마님, 하고 불렀다. 민 상궁이 검지를 별이의 입술에 대며 고개를 저었다. 별이를 데리고 숲으로 몸을 숨겼다.

　오늘 아침 대왕대비전에서는 김좌근이 새 임금에 대한 새로운 소식을 전했다.

　"사왕에게 정인이 있다고 하옵니다."

　"호호호. 정인이요? 아직 어린아이인 줄 알았는데……. 하긴 외로이 살다보면 쉽게 정을 붙이는 법이지요."

　"하온데 그 정인이라는 계집의 아비가 박시명이옵니다."

　대왕대비가 웃음을 거두고 미간을 찡그렸다.

　"박시명이면 익종의 좌익찬이 아닙니까? 윤연심, 그 아이와 함께 죽었다 하지 않았습니까?"

　"그것이…… 소신도 그리 알고 있었는데 착오가 있었나 보옵니다. 송구하옵니다."

　대왕대비가 한숨을 내쉬었다. 김좌근이 입꼬리를 떨며 난처해했다.

　"처리하세요."

　"예, 그리 조치했사옵니다."

　"박시명도, 그 계집도 이번엔 확실하게 처리하세요."

　"그 여식까지 말이옵니까?"

　"느낌이 편치 않습니다. 두면, 화근이 되겠지요. 처리하세요."

　"예. 여부가 있겠사옵니까?"

　김좌근은 시명을 처리하기 위해 이미 자객을 보냈다. 하지만 시명의 딸까지 확실하게 처리하라고 명하지는 못했다. 물론 솔개라면 그 딸아이에 대한 처사를 빼놓지 않으리라.

이들의 대화는 곧장 대비전에 전해졌다. 패배를 맛본 대비가 뒤늦게 대왕대비전에 간자를 심어 놓은 터였다. 박시명이라면 지 아비인 익종이 세자 시절 가장 신뢰하던 호위 무관이었다. 대비 는 민 상궁을 불렀다.

"막아야 한다. 어서 가서 막아라. 반드시 그들보다 먼저 가서 박시명에게 이 사실을 알려야 한다."

민 상궁은 대비의 명이 떨어지자마자 곧바로 궁을 나섰으나 한 발 늦었다. 이미 김좌근이 보낸 자객이 시명과 검을 부딪치고 있 었다. 조선 최고의 무사이던 시명이라면 능히 저들을 제압하리라.

민 상궁은 아버지를 돕겠다는 별이를 겨우 달래 동쪽 울타리 삼아 심어 놓은 대나무 아래에 몸을 숨겼다. 민 상궁과 별이는 검 이 부딪칠 때마다 온몸을 떨었다. 대나무 울타리와 솔숲 사이로 무심한 시냇물이 경쾌하게 계곡으로 흘러갔다.

시명은 한순간도 밀리지 않고 세 명을 상대해냈다. 시명이 솔 개에게 최후의 일격을 가하려던 그 순간, 자객들이 날린 네 개의 편전이 시명의 가슴팍을 파고들었다. 가늘고 작은 화살을 맞은 시명은 주춤했지만 이내 다시 검을 놀렸다. 시간이 지나고 시명 의 검은 힘을 잃었다. 부자 독을 품은 화살이 시명의 가슴을 뚫었 다. 시명의 몸에 부자 독이 퍼져나갔다. 머지않아 온몸을 마비시 키고 심장을 멎게 하리라.

"김좌근의 개 솔개, 예나 지금이나 변한 바가 없구나."

"이번에는 살아남지 못하리라."

솔개가 눈을 번득이며 시명을 향해 검을 휘둘렀다. 시명은 다시 자세를 잡고 검을 날렸지만 솔개의 검을 막아내지 못했다. 시명은 검에 기대어 주저앉았다.

별이는 아버지를 돕겠다고 몸부림쳤다. 민 상궁이 온 힘을 다해 별이를 붙잡고 말렸다. 동쪽 울 너머에서 인기척을 느낀 솔개가 그곳으로 시선을 돌렸다. 별이라고 생각한 시명이 검을 들고 일어나 솔개를 향해 내둘렀다. 하지만 솔개의 검이 빨랐다. 단칼에 시명의 심장을 벴다. 사방으로 뜨거운 선혈이 튀었다. 시명이 천천히 쓰러졌다. 그의 가슴은 피로 물들고, 핏물은 땅을 적셨다.

솔개가 시명을 내려다보았다. 시명은 한때 조선 최고의 무사이자 가장 촉망받는 무관이었다. 저는 물론 검은 쥔 자들의 이상이었다. 무예를 좀 한다는 자들은 모두 박시명을 꿈꾸며 수련했다. 그리고 박시명은 제 꿈을 앗아 간 자이기도 했다. 김좌근의 휘하에 있던 솔개는 무관 입성을 앞두고 있었지만 시명에게 한쪽 눈을 잃고, 사람들이 혐오하는 애꾸가 되어 그림자 무사로 살아가야만 했다.

자객들이 여유가 없다며 솔개를 재촉했다. 솔개는 시명에게서 시선을 거두었다. 걸음을 떼다 멈추고 동쪽 울을 바라보았다. 솔개가 동쪽 울로 다가갔다.

별이는 솔숲으로 도망칠 시간이 없었다. 민 상궁과 함께 시내로 뛰어들어 바닥에 누웠다. 민 상궁이 제 입을 막고서 숨을 삼켰다. 찬물이 온몸으로 스며들었다. 시냇가에 자란 풀들과 검은 숲 그늘이 별이와 민 상궁을 숨겨주었다.

솔개는 검을 들어 대나무 울타리를 베어냈다. 긴 대나무가 천천히 꺾이면서 시야가 트였다. 울타리 밖은 검은 숲이었다. 솔 향기가 그득했다. 솔개가 꺾인 대나무를 바닥으로 쳐내자 숲에서 산새가 날아올랐다. 물 흐르는 소리와 산짐승의 울음소리가 귀를 어지럽혔다. 솔개가 입꼬리를 씰룩이며 몸을 돌렸다.

"여식은?"

"못 찾았습니다."

"나리, 오늘 밤 안으로 이곳을 빠져나가셔야 합니다."

자객들이 주위를 살피며 솔개를 재촉했다.

"너희는 예 남아서 아이를 찾아 처리하고 오너라. 어서."

자객들이 솔개의 명을 받고 흩어졌다. 솔개는 땅에 떨어진 삿갓을 주워 깊숙이 쓰고는 자리를 떴다.

"아버지!"

"나리!"

솔개가 사라지고 사방이 고요해지자 별이와 민 상궁이 시내에서 나와 시명에게 달려갔다. 온몸에서 차가운 물이 뚝뚝 들었다.

"별이야! 여기 있으면 안 돼."

이미 많은 피를 쏟은 시명은 마지막 기운을 다하여 말했다. 별이는 시명을 안고서 꼼짝도 하지 않았다.

"아버지, 김좌근이 누구야? 아버지를 이리 만든 놈이 김좌근이라는 사람이지?"

"별이야, 어서 떠나거라. 어서 가야 해."

"아버지, 김좌근이 누구냐고? 내가 다 보고, 다 들었어."

"별이야, 오늘 보고, 들은 것은 다 잊어라. 이 아비도, 그 이름도!"

"싫어!"

별이가 눈물을 쏟으며 고개를 저었다.

"다 잊어라. 원범이도……. 이제 원범이도 잊어야 한다. 결코 그들과 연을 쌓지 말아라."

"아버지, 김좌근이 누구냐니까?"

"아무것도 알려고 하지 말아라. 민 상궁, 어서 별이를 데리고 떠나시게. 별이를 살려주시게. 부탁하네. 별이를…… 별이를…… 우리 딸…… 별이를…….."

시명은 민 상궁의 옷소매를 잡으며 이 세상에서의 마지막 말을 남기고 눈을 감았다.

"아버지!"

별이가 악을 쓰며 시명에게 매달렸다. 민 상궁은 제 옷소매를 잡은 시명의 손을 조심히 들어 내려놓았다.

"나리."

민 상궁이 흐느꼈다. 박시명, 어찌 살아남은 목숨이던가. 이리 허망하게 가서는 안 되는 사람이었다.

"별이야."

민 상궁이 별이를 껴안았다. 별이는 살려야 한다. 민 상궁은 정신을 가다듬고 별이에게 갈 길을 재촉했다. 별이는 식어가는 아버지의 몸을 안고서 꼼짝하지 않았다. 별이가 통곡했다. 하루 만에 세상에서 가장 사랑하는 두 사람을 잃은 설움과 슬픔이 한꺼번에 쏟아져 나왔다.

갑곶 나루터에 배를 띄운 뱃사공은 연신 웃음을 흘리며 오늘의 횡재에 기뻐했다. 낮에는 봉영단을 실어 나르고, 밤에는 웬 사내 하나와 여인 둘이 차례대로 와 배를 원했다. 먼저 배에 오른 사내가 출발을 재촉했다. 뱃사공은 늑장을 부리며 여인을 기다렸다. 이중으로 뱃삯을 받을 속셈이었다. 멀리서 두 여인이 이쪽을 향해 오고 있었다.

"마침 손님이 더 오시네요. 이왕 강을 건너는 김에 모시고 가죠."

사내는 무표정으로 긍정도 부정도 하지 않고 강 너머로 고개를 돌렸다.

별이와 민 상궁은 가쁜 숨을 내쉬며 배에 올랐다. 곧 배가 출발했다. 배가 흔들리자 미처 자리 잡지 못한 민 상궁의 몸이 사내 쪽으로 쏠렸다. 민 상궁은 사내 앞에서 휘청거렸다. 사내가 말없이 민 상궁을 잡아 바로 세워주었다. 민 상궁은 사내에게서 얼른 고개를 돌리고 자리를 잡았다. 사내가 민 상궁과 별이 쪽을 힐끗 쳐다보았다. 사내의 눈에 별이가 지닌 검이 들어왔다. 별이가 챙겨 온 시명의 검이었다.

"좋은 검이군."

사내가 검을 슬쩍 보면서 한마디 던졌다. 별이는 삿갓 아래로 드러난 사내의 얼굴을 보았다. 애꾸눈 사내! 아비의 명줄을 앗아간 자였다. 별이가 검을 뽑으며 벌떡 일어섰다. 민 상궁과 솔개, 뱃사공이 동시에 별이를 쳐다보았다. 별이는 솔개를 노려보았다.

"아가."

민 상궁이 별이의 손을 잡았다. 별이가 온몸을 떨었다.

"아가, 위험한 물건이니 내려놓자. 나리께서 잘 가지고 오라 하셨잖아."

별이가 민 상궁을 내려다보았다.

"어서, 나리께서 알면 경을 치실 게야."

검을 쥔 별이의 손에 힘이 들어갔다. 민 상궁은 별이에게 눈빛으로 간청했다. 별이야, 제발 참으렴. 민 상궁이 별이의 손에서 천천히 검을 빼냈다. 검이 민 상궁의 손으로 미끄러지듯 들어갔다. 별이는 쓰러지듯 자리에 앉았다.

"송구합니다. 우리 아이가 좀 아파서……."

민 상궁이 솔개와 뱃사공에게 고개를 숙였다. 솔개는 검은 바다로 시선을 돌렸다.

뱃사공이 두 모녀를 뜯어보았다. 둘 다 제정신이 아닌 것 같았다. 머리를 풀어 헤친 아이는 눈도 반쯤 풀려 있었다. 어미는 아이의 옷을 입었는지 짧은 소매 아래로 팔이 드러났고, 가슴팍은 터질 듯하였다. 뱃사공이 두 모녀를 보며 안되었다는 듯이 혀를 찼다.

별이는 솔개를 바라보았다. 그의 애꾸눈과 하나 남은 매서운 눈빛과 왼쪽 뺨에 난 검붉은 상흔을 머릿속에, 눈 속에, 가슴에 새겼다. 왼쪽 뺨의 상흔은 오늘 아버지와의 결전에서 입은 상처이리라. 별이는 솔개의 얼굴을 보면서 다짐했다. 반드시 저자를 다시 만나 진실을 밝히고 아버지의 원한을 갚겠노라고.

솔개가 별이 쪽으로 다시 시선을 돌렸다. 별이는 자연스럽게 눈을 바닥으로 내리깔고, 반대쪽으로 몸을 돌렸다. 뱃사공은 배 위

70

의 긴장감을 눈치채지 못한 채 흥겨운 뱃노래를 무심히 흥얼댔다.

"살펴 가십시오, 나리."

김포에서 돌아온 뱃사공은 갑곶 나루터에 배를 대고 환하게 웃으며 인사했다. 평생의 운이 오늘 한꺼번에 밀어닥친 듯하였다. 봉영단과 정신 나간 모녀와 애꾸를 김포 나루터에 내려주자마자 이번에는 멀쩡한 사내가 배를 원했다. 키가 훌쩍하니 크고 몸집이 가늘고 복색이 깨끗했다. 빈 배로 돌아가나 했는데 사내는 돈은 얼마든지 줄 터이니 지금 당장 강화로 가자고 했다.

사내는 오늘 오후 도성을 떠난 심규였다. 심규가 강화에 도착했을 때는 삼경(밤 11시~새벽 1시)이 넘은 야심한 시각이었다.

어젯밤 어명을 받자마자 도성을 출발한 심규는 길에서 임금이 승하하였다는 비보를 접했다. 심규는 다시 창덕궁으로 돌아갔다. 대비는 빈전을 지키는 일보다 유명을 받드는 일이 대행왕의 바람이었다고 전했다. 심규는 대비의 말을 듣고 다시 대궐을 떠났다. 밤이 늦어서야 김포에 다다랐다. 다행히 강화로 돌아가는 배가 있었다. 사내와 여인, 소녀를 싣고 갑곶 나루터에서 온 배였다.

심규는 산을 오르며 제가 본, 대행왕의 마지막 모습을 떠올렸다. 대행왕은 거친 숨을 몰아쉬며 힘겨워했다. 대비가 약을 달이러 나간 사이 심규가 곁을 지켰다. 한 시진이 지났을 때, 임금이 눈을 떴다. 심규가 자리에서 몸을 일으키려는 임금을 부축했다. 임금은 괜찮다, 고개를 끄덕이고 바르게 좌정했다.

'박시명을 찾아야 한다. 아바마마 생전의 동궁전 좌익찬이었

다. 가장 가까이에 두신 자다. 아바마마께오서 승하하시기 보름 전, 자취를 감추었다 들었다.'

'예. 익종 대왕의 밀명을 수행하다가 죽었다고들 하지 않았사 옵니까?'

'강화에 살아있다. 박시명이라면 진실에 근접했으리라. 하니 그 를 찾아라.'

'예, 전하.'

'과인의 유명이다.'

'유명'이라는 말에 심규의 눈이 시큰거렸다.

'과인은 곧 죽는다. 아바마마처럼 저들의 손에.'

'전하!'

'과인, 아바마마의 한을 풀어드리지 못하고 죽는 것이 죄스러 울 따름이다. 하니 박시명을 도와 저들의 죄상을 밝혀낼 증좌를 모으고, 경원군이 보위에 오른 뒤 장성하면 진실을 밝혀 아바마 마와 과인의 한을 풀어라.'

'예, 전하. 소신, 어명을 받잡겠사옵니다.'

불경임을 알면서도 심규가 고개를 들어 임금을 바라보았다. 임 금의 눈빛이 오래간만에 또렷이 빛나고 있었다.

심규가 박시명의 집에 도착했다. 사위가 적막하고 어두웠다. 사람이고, 집이고 잠들어 있을 때였다. 계시오, 심규가 불 꺼진 집 안을 향해 소리쳤다. 몇 번 더 불렀으나 대답이 없었다. 심규 는 방 안으로 들어섰다. 발부리에 단단한 물체가 걸렸다. 달빛에 사람의 얼굴이 드러났다. 심규는 얼른 불을 밝혔다. 시명이 피를 쏟은 채 죽어 있었다. 죽은 지 두 시진은 지난 것 같았다. 시명의 옆에 접힌 종이와 옥가락지 하나가 있었다. 종이에는 장례를 부탁합니다, 라는 글귀가 언문으로 쓰여 있었다. 심규는 집 근처 숲에 시명의 시신을 묻었다.

박시명은 익종이 부왕인 순종의 명으로 대리청정을 하던 시절, 조선에서 가장 뛰어난 무사였다. 하지만 강건하던 익종이 갑자기 승하하면서 익종의 명을 받고 출궁한 시명도, 궁녀 윤연심도 죽었다는 풍문만 전해졌다. 그리고 익종의 아들인 대행왕은 부왕의 한을 풀기 위해 박시명을 찾으라는 유명을 남기고 세상을 떠났다. 전하, 소신 이제 어찌하오리까? 심규는 박시명의 무덤 앞에서 길게 숨을 내쉬었다. 다시 박시명의 집으로 갔다. 날이 밝을 때까지 온 집 안을 샅샅이 뒤졌으나 별다른 것은 찾지 못했다.

심규는 마지막으로 대장간을 둘러보았다. 대장간에는 가마가 두 개 있었다. 가마 하나는 아직도 온기가 남아 있었다. 다른 가마 하나는 차가웠다. 한 번도 불을 땐 적이 없어 보였다. 심규는 찬 가마 안을 뒤졌다. 아무것도 없었다. 심규는 가마 앞에 앉아서 대장간을 둘러보았다. 대장간 구석에 놓인 괭이를 찾아와 찬 가마 바닥을 파냈다. 서너 치 정도 팠을 때 괭이 끝에서 단단한 감촉이 느껴졌다. 더 빨리 괭이질을 했다. 오래된 나무 상자 하나가 드러났다.

심규는 흙을 털어내다 상자를 열었다. 안에는 책이 두 권 있었다. 낡은 표지와 누렇게 바랜 종이. 한 권에는 '김씨옥수기'라고 쓰여 있었다. 책을 넘겨 대강 훑었다. 아녀자들이 좋아한다는 소설책이었다. 진서로 쓰인 것으로 보아 사대부들도 재미 삼아 읽는 모양이었다. 그래도 박시명이 왜? 하는 의문은 들었다. 다른 한 권은 이름이 없었다. 별 내용도 없었다. 사람들의 이름인 것 같은 짧은 말들, 장소, 날짜가 쓰여 있었다. 시구도 있었다. 간혹 그림도 눈에 띄었다. 하지만 이 책이 대행왕이 원하던 중요한 단서라는 것은 대번에 알 수 있었다. 익숙한 필체. 대행왕이 늘 곁에 두고 아껴 보던 익종 대왕의 필체였다.

4

오래간만에 김포 행궁이 사람의 온기로 달아올랐다. 원범을 모신 봉영단은 오늘 밤 이곳에서 유숙한 뒤, 내일 아침 한양으로 출발할 예정이었다. 원범은 불 꺼진 침전에 홀로 앉아 가락지를 만지작거렸다. 지금쯤 별이는 어찌하고 있을까? 방에 두고 온 가락지 한 짝은 찾았을까? 원범의 얼굴에 수심이 그득했다. 별이야, 임금이라니? 가난한 지게꾼인 내가 어찌 하루아침에 임금이 된단 말이니? 별이야, 설마 이대로 너를 다시 못 보지는 않겠지? 원범은 마음속으로 몇십 번 별이를 불러보았다.

'나도 엄마가 없어.'

별이의 집을 처음 찾은 날, 별이는 말했다.

'아버지는 있어.'

말을 해놓고 별이가 입술을 깨물었다. 천애 고아인 원범에게 아버지가 있다고 말했으니 아차 싶었으리라.

'내가 네 가족이 될게. 나와 우리 아버지가 네 가족이 될게.'

별이는 가족이었다. 가족을 멀리 두고 살 수는 없었다. 더 이상 가족과 헤어질 수는 없었다. 원범은 자리에서 일어나 밖으로 나갔다.

"부르시지 않고요. 어인 일로 나오시옵니까?"

문 앞을 지키던 상선 내관이 허리를 숙이며 물었다. 얼굴에 주름이 없지만 머리는 하얘 나이를 가늠하기 어려웠다. 원범을 처음 봤을 때부터 늘 허리를 굽히고선 웃는 얼굴로 상냥하게 대했다.

"저, 돌아가야겠습니다."

"예?"

상선이 실처럼 가는 눈을 크게 떴지만 여전히 작았다.

"저 돌아가야 합니다."

잠시 후, 원범은 정원용과 마주 앉았다. 정원용은 머리가 하얗게 세고 얼굴 군데군데 굵은 주름이 팬 노인이었다. 방 가장자리에는 상선이 대기하고 있었다.

"잠저(국왕이 즉위하기 전에 거주하던 사저)를 말씀하시옵니까?"

정원용이 부드러운 음성으로 물었다.

"제가 살던 집으로 돌아가야겠습니다."

"혹 용무가 있으시면 신에게 하명하소서. 소신이 처리하겠나이다."

"용무가 있어서가 아니라 집에 가고 싶습니다."

"하하하, 지금 덕완군 아기씨의 집으로 가고 있사옵니다. 아기씨의 집은 이제 심도가 아니라 한양 대궐이옵니다."

"아니요. 전 임금이 되고 싶지 않습니다."

원범이 얼굴을 찡그리자 정원용의 이마 주름이 깊어졌다. 난감했다.

"절 임금으로 택하여주신 일은 감사하지만 전 임금이 될 수도 없고 임금 노릇을 할 수도 없습니다. 전 임금이 되기에 너무 부족한 사람입니다. 전 지게꾼입니다. 나무를 베고 짚신을 삼는 일이 제게 어울립니다. 죄송합니다. 절 돌려보내주십시오."

"왕도(王道)는 차차 배우고 익히시면 되옵니다."

"전 강화에 살고 싶습니다. 강화에서 사는 것이 좋습니다."

"송구하옵니다, 아기씨. 이는 왕실의 가장 큰 어른이신 자성 전하의 명이옵니다. 이제 대왕대비이신 자성 전하께서 아기씨의 어머님이시옵니다. 이는 자식 된 도리로, 신하 된 도리로 따를 수밖에 없는 일이옵니다."

"하나 전 꼭 돌아가야만 합니다."

"소신이 그 연유를 여쭈어봐도 되겠사옵니까?"

원범은 머뭇거렸다.

"혹, 어디 미편하신 데라도 있사옵니까?"

"강화에 기다리는 사람이 있습니다."

정원용이 눈을 동그랗게 뜨고 원범을 바라보았다.

"기다리는 사람이요? 누구신지 여쭈어보아도 되겠사옵니까?"

원범이 잠시 머뭇거리다가 대답하였다.

"정인입니다."

정원용이 함박웃음을 지었다.

"그렇사옵니까? 그런 일이라면 성려 놓으소서. 아기씨께서 즉위하시고, 차후에 그분을 대궐로 모시면 되옵니다."

원범의 얼굴이 밝아졌다.

"정말, 그리할 수 있습니까?"

정원용이 웃는 얼굴로 고개를 끄덕였다.

"우선, 자성 전하께 청을 올려야겠지만, 자성 전하께오서는 더 없이 인자하신 분이옵니다. 분명 윤허하실 것이옵니다. 아니 그런가?"

정원용이 상선을 보면서 동의를 구했다. 상선이 원범을 향해 고개를 끄덕이며 따뜻하게 웃었다.

원범은 얕은 숨을 내뱉었다. 다행이다. 일단은 자성 전하라는 분의 명을 받들어 즉위하고 별이를 부르자.

임금의 첫 연정이…… 허허허. 정원용은 침전을 나오면서 어린 임금이 귀엽다는 듯, 웃음을 터뜨렸다.

다음 날, 원범은 김포를 떠나 입궐하였다. 원범이 온 곳은 창덕궁이라고 했다. 대문을 지나서 한참을 더 들어갔다. 원범이 잠시 머무를 곳으로 가기까지 다시 몇 개의 대문을 넘었다. 크고 높은 집 여러 채를 지나쳤다. 원범 혼자서는 다시 빠져나가지 못할 만큼 대궐이라는 곳은 넓고 복잡했다.

원범의 하루가 꿈처럼 흘러갔다. 희정당이라는 큰 집에서 관례를 올리고, 희정당보다 더 큰 집인 인정전에서 즉위하였다. 월대라는 높은 계단에 오를 때 조정이라는 넓은 마당에 모인 많은 사람이 원범을 향해 절을 했다. 강화의 유배 죄인이었던 이원범이 마침내 조선의 왕이 되었다.

원범은 대조전이라는 큰 집에서 첫날밤을 맞았다. 내관이며, 궁인이며 대궐에 있는 모든 사람이 공손히 원범의 시중을 들었지만, 대궐이라는 곳과 임금이라는 자리는 여전히 어렵고, 두렵고, 불편했다. 비단 이불을 층층이 깔아 높게 만든 잠자리도 편치 않았다. 원범은 저녁 문후를 드리며 만난 대왕대비를 떠올렸다. 대왕대비전에서 마주한 대왕대비는 인정전과 편전에서 적의를 입고 백관을 호령하던 여군의 인상과는 달리 곱고 온화한 얼굴을 하고 있었다.

'주상, 겁이 나시오?'

'아니옵니다.'

대왕대비가 미소를 지으며 원범을 바라보았다.

'예, 겁이 나옵니다.'

'호호호, 예가 주상의 집이고, 내가 주상의 어미요. 겁날 게 무어 있겠소?'

'예, 자성 전하.'

'호호호, 어미에게는 '자전(慈殿, 임금의 어머니를 이르던 말)마마'라고 부르면 되오.'

'예, 자전마마. 명심하겠사옵니다.'

'주상은 성려 놓으시고, 이 어미만 믿으시면 되오.'

'예, 자전마마.'

대왕대비가 기분 좋게 웃었다. 유순한 왕이, 새 아들이 마음에 들었다.

'주상은 아무것도 하지 않으셔도 되오. 이 어미가 다 알아서 하겠소.'

원범은 잠시 머뭇거렸다.

'아시겠소? 주상.'

'예, 자전마마.'

대왕대비가 웃으며 유밀과를 권했다. 갈색 꽃 모양의 과자였다. 원범이 유밀과를 한 입 베어 물었다. 겉은 딱딱했으나 속은 부드러웠다. 처음으로 경험하는, 좋은 맛이었다. 하지만 원범은 유밀과의 맛을 제대로 즐길 수 없었다. 여전히 불안하고 두려웠다.

원범은 편전에서 대소 신료들을 모아놓고 호령하던 대왕대비의 모습을 떠올렸다.

'미망인은 깊은 궁에 있는 아녀자에 불과하여 그동안 말 한마디, 일 한 가지라도 국가의 일에 간섭한 적이 없었소.'

대왕대비를 마주하고 느낀, 정체 모를 불안은 기우일지도 모른다. 대왕대비는 구중궁궐에서 외롭게 늙어가는 여인이다. 그리고 백성을 진심으로 사랑하는 분이다.

'한 톨의 밥과 한 자의 베마저도 모두 백성에게 나왔으니 만약 절검하지 않는다면 그 해악이 반드시 백성에게 돌아가오. 백성이 살지 못하면 나라가 나라 되지 못하니 주상께서는 반드시 진실하고 돈독하게 '애민'이라는 두 글자를 잊지 마시오.'

그리고 예의를 중시하는 분이다.

'신하들을 대하는 법도를 경시해서는 안 되니, 주상께서는 늘 '예'로써 대신들을 대해야 하오. 주상께서 후일 일거일동이라도 이 훈계에 어긋난 바 있으면 대신들은 모름지기 오늘 내가 한 말로 주상을 책난하는 것이 옳소.'

한데 주상을 책난하라니, 내가 대신의 뜻을 잘 따르지 않는다면 나를 꾸짖겠다는 뜻인가? 원범은 갑자기 머릿속이 복잡해졌다. 아, 별이야! 이럴 때 별이가 곁에 있다면 얼마나 좋을까? 원범은 당장 별이를 만나 면류관이라는 무거운 관을 쓰고 구장복이라는 화려한 옷을 입고 즉위식을 한 이야기, 편전에서 대신들 앞에 섰던 이야기, 자성 전하, 아니 자전마마와 마주했던 이야기를 다 풀어 놓고 싶었다. 원범은 품속에서 은가락지를 꺼냈다. 별이에게 주려고 한 쌍지환 중 하나였다. 양국에서는 가락지를 나누어 긴다는 은규의 말을 믿지 않았는데 결국 은규의 말대로 하나씩 나눠 갖게 됐다. 원범은 가락지를 보며 다짐했다.

별이야, 조금만 기다려줘. 널 꼭 데려올게.

한 달이 지났다. 이제 별이를 데려올 때가 된 듯싶었다. 원범은 여느 때와 마찬가지로 대왕대비전에 문후를 드렸다.

"주상께서 매일 조석으로 문후를 게을리하지 않으시니 이 어미 더할 나위 없이 기쁘고 감사하오."

대왕대비가 여느 때처럼 환하게 웃었다. 원범이 잠시 주저하다가 말을 꺼냈다.

"자전마마, 소자 청이 한 가지 있사옵니다."

"예, 뭐든 말씀해보시오."

주상의 첫 청이었다. 대왕대비는 짐작하는 바가 있었다.

"강화에 제 정인이 있습니다. 그 아이를 대궐로 데려오고 싶사옵니다."

"아이고, 이를 어쩌나?"

대왕대비의 얼굴이 어두워지고, 주름이 졌다.

"이를 어찌하누? 우리 주상이 딱해서……."

"자전마마, 어이하여 그런 말씀을 하시옵니까?"

원범은 대왕대비의 눈빛에서 안타까움을 보았다. 애달픔이 있었다. 원범은 불길한 느낌이 들었다.

"그렇지 않아도 내, 주상의 정인이 있다는 얘기를 듣고 심도로 사람을 보냈소. 주상의 정인이니 당연히 대궐로 데려와야 하지 않겠소? 한데 그만……."

대왕대비가 길게 한숨을 쉬었다.

"그만 비적 떼가 들어서 그 아이도, 그 아이의 아비도 모두 죽었다 하오."

대왕대비가 딱하다는 표정으로 원범을 바라보았다.

"비적 떼라니요? 그럴 리가 없사옵니다. 그곳엔 지금까지 한 번도 비적 떼가 든 적이 없었고, 그 아이도, 그 아이의 아비도 무예를 익혔사옵니다."

"주상, 믿기지 않겠지요. 하나 이 어미가 주상께 거짓을 고할 리가 있겠소?"

원범이 손으로 이마를 짚었다. 쓰러질 것만 같았다. 그럴 리 없다. 그럴 리가 없다. 별이가, 스승님이 죽었을 리가 없다.

"그 소식을 듣고, 이 어미 이를 어찌해야 하나, 주상께 어찌 말해야 하나, 내내 동동하였소. 주상, 성심을 강건히 하시오. 주상께는 이 어미가 있지 않소? 이 어미가 주상께 가장 잘 어울리는, 반가에서 가장 아름다운 배필을 찾아드리겠소."

대왕대비가 얼굴이 하얘진 원범을 달랬지만 원범의 귀에는 아무 말도 들려오지 않았다.

대왕대비전을 나온 원범은 곧 울음을 터뜨릴 것 같은 얼굴로 대조전으로 향했다. 원범은 민 상궁을 불렀다. 왕대비 조씨의 명으로 민 상궁이 지밀에서 원범을 시중들었다.

"참말인가? 별이가 정말 죽었단 말인가?"

"송구하옵니다, 전하."

깊은 탄식이 원범의 가슴속에서 터져 나왔다. 별이도, 스승님도 다 죽었다고? 원범의 눈가가 촉촉해졌다. 눈물이 차올랐다. 그럴 리 없다. 그럴 수 없다. 아니다! 아니야! 그들이 나를 떠날 리가 없다. 그들이 나를 버릴 리가 없다. 또다시 내 사람이, 내 소중한 사람들이 나만 남겨두고 떠날 리 없다. 그들은 나를 두고 죽어서는 아니 된다.

원범은 뛰기 시작하였다. 별이야, 별이야! 홀로 목 놓아 별이의 이름을 부르고 싶었다. 이 사실을 받아들일 수 있을 때까지 소리 내어 울고 싶었다. 하지만 심규가 한 발짝 뒤까지 쫓아와 대기하고 있었다. 내관과 궁인도 함께 쫓아왔다. 원범은 다시 달렸다. 심규가 내관과 궁인에게 대기하라는 손짓을 하고 원범을 따랐다.

후원에 이른 원범은 털썩, 바닥에 주저앉았다. 눈물이 뺨을 타고 줄줄 흘러내렸다.

"별이야, 별이야!"

원범은 울음을 터뜨렸다. 형이 죽은 이후 쏟아낼 일 없던 통곡이었다. 심규가 몸을 돌려 주변을 경계하였다. 곧이어 상선이 전하, 하고 외치며 달려왔다. 그는 숨이 차는지 헉헉댔다.

"왜 자꾸 따라오시오?"

원범은 이해할 수 없다는 듯이 물었다.

"소신, 늘 전하 곁에 있겠사옵니다."

상선이 거친 숨을 고르며 대답하였다.

"혼자 있고 싶소."

"신이 뫼시겠나이다."

"소신도 따르겠나이다."

심규의 말에 이어 상선이 말하였다.

"전하!"

민 상궁의 목소리였다. 민 상궁은 헝클어진 머리에, 옷고름은 풀린 채로 치맛자락을 잡고 힘겹게 달려왔다.

"전하! 소인은 전하를 떠나지 않겠사옵니다."

민 상궁의 험한 꼴을 보니 원범의 입가에 헛웃음이 돌았다. 눈가에는 아직도 눈물이 마르지 않았는데 웃음이 나오다니, 원범도 이 상황이 믿기지 않았다. 신이 뫼시겠나이다, 소신도 따르겠나이다, 소인은 전하를 떠나지 않겠사옵니다, 세 사람이 가여운 왕에게 건네는 위로이자 충성 맹세였다.

이 사람들! 원범은 어쩐지 이 사람들은 강화의 이웃처럼 편안하다 생각하였다. 대궐에 오고 나서 처음 느껴보는 감정이었다.

원범은 후원에 나와 표창을 던져대고 있었다. 심규가 원범을 바라보았다. 요즈음 어린 왕은 하루하루를 견디어내듯 조강, 상참, 주강, 석강(아침 강연, 조회, 오후 강연, 저녁 강연)에 임할 때가 아니면 표창만 던져댔다. 그리고 밤이 되면 홀로 흐느꼈다. 미안하다, 별이야! 네게 잘 지내라는 한 마디도, 기다려달라는 부탁도, 돌아오겠다는 약속도 전하지 못하였구나. 미안하다, 별이야! 네 임종도 지키지도 못하고, 네 장례도 치르지 못하였구나. 혹여 누가 볼까, 누가 들을까, 불을 끈 채 이불 속에서 입을 막고 흐느꼈지만 심규의 예민한 감각은 그를 모두 느꼈다.

심규는 원범에게 다가갔다. 원범의 자세를 바로잡아주었다. 원범의 눈가가 붉어졌다. 얼마 전까지만 해도 시명과 별이가 하던 일이었다. 심규는 원범의 표정을 읽었다. 목검을 가져와 대령하였다.

"전하, 잡념을 떨쳐버리는 데에는 검 수련만 한 것이 없사옵니다."

원범이 목검을 보며 희미하게 웃었다.

"잠저에 있을 때도 가끔씩 하였다오. 과인의 상대가 되어주겠소?"

"예, 전하."

원범이 목검을 들었다. 심규도 검을 들어 자세를 취했다. 원범은 또다시 별이 생각이 났다. 지금까지 자신의 검 수련 상대는 별이가 유일하였다. 원범은 온몸에서 힘이 빠져나가 주저앉고 말았다. 심규가 원범의 앞에 무릎을 꿇었다. 원범이 심규의 팔을 잡았다.

"내 믿을 수 없소. 별이와 스승님이 어찌 죽을 수 있단 말이오? 우리 스승님은 무예가 아주 뛰어나신 분이오. 절대로 비적 떼한 테 당하실 분이 아니오."

"전하, 성심을 굳건히 하소서."

"내 직접 확인해야겠소. 믿을 수 없소. 부탁하오. 나를 강화에 좀 데려다주시오."

"전하, 자성 전하께오서 죽었다고 하면 죽은 것이옵니다. 지금은 그렇사옵니다. 지금은 그리 받아들이셔야 하옵니다. 하나……."

심규가 원범을 쳐다보았다. 여리고 연약한 소년일 뿐이었다. 아직 다 말할 수는 없었다.

"전하, 강건해지셔야 하옵니다. 강성한 군주가 되셔야 하옵니다. 전하를 지키는 자는 소신도 아니옵고, 자성 전하도 아니옵니다. 오직 전하뿐이시옵니다. 하오니 강성해지셔야 하옵니다. 그리하셔야 전하도, 전하의 사람도 지킬 수 있사옵니다."

심규는 원범을 일으켜 손에 목검을 쥐여주었다. 지금, 여기에서 이 유약한 임금을 위해 할 수 있는 일은 이것밖에 없었다.

뿌연 먼지가 강무장을 뒤덮었다. 사내를 등에 태운 말들이 힘차게 내달렸다. 강무장 중간중간에 설치된 과녁에는 화살이 쉴 새 없이 꽂혀 들었다. 사내들이 기사(말을 타는 일과 활을 쏘는 일을 아울러 이르는 말) 훈련을 하고 있었다. 심규의 지시대로 사내들은 말을 몰며 화살을 쏘았다.

가장자리에 아무렇게나 꽂히는 화살을 보며 한 사내가 한숨을 내쉬었다. 김병운이었다. 병운보다는 좋은 성적을 낸 화살을 보며 다른 사내가 자신 있게 웃었다. 조강하였다. 그리고 또 다른 사내가 화살을 과녁 중앙에 정확히 명중시키며 활짝 웃었다. 소년의 티를 완전히 벗고 이십 대의 사내로 장성한, 조선의 왕 이원범이었다.

그 여인 소성

1

원범이 용상의 주인이 되고 십수 년이 넘는 세월이 지났지만 아무도 원범을 왕좌의 주인이라 여기지 않았다. 장성하여 이십 대가되었지만 원범은 여전히 허수아비에 불과했고, 대왕대비는 여전히 수렴청정을 했다. 세상은 안동 김씨 천하였다. 조선의 정사는대왕대비의 혓바닥과 영의정 김좌근의 손바닥에서 놀아났다.

"전하, 영상께서 승인하신 일이옵니다."

"교동 외숙도 다 아는 일이오?"

"그렇사옵니다. 영상 대감의 뜻이옵니다."

원범이 무력한 얼굴로 도승지가 올리는 문서에 계자인을 찍었다. 좋은 군주가 되기 위해 지난 세월 절차탁마했지만 조선의 국왕으로서 원범이 할 수 있는 일은 없었다. 형식적인 공무가 끝나면 울적한 심사를 달래기 위해 후원을 거니는 일이 전부였다.

원범이 후원으로 나왔다. 부용지에는 여름이 와 있었다. 연둣빛 잎사귀와 풀잎 위로 여름 곤충들이 춤을 췄다.

"으아!"

원범을 따르던 나인들이 비명을 지르며 호들갑을 떨었다. 벌레한 마리가 나인들 앞으로 날아들었다. 도토리노린재였다. 한 나인이 팔을 휘저으며 벌레를 잡았다.

"놓아주거라."

원범이 명했다. 나인이 벌레를 쥔 채 멀뚱히 원범을 바라보았다.

'놓아줘야겠지? 기다리는 가족들이 있을 테니까.'

별이의 음성이 떠올랐다. 지난 세월 동안 한시도 잊어본 적이 없는 그 아이, 별이의 음성이. 별이는 벌레를 잡는 것도 빨랐고 놓아주는 것도 빨랐다.

"미물의 생명도 중하느니라."

"송구하옵니다, 전하."

민 상궁이 나서서 나인들을 단속했다. 나인들은 머리를 조아리며 물러났다. 더러는 원범을 힐끔대고, 더러는 입을 비죽였다. 오랜 시간 지밀에서 수발을 들었지만 한 번도 곁을 주지 않는 임금이었다. 비명이라도 지르면 혹여 봐줄까 작은 기대 한 자락 품었건만 오늘도 원범의 시선은 벌레만 좇고 있었다.

원범은 부용지 옆에 자리한 정자, 부용정에 들어가 앉았다. 강하와 병운이 다가왔다. 근처 서고에서 나오는 길이었다.

"전하, 혹 소신을 그리워하고 계셨사옵니까?"

여인네처럼 보얀 강하의 피부가 여름 햇살에 반짝였다.

"조 직각 나리는 참말로 익살꾼이십니다. 호호호."

원범을 웃기고자 던진 농에 민 상궁이 웃음을 터뜨렸다. 지난 세월 동안 자리 잡은 눈가의 주름이 보기 좋았다. 심규와 병운이 강하와 민 상궁을 이해할 수 없다는 듯이 쳐다보았다. 실패. 강하가 다시 말을 붙였다.

"전하, 궁궐에만 계시니 답답하지 않사옵니까? 잠행을 나가보시겠나이까?"

"잠행?"

강하가 병운에게 눈짓하였다. 매사에 사려 깊고 진중한 병운의 말이라면 무게가 더 실리리라. 강하의 바람대로 병운이 거들었다. 원범을 염려하는 마음은 병운도 강하 못지않았다.

"예, 선대왕들께서도 잠행을 나가시어 민생을 살피셨사옵니다."

"전하, 사람 구경도 하시고, 저자 구경도 하소서."

잠행이라…… 잠행을 나가서 민생을 살피라. 그래, 임금으로서 나도 할 수 있는 일이 있구나. 원범은 차비를 명하였다.

도성의 저자를 두 발로 걸어 다니면서 보는 건 처음이었다. 저자는 시끌벅적 뒤죽박죽 그 자체였다. 대궐의 삶이 '정(靜)'이라면 저자의 삶은 '동(動)'이었다. 사람과 물건, 소음과 냄새, 활기가 들끓고 있었다. 하지만 원범은 활기에 가려진 소외에 마음이 갔다. 원범 또한 소외된 백성으로 한 세월을 보냈기 때문이었다. 누더기를 걸치고 지팡이에 몸을 의지한 채 구석에 앉아 죽을 날만 기다리고 있는 노인들, 거지꼴을 하고 길가에 엎드려서 동냥 바구니를 내민 여인들, 침을 질질 흘리며 음식 난전을 바라만 보는 아이들…… 하나같이 살가죽과 뼈가 상접한, 헐벗고 굶주린 자들이었다.

"다음에 나올 땐 금전을 좀 챙겨 와야겠구나."

원범은 걸인들을 보고 걸음을 멈추었다. 그 마음을 읽은 병운이 걸인의 바가지에 엽전을 넣어주었다.

원범은 강하의 안내를 받아 다시 앞으로 나아가다가 순간 멈칫하였다. 숨이 멎는 듯, 아득한 기운이 원범을 덮쳤다. 심규가 재빨리 원범의 안위를 확인했다.

"아닐세. 나도 모르게 그만……."

"혹 절세가인이라도 보셨사옵니까? 형님의 용안이 꼭 미인에게 홀린 것 같사옵니다."

넋이 나간 듯한 원범을 보며 강하가 물었다. 심규가 원범의 시선 끝을 좇았다. 삿갓을 눌러쓰고 길을 가는 사내 하나가 있을 뿐이었다.

이때 멀리서 풍물 소리가 들려왔다. 원범이 소리의 근원지를 찾아 두리번거렸다. 강하가 어깨를 들썩하였다.

"남사당패가 왔나봅니다. 볼거리가 많겠사옵니다."

"남사당패면 환술 공연도 하는 그 남사당패 말인가?"

"예, 환술 공연도 하고 접시도 돌리고 줄도 타고 재주도 부리고, 별의별 재주를 다 부리옵니다."

원범의 표정이 밝아졌다.

"나리, 유학자가 어찌 저자의 잡기에 시선을 두겠사옵니까?"

병운의 목소리와 표정이 진지하였다. 하지만 원범은 이미 강하의 부추김에 앞으로 나아가고 있었다. 심규도 원범을 따라 멀어졌다. 하는 수 없지. 병운도 원범을 쫓았다.

공연 마당에는 남사당패가 풍물을 연주하며 호객을 하고 있었다. 강하는 구경꾼 사이로 길을 트고, 원범을 맨 앞자리로 안내했다. 원범과 강하가 착석하고, 그 뒤로 심규와 병운이 자리를 잡았다.

"환술! 꿈에서도, 저승에서도 볼 수 없는 환술이 왔어요!"

남사당이 소리치며 손님을 끌어모았다. '환술'이라는 말에 원범은 가슴이 떨렸다. 그 옛날, 원범이 강화에서 유배 생활을 할 때, 별이가 꼭 한번 보고 싶다던 것이었다.

환술사가 입에서 불을 토하며 무대에 등장하자 객석에서 박수가 터져 나왔다. 귀면을 쓰고 무시무시한 옷을 입은 환술사 두 명이 토화를 시작했다. 입에서 불을 뿜어 손으로 가지고 놀기도 하고, 서로 불을 주고받기도 했다. 고개를 돌려 먼 산을 응시하던 병운도 토화에 쏙 빠져버렸다. 원범 일행과 관객은 환술사의 묘기에 넋을 잃고 있었다.

"나리!"

순간, 심규가 다급하게 소리쳤다. 심규의 목소리에 달아나고 있던 넋이 돌아왔다. 원범에게 표창이 날아들었다. 심규는 원범을 감싸며 단도를 꺼내 표창을 막아냈다. 표창이 방향을 바꾸어 던진 이의 팔을 스치고 떨어졌다. 아까 본 삿갓 사내였다.

심규는 검을 뽑아 사내에게 겨누었다. 객석은 아수라장이 되었다. 사람들은 비명을 지르며 일어섰다. 도망가지는 않고 무리를 이루어 심규와 원범 일행을 구경했다. 강하와 병운이 주변을 경계하며 원범을 호위하였다. 원범과 삿갓 사내의 시선이 마주쳤다.

"아이고, 이를 어째. 물어내, 물어내!"

남사당이 원범 일행에게 다가와 떼를 썼다. 남사당이 가리킨 곳에는 표창에 맞은 뱀 한 마리가 꿈틀대고 있었다. 그 옆에는 넘어진 광주리에서 나오다 만 뱀 한 마리가 표창을 맞고 죽어 있었다. 남사당이 환술 공연에 쓰기 위해 바구니에 넣어 둔 뱀이었다. 삿갓 사내의 목표는 원범이 아니라 뱀들이었다. 이 뱀들이 바구니를 빠져나와 원범에게 다가가자 표창 세 개를 날려 뱀을 저지하려 한 것이다.

"뭐야? 우리 형님을 구하려고 뱀을 죽였잖아. 나리, 좀 과하셨습니다."

삿갓 사내의 목에 검을 겨눈 심규를 향해 강하가 말했다. 심규가 검을 거두고 삿갓 사내에게 목 인사를 했다.

"공연에 쓰려고 서역에서 수입한 뱀인데…… 누가 책임질 거야? 댁이 죽였지? 물어내, 물어내."

남사당이 발을 동동 구르며 삿갓 사내를 향해 목청을 돋우었다.

"수입은 무슨? 뒷산에 가면 널린 게 뱀인데 내가 잡아다주겠소."

"이게 아무개 뱀이 아니란 말이야. 온 마음과 힘을 다해 100일 동안 새벽 첫 이슬만 먹여가며 훈련 시킨 뱀이야. 물어내, 물어내!"

"사기도 아주 온 마음과 힘을 다해 치시는구려."

삿갓 사내는 한마디도 지지 않았다.

"사기라니, 사기라니!"

"잠시만."

심규가 남사당을 막아서고 삿갓 사내에게 인사를 건넸다.

"실례가 많았소. 여긴 우리가 처리할 테니 가보시오."

강하와 병운도 목 인사를 하며 고마움을 표시했다. 삿갓 사내는 원범 일행을 한 번 훑어보고는 휑하니 자리를 떴다.

원범은 사내가 떠난 빈자리를 응시했다. 바닥에 붉은 핏물이 떨어져 있었다. 원범은 고개를 돌려 사내의 뒷모습을 바라보았다. 심규와 병운, 강하가 남사당패를 상대하는 동안, 원범은 사내를 뒤따랐다.

"괜찮으시오?"

삿갓 사내가 공연 마당을 벗어나 다친 팔을 살펴보고 있을 때 원범이 다가왔다. 원범은 사내에게 흰 수건을 내밀었다.

"괜찮소. 슬쩍 스쳤을 뿐이오."

원범이 손을 물리지 않자 사내는 수건을 받아 왼손으로 제 팔의 상처를 동여매려고 했다. 하지만 쉽게 되지 않았다. 원범이 사내의 팔을 잡은 다음, 수건을 가져와 사내의 상처를 감싸주었다. 사내가 말없이 원범을 바라보았다.

"아깐 고마웠소. 그리고 미안하오."

"많이 다치지 않았소. 그럼."

삿갓 사내가 눈인사를 건네고는 다시 휑하니 돌아섰다.

"잠시만."

원범이 움직이는 사내를 향해 팔을 뻗었다. 사내의 삿갓이 흔들렸다. 사내가 뒤돌아보면서 삿갓이 떨어졌다. 사내가 삿갓을 줍고, 고개를 들었다. 얼굴이 온전히 드러났다. 선이 고운 눈썹과 얇은 입술. 여인의 얼굴이었다. 키도 원범의 얼굴 아래에 있고, 몸치도 원범보다 훨씬 작았다. 사내가 서둘러 삿갓을 썼다.

"여인이었소?"

떨떠름한 표정으로 사내가, 아니 여인이 원범을 보았다. 하여, 뭐? 라고 묻는 듯하였다.

"여인의 몸으로 어찌……."

"여인의 몸으로 못 할 일은 없소."

삿갓 여인이 원범의 말을 가로막았다.

"미안하오. 그런 뜻이 아니고, 아까는 나를 구해줘서 정말 고마웠소."

원범의 예의 바른 태도에 삿갓 여인도 세웠던 날을 누그러뜨렸다.

"그리고 오해해서 미안했소."

"뱀에 물리는 걸 두고 볼 수 없어서……. 그러게 왜 넋을 놓고 있소?"

원범이 다시금 넋 나간 얼굴로 여인을 바라보았다. 뱀에 물리는 걸 두고 볼 수가 없다, 왜 넋을 놓고 있느냐, 오래전 원범은 한 소녀에게 같은 말을 들었다.

"괜찮으시오?"

여인이 손을 들어 원범의 눈앞에서 흔들었다. 원범이 고개를 끄덕였다.

"이만 가보겠소."

여인이 고개를 숙이고는 돌아섰다.

"저기!"

여인이 다시 돌아봤다.

"혹 고향이 어디시오?"

"고향은 왜?"

"한양 사람 같지는 않아서……."

"뭐요? 그럼, 내가 촌스럽단 말이오?"

여인의 목소리가 다시 퉁명스러웠다.

"아니, 그게 아니라……."

"나, 한양 출신이오. 한양. 이 한양 땅에서 태어나 자란, 뼛속까지 한양 사람이오."

"그리 보였소. 한양 사람처럼 고상하고 우아하게. 그냥 해본 말이니 괘념치 마시오."

원범이 정중하게 말했다.

"고상하고 우아하다는 말은 거짓인 줄 아오. 그럼 이만."

여인이 웃으며 돌아섰다.

"잠깐!"

여인이 다시 돌아보았다.

"보은하고 싶소."

"됐소."

여인이 귀찮다는 듯 손사래를 쳤다.

"그래도 은인인데 꼭 은혜를 갚고 싶소."

"그깟 일로 은인은 무슨…… 됐소."

"그럼, 사는 곳과 이름이라도 알려주시오."

여인이 입술을 맞물며 머뭇거렸다.

"부탁하오."

이리 정중한 사람을 보았나, 여인이 웃었다.

"사는 곳은 흥인문 밖이고, 이름은……."

여인은 잠시 망설이다가 말을 이었다.

"소성이오."

"소성. 그럼 성은?"

"소가요. 성이 소, 이름이 성."

"아! 소, 성."

원범이 '소성'의 이름을 되뇌었다.

"그쪽은?"

"나, 나 말이오?"

"내 이름을 알려줬으니 그쪽도 이름은 알려줘야 하지 않겠소?
공평하게!"

"그렇지요. 공평하게요."

당황한 원범의 말투가 달라졌다. 입궐한 이후로 이따금씩 잠저
생활에 대해 묻는 이는 있었으나 이름을 묻는 이는 단 한 사람도
없었다. 이름이라, 이름이라…… 왕좌에 오른 후, 원범은 '변'이라
는 이름을 새로이 받았다. 하지만 제 원래 이름은 '원범'이다. 지금
은 아무도 불러주지 않는, 기억해주지 않는 그 이름, 원범. 원범은
어쩐지 이 여인에게는 제 이름이 '원범'이라고 말하고 싶었다. 그
러나 '원범'이든, '변'이든 제 이름을 입 밖에 낼 수는 없었다. 잠행
을 나와서 내가 왕이오, 라고 말할 수는 없는 노릇이니.

"내 이름은…… 김병운이오."

원범은 제 대답이 만족스러웠다. 병운은 원범이 아는 이 중에 가장 반듯하고, 똑똑한 사내였다. 하지만 이름을 듣자마자 삿갓 여인, 소성의 눈에 불꽃이 일었다.

"김좌근, 김병기, 김병익, 김병운. 그 김병운이오?"

"그렇소. 어떻게 아시오?"

소성이 맹수 같은 눈으로 원범에게 한 발짝 다가섰다. 원범은 뒤로 물러났다. 소성은 다시 원범에게 다가섰다. 잡아먹을 듯 사나운 눈이었다. 원범은 다시 뒤로 물러나면서 물었다.

"저, 몹시 화가 나신 듯한데 김병운이, 아니 제가 무슨 잘못이라도 했습니까?"

"잘못했지."

소성의 말투가 바뀌었다.

"무슨 잘못을……."

"김병운인 게 잘못이야."

"김병운을 잘 아시옵니까?"

원범의 말투가 더 공손해졌다.

"알다마다."

소성은 원범을 위아래로 뜯어보고서는 속을 알 수 없는 미소를 지었다.

"김병운은, 아니 저는 당신을 잘 모르는 것 같습니다만……."

"워낙 유명하잖소."

"그 이름이, 아니 내가 그렇게 유명하오?"

원범이 눈을 동그랗게 떴다. 마음이 편해진 듯, 말투가 다시 바뀌었다.

"유명하지."

김병운이 누구인가. 이 나라, 권력의 중추, 영상 김좌근의 막내아들, 조선 제일의 세도가 안동 김씨 벌열 3세. 이 나라의 여주(女主) 대왕대비의 기대와 신망을 한 몸에 받고 있는, 그녀의 조카. 유사 이래 최연소 소과 장원 급제자, 최연소 대과 장원 급제자로 어린 나이에 정오품 사헌부 지평을 제수받은 자였다. 김병운을 어떻게 아느냐는 질문이 어리석었다.

"그렇소? 내가 사실 가문이고, 학식이고, 성품이고 빠지는 점이 없긴 하오."

원범은 진짜 병운이 된 양, 기분이 좋아졌다.

"그게 아니라 지은 죄가 워낙 많아서 유명하다는 게지."

"죄라니?"

"물론, 안동 김씨가 죄가 많다는 사실은 안동 김씨는 모르겠지만……."

원범은 시무룩해졌다. 뭐라 대꾸를 해야 할지 갈피를 잡지 못하였다.

이때 남사당과 일을 마무리한 심규와 강하, 병운이 왔다.

"나리! 무탈하십니까?"

심규가 원범의 안위를 확인했다.

"형님, 진짜 빠르십니다. 어찌 그리 순식간에 사라지셨습니까? 한참 찾았습니다."

강하가 주변을 둘러보면서 말했다.

원범은 시무룩한 얼굴로 병운을 보았다. 병운 대신, 제가 소성의 비난을 들어서 다행이라고 생각했다.

"나는 괜찮네."

원범이 희미하게 미소를 지었다.

소성은 세 사내를 훑었다.

"역시, 추종자가 많군."

소성의 시선이 진짜 병운에게 머물렀다. 그 시선에 제 발이 저린 원범은 병운을 가리키며 말했다.

"이쪽은 내 벗이오. 아니, 우리 집 노비, 노비를 하다가 마름이 된 노비의 아들이오. 이름은…… 빠름, 빠름이. 성은 축가, 축빠름이오."

병운이 떫은 감을 씹은 듯한 표정을 지었다. 강하가 병운을 보면서 실실 웃었다.

"빠름아, 이쪽은 소성, 소성이다. 그리고 너는 축빠름이고."

원범이 병운과 소성을 번갈아 보며 말했다. 병운은 어색한 표정으로 소성에게 눈인사를 하였다.

"그리고 저는……."

강하가 직접 자신을 소개하기 위해 나섰으나 소성이 그의 말을 막았다.

"난 김씨 노비가 축가인지, 촉가인지 관심 없소. 그리고 김씨, 당신이랑은 눈도 마주치기 싫으니 혹 다음에, 우연히, 마주치더라도 날 알은척하지 마오."

소성이 돌아섰다. 다시 휑하니. 원범은 소성의 뒷모습을 바라보았다. 그 시선에 아쉬움이 담겨 있었다. 조강하라고 할 걸 그랬나…… . 강하라면, 유일하게 안김 벌열에 맞설 수 있는 풍양 조씨 벌열 3세이자 왕대비의 조카. 그 용모며, 실력이며, 명성이며 결코 병운에게 뒤지지 않았다. 하지만 원범은 강하를 보고 이내 마음을 바꾸었다.

"빠름! 빠름! 빠름! 전하께오서 하사하신 이름이네. 그동안 전하께서도 자네의 지나치다 못해 복장 터질 듯한 신중함에 지치신 게지. 당황하시니 전하의 속마음이 나온 게야. 하하하! 축빠름, 빠름, 빨랑빨랑 오너라, 빠름."

강하가 손뼉까지 치며 병운을 놀려댔다. 원범이 강하를 보며 고개를 저었다.

환궁하여 대전에 든 원범은 생각에 잠겨 있었다.

'그게 아니라. 지은 죄가 워낙 많아서 유명하다는 것이오.'

'물론! 안동 김씨가 죄가 많다는 건 안동 김씨는 모르겠지만…… .'

원범의 얼굴에 그늘이 졌다. 병운이 말을 붙였다.

"전하, 하마터면 큰일 날 뻔하였사옵니다."

"그래, 정말 큰일 날 뻔하였구나. 그자 덕분에 살았네."

"그자라면……?"

원범 대신 심규가 말을 이었다.

"몸놀림으로 보아 무예가 아주 뛰어난 자였사옵니다."

"무예를 익힌 여인이라……. 어쩐지 낯설지 않구나."

원범의 얼굴에 엷은 미소가 피어올랐다. 강하가 눈을 반짝이며 물었다.

"그자, 여인이었사옵니까?"

"그래, 여인이더구나."

"그래서 그 여인을 생각하고 계셨사옵니까?"

"응…… 아니, 아닐세."

고개를 끄덕이던 원범이 정신을 가다듬고 말을 바꾸었다. 강하가 병운에게 눈짓을 보냈다. 반가움이 가득한 눈빛이었다.

대전을 나온 강하의 얼굴이 생기로 반질거렸다.

"자네도 봤지?"

"뭘 말인가?"

병운이 침착하게 물었다.

"전하 말일세. 분명 그 여인을 생각하셨어."

"그것이 뭐 그리 별일인가?"

"아무렴, 별일이지! 전하께오서 어디 여인에게 눈길 한번 주시는 분이신가? 그러하신 전하께오서 여인을 쫓아가 말씀을 나누시고, 돌아와 그 여인을 생각하시는 일은 전대미문의 사건일세. 사건!"

그건 그렇다. 병운도 고개를 끄덕이며 강하의 호들갑에 동의하였다.

"전하의 어심에 드디어 봄바람이 부는가!"

강하는 즐거운 표정으로 어깨를 들썩거렸다.

"한데, 우리 전하 말일세, 여인네 취향이 좀 별나지 않은가?"

"취향이?"

"아니, 대궐에 핀 아리따운 꽃들을 마다하고 하필이면 사내 같은 여인네에게 관심이 생기시다니…… 독특하셔. 독특해."

지나가는 궁녀를 보면서 강하가 말했다.

"난 싫은데……."

강하는 낮에 본 그 사내 같은 여인을 떠올리며 고개를 저었다.

"전하께오서는 남다른 분이시니 여인을 보는 관점도 범인과는 다르시겠지."

"어쨌든 전하께오서 여인에게 관심을 가지셨으니 이제 좀 더 적극적으로 행동을 취하실 필요가 있네."

"불가능하네. 대궐에 계신 전하께오서 민가의 여인을 어찌 만나시겠나? 어디 사는 여인인지, 누구인지도 모르고……."

"아쉽구먼. 다시 만날 수 있는 방법이 없을까나……."

강하가 입술을 샐쭉하며 아쉬운 표정을 지었다.

2

아들 헌종 대왕이 승하하고, 금상 원범이 즉위한 후, 왕대비 조씨는 머리를 싸매고 누워 있는 날이 많았다. 헌종 대왕이 승하하고 나서 그의 비였던 중전 홍씨가 대비가 되고, 대비였던 조씨는 왕대비가 되었다. 대비 홍씨와 왕대비 조씨는 창경궁에 기거하였다. 고부지간에 오순도순 의지하며 편히 지내라는 대왕대비 김씨의 배려였지만 왕대비는 대왕대비의 속내를 알고 있었다. 조씨든, 홍씨든 조정의 일에 관여하지 말라는 뜻이었다. 대왕대비 김씨는 저를 이곳에 처박아놓고 제 손발을 하나둘씩 잘라내고 있었다.

오늘도 머리를 싸매고 누워 있던 왕대비는 강하가 들어오자 앓는 소리를 내며 자리에서 일어났다. 꾸역꾸역 삼키고 있던 화증이 치밀어 올랐다.

"대체 주상은 언제까지 책만 읽고 창만 던지면서 저들의 꼭두각시 노릇이나 한다는 게야?"

"고정하소서, 왕대비마마. 문후부터 받으소서."

"내가 지금 문후를 받게 생겼느냐? 주상의 마음을 잡으라, 널 주상의 곁으로 보냈거늘 뭘 하고 다니느냐?"

"마마, 전하의 마음은 소신에게 있사옵고 소신의 마음 또한 전하에게 있사옵니다. 헤헤헤."

강하가 능청을 떨며 왕대비를 달랬다.

"마마, 날뛰면 잡히고, 강하면 부러지겠지요. 저들에게 맞서면 따르는 것은 죽음뿐이옵니다. 소신은 우리 왕대비마마, 그리고 성상 전하와 함께 오래오래 재미나게 살고 싶사옵니다. 그러려면 꼭두각시든 허수아비든 뭔들 못 하겠사옵니까?"

"이런 몹쓸 인사를 보았나? 우리 가문의 씨가 마르고 있거늘……."

"에이, 왕대비마마. 우리 가문이 어떤 가문인데 하루 이틀 만에 씨가 마르겠사옵니까? 그동안 우리도 많이 해먹지 않았사옵니까?"

왕대비가 이마를 찡그리며 혀를 찼다.

"너 날 때부터 신동이라 불리며 집안의 기대를 한 몸에 받았거늘 어찌 이 모양 이 꼴이 되었느냐?"

"송구하옵니다, 마마. 대궐 물이 이상하게도 사람을 바보로 만드옵니다. 헤헤헤."

대비는 입가에 쌀가루를 묻혀가며 유과를 맛있게 집어 먹는 강하를 보고 한숨을 쉬었다.

'과인이 부족하기 때문이지요?'

왕대비전을 나오면서 강하는 원범을 처음 만난 날을 떠올렸다.

'그대가 경연에 들지 않는 것은 과인이 부족하기 때문이지요?'

강하는 대왕대비전의 명으로 병운과 함께 원범의 학동으로 선발되었다. 물론 대왕대비전의 뜻은 병운에게 있었다. 강하는 그저 왕대비전의 눈치를 보며 구색을 맞추기 위해 들인 아이였다.

강하는 왕대비의 조카이며 왕대비 부친인 조만영의 친손자이자 왕대비의 숙부인 조인영의 양손자였다. 일찍부터 집안 어른들의 정치적 부침을 지켜보았다. 학문을 익히고 등과를 한 자들은 파직을 당하고 유배를 가고 사약을 받았다. 강하는 대궐에도 정치에도 절대 발을 들여놓고 싶지 않았다. 그러려면 책을 멀리하고 '몹쓸 인사'가 되어야만 했다. 경연에 빠지고 옥류천에서 한가로이 오수를 즐기고 있던 제게 원범은 머리를 숙였다.

'과인이 힘써 배우겠습니다. 과인이 힘써 배우고 애써 채우겠습니다. 하니 부디 과인의 곁에서 과인을 도와주세요.'

강하는 심성이 선하고 덕성이 맑은 군주에게 마음이 움직였다. 그리고 십수 년…… 원범의 곁에서 허허실실하며 능청스레 살아 왔다. 살아남기 위해 그가 택한 처세였다.

강하는 하늘을 올려다보았다. 하늘에는 복잡한 세상사는 관심 없다는 듯이, 별들이 무구하게 빛을 내었다. 오늘 일로 주상께서 는 또 얼마나 자책하실지…… 강하는 대전으로 향했다.

원범은 어둠이 내린 후원을 좋아했다. 후원에는 숲이 울창했 다. 후원을 걷고 있노라면 옛날 별이의 집에 가려고 오르던 산길 을 걷고 있는 듯하였다. 그리고 밤은 고요하였다. 원범을 괴롭히 는 대신도, 원범을 무시하는 안김 세도가도 없었다. 원범은 짬이 날 때마다 후원의 밤길을 걸었다. 걷고 또 걸으면서 어지러운 심 사를 달랬다. 그러나 오늘은 번뇌가 쉬이 떨쳐지지 않았다.

원범이 용상에 오른 뒤, 많은 목숨이 무고하게 희생되었다. 오 늘 편전 회의에서 대왕대비는 유배 중인 조병현을 사사하라고 명 했다. 조병현은 왕대비 조씨의 사람이었다. 풍조가의 주요 인사 였다. 원범에겐 안김이든 풍조이든 그 나물에 그 밥으로 보였지 만 안김을 견제하기 위해서는 풍조의 도움이 필요했다. 그러나 풍조와 손을 잡고 머리를 맞대기도 전에 조병현은 안김의 탄핵을 받아 유배되었고, 사사될 운명에 처하였다. 원범은 지푸라기 인 형처럼 앉아서 지켜만 봤다. 이번에도 제가 나설 자리는 없었다. 원범은 한숨을 쉬었다. 고개를 들었다. 별빛이 원범의 눈망울로 쏟아져 들어왔다.

별이야, 보고 있니? 임금이 된 지 10년이 넘게 지났지만 난 여전히 허울뿐인 왕이로구나. 나도 왕으로서 내 길을 찾고 싶구나. 내가 길을 찾을 수 있게 인도해다오.

"전하."

원범이 하늘에서 시선을 거두고 돌아보았다. 강하가 곁에 와 있었다.

"어찌 왔는가?"

"퇴청하기 전에 이 조선 땅에서 두 번째로 잘생기신 용안을 뵙고 싶어서 왔사옵니다."

원범이 웃었다.

"첫 번째는 자네고?"

"그리 하문하시면 대답하기 곤란하옵니다."

"그럼 이 질문은 어떤가?"

원범은 웃음기를 거두었다.

"과인이 좋은 임금이 되려면 어찌해야 하는가?"

"전하께서는 이미 좋은 임금이시옵니다."

강하가 미소를 지었다.

"그리 대답하면 믿기 곤란하구나."

"그럼 대답을 다시 올리겠나이다."

강하의 얼굴에서도 웃음기가 사라지고 진지함이 배어들었다.

"우선 친정을 하시고, 안김이든 풍조든, 세도가를 다 내치셔야 하옵니다. 공명정대하게 과거를 실시하여 전하께 힘이 되어줄 인재를 등용하셔야 하옵니다."

"가능하겠는가?"

"때를 기다리소서. 소신 아직 미력하여 전하께 큰 힘이 되어드리지는 못하오나 목숨을 걸고 전하를 보필하겠사옵니다."

강하가 다시 미소를 지으며 생각했다. 아, 내 한평생 한량으로 한세상 잘 놀다 가려 했건만 또 성상께 말려들고 말았어.

"하하하."

강하가 기분 좋게 웃었다. 원범도 강하를 따라 미소를 지었다.

강하가 돌아간 뒤 원범은 활터에 왔다. 활을 쏘아대는 원범의 시선은 허공을 응시했다. 화살은 과녁 주변으로 어지럽게 흩어졌다. 심규가 원범의 곁을 지키고 있었다. 요즈음 원범은 부쩍 근심하고, 고뇌하고, 번민에 잠겨 있을 때가 많았다. 원범의 가슴속에서 움튼 새싹이 자꾸만 고개를 내밀고 밖으로 나오려고 했다.

심규가 다가와 격검을 청했다. 땀을 흘리며 검을 겨누다보면 원범의 근심이 사라질 수도 있으리라, 생각했다. 원범은 심규의 마음을 안다는 듯이 고개를 끄덕였다. 그간 심규도 나이를 먹어 청년에서 장년의 사내가 되었다. 수염이 무성하고 몸집에 살이 붙었다. 하얀 피부도 구릿빛이 되었다. 처음 만났을 때는 젊고 잘생긴 '형'이라 생각했는데 이제는 늠름한 '장수' 이외에 칭할 말이 없었다. 원범은 심규를 보면 시명이 생각났다. 시명보다는 심규가 훨씬 미남이지만 둘 다 분위기가 비슷했다.

심규가 별감에게 검을 받아 원범에게 건넨다. 두 사람이 검을 뽑았다. 이제는 목검이 아니라 진검이었다. 두 검이 요란한 소리를 내며 공중에서 부딪쳤다. 원범의 검이 단칼에 부러졌다.

"과연 자네의 검은 조선 최고의 검일세."

심규가 이마를 찡그리고 부러진 검을 바라보았다. 아무리 조선 최고의 검이라지만 성상의 심사를 달래기 위해 격검하면서 제 실력대로 휘두를 리가 만무하였다.

심규는 호위 별감에게 다가가 그들이 차고 있던 검을 빼 들었다. 별감들이 놀라서 움찔했다. 심규가 검을 이리저리 휘둘러보았다. 별감에게 검을 돌려주고는 자세를 잡게 했다. 제 검을 들어 별감의 검을 내려치자 검이 두 동강 났다. 다른 검 역시 마찬가지였다. 원범과 심규가 심각한 얼굴로 서로 마주 보았다.

심규는 원범의 명을 받고 궐내 무기고로 달려갔다. 군기시에서 들어온 검은 대부분 불량품이었다. 심규는 최근 군기시에 첨정 이하 관리들의 인사이동이 있었다는 사실을 알아냈다. 원범은 이 사안이 최근 끝맺은 인사이동과도 관련 있으리라 짐작하였다.

원범은 대궐에서 임금의 소임을 할 수 없다면 대궐 밖에서라도 그 소임을 다하리라 다짐했다. 이번 일은 대왕대비전과 영상의 그늘을 벗어나 직접 해결해야겠다고 결심했다. 다음 날, 원범은 심규와 두 번째 잠행에 나섰다. 이번에는 분명한 목적지가 있었다.

군기시 야장간은 열기와 소리로 뜨거웠다. 풀무꾼은 연신 땀을 훔쳐댔다. 야장은 가마에서 달군 쇠를 꺼내 모루 위에 올렸다. 메질꾼이 커다란 망치로 쇠를 두드리고, 물에 담그니 물속에서 흰 연기가 피어났다.

소성이 야장간으로 들어왔다. 입구에 쌓인 검을 보고 야장에게 물었다.

"검이 왜 아직 여기 있습니까?"

"질이 저급하다며 되돌아왔다."

"뭐요?"

소성이 검을 하나 들고 이리저리 휘둘러보았다.

"이건 우리 검이 아니오. 겉모양은 같으나 우리가 만든 검이 아니오."

환도장이 달려와 검을 확인했다.

"소성이 말이 맞구나. 이게 무슨 일이냐? 어째 검이 바뀌어?"

"필시 누군가 장난을 친 게요."

소성이 바뀐 검을 바닥으로 냅다 던져버렸다. 쩽그랑, 검이 두 동강 나며 갈라졌다. 야장과 환도장이 놀라 입을 벌렸다.

"이보시게."

야장간 안으로 사내 둘이 모습을 드러냈다. 소성은 사내들을 보고 인상을 썼다. 원범과 심규였다. 원범과 소성의 눈이 마주쳤다. 두 사람의 눈빛은 어떻게 여기에 있느냐고, 서로에게 묻고 있었다.

"사헌부에서 나온 감찰관이네. 군기시 야장간을 살펴보려고 왔네."

원범이 먼저 대답했다.

"이건 우리가 만든 검이 아닙니다. 검이 바뀌었습니다."

검을 만드는 책임자인 환도장은 야장간 한구석에 쌓아 둔 검을 가리키며 가슴을 쳤다.

"우리가 만든 검은 여기 있습니다."

환도장이 검을 내밀자 심규가 받아 들었다. 심규는 검을 휘둘러보고는 뜰로 나갔다. 다시 검을 휘두르면서 꼼꼼히 살펴보았다. 검은 최상품이었다.

원범과 소성도 마당으로 나와 말없이 심규를 바라보았다. 둘 사이의 침묵을 깬 것은 원범이었다.

"여인의 몸으로 어찌 야장간에서 일을 하오?"

"여인의 몸으로 못 할 일은 없다고 했소만."

말을 내뱉는 소성의 입매가 야무졌다.

"그런 뜻이 아니라……."

소성의 날 선 곡해에 원범은 말을 잇지 못했다.

"날 때부터 금방석을 갖고 난 댁과는 달리, 난 일을 해야 먹고 살 수 있고, 곱고 편한 일은 내 차례까지 오지 않으니 이 일이라도 할 뿐이오."

원범의 눈에 경이로움이 스쳤다.

"난 마조장이오. 형태가 잡힌 검을 숫돌에 갈아 연마하는 작업을 하오."

"참으로 대견하오. 표창을 던지는 실력도 출중하고……."

"한데 우리, 우연히 만나도 모른 척하기로 하지 않았소?"

"난 동의한 적 없소."

소성은 원범을 향해 눈을 치떴지만 원범의 태도는 당당하였다.

"그대의 일방적인 통보였지. 그리고 오늘은 사헌부 지평으로 왔소. 그대는 내 조사를 받아야 하는 야장이고."

"하여 지금 지체 높으신 나리로 대접해달라는 말이오?"

원범은 말없이 소성을 바라보았다. 그 눈빛이 따뜻하여 소성은 무안했다.

"왜 그리 보오?"

"염려되어서……."

"예?"

"염려되오. 그대가 어찌 살아왔기에, 어떤 관리들을 만났기에, 어떤 고초를 겪었기에 이리 날카로운 시선으로 관리를 보게 되었는지 걱정되오."

소성은 원범의 말과 표정에서 진심을 느껴 오히려 당황하였다.

"미안하오. 그대에게 원망을 심어준 관리들을 대신해 내 사과하리다."

"사과는 됐고……. 뭐, 좋습니다. 보시다시피 우리가 만든 검은 어딜 내놔도 빠지지 않습니다. 제발, 부디, 공명정대하게 감찰하여 이 사건을 처리해주십시오."

소성의 눈빛과 목소리는 여전히 싸늘하지만 말투는 다소 공손해졌다.

"아직도 나를 대하는 그대의 눈빛에 날이 서 있소."

소성은 원범에게서 시선을 떼고 눈을 한 번 깜빡였다.

"특별히 나리가 못마땅한 건 아닙니다. 난 그저 안동 김씨가 싫습니다."

"안동 김씨를 왜 그리 싫어하오? 무슨 원한이라도 있소?"

소성의 눈매가 가늘게 떨렸다.

"지금도 눈으로 확인하지 않았습니까? 검이 왜 바뀌었겠습니까? 관리들이 군기시에서 한자리를 차지하기 위해 안동 김씨들에게 많은 뇌물을 썼겠지요. 그리고 자기가 쓴 뇌물만큼 벌어들여야 하니 품질 좋은 우리 검을 빼돌려 제 배를 불렸겠지요."

"말조심하시오."

원범이 주위를 두리번거렸다.

"왜? 같은 안동 김씨라 편을 듭니까?"

"아니요. 혹여 그대가 해를 입을까 저어되오."

저 눈빛, 진심이 담긴 저 눈빛. 원범의 마음을 읽은 소성은 다시 눈을 깜빡였다.

"안동 김씨들이 뇌물을 수수하고 비리 청탁을 받았기 때문에 결국 우리 같은 백성이 해를 입습니다. 분명 윗분들은 우리가 검을 잘못 만들었다고 문책하겠지요. 김씨들의 실정 탓에 해를 입는 일이 한두 번이 아니고, 해를 입는 자가 한두 명이 아닙니다."

원범은 이 모든 일이 제 무능에서 비롯되었다는 사실을 알고 있었다.

"미안하오."

원범의 사과에 소성이 잠시 시선을 피했다가 말을 이었다.

"하니 제가 어찌 그들을 미워하지 않을 수 있습니까? 따지고 보면 나리도 안동 김씨인 덕에 음서로 그 자리에 가지 않았습니까?"

"아니요, 난 정식으로 과거를 치르고 급제했소."

"그 과거가 부당하게 치러진다는 사실은 삼척동자도 다 알고 있습니다. 나리께서 어찌 급제했는지는 모를 일이지요."

원범은 아무런 대꾸도 못 하였다. 병운의 실력을 의심하지는 않지만 소성의 말도 틀리지는 않았다.

"하여튼 이번 일이나 정당하게 처리해주시오. 나리들 헛기침 한 번에 우리 같은 백성은 삶 전체가 풀처럼 흔들리고 뽑힙니다."

"알겠소. 내 약조하리다."

원범의 눈빛이 결연했다. 원범은 다짐했다. 비록 할 수 있는 일이 없는 허수아비 왕이지만 이번 일만큼은 명명백백히 밝히고 정정당당하게 처리하리라고. 원범은 대전으로 돌아오자마자 진짜 사헌부 지평인 병운을 불렀다.

비구 사찰인 산사의 밤은 고요했다. 비구니는 새벽 예불을 위해 일찍 잠자리에 들었다. 소성만이 툇마루에 걸터앉아 잠을 이루지 못했다. 별빛이 마당에 쏟아졌다. 소성은 고개를 들어 별을 바라보았다.

'전하! 아버지를 죽인 원수, 김좌근의 아들을 만났습니다. 오랜 세월, 김좌근에게 접근하고자 했는데 막상 그 아들을 만나고 나서는 아무것도 하지 못했습니다. 그자를 만난 일이 혹 김좌근에게 저를 인도하는 길일까요?'

소성은 일어나 방으로 들어갔다. 지필묵을 꺼내 종이에 뭔가를 쓰다가 구겨버렸다. 문밖에서 인기척이 났다. 제 기척을 듣고 예민한 해원 스님이 깨셨으리라.

잠시 후 스님이 방으로 들어왔다. 소성의 곁에 앉았다. 구긴 종이를 보고 미소를 지었다. 따뜻하고 부드러운 미소였다. 소성은 생각했다. 어머니께서 살아계셨다면 해원 스님처럼 곱고 단정한 분이지 않았을까, 하고.

"연서를 쓰느냐?

"아니어요, 연서라니⋯⋯."

소성이 눈을 동그랗게 뜨고 고개를 저었다.

"괜찮다. 언제든지 좋은 사람이 있으면 말하여라. 내 너를 신실한 배필에게 시집을 보내야 네 아버지를 다시 뵐 수가 있다."

"시집이라니요? 전 예서 우리 스님이랑 오래오래 살 거예요."

"시집을 갔어도 벌써 갔을 네가 예서 비구니인 나랑 오래오래 살면 어쩌누?"

해원 스님이 소성의 머리를 어루만졌다.

"저도 비구니가 되지요."

"그런 소리 말아라. 어서 좋은 짝을 만나서 오순도순 살아야지."

"그럼, 우리 스님 시집부터 보내고 갈까요?"

"호호. 비구니에게 못 하는 말이 없구나. 한데 무엇을 쓰고 있었느냐?"

"스님은 연서를 쓰신 적이 있습니까?"

"있다마다. 내가 쓴 연서를 모으면 책 몇 권은 될 게야."

해원 스님의 입가에 미소가 번졌다.

"하나 한 통도 부치지 못하였구나. 그때는 몹시 마음 졸이곤 하였는데 세월이 흐르니 이제는 웃으면서 나눌 수 있는 추억이 되었구나. 너도 지나간 일은 마음 한편에 묻어두고 네 배필을 찾거라. 그리해도 된다."

흘러간 세월과 함께 번뇌도 다 녹아버렸을까. 소성의 손을 잡고 당부하는 해원 스님의 얼굴이 편안해 보였다.

방을 나오면서 해원은 소성을 처음 만난 날을 떠올렸다. 새벽 예불을 마치고 처소로 돌아왔을 때 옛 동무인 혜심이 불안한 얼굴로 저를 기다리고 있었다. 혜심은 해원이 대궐에서 나인으로 살던 시절, 동궁전에서 익종 대왕을 함께 모신 동무였다. 세월이 지나 몸집이 붇고, 눈가에는 잔주름이 지고, 새앙머리 대신 쪽머리를 했지만 부드럽고 포근한 인상은 그대로였다.

혜심의 옆에는 한 소녀가 지친 모습으로 멍하니 서 있었다. 소성이었다.

'좌익찬 나리의 딸이 저만큼 자랐구나.'

'총명하고 강한 아이니 제 몫은 다할 거야.'

혜심이 소성을 보면서 말했다. 소성은 쪽마루에 앉아서 긴 검을 껴안고 있었다.

'염려 마. 좌익찬 나리가 아니었다면 난 벌써 죽은 목숨이야. 이제 그 은혜를 갚을 차례야.'

그날 밤, 해원 스님은 검에 의지한 채 바위처럼 꼼짝도 하지 않는 소성의 곁에 나란히 앉았다.

'별이…… 고운 이름이구나. 별을 따라가면 길을 잃지는 않지.'

소성은 말없이 해원 스님을 바라보았다.

'네 아버지께서 하신 말씀이다.'

'우리 아버지를 아세요?'

해원 스님이 고개를 끄덕였다. 소성의 눈에서 굵은 눈물방울이 떨어졌다.

소성은 아버지의 검을 닦으며 그 옛날 다짐한 일을 떠올렸다. 그때 해원 스님은 모든 번뇌를 떨쳐버리고 제 길을 가라고 했다. 하지만 소성은 고개를 저으며 이 검에 대고 맹세했다. 아버지를 죽인 놈들을 찾아서 진실을 밝히겠노라고. 아버지를 죽인 자가 누구인지, 아버지를 왜, 무엇 때문에 죽였는지 꼭 알아내겠노라고. 그자들을 제 손으로 단죄하겠노라고.

이제 진실의 문턱을 넘을 수 있는 기회가 생겼다. 김좌근의 아들 김병운이 왔다. 소성은 붓을 들고 다시 서신을 쓰기 시작했다.

3

만나고 싶소. 명일(내일), 유시(오후 5시~7시), 야장간 앞. 소성.

"무슨 여인의 서신이 이러하냐?"

병운이 가져온 소성의 서신을 읽고 원범은 실망한 얼굴을 했다. 서안 위에는 원범이 방금 서신을 꺼내느라 뜯은 봉투가 있었다. 마른 꽃잎을 은은하게 붙여 무늬를 낸 봉투였다.

"마음에 안 드시옵니까?"

병운이 물었다.

"만나고 싶소. 명일, 유시, 야장간 앞. 소성. 이게 끝이구나."

"하하하. 참 매력 있는 문장이옵니다, 전하."

강하가 과장된 웃음을 지으며 대꾸했다.

"자네 취향 한번 별나구나. 이 문장이 매력 있는가?"

"예, 함축미라고 할까요? 하하. 웅숭깊은 뜻이 느껴진다고나 할까요? 하하하."

강하도 자신이 횡설수설하고 있다는 사실을 알았다.

"한데 이 봉투는 또 무엇인가? 생뚱맞구나."

원범은 무성의한 서신과는 달리 정성이 듬뿍 묻어난 봉투를 들어 보였다.

"그건 김 지평, 이 친구의 취향이옵니다. 하하하."

"봉서가 소신에게 오는 바람에 소신이 뜯어 보고 새 봉투에 넣어 왔사옵니다. 송구하옵니다, 전하."

"아니네. 과인이 자네를 사칭했으니……. 한데 왜 과인을 만나고 싶은 거지?"

"그야 전하를 뵙고 싶으니……."

병운이 말을 이었으나 끝맺지 못했다. 소성에게 서신이 왔다는 사실에 기쁜 나머지 병운도 이유는 미처 생각해보지 않았다.

"과인을 왜?"

"그것은……."

"하하하. 전하를 뵙고 싶지 않은 일이 이상하옵지요."

병운이 망설이며 대답을 마치지 못하자 강하가 거들었다.

"전하는 조선 최고의 잘난 사내이시니까요. 전하처럼 아름다운 용모와 흰칠한 신수, 매력적인 음성을 지닌 자가 이 조선 팔도에 어디 있겠사옵니까? 이리 잘난 사내를 보고 반하지 않으면 그게 이상하옵지요."

"그럼 그 여인이 과인을 보고 반했단 말인가?"

원범은 야장간에서 소성을 만난 일을 떠올리며 되물었다.

"예! 그 어떤 여인이라도 전하를 뵈면 한눈에 반하옵지요."

강하가 병운과 심규에게 눈을 맞추며 동의를 구했다. 정말 그러한가? 병운이 곰곰이 생각하다가 대답했다.

"예······ 그렇사옵니다."

"아마 그 여인, 전하의 매력에 푹 빠져서 전하께오서 만나주지 않으시면 병이 들지도 모르옵니다."

"병까지야······."

원범이 고개를 돌리면서도 강하의 말에 집중했다.

"전하께 반하였는데 병이 들고도 남지요. 전하, 아시옵니까? 병 중에서도 상사병이 제일 무서운 병이옵니다. 상사병을 시름시름 앓다가 죽어나가는 이도 여럿 보았습니다."

강하가 팔꿈치로 병운의 팔을 건드렸다.

"예, 이 친구의 말은······ 전하께서는 능히 여럿을 죽일 수 있을 만큼 그 매력이 치명적이시옵니다."

병운이 책을 읽듯이 술술 말했다. 이어 심규와 상선, 민 상궁까지 방 안으로 들어와 강하의 말을 거들었다.

"예······ 뭐, 그럴 수도······. 치명적이시옵니다."

"전하의 아름다운 용모와 자태는 천상의 선인에 비해도 뒤지지

118

않사옵니다."

"전, 지금까지 전하만큼 잘난 사내를 보지 못하였습니다. 전하를 뵙고 한눈에 반하지 않으면 여인이 아니옵지요."

원범이 고개를 저었다.

"믿을 수 없다. 다들 말을 맞춘 것같이, 어쩜 이리 표현들이 천편일률적이냐? 양 내관을 들라 해라."

양 내관이 대전으로 들어왔다. 양 내관은 몸이 단단하고 체격이 건장하여 내시라기보다는 무관처럼 보였다. 말이 적고 표정이 없어 속을 읽을 수 없는 사람이었지만 제 소임은 잘 해내는 자였다.

"자네는 결코 아첨을 할 사람이 아니지. 자네는 진실만을 말할 터, 자네가 말해보게. 과인의 용모가 그리 잘났나? 한눈에 반할 만큼?"

원범의 질문에 양 내관이 고개를 숙였다.

"괜찮네. 과인을 보고, 정직하게 말해보게. 하여 내 자네를 불렀네."

"아뢰옵기 황공하오나, 하문하시니 감히 아뢰겠나이다."

양 내관이 고개를 들고 입을 뗐다. 모두 긴장한 채, 양 내관을 바라보았다.

"잘나신 것은 사실이오나, 한눈에 반할 정도는 아니옵고, 조선 팔도의 사내를 다 보지 못했으니 전하께서 조선 팔도에서 제일 잘나셨는지는 모르겠사옵니다. 또 소인이 본 사내 중에서는 전하보다 잘난 사내도 좀 있사옵니다."

양 내관이 말을 더하여 갈수록 대전의 분위기가 냉랭해졌다.

강하가 냉기를 깼다.

"하하하. 양 상약 나으리, 몸이 안 좋다더니 판단력이 흐려지셨습니까? 어서 가, 쉬시는 편이 어떠합니까?"

"예, 전하. 양 내관이 몸 상태가 좋지 못하옵니다."

상선이 헛기침을 하며 양 내관을 바라보았다.

"그래, 양 내관은 가서 쉬게. 오래, 푹, 쉬게."

원범의 말끝에 감정이 실렸다. 상선이 얼른 양 내관을 데리고 밖으로 나갔다.

"만나고 싶소. 명일, 유시, 야장간 앞. 소성."

그날 밤 대전에 홀로 남은 원범은 소성의 서신을 소리 내어 읽어보았다. 언문 끝에 놓인, '昭星(소성)'이라는 한자 두 글자가 눈에 들어왔다. 소, 성. 밝게 빛날 소, 별 성. 밝게 빛나는 별이라…… 어쩐지 널 많이 닮은 여인이구나. 원범이 엷게 미소 지었다.

"전하, 그 여인은 전하께 이미 반했으니 자신감을 가지고 적극적으로 대하십시오."

궁을 나오면서 강하는 원범에게 몇 번이고 신신당부했다.

"과인은 그 여인이 좋아서 나가는 게 아니다. 단지 과인에게 반한 여인이 과인으로 인하여 상처 입고 병드는 것을 저어하여 나갈 뿐이다."

"예, 전하. 하오니 절대 상처주지 마시고 다감하게 대해주소서."

"알았네."

"전하의 백성이옵니다. 어여삐 여기소서."

"알았다 하지 않는가?"

"송구하옵니다. 소신의 마음이 어찌 이리 분주한지 모르겠나이다."

강하는 그동안 따뜻한 미소 뒤에 감춰진 원범의 슬픈 눈동자가 마음에 쓰였다. 원범의 눈은 늘 누군가를 잊지 못하였노라고, 애타게 그립노라고, 사무치게 미안하노라고 말하고 있었다. 소문으로만 들은 주상의 첫 정인을 향한 연정 때문일 터였다. 그러던 주상이 입궐하여 처음으로 여인에게 관심을 보였다. 그래서 비록 사내 같은 여염의 여인이라도 주상이 여인에게 관심을 보이는 점이 여간 반갑지 않았다. 강하는 심규에게도 당부했다.

"나리, 눈치껏, 부디 눈치껏 처신하소서."

원범이 강하의 어깨를 한 번 두드리고서는 자리를 떴다. 심규가 그 뒤를 따랐다. 강하와 병운은 원범과 심규가 시야에서 사라질 때까지 그들의 뒷모습을 바라보았다.

야장간 가까이에 왔을 때 심규가 멈칫했다. 그의 미간이 좁아졌다. 미행이 있었다. 심규는 원범의 곁으로 바짝 다가가 아무 일 없다는 듯이 걸음을 뗐다. 야장간에 당도하자 원범이 말했다.

"자네는 좀 떨어져 있게."

"전하, 그 명은 받잡기 곤란하옵니다."

"조 직각의 말을 잊은 겐가? 좀 떨어져 있으시게."

심규가 미행을 의식하며 뒤로 물러났다.

원범과 심규를 본 소성은 품속에 숨긴 단도를 만져보았다. 차고 단단한 감촉이 소성의 가슴까지 전해져왔다. 소성의 눈빛이 결연했지만 원범과 눈이 마주치자 미소를 지었다.

저 여인, 날 보고 웃고 있어. 원범은 따뜻한 미소로 답하면서 소성에게 다가갔다.

"오셨습니까?"

"그대가 병이 들면 안 되니까."

"예?"

소성이 원범의 어의(語義)를 파악하지 못하고 되물었다.

"그래, 몸은 좀 어떠하오?"

"제 몸이오. 좋습니다."

"마음은?"

"제 마음이오?"

원범이 고개를 끄덕였다.

"마음이 괴롭진 않소?"

혹 무언가를 알고 있나. 소성의 가슴이 두근거렸다.

"괴롭지 않습니다."

"진정이오?"

"예. 진정입니다."

원범이 빙그레 웃었다.

"다 알고 있으니 정직하게 말해도 괜찮소."

소성의 가슴이 더 두근거렸다. 얼굴이 붉어지는 것도 같았다. 소성은 주먹을 쥐었다.

"무얼 알고 있다는 말씀입니까?"

"하긴 그 마음 고스란히 보여주기도 어렵겠지. 내 모른 척하리다."

이자 아는 겐가, 모르는 겐가. 소성은 말없이 원범의 기색을 살폈다.

"하여 서신이 그 모양이었구면. 마음을 들키고 싶지 않을 테니까. 안부 인사도 없고, 간절한 사연도 없고……. 가히 매력적인 문장은 아니었소."

"매력적인 문장은 다른 여인네한테나 많이 받으시오."

"맘 쓰지 마시오. 내게 연서를 보낼 다른 여인은 하나도 없소."

원범이 미소를 지으며 달래듯이 말했다. 소성은 긴장하여 원범의 말에 무어라 대꾸해야 할지 갈피를 잡지 못했다.

"받으시오."

원범이 소성에게 주머니를 건넸다.

"무엇입니까?"

"청에서 건너온 약이오. 검을 다루니 상처가 자주 나지 않소?"

"필요 없습니다."

소성이 주머니를 돌려주기 위해 손을 내밀었다. 원범이 소성의 손을 다시 밀었다.

"나도 많이 있으니 필요 없소."

"어련하시겠습니까?"

소성이 비꼬듯이 말했다.

"심기가 편치는 않은 모양이오. 달곰한 것을 들겠소?"

원범은 강하의 말을 떠올렸다.

'일단, 달곰한 것을 드소서. 여인들은 달곰한 것을 먹으면 기분이 좋아진답니다. 전하.'

"갑자기 달콤한 것은 왜?"

소성이 이마를 찌푸렸다.

'저자로 가소서. 여인들은 필요한 물건이 없더라도 저잣거리를 다니며 이 물건 저 물건을 구경하는 일을 좋아한답니다.'

원범은 강하의 다른 충고를 떠올렸다.

"저자 구경이나 가오."

"저자는 또 왜?"

"곧 벗의 혼례가 있어 선물을 준비하고 싶소."

원범이 앞장섰다. 벗의 혼례가 있다는 말은 소성을 저자로 인도하기 위한 핑계이기도 하지만 진정이기도 했다. 원범은 곧 있을 병운의 혼례에 직접 선물을 준비하고 싶었다.

소성은 앞서는 원범을 보며 깊은 숨을 내쉬었다. 가슴속에 숨긴 단도의 딱딱한 촉감이 자신을 압박해 왔다. 원범에게서 한 치의 시선을 떼지 않는 사내도 신경이 쓰였다. 오늘, 이 기회를 놓쳐서는 안 된다. 소성은 다시 한번 다짐을 굳히며 원범의 뒤를 따랐다.

4

원범은 소성과 저자로 나왔다. 지글지글 익어가는 지짐이며 고소한 냄새를 풍기는 묵사발이며 노르스름한 콩고물을 묻힌 떡이며 음식 난전이 원범을 즐겁게 했다.

소성은 한눈을 팔 여력이 없었다. 몇 보 앞에는 원수의 아들이 걷고 있고, 몇 보 뒤에는 검을 잘 다루는 사내가 따르고 있었다. 소성은 시선을 원범에게 고정했다. 신경은 원범에게도 사내에게도 쓰였다.

원범이 걸음을 멈추고 뒤돌아보았다. 소성은 갑작스러워 피할 새도 없었다. 원범과 소성의 시선이 마주쳤다. 원범이 빙긋 웃었다. 저 웃음, 맑고 부드러운 웃음이었다. 전의를 상실케 하는 웃음이었다. 소성은 고개를 돌려 그 시선을 피했다. 원범은 다시 걸으며 생각했다. 몇 보 뒤에서 소성, 저 여인은 나만 바라보며 따라오리라. 원범은 다시 뒤를 돌아보았다. 소성이 걸음을 멈추며 고개를 돌렸다. 원범이 빙긋 웃으며 소성에게 다가갔다.

"따갑소."

"……?"

"언제까지 그리 뜨겁게 볼 거요?"

"뜨겁게 보다니요?"

"볼거리들을 마다하고 나만 뚫어지게 보지 않았소? 아주 뜨거운 눈빛으로."

"무슨 소리입니까? 여기저기 다 구경하다가 우연히 딱 한 번, 앞을 봤을 때 눈이 마주쳤습니다."

"이해하오. 다 이해하오. 하니 옆으로 오시오. 나란히 걸읍시다."

"사대부가 내외법을 모르시오? 남녀가 유별하거늘……."

원범은 고개를 낮추어 소성의 얼굴을 들여다보았다.

"자세히 보아야 어여쁘다. 오래 보아야 사랑스럽다. 너도 그렇다."*

소성은 원범의 시선을 피하며 얼굴을 붉혔다.

"우리 방자 말이오."

원범은 고개를 들어 소성 너머에 있는 심규를 가리켰다. 소성이 무안하여 이마를 찡그리며 눈을 깜빡였다.

"자세히 보아야 여인이다. 오래 보아야 곱다. 너 말이다."

원범이 소성을 가리켰다. 소성이 눈을 흘겼다.

"지금 그대의 모습을 누가 여인이라 보겠소? 괜찮소. 이리 오시오."

원범은 소성의 허리에 손을 대고 제 옆으로 부드럽게 끌어당겼다. 소성이 원범의 손을 의식하며 몸을 움츠렸다. 두 사람은 나란히 걷기 시작했다. 소성은 온 신경을 원범에게 모은 채 주위를 두리번거렸다.

"시장하지 않소?"

"아니요."

"잘 먹는 여인이 좋은데……. 그대처럼 늠름한 여인도 좋고……."

소성은 고개를 돌려 원범을 쳐다보았다. 오래전에 같은 말을 들은 적이 있었다.

"아니, 나 말고 우리 성상. 그런 여인을 좋아하는 것 같아서……."

"성상……."

소성이 나직이 읊조렸다. 김좌근의 아들이니 성상을 가까이서 뵐 수도 있겠다 싶었다.

---

* 나태주 작가의 『풀꽃』을 변용.

원범이 걸음을 멈추었다. 갱엿을 파는 난전 앞이었다. 강화 시절, 섣달이 되면 집집마다 엿을 고는 냄새가 원범과 별이를 들뜨게 했다. 이웃에서 조청을 얻어 와 아랫목에서 굳히면 진득진득한 갱엿이 되었다. 갱엿을 툭 잘라 별이와 나누어 먹으면서 그 끈적끈적하고 달금한 맛에 취하곤 했다. 원범은 엿을 샀다.

"셈은, 저기 저 방자가 하오. 나머지도 값을 치를 터이니 저 아이들에게도 엿을 주시오."

원범이 아이들을 가리켰다. 아이들이 난전 주위를 어슬렁대며 군침을 흘리고 있었다. 심규가 다가와서 계산을 했다. 엿장수는 감사하다며 머리를 몇 번 조아리고서는 아이들에게 엿을 나누어 주었다.

"한데 저자, 방자가 맞습니까? 저번에 온 감찰관 아닙니까?"

소성이 심규를 가리키며 물었다.

"방자가 맞소."

"이상하다? 저번에 나랑 격검도 하지 않았습니까? 그 감찰관 같은데……."

"오늘은 방자요. 방자!"

"그럼 어제는 감찰관이었고, 오늘은 방자, 내일은 또 뭡니까?"

"거, 남정네한테 관심이 너무 많지 않소?"

원범이 눈을 가늘게 떴다.

"뭐라고요?"

원범이 발끈하는 소성을 보며 하하하, 소리 내어 웃었다.

"한데 역시 안동 김씨는 허세가 상당합니다."

"허세라니?"

"저 아이들 몫까지 다 값을 치르는 것이 허세가 아니고 무엇입니까?"

"난 그저 구경만 하고 있는 아이들이 딱해서 값을 치른 것뿐인데……."

원범이 고개를 돌려 아이들을 보았다. 그의 눈빛이 따뜻했다. 진심이 담긴 눈빛이었다. 소성은 조금 미안한 마음에 원범의 손에 든 엿가락 하나를 집어 들었다.

"잘 먹겠습니다."

"잠깐……."

원범은 소성이 집어 든 엿가락을 도로 가져왔다. 툭 잘라서 먹기 좋을 만큼의 길이로 만들어주었다. 이 사람…… 소성은 원범을 물끄러미 바라보았다. 원범과 눈이 마주치자 시선을 돌리며 말했다.

"오늘도 남사당 공연이 있으려나?"

"남사당 공연이라면 환술 공연도 하는, 그 남사당 말이오?"

"환술이든, 요술이든, 마술이든. 저번에 귀하신 누구 때문에 놓쳤잖습니까?"

"미안했소."

원범은 환술 공연장을 아수라장으로 만들었던 일을 떠올리며 소성에게 사과했다. 소성은 할 말이 없어 입술을 맞물다가 엿가락을 입에 물었다. 검붉은 엿의 단맛이 입 안 가득, 안개처럼 퍼졌다. 소성의 입꼬리가 매끄럽게 올라갔다.

"달곰한 것이 들어가니 기분이 한결 낫소?"

엿을 입에 문 채 원범이 천진한 미소를 지었다. 기분. 그러고 보니 소성은 저도 모르는 새에 기분이 좋아졌다. 지금 기분 따위를 논할 때가 아닌데…… 엿을 그만 먹어야겠다고 생각했다.

원범과 소성은 다시 나란히 걷기 시작했다. 원범은 엿가락을 잘라서 소성에게 내밀었다. 소성이 고개를 저었다. 원범이 소성의 입에 엿을 쏙 넣어주었다. 소성이 눈을 동그랗게 떴다. 입 안에서 엿이 녹았다. 날 세운 마음도 다시금 무뎌졌다.

"저거요!"

원범이 걸음을 멈추고, 난전 하나를 가리켰다. 난전에는 목각 인형들이 진열돼 있었다. 난전의 주인은 노인이었다. 직접 만든 듯, 인형은 투박해 보였다. 원범이 기러기 한 쌍을 가리켰다. 혼례 선물로는 그만이라고 생각했다.

원범은 기러기를 사고 난전을 벗어났다. 손에 든 물건을 보며 중얼거렸다.

"색을 입혔으면 좋겠는데……."

"직접 칠하면 됩니다."

"사람을 부려도 되는데……."

"아니요. 제가 도와드리지요."

소성이 눈빛을 반짝이며 원범에게 바투 다가왔다.

"하니 조용한 곳으로 갑시다."

"조, 용, 한, 곳?"

원범이 음절 하나하나에 힘을 주어 또박또박 발음했다.

"예, 조용한 곳."

소성이 고개를 두 번 끄덕였다.

"그대가 원하는 바가 그것이오? 나랑 조용한 곳으로 가는 것?"

"예. 하니 구경 그만하고 갑시다."

원범이 얕은 숨을 토했다. 역시, 내게 마음이 있구나. 원범은 소성을 바라보았다. 소성도 원범의 시선을 피하지 않았다. 원범과 소성 사이에, 시간이 멈춘 듯 정적이 흘렀다. 이들의 시간을 다시 되돌려놓은 것은 광대들이 호객하는 풍물 소리였다. 시끄러운 꽹과리 소리에 원범이 고개를 돌렸다.

"갑시다."

원범이 소성의 등을 부드럽게 밀며 걸음을 서둘렀다.

"아니, 저쪽으로 가야 하는데……."

소성은 중얼대면서도 원범을 따랐다.

원범이 소성을 이끈 곳은 조용한 곳이 아니라 시끄러운 공연장이었다. 공연 마당에서는 노비와 귀부인 분장을 한 광대 둘이 우희(배우가 행하는 골계적인 성격의 연희)를 공연하고 있었다. 원범과 소성은 객석 뒤편에 자리 잡았다. 심규도 원범에게 시선을 고정한 채 자리 잡았다. 그리고 한 사람 더, 대궐 앞에서부터 이들을 미행해온 사내도 먼발치에 서서 원범을 지켜보았다.

"나주 '나' 자에 조개 '합' 자 쓰는 나합이 나오신단 말이요."

"이놈아, 뭐야?"

"아! 이 마님 어찌 듣소? 나주에서 오셔서 정승 합하(정일품 벼슬아치를 높여 부르던 말)의 권세를 가지신, 나주 합하 나오신다고 하였소."

"나주 합하라네! 호호호!"*

나합은 김좌근의 애첩이었다. 조선의 모든 인사가 나합의 안방에서 나왔다. 사람들은 말단 벼슬이라도 한자리 얻기 위해 나합의 집 문턱을 드나들며 청탁을 하고 나합의 곳간을 채웠다.

하인과 나합의 공연이 계속됐다. 객석에서는 웃음이 터져 나왔다. 원범은 무표정하게 공연을 지켜보고 있었다. 배우는 대신을 조롱하고, 백성은 박장대소했다. 원범은 웃을 수 없었다. 원범은 소성을 쳐다보았다. 소성도 웃지 않았다. 공연에 관심이 없었다. 긴장한 시선으로 원범을 곁눈질하고 있었다. 원범에게 시선을 떼지 않았다.

성녕 내게 반하였소? 원범의 눈빛이 흔들렸다. 원범은 공연과 관객의 반응에 집중하면서도 소성의 시선을 의식했다. 가슴이 두근거렸다. 공연 때문인지 소성 때문인지 그 이유를 정확히 알지 못했다.

ᅙ

병운은 원범을 보내고, 강하와 헤어진 후 군기시로 향했다. 일전에 원범이 내린 명을 수행하기 위해서였다. 종구품 참봉부터 종사품 첨정까지 모두 병운의 조사에는 고분고분 응했지만 군기시의 검이 어디서 어떻게 바뀌었냐는 질문에는 아무도 답하지 않았다.

---

* 『봉산탈춤』을 변용.

"야장의 말만 믿고 어찌 우리 관리를 모함하시옵니까?"

관원은 모두 한숨을 쉬며 억울함을 호소했다. 자백도, 증인도, 증좌도 없었다. 다만 심증만 있을 뿐. 병운은 아무 소득 없이 군기시를 나와야만 했다. 관원들은 머리를 숙이며 병운을 배웅했다. 그리고 그가 멀어지면 안도할 것을 병운은 알고 있었다.

사람들은 어릴 때부터 병운을 두려워했다. 아이부터 어른까지 병운에게 머리를 조아리며 굽신거렸다. 가노뿐만 아니라 함께 수학하는 동패도 마찬가지였다. 병운은 단지 벗을 원하였는데 아무도 병운에게 손을 내밀지 않았고, 그가 내민 손을 잡지도 않았다. 그저 병운을 어려워하며 눈치만 살피기에 급급했다. 결국 병운은 방문을 걸어 잠그고 책만 팠다.

대왕대비전의 부름을 받고 대궐에 든 날, 어린 왕은 병운에게 손을 내밀었다.

'부탁이 있습니다.'

'전하, 부탁이라니요. 가당치 않사옵니다. 하대를 하시고 하명하소서.'

'과인은 천자문만 겨우 읽습니다. 하나 훌륭한 임금이 되고 싶습니다. 그대에게 글을 배우고 싶습니다. 부디 과인의 스승이 되어, 과인의 벗이 되어, 과인을 이끌어주세요.'

병운은 자신에게 속내를 오롯이 내보인 원범과 벗이 되었다. 그리고 눈치를 보기는커녕 늘 타박을 일삼고 저를 놀려대는 강하도 벗이 되었다.

병운은 집으로 돌아와 부친, 김좌근의 사랑 앞에 섰다. 병운은 요전에 강하가 한 질문을 떠올렸다.

'자네는 안김의 수장 영상 대감의 아들인가, 성상의 신하인가?'

'둘 다지.'

'그럼 다시 묻겠네. 가문과 성상 둘 중 하나를 택해야 하는 날이 온다면 자네는 어느 편에 서겠나?'

병운은 숨을 한 번 크게 들이마시고 내쉬었다. 사랑으로 들어갔다.

"어명을 받잡고 군기시에 들렀다가 오는 길입니다."

"어쩐 일로?"

김좌근은 아무것도 모른다는 듯 물었다.

"군기시의 검이 외부로 반출됐습니다. 아버님 아니면 숙부님 아니면 형님 아니면 사촌들…… 우리 집안사람 누군가가 배후에 있겠지요."

"무슨 소리냐?"

"전하께 사실대로 고하고 벌을 청하라 하십시오."

"네가 무슨 말을 하는지 통 짐작하지 못하겠구나."

"아버님!"

김좌근이 미소를 지었다.

"괜한 의심으로 속 끓이지 말고 물러가 내자를 맞을 준비나 하여라."

"예, 정략 혼례 따위는 얼마든지 할 수 있습니다. 무고한 이를 유배 보내고 사사하는 것도 지켜볼 수 있습니다. 하나 전하를 기만하시면 좌시할 수 없습니다."

김좌근의 얼굴에서 웃음기가 가셨다.

"잘 들어라. 아비는 결코 무고한 이를 죽이지 않는다. 그들이 안동 김씨가 아니니 죄인이며 안동 김씨의 편에 서지 않은 것이 죄이니라. 명심하여라. 조선의 명은 대왕대비전에서 나온다. 너는 주상의 신하가 아니라 대왕대비전의 신하니라. 하니 넌 지금처럼 주상을 데리고 잠행이나 나가 광대 구경이나 하여라."

"그 일을 어찌 아십니까? 설마, 전하의 곁에 사람을 붙이셨습니까?"

"주상의 심중 가장 가까이에 붙인 사람은 너지. 너도 정녕 모르지는 않을 터."

병운은 천천히 숨을 내뱉었다. 내내 마음에 품고만 있던 의심을 부친의 입에서 확인하니 온몸의 뼈가 녹는 듯하였다.

"소자는, 소자는 언제까지나 성상 전하의 신하입니다. 충의를 배반하는 일은 없습니다."

"아니, 너는 배반하게 될 게다. 이는 김좌근의 아들로 태어난 자로서, 선택이 아니라 운명이다."

사랑을 나오면서 병운은 고개를 숙였다. 김좌근의 아들로서 선택이 아닌 운명, 언젠가는 선택이 아닌 운명에 굴복하게 될까 봐 두려웠다.

공연이 끝나고 원범과 소성은 저자를 벗어났다. 두 사람은 산길을 걸었다. 둘 다 말이 없었다. 인적도 없었다. 소성이 원한, 조용한 곳이었다. 소성은 원범을 보았다. 원범은 무언가 생각에 골

몰했다. 소성은 손을 제 가슴으로 가져가 단도를 더듬었다.

"저자에서 안김을 풍자하는 공연을 연행할 정도로, 백성이 안 김의 세도에 반감이 많구려."

소성은 다시 손을 뗐다. 한숨이 나왔다.

"안김만 모르고 다 안다고 하지 않았습니까?"

"난 너무 모르고 살았소. 백성이 그리 생각하는지 몰랐고 그런 공연에 웃고 즐거워할 줄 몰랐소."

"안김만의 나라에서 호의호식하는데 백성 따위가 눈에 들어오 겠습니까?"

소성의 입가에 찬웃음이 퍼졌다.

"내 탓이오. 모든 것이 내 탓이오."

원범의 음성과 표정에 진심이 담겨 있었다. 소성의 냉소가 사 라졌다.

"무력하고 유약한 임금 탓이오."

"안김이 부정부패하고 백성을 궁핍하게 하는게 왜 임금님 탓입 니까? 임금님께서는 누구보다 마음 아파하고 계실 겁니다."

원범의 자책에, 원범을 병운으로 아는 소성이 임금, 이제 부를 수조차도 없는 그 이름, 원범을 두둔했다. 소성의 말에 원범이 걸 음을 멈추었다. 소성이 제 아픈 마음을 알아주고 있었다.

"임금님께서는 분명 백성들 걱정에 자책하면서 시름하고 계실 겁니다."

소성도 걸음을 멈추었다.

"임금님께서는 분명 심성이 따뜻하시고, 사람을 아끼시며, 다른 이의 고통과 절망을 제 것처럼 아파하시는 분이십니다."

원범은 소성을 물끄러미 바라보았다. 이 여인, 소성이 자신을 알아주었다. 신기했다. 몇 번 만나지 않은 여인이 자신을 감동케 했다. 소성은 다시 걷기 시작했다. 원범도 소성의 곁에서 나란히 걸었다.

원범과 소성은 계곡에 자리 잡았다. 심규가 저자에서 산 염료들과 붓을 가지런히 펼쳐 놓았다. 목기러기 한 쌍도 내놓았다. 소성은 붓에 황색 염료를 찍어 기러기 한 마리에 색을 입히기 시작했다. 소성의 붓질을 유심히 보던 원범도 다른 기러기 한 마리를 들고 색을 입혔다.

"기러기는 짝을 잃으면 다른 짝을 찾지 않고 혼자 산다고 하지 않습니까? 짝이 있을 때는 그지없이 행복하지만, 짝을 잃으면 한없이 외로운 존재랍니다."

먹색으로 몸통의 색을 다 입힌 소성이 기러기를 보면서 말했다.

"내 신세가 꼭 기러기 같구려."

아직 반도 끝내지 못한 원범이 붓에 염료를 찍으면서 말했다. 소성은 원범을 바라보았다. 그의 얼굴이 허우룩해 보였다. 만나고 나서 처음 보는 얼굴이었다. 원범이 고개를 들고 물었다.

"참, 시장하지 않소?"

"아니요."

소성은 원범의 시선을 피하면서 일어났다. 물가로 가 붓을 씻었다.

"곧 시장할 게요. 잠시 기다리시오."

원범은 물가로 다가와 신과 버선을 벗었다.

"설마 지금 물속에 들어가려고 합니까?"

"맞소."

원범이 바지를 걷어 분처럼 하얀 다리를 드러내고 물속으로 첨 벙첨벙 들어갔다.

'사내다운 모습을 보여주소서. 이를테면, 한 손으로 멧돼지를 때려잡든가, 아니 멧돼지는 위험하니 토끼라든가 아니면 물고기 라도 좋습니다.'

원범은 강하의 말을 떠올리며 물속으로 손을 뻗었다. 잽싸게 물고기를 낚아챘지만 물속에서 나온 원범의 손에는 아무것도 들 려 있지 않았다. 원범이 소성을 바라보며 멋쩍은 웃음을 지었다.

"잠시 기다리시오."

소성이 짚신과 버선을 벗어 던졌다. 원범은 제 가죽신 옆에 놓 인 낡은 짚신을 바라보았다. 소성이 다리를 걷고 물속으로 들어 오자 원범은 시선을 소성에게 옮겼다. 옛날, 물고기를 잡기 위해 계곡물에서 첨벙대던 별이가 생각났다. 반갑기도 하고, 쓸쓸하기 도 했다. 원범의 심경이 묘했다.

소성은 몸을 기울여 물고기를 낚으려 했지만 잘 잡히지 않았 다. 가슴속에서 단도를 꺼내려다가 고개를 저었다. 아직 단도의 정체를 들켜서는 안 된다. 소성은 단도를 더 깊숙이 넣었다.

"잡았소, 잡았소!"

원범이 물고기 한 마리를 들고 환하게 웃으며 소리쳤다. 원범 의 손에 정말 물고기가 들려 있었다. 소성이 다가가 물고기를 살펴보았다. 예리한 칼자국에 이미 숨통이 끊어져 있었다. 소성은 사정을 알겠다는 듯이 피식 웃었다.

"쓸 만합니다. 몇 마리 더 건져 오시오."

원범은 아까보다는 수월하게 물고기를 낚았다. 계곡 상류에서 심규가 물고기를 잡은 다음 다시 놓아주느라 손을 바삐 놀리고 있었다.

붉은 모닥불 위에서는 물고기가 익어가고, 붉은 하늘에서는 노을이 익어갔다. 원범과 소성은 바위에 나란히 앉아 물고기로 주린 배를 채웠다. 두 사람은 말없이 서로 눈치만 보았다. 원범은 할 말을 하지 못해 소성의 눈치를 살피고, 소성은 할 일을 하지 못해 원범의 눈치를 살폈다.

소성이 품에 든 단도를 향해 손을 움직였다.

"내가 오늘 그대를 만나러 온 것은······."

원범이 말을 꺼냈다. 소성은 멈칫하고 손을 무릎으로 내려놓았다.

"꼭 해야 할 말이 있어서요."

원범의 말보다 제 일이 중한 소성은 초조하게 원범을 바라보았다.

"실은 내게 정인이 있소. 단 하나뿐인 내 정인이오. 난 평생 그 여인만을 사랑할 거요."

뜬금없이 정인이라니, 소성은 눈매를 찡그렸다.

"하니 부디 날 심중에 담지 마시오."

"무슨 말씀을 하는지······."

원범의 표정은 더 진지해졌다.

"그대가 내게 남다른 관심이 있는 걸 알고 있소. 하나 내 마음은 그대와 같을 수 없소."

소성은 이마까지 찡그렸다 원범의 어의를 파악하기 위해 머리를 굴려보았다.

"미안하오. 내 마음엔 그대가 들어올 자리가 없소."

"예?"

"하나 그대는 이 나라 조선국의 소중한 백성이오. 하여 나는 그대의 마음이 다치는 걸 원치 않소. 나로 인해 그대가 상처를 입어서는 아니 되오. 이것이 내가 오늘 그대를 만나러 온 이유요."

소성은 기가 막혔다.

"아니, 지금 내가 당신을……."

원범이 손을 들어 소성의 말을 저지했다.

"하니 부디 나를 향한 그 마음을 거두어주시오, 낭자."

"지금 무슨 말을 합니까?"

소성의 목소리가 날카로워졌다.

이해하오, 화가 나겠지. 원범은 더 부드러운 눈빛으로 고개를 끄덕였다.

"왜 얼토당토아니한 말을 합니까?"

그래, 지금은 부인해야겠지. 원범은 그 누구보다 소성의 마음을 잘 헤아리고 있다는 듯, 따뜻한 눈빛으로 소성을 바라보았다.

눈빛이 왜 저래? 소성이 인상을 쓰며 입을 열었다.

"도대체 무슨 생각을 합니까? 내가 오늘 보자고 한 이유는……내가 오늘 당신을 보자고 한 이유는……."

소성이 숨을 삼켰다. 네 아비는 내 아버지를 죽인 원수, 너를 통해 그 원한을 갚고자 함이다, 라고는 말할 수 없었다. 아직은 아니었다. 소성이 답답함을 풀어보려는 듯, 깊은 숨을 내쉬었다. 그리고 원범의 눈을 응시했다.

"관심이 있어서요. 맞습니다, 당신에게 관심이 있습니다. 그것도, 아주, 많이!"

소성의 목소리는 차분하고 단호했다. 원범의 검은 동공이 벌어졌다. 소성은 민첩하고 조용하게 단도를 꺼내 원범의 허리에 겨누었다. 아무것도 모르고 그저 여인의 고백에 당황한 원범의 얼굴에 붉은 노을 물이 들었다.

새로운 연정

ı

원범은 말이 없었다. 소성과 눈이 마주치자 눈빛만 떨었다. 소성의 고백에 당황하여 귀까지 붉어졌다. 가슴에서 둥둥, 하고 북이 울려댔다. 원범은 숨을 삼키고 생각을 가다듬었다. 이 여인은 내 귀한 백성이다. 임금은 백성을 자식처럼 보듬어야 한다. 하여 이 여인의 마음을 보듬어야 한다. 상처를 주어서는 아니 된다. 생각을 정리한 원범이 입을 뗐다.

"낭자……."

말을 마치기도 전에 소성이 한 손으로 원범의 입을 막았다. 원범이 눈을 동그랗게 뜨고 제 입을 막은 소성의 손을 내려다보았다. 이번에는 가슴에서 대포가 쿵쿵 울려댔다. 원범은 제 입에서 소성의 손을 떼기 위해 팔을 들었다. 소성의 손을 잡지는 못하고 옷소매 끝자락만 잡았다. 소성이 움직였다. 원범은 몸을 움찔하며 소성의 소매를 잡은 손을 뗐다.

소성은 뒤를 돌아보며 숲을 향해 단도를 날렸다. 투박한 비명
이 들리더니 숲에서 한 사내가 상처 입은 팔을 잡고 기어 나왔다.
심규가 단도를 뽑아 사내의 목에 겨누었다. 원범을 미행하던 자
였다.

"누구냐?"

소성이 사내에게 소리쳤다. 단정치 못한 차림새, 교활한 눈매,
간사한 입꼬리, 사내의 꼴을 보니 시정무뢰 같았다. 누군가에게
대가를 받고 저나 병운을 감시하는 자 같았다. 사내는 소성의 시
선을 피해 고개를 숙였다.

"왜 우리를 훔쳐보느냐?"

"훔쳐보다니요? 소피가 마려워서 숲을 찾아온 것뿐입니다."

"그래? 네놈은 소피를 반 시진이나 보느냐?"

"참말입니다, 나리. 쉰네가……."

사내가 원범을 향해 울상을 지었다. 원범이 그를 찬찬히 살폈
다. 원범도 그를 평범한 백성으로는 보지 않았다.

"도적이구나. 도적질을 하러 왔구나."

"아닙니다, 나리. 쉰네 단지 소피를 보러 왔습니다. 정말입니
다. 살려주십시오."

원범이 측은한 눈길로 사내를 바라보았다.

"그래, 가족은 있느냐?"

갑자기 가족이라니, 사내는 말문이 막혔다. 원범의 반응에 당
황스러웠다. 무어라 대답해야 할지 감이 잡히지 않았다. 원범이

사내를 향해 걸음을 옮겼다.

"나리."

심규가 원범을 말렸다. 원범이 손을 들어 괜찮다고 했다.

"처음부터 도적으로 태어나지는 않았을 터, 딱하구나. 하나 아무리 먹고살기가 힘들더라도 남의 것을 탐하는 짓은 옳지 않다. 내 돈을 줄 터이니 양식을 사서 가거라. 아니다. 우선 다친 팔부터 치료해야겠구나. 방자야, 이자에게 돈을 넉넉히 주어라."

사내는 말이 없었다. 저는 원범을 줄곧 미행하면서 감시했다. 이곳을 빠져나가면 제게 값을 지불한 자를 만나 원범의 행적을 낱낱이 고해야 했다. 화를 내고 벌을 주면 마음이 편하련만. 얄팍한 양심의 가책을 느끼며 참, 바보 같은 양반도 다 있다고 생각했다.

심규가 사내에게 따르라고 명했다. 사내가 원범을 향해 꾸벅, 절을 하고 심규를 따라나섰다. 계곡을 벗어났을 때 심규가 사내에게 돈을 건네며 말했다.

"나리를 미행한 사실을 안다. 이제부터 나리는 내가 잘 뫼시겠다고 네 주인에게 전해라."

소성은 말없이 원범을 바라보았다. 도적의 사정에 관심을 갖고, 도적의 상처를 염려하고, 도적의 처지를 헤아리는 사람. 이 사람, 김병운은 도대체 어떤 사람일까.

그리 보면 내 마음이 아프오. 원범은 소성의 시선이 안타까우면서도 그 시선에 가슴이 뛰었다. 얼굴이 화끈거렸다.

'당신에게 관심이 있습니다. 그것도, 아주, 많이.'

소성의 고백이 귓전을 울렸다. 원범은 양손을 들어 소성의 입을 막았다.

"뭐 합니까?"

소성이 눈매를 찡그리고 웅얼댔다.

원범은 얼른 손을 떼고 제 귀를 가렸다. 벌겋게 달아오르는 제 귀를 가린다는 것이 소성의 입을 막아버렸다. 장성하고 나서 여인의 고백을 들은 일도 처음이었고, 여인과 단둘이 있는 것도 처음이었다. 이 여인의 마음을 잘 다독이고자 나왔는데 갑작스러운 고백에 머릿속이 하얘졌다. 원범은 귀에서 손을 떼고 나뭇가지를 들고 모닥불을 뒤적였다.

"장작불에 귀가 익는 것 같아서……."

"괜찮은데요."

소성이 원범의 귀를 살피며 말했다.

"장작이 잘 타질 않는군."

"제가 하지요."

"어허, 관두시오. 손이 다 망가지면 어떡하오?"

"이미 망가졌으니 괜찮습니다."

원범의 시선이 소성의 손으로 향했다. 칼에 베이고, 딱지가 앉고, 군데군데 상처를 안고 있었다. 여인의 손이라기보다는 남정네의 손에 가까웠다. 이 여인, 어찌 살아온 것이지…… 원범의 눈매가 가늘어졌다.

"검을 다루는, 야장의 손이지 않습니까?"

소성은 원범의 마음을 읽고 제 손을 슬쩍 감추었다. 괜스레 원범의 시선에 신경이 쓰이고, 제 험한 손이 부끄럽게 느껴졌다.

원범은 말없이 모닥불을 뒤적거렸다. 소성도 원범을 따라 모닥불을 뒤적였다. 장작 타는 소리와 물소리만이 두 사람 가운데 흐르고 있었다.

"아까는 고마웠소."

침묵을 깨고 원범이 말문을 열었다.

"그 도적이 계속, 우릴 보고 있기에……."

"아니, 그것 말고, 성상에 대한 이야기 말이오."

소성이 눈을 반짝이며 원범을 쳐다보았다.

"성상이 심성이 따뜻하고 사람들을 아끼며 다른 이의 고통과 절망을 내 것처럼 아파하는 분이라는 말. 백성의 고통에 자책하고 시름하고 있으리라는 말. 성상께 큰 위로가 될 것이오. 수천수만의 백성 중, 단 한 사람이라도 성상을 이해하고 성상의 마음을 헤아려주는 이가 있다면, 성상은 큰 힘을 얻을 것이오. 사실 성상은……."

소성이 모닥불을 뒤적이던 손을 멈추고 원범에게 집중했다. 소성의 시선에 원범이 말을 멈추었다.

"성상은?"

소성이 물었다.

"그 무엇보다도 진심 어린 격려 한마디가 절실한 사람이오."

원범은 목이 메어왔다. 소성이 눈을 반짝이며 제 이야기를 듣고 있었다. 비록 저를 김병운이라고 알고 저를 좋아하지만 지금 이 순간은 진짜 저인 성상의 이야기에 관심을 가져주었다. 지금껏 그 누구도 이토록 제게 관심을 준 일이 없었다.

"성상은 외로운 사람이오. 겁도 많다오. 왕좌를 버리고 싶을 때도 많이 있소. 아무도 자신을 알아보지 못하는 곳에서 마음껏 울고, 마음껏 웃고, 마음껏 떠들고, 마음껏 소리 지르고 싶을 때도 숱하게 있소."

"임금님을 잘 압니까?"

"아! 절친한 벗이오."

"참말입니까?"

"소싯적부터 함께 공부도 하고 강무도 하면서 속내를 털어놓는, 몇 안 되는 벗이오."

"성상께서는 어떤 분이십니까?"

소성은 처음으로 이자의 이야기를 듣는 일이 좋아졌다. 이자의 이야기가 더 듣고 싶어졌다.

성상, 아니 나는 어떤 사람이던가. 원범은 낮에 강하와 병운이 했던 말을 떠올리고서는 빙긋이 미소를 지었다.

"조선 최고의 잘난 사내요."

"예?"

"또 능히 여럿을 죽일 수 있을 만큼 그 매력이 치명적이오."

"그게 무슨 소리입니까?"

"그러니까 성상을 한 번이라도 뵌 여인은 모두 성상의 치명적인 매력에 반해 죽을 수도 있다는, 뭐 그런 뜻이오."

"아, 예……."

"그 어떤 여인이라도 성상을 뵈면 첫눈에 반하오."

원범은 강하와 병운이 읊어대던 말을 그대로 옮겼다.

"그러……합니까?"

"그렇소."

"성상께서는 아주 멀고, 높은 곳에 계시는군요."

소성은 시선을 바닥으로 떨구었다.

"하하하. 농이오, 농. 뭐 그리 진지하게 받아들이시오?"

원범이 웃었다. 소성이 다시 고개를 들었다.

"아니오. 성상은 정말 그런 분이실 겁니다. 감히 범접할 수 없을 만큼 근사한 분이시겠지요."

"뭐, 그럴 수도 있겠소."

원범은 고개를 끄덕였다.

"그렇다고 쉽게 포기하지는 마시오. 성상을 함부로 좋아해서는 안 된다, 뭐 그런 말은 아니오."

소성에게 이제 원범의 말은 들리지 않았다. 원범, 아니 성상께서는 이제 정말 닿을 수 없는 분이구나, 생각했다.

"하나 성상도 사람이오. 자기에게 관심을 많이 가지고, 자기를 좋아해주는 여인한테 마음이 갈 수도 있지 않겠소?"

원범이 눈을 깜빡였다. 내가 지금 무슨 소리를 하고 있지? 소성의 무반응에 뭐라고 말을 하긴 했지만 저도 왜 이런 이야기를 하는지 그 연유를 알 수 없었다.

"아까 그 말, 성상께 위로가 된다던 그 말, 성상께 힘이 된다면 꼭 전해주시오."

"그리하겠소."

소성이 다시 눈을 반짝였다. 원범을 보며 미소를 지었다.

"댁도 어쩐지 좋은 사람 같습니다."

원범의 얼굴이 하얀 보름달처럼 환해졌다.

"뭐, 좀 뜬금없는 것이 흠이긴 하지만……."

"매력적이오?"

"역시 뜬금없습니다."

소성이 웃었다. 가짜 병운인 원범을 만난 이후, 처음 짓는 진심 어린 웃음이었다. 원범도 소성을 따라 웃었다. 노을의 끝자락이 두 사람의 얼굴을 붉게 물들였다.

환궁을 하는 원범의 발걸음이 가벼웠다. 저도 모르게 자꾸 미소가 지어졌다.

"전하, 무엇이 그리 즐거우십니까?"

"아무것도 아니네."

원범이 정색했다. 하지만 이내 입꼬리가 올라갔다.

"오랜만에 웃으시는 용안을 뵈옵니다."

"달, 달 때문이네."

"예?"

"달이 참 밝지 않은가?"

심규가 하늘을 올려다보았다. 평소와 다름없는 달이었다.

"달도 밝고, 바람도 시원하니 사방천지 내 기꺼울 이유뿐이구나. 하하하."

원범은 어깨를 들썩거렸다.

그 시각, 소성도 산사 처소 툇마루에 앉아 하늘을 올려다보았다. 하늘이 오늘따라 유난히 맑아 보였다. 달빛도 오늘따라 더 밝아 보였다.

"전하의 곁에 좋은 이가 있어 참 다행입니다."

소성도 오래간만에 웃었다. 시원한 산바람이 불어와 소성의 마음을 씻어주었다.

2

민 상궁과 상선이 대전에 들었다. 상선의 손에는 짚신 한 켤레가 들려 있었다. 상선이 짚신을 내밀며 물었다.

"전하, 초혜는 무엇에 쓰시려는지 여쭈어보아도 되겠사옵니까?"

"그저 과인이 한번 신어보려고 하오."

"초혜를 말이옵니까?"

"초혜는 백성들이 신는 신발이지 않소? 과인도 잠저에 있을 때 늘 신었던 신발이기도 하고, 짚으로 초혜를 삼아 생계를 잇기도 하였소."

상선과 민 상궁이 원범의 말을 헤아리며 미소를 지었다. 원범이 민 상궁을 보았다.

"이제부터 곤룡포 외에는 비단으로 지은 옷은 들이지 마시게."

"어찌 그러시옵니까?"

"군이 값비싼 비단으로 속곳, 버선까지 다 지어 입을 필요가 있는가? 모두 백성의 피와 땀인 것을. 곤룡포 외에는 명주와 면포로 옷을 짓고, 입은 옷은 버리지 말고 세탁하여 다시 들이시게."

"예, 전하. 분부대로 거행하겠사옵니다."

원범은 상선과 민 상궁이 나간 뒤 서안 위에 놓인 짚신을 바라보았다. 소성이 계곡 바위 위에 벗어 놓았던 짚신이 눈앞에 아른거렸다. 원범은 짚신을 제 발에 대어보았다. 한 발씩 짚신을 신은 다음 제자리에서 일어났다. 발을 위아래로 굴려보았다. 제 발에 꼭 맞는 신이었다. 한 걸음, 한 걸음, 걸음을 뗐다. 백성이 신는 짚신을 신고 한 걸음, 한 걸음 앞으로 나아가는 원범의 눈빛이 티 없이 맑았다.

"김 지평 입시이옵니다."

내관의 목소리에 원범은 짚신을 벗고 좌정했다. 병운은 군기시의 불량 환도 건을 조사하고, 그 결과를 보고하기 위해 알현을 청하였다.

"군기시 첨정이 사욕을 채우기 위해 군기시의 검을 빼돌리고 불량한 검으로 바꾸어 놓았다고 자백을 했사옵니다. 첨정은 하급 관리에게 뇌물도 여러 차례 받았다고 자백했사옵니다. 그리고……."

병운은 말을 멈추었다. 군기시는 서로 먹고 먹히는 먹이 사슬이었다. 뇌물에 뇌물이 꼬리를 물고 썩어가고 있었다. 그리고 그 먹이 사슬의 최상위 포식자는 바로 제 아비이리라.

'아니, 너는 배반하게 될 것이다. 이는 김좌근의 아들로 태어난 자로서 선택이 아니라 운명이다.'

병운은 아비의 말이 떠올라 말을 잇지 못했다. 병운이 숨을 삼켰다. 언젠가는 제 아비와 전쟁을 치를지도 모를 주상을 보니 마음이 편치 않았다.

"더 할 말이 있는가?"

병운이 얼른 복잡한 심사를 떨쳐내고 대답했다.

"아니옵니다."

"그럼 이걸 받게."

원범이 보자기로 싼 꾸러미 하나를 내밀었다.

"혼인 하례품일세."

"전하!"

"너무 감격하지 말게. 부끄럽네."

"성은이 망극하옵니다."

"쌀이며, 포목이며, 전답은 자전께서 하사하셨을 터. 과인은 좀 더 특별한 하례품을 직접 챙기고 싶었네."

성심에 감동한 병운이 말을 잇지 못한 채 꾸러미를 바라보았다.

"풀어보게."

원범이 꾸러미를 병운 앞으로 밀어주었다. 병운은 얌전하게 매듭을 풀었다. 색을 입힌 목각 기러기 한 쌍이 웃고 있었다.

"직접 만들지는 않았지만 색은 내가 입혔네. 물론 다른 이의 도움도 좀 받았고."

"그런 것 같사옵니다. 소신에게는 금은보화보다 더 귀한 선물이옵니다."

병운이 쌍기러기를 들여다보고 미소를 지었다.

"기러기는 짝을 잃으면, 다른 짝을 찾지 않고 혼자 산다지? 부인을 맞이하면 기러기처럼 서로 의좋게 살게."

원범이 소성의 말을 떠올리며 병운에게 당부했다.

"성은이 망극하옵니다."

"그러고 보니 자넨 이제 우리와는 지체가 다른 사람이 되겠구나. 그래서인지 자네가 노색(老色)이 제일 짙네."

"전하, 소신도 소신의 집안에서는 가장 잘난 용모이옵니다."

병운이 억울하다는 듯, 이마를 찡그렸다. 원범이 웃음을 터뜨렸다. 병운도 웃었다. 웃는 병운의 눈가에 보기 좋은 잔주름이 잡혔다.

병운은 원범보다 네댓 살이 어리지만 얼굴은 원범보다 성숙해 보였다. 원범은 병운의 얼굴이 유달리 노색을 띠는 것이 아니라 신중하고 의젓한 병운의 성정이 비쳐 그렇다는 걸 알았다.

두 사람이 농을 즐기고 있는 사이, 강하가 입시했다. 강하는 병운보다 두 살이 더 어린 만큼 가장 앳된 얼굴을 하고 있었다. 얼굴이 분칠을 한 것처럼 뽀얗고, 이목구비마다 선이 고왔다. 여인처럼 곱게 생긴 사내였다. 하지만 풍류나 잡기에 있어서는 원범이나 병운보다 능한 데가 있었고 세상 이치에도 더 밝은 구석이 있었다. 확인한 적은 없지만 소문에는 주색에도 능하다고 했다. 여느 벗들처럼 세 사람 사이에 환담이 오고 간 뒤, 원범이 본론을 꺼냈다.

"능행을 가려 하네."

강하와 병운이 동시에 고개를 들었다. 원범이 보위에 오르고 난 뒤, 도성 밖으로 능행을 가겠다고 한 건 처음이었다.

"정종 대왕께서는 전략적으로 화성으로 거둥하셨다지? 거둥 중에 백성들을 직접 만나 그 억울함을 들으셨고. 과인도 정종 대

152

왕께서 가셨던 그 길을 좇고 싶네. 하여 이번 능행이 과인이 내딛는 왕도의 첫걸음이 될 걸세."

"신들이 뫼시겠사옵니다, 전하."

원범이 고개를 끄덕였다. 이심전심, 세 사람의 눈빛이 반짝거렸다.

능행은 수렴청정 중인 대왕대비의 윤허가 필요한 사안이었다. 원범은 대왕대비전에 저녁 문후를 들었다. 마침 왕대비도 함께 있었다.

"능행이요?"

대왕대비가 뜻밖이라는 듯 반문하며 일전에 김좌근과 나누었던 대화를 떠올렸다. 주상의 잠행에 관한 소식이었다.

'여인이라…… 호호호. 여인을 만나러 잠행을 나갔다? 드디어 주상이 여인에게 관심이 생겼습니다. 호호호.'

김좌근의 말을 듣고, 대왕대비가 꽃처럼 화사하게 웃었다. 대왕대비가 김좌근 가까이 몸을 기울였다.

'내 주상이 하도 여인에게 눈길을 두지 않아 병이라도 있는 줄 알았습니다.'

'혹 그러다가 궁으로 들이겠다고 하면 어찌하옵니까?'

대왕대비의 미간에 가는 주름이 잡혔다.

'어느 댁 규수랍니까?'

'어느 댁 규수는 아니옵고 그저 야장이라고 하옵니다.'

'야장이요? 여인이 어찌 그리 험한 일을 할꼬? 조선에서 여인

이 야장을 할 수 있습니까?'

'궁핍한 여인들이 더러 야장간에서 허드렛일을 하는 모양이옵니다.'

'여인이 험한 일을 해서 먹고산다니 내 마음이 너무 아픕니다.'

대왕대비가 생각하는 여인의 삶이란, 소싯적에는 아비의 보호를 받고, 혼인 후에는 지아비의 보호를 받으며 규방에서 실과 바늘을 벗 삼고, 언문 이야기책으로 무료함을 달래는 것이었다.

'우리 조선국에 그런 여인이 많지는 않겠지요?'

'그럼요. 주상의 취향이 좀 유별납니다.'

'호호호. 주상이 오늘 이 어미를 여러 번 웃게 합니다.'

방금까지 오만상을 찌푸리며 울상을 짓다가 갑자기 웃음을 터트리니 김좌근은 피를 나눈 누이이지만 대왕대비를 이해할 수 없었다.

'궁으로 들이라지요. 야장이든 옹기장이든 다 들이라 하세요. 어차피 중전과 원자의 자리는 주인이 있지 않습니까?'

순간 김좌근의 얼굴에 불안한 기색이 스쳤다. 대왕대비가 이를 놓치지 않았다.

'조정이 우리 사람으로 다 채워졌는데 무슨 걱정입니까? 심려 놓으세요. 아우님, 요즈음과 같은 태평성세에 괜한 심려는 어울리지 않습니다.'

'예, 마마. 소신은 그저 마마만 믿사옵니다. 그리고 한 가지 더 아뢸 것이 있사옵니다.'

대왕대비가 고개를 끄덕이며 김좌근을 보았다. 육십 대 노인이라고는 믿기지 않을 만큼, 눈빛이 또렷했다.

'주상이 야장간을 직접 방문하고서는 병운이에게 군기시 감찰을 명했다고 하옵니다.'

대왕대비가 석류빛 다식을 한입 물고서는 미간을 찡그렸다. 석류의 톡 쏘는 신맛이 마뜩잖았다.

'별로입니다. 늙은이에게 이리 신 과자를 올리다니 생과방 단속을 제대로 해야겠습니다.'

'마마, 주상이 국사에 관여하다니요? 용납할 수 없는 일이옵니다.'

'그래요? 주상께서 그리 살뜰하시니 현군이 되시겠어요.'

'이렇게 하나둘씩 종사에 관여하기 시작하면 종국에는 화근이 될 것이옵니다.'

'호호호. 주상도 왕인데 국사를 돌보아야지요. 잘하셨습니다. 내 주상을 만나 치하를 해줘야겠습니다.'

대왕대비가 석류빛 다식을 하나 집어 들고 김좌근에게 권했다. 김좌근이 한 입 베어 물고는 얼굴을 찌푸렸다.

'어명을 받았으니 병운이 그 아이 입장도 생각을 해줘야지요. 양 첨정 아들이 등과할 때가 되지 않았습니까? 아비가 잠시 쉬고 아들이 나오면 되지요.'

'예, 마마. 그리 처리하겠사옵니다.'

가문도 보호하고 병운의 공도 세워주겠다는 대왕대비의 처사였다.

잠행에 이어 능행이라. 대왕대비는 반색하며 말했다.

"선대왕의 능을 참배하는 일도 군왕의 도리가 아니겠사옵니까?"

대왕대비는 명실상부 조선을 통치하고 있는 여군이었으나 원범에게는 인자한 어머니였다.

"그렇지요. 주상께서 이리 장성하여 군왕의 도리를 다하시니이 어미는 이제 시름을 놓습니다."

왕대비가 대왕대비를 슬쩍 바라보았다. 대왕대비는 군왕의 도리를 다하는 주상이 아니라, 순하고 고분고분한 주상을 마음에 들어 했다. 아들, 손자와는 달리 작금의 주상은 그 어느 것 하나거스르는 일이 없었다. 대왕대비는 시름없이 하루하루를 안락하게 지냈다.

"예, 불필요한 낭비를 막기 위해 행차는 간소하게 하겠사옵니다."

왕대비가 원범에게 시선을 옮겼다.

"실로 오랜만의 행차라 백성들에게 큰 구경거리가 되겠습니다. 간소하게 하되, 주상과 왕실의 위엄을 보이셔야 합니다."

"호호호. 주상께서 어련히 알아서 잘하시겠습니까? 왕대비."

"호호호. 신첩이 괜한 걱정을 했나 보옵니다, 자전마마."

두 여인이 번갈아 가며 웃었다. 속내를 감춘 겉웃음이었다. 원범만이 사심 없는 미소를 지었다.

소성이 모처럼 치마저고리를 입고, 머리를 땋아 댕기를 드리웠다. 해원 스님이 근심스러운 표정으로 소성을 바라보았다.

"꼭 가야겠느냐?"

"예."

"소성아."

"걱정 마셔요. 한 번만, 딱 한 번만 보고 오겠습니다."

채마밭에서 푸성귀를 뽑아 돌아오던 중이었다. 소성은 사미니(출가하여 머리를 깎은 지 얼마 되지 아니한, 수행이 미숙한 어린 여자 승려)가 전해주는 소식에 광주리를 떨어뜨리고 말았다. 퍼런 잎채소들이 바닥에 널브러졌다. 상감마마께서 행차하신다는 소식이었다. 능행을 가는 임금이 산사 아랫마을을 지나간다고 했다. 소성은 흩어진 채소와 바구니를 내팽개치고 방으로 달려왔다. 뭐부터 할까, 소성은 앉지도 못하고 서지도 못한 채 주변을 살폈다. 심장이 요동쳤다. 손이 떨렸다. 소성은 길게 심호흡을 한 번 하고 치마저고리를 꺼냈다. 지금 제 모습을 원범에게 보이고 싶지는 않았다.

"이미 어긋난 인연이다. 보아서 무엇하겠느냐?"

해원 스님이 소성의 손을 잡고 타이르듯이 말했다.

"압니다. 무엇을 하려는 게 아니라, 그냥 보기만 하려는 겁니다."

"눈으로 담고 나면 뒤얽히고 어지러워지는 것이 중생의 마음이다."

"하지만 한 번만, 멀리서라도 꼭 한 번만 보고 싶습니다."

"소성아! 성상의 곁을 맴돌다가는 저들에게 네 정체가 발각될 수도 있다. 그것만은 아니 된다. 너마저 저들에게 희생되어야겠느냐?"

"저들이라면…… 김좌근 일당을 말씀하십니까?"

해원 스님은 잠시 머뭇거렸다.

"그래, 김좌근이 네 정체를 알아서는 결코 아니 된다. 넌 이미 성상께 죽은 사람이 아니더냐?"

"알고 있습니다. 성상을 뵙고 어찌하겠다는 게 아닙니다. 그저 멀리서 보고만 싶습니다. 그리고 성상께서도 저를 한 번만, 멀리서라도 저를 한 번만 봐주신다면……."

소성은 말을 잇지 못했다. 원범을 생각하니 목이 메어왔다.

"잊겠습니다. 오늘 마지막으로 단 한 번만 뵙고 잊겠습니다."

소성이 소망하고 있었다. 눈빛이 간절했다. 해원 스님도 더는 소성을 말릴 수 없었다. 그저 안타깝게 바라만 볼 뿐이었다.

소성은 마을로 내려가는 길을 타다가 길옆 솔숲으로 방향을 바꾸었다. 잘 닦인 길로 돌아가느니 다소 가파르더라도 마을로 곧장 연결된 지름길이 나왔다. 소성은 양손으로 치맛자락을 잡고 요리조리 장애물을 피해가면서 숲길을 내달렸다. 산에서 자란 소성에게 그리 어려운 길은 아니었다. 얼마를 달렸을까. 이마에 땀이 송골송골 맺히기 시작했을 때 큰길이 보였다. 길가에는 이미 백성들이 모여 웅성대고 있었다. 멀리 어가 행렬의 머리가 보였다. 군졸들이 백성들에게 부복하라고 지시했다.

소성도 길가로 나와 엎드렸다. 숨을 고르며 두근거리는 가슴을 진정했다. 하지만 어가 행렬이 점점 가까워지면서 소성의 가슴은 더욱더 심하게 요동쳤다. 몸이 차가운 편인 소성의 손바닥에 땀이 배어 나왔다. 소성은 자리에서 일어났다. 뒤로 빠져 숲속으로 들어갔다. 큰 나무 둥치에 몸을 기대고 크게 심호흡을 했다. 그 사이에 다가온 어가 행렬이 소성의 시야로 들어왔다. 소성은 나무 뒤로 몸을 숨겼다. 고개를 살짝 내밀어 어가 행렬을 바라보았다. 드디어 원범을 실은 연이 소성의 정면에서 지나가고 있었다.

"전하!"

소성이 소리 내어 원범을 불렀다. 소리는 원범에게까지 날아가지 못하고 주위만 맴돌 뿐이었다. 소성은 원범의 얼굴을 보고자 몸을 내밀고 눈에 힘을 주었다. 하지만 소성의 눈에는 구군복을 입고 군모를 쓴 원범의 형체만 희미하게 보일 뿐 얼굴은 잡히지 않았다. 결국 원범의 희미한 형체마저 채 소성의 눈에 맺히지 못하고 사라져갔다. 어가가 멀어져갔다. 소성은 작아지는 어가에서 시선을 떼지 않았다. 눈물이 소성의 뺨을 타고 흘러내렸다. 어가 행렬은 꼬리마저 모습을 감추었다.

모인 백성도 하나둘 흩어지고 자리를 떴다. 하늘이 보랏빛으로 채색되고 있었다. 소성은 빈 길 위에 주저앉았다. 눈물이 멈추지 않았다. 눈물이 울음이 되고 울음이 통곡이 되고 통곡이 마음의 병이 되었다.

그 옛날 소녀 소성, 아니 별이도 마음의 병으로 눈물을 삼키는 나날을 보냈다. 민 상궁을 따라 해원 스님이 머무르는 비구니 사찰에 몸을 숨긴 그 다음 날, 별이는 자리에서 일어나지 못했다. 선홍빛 열꽃이 무더기로 피어났다가 흔적 없이 사그라졌을 때 별이가 입을 뗐다.

'원범이를 만나야겠어요. 원범이를 만나게 해주세요.'

며칠 동안 신음만 내던 별이의 입에서 터져 나온 말은 '원범이 보고 싶다'가 아니라 '원범을 만나야겠다'였다. 임금이 된 원범이라면 아비의 죽음을 조사하고 진상을 밝힐 수 있으리라는 믿음에서였다. 하지만 민 상궁은 별이를 달래고 또 달래면서 원범을 잊으라고만 했다.

'별이야, 너는 그날 네 아버지와 함께 죽었다 하지 않았느냐. 네가 살아있다는 사실을 저들이 알아서는 아니 된다. 그것이 너를 살리는 길이고, 또한 성상을 위하는 길이니라.'

소성은 어가가 떠난 자리를 오랫동안 바라보며 원범과 저의 옛 시절을 떠올렸다. 소성은 어릴 때부터 예쁘지 않았다. 아버지는 제 얼굴이 신윤복의 '미인도'에 나오는 미인과 꼭 닮았다며 저를 미인이라 불러주었지만 아무도 제게 예쁘다는 말을 하지 않았다.

사람들이 예쁘다고 하는 여인은 얼굴이 뽀얗고 눈이 크고 콧대가 높고 입술이 붉었다. 하지만 어린 소성, 별이의 얼굴은 가무잡잡하고 눈매가 가늘고 콧대가 몽톡하고 입술에 색이 없었다. 그나마 예쁜 데가 있다면 눈썹이었다. 게다가 여인다운 데도 없었다. 외모도 차림새도 하는 짓도 사내 같았다. 하지만 별이는 개의치 않았다. 예쁘다고 밥 한 그릇 더 먹는 것도 아니고 여성스럽다고 잠 한 시진 더 자는 것도 아니었다. 한데 원범을 만나고 나서부터 예쁘고 여인다워지고 싶다는 마음이 들었다. 어느 날 별이는 아버지가 만들어준 색동 치마저고리를 입었다. 쌀가루를 얼굴에 바르고, 붉은 꽃물을 입술에 발랐다. 원범을 찾아 마을로 내려갔다.

원범은 은규에게 절세가인이 나오는 이야기를 듣고 있었다. 은규의 이야기를 듣다가 원범이 불쑥 말했다.

'그 여인은 새야? 밥 한 그릇도 안 먹고 어떻게 살아?'

'원래 미인들은 밥을 많이 먹지 않네.'

'나는 밥 많이 먹고, 힘세고, 씩씩하고, 용감하고, 늠름한 여인이 좋은데……'

원범의 말을 듣고, 별이가 쌀가루 바른 뽀얀 얼굴을 붉히며 웃었다. 원범을 만나지 않고 돌아가서 얼굴을 씻었다.

소성은 일전에 들었던 병운의 말을 떠올리며 이제 자신은 결코 원범과 어울리지 않겠구나, 생각했다.

"전하, 부디 강령하소서. 박별이는 이제 이 세상에 없습니다. 전하를 제 눈에 담고 제 마음에 새겼으니 이제 추억으로 묻고 살겠사옵니다."

소성은 마침내 원범과 정식으로 이별했다. 오래전 민 상궁이 말하였듯이 원범을 잊는 것이 원범을 위하는 길이라면 잊어야 한다. 소성은 이제 원범을 잊겠다고, 원범을 잊을 수 있다고 몇 번이고 되뇌면서 작별을 고했다.

저 멀리, 저 높이 보랏빛 하늘이 점점 짙어지고 있었다. 시꺼먼 어둠이 밀려오고 나서야 소성은 가까스로 몸을 일으켜 사찰로 돌아왔다. 몇 시진 동안 방 안에 틀어박혀 나오지 않았다. 해원 스님이 소성의 방으로 들어왔다. 바닥에는 옷가지와 이불 홑청들이 어지러이 널려 있었다. 소성이 인두질을 하기 위해 가져다 놓은 것이었다.

"성상 전하를 뵈었느냐?"

해원은 널브러진 옷가지만큼 산란한 소성의 마음을 짐작했다.

"예."

소성이 인두질을 계속했다. 해원은 소성의 손에서 인두를 가져와 내려놓고 소성의 손을 잡았다. 해원의 손이 하얗고 보드라웠다.

"하여 마음이 어지러우냐?"

"어지럽기는요."

"하면 왜 스님들의 옷까지 죄다 꺼내 놓고 다림질을 하느냐?"

소성은 아무런 대답도 하지 못했다.

"잊지 못하겠느냐?"

"아니오. 다 잊겠습니다. 성상 전하를 위해서 강화 시절은 잊고 추억은 묻겠습니다."

"한데?"

"아버지의 일만은 잊을 수가 없습니다."

소성이 해원을 바라보았다.

"적어도 아버지께서 김좌근의 혀끝에, 비참하게 돌아가신 연유만이라도 알고 싶습니다."

"그래, 상대는 김좌근이다. 알려고 들면 너 또한 위험해지지 않겠느냐?"

"압니다. 하나……."

소성은 더는 말을 잇지 못하고 인두를 다시 들었다.

그날 밤, 소성은 쪽마루 한편에 누워 밤하늘을 바라보았다. 눈물이 한 방울 흘러내렸다. 눈물 먹은 별이 반짝였다.

"아버지……."

소성은 속삭이듯 아버지를 불렀다.

"아버지, 아버지께서는 설령 억울하게 돌아가셨다고 하여도 제가 다 덮고 아무 일도 없던 것처럼 살기를 바라시겠죠?"

서늘한 밤바람이 불어와 소성의 머리를 적셨다.

"아버지가 무척 그리워요."

소성이 눈을 감았다.

3

앙증맞은 백자 약통이 소성의 눈앞에 불쑥 들어왔다. 소성은 식도를 연마하던 손을 멈추고 고개를 들었다. 소성의 시야에 활짝 웃고 있는 원범이 들어왔다. 소성은 웬일이냐는 눈빛으로 원범을 쳐다보았다.

"손에 바르시오. 왜국에서 온 약이오. 저번 것보다 더 좋은 약이오."

원범은 눈짓으로 약통을 가리키며 주뼛거렸다. 소성이 두 눈을 멀뚱거리며 원범을 보기만 했다.

"손을 보드랍게 해준다오. 아, 나는 많이 있으니 필요 없소."

소성이 거절하기 전에 원범이 말을 이었다. 이 약만큼은 꼭 전해주고 싶었다.

"이거 주려고 왔습니까?"

소성의 어조와 눈빛이 한결 부드러워져 있었다.

"아니오, 오늘은 업무차 왔소."

원범은 얼굴을 붉히며 손을 내저었다. 검지를 들어 심규를 가리켰다. 심규는 야장간 한구석에서 다른 야장들과 이야기 중이었다. 원범은 심규와 눈을 맞추면서 오늘 낮 대전에서 그와 나누었던 대화를 떠올렸다.

'야장들도 흉년이 들면 환곡을 꾸지 않겠는가?'

'농민들보다는 형편이 낫지 않겠사옵니까?'

요즈음 원범의 큰 고민은 환정이었다. 지난 능행 때 격쟁이 있었다. 격쟁은 원통한 일을 당한 백성이 임금의 행차 때 꽹과리나 북을 쳐서 임금의 하문을 기다렸다가 억울한 사정을 호소하는 일이었다. 그날 연에 올라 주위를 살피던 원범은 뒤를 돌아보았다. 옛날 강화를 떠나올 때처럼 백성들이 엎드려 어가를 보내고 있었다. 원범은 노인이며 아낙이며 아이여 사내며 백성 한 명 한 명을 놓치지 않고 자세히 살폈다. 그 모두를 눈과 마음에 새겼다.

어가가 한 마을을 벗어나는데 징 소리가 들렸다. 원범이 어가를 세웠다. 차림이 남루한 농민이 징을 치다가 원범을 향해 엎드렸다. 원범의 명을 받고 농민이 원범의 곁으로 다가왔다. 농민은 다시 엎드렸다. 원범이 부드러운 음성으로 농민에게 무슨 일이냐고 물었다.

'화, 황공, 황공하오나 상감마마, 매년 관아에서 원치도 않은 환곡을 안기고서 갑리(50%)에 달하는 이자를 내라 하더니 원곡도 이자도 못 갚자 자식 놈들을 노비로 바치라 합니다요. 누가 환곡을 달라 했습니까요? 원곡에 이자도 억울한데 노비가 웬 말입니까요?'

농민이 울먹였다.

환곡은 관에서 저장해둔 곡식을 봄이면 보릿고개로 몸살을 앓는 백성들에게 꾸어주고 가을이 되면 추수 후에 이자를 붙여 거두던 제도였다. 한데 언제부터인가 환곡은 탐관오리들이 부정과 부패를 일삼아 백성들을 착취하고 제 배를 불리는 수단으로 둔갑했다.

'과인이 너의 원통함을 잊지 않으리라.'

그날 원범은 병운과 강하를 불러 농민의 문제를 해결하게 하고, 한성부와 경기부의 환정 실태를 조사하여 진상을 밝히라는 명을 내렸다. 그래도 헐벗고 굶주린 백성들이 탐관오리들의 횡포에 자식마저 빼앗긴다고 생각하면 잠이 오지 않았다. 그리고 문득문득 그 여인도 궁금해졌다. 원범이 대궐 밖에서 만난 첫 번째 백성, 그 여인 소성은 괜찮을까?

원범이 심규에게 말했다.

'아니다. 백성이라면 농민이든 야장이든 흉년이 들면 다 어렵겠지. 야장들도 분명 환곡을 꾸었을 게야. 원곡과 이자를 갚느라 분명 등골이 휘어질 게야.'

이번에는 심규가 원범의 의중을 알아차렸다. 곧 차비를 하여 원범을 모시고 출궁했다.

"한데 무슨 업무로?"

소성이 야장들과 대화를 나누고 있는 심규를 바라보며 물었다.

"내가 사헌부 지평이잖소. 성상의 명을 받고 문란한 환정 실태를 조사하기 위해 왔소. 물론 저번에도 성상의 명을 받고 군기시의 무기 비리를 감찰하기 위해 왔고. 아, 그리고 그 문제는 잘 처리하였소. 이제 다시는 군기시에서 그대가 만든 검을 빼돌리지 못할 것이오. 그리고 물론, 그때는 그대가 여기서 일하는 줄 모르고 왔소. 한데 예서 딱, 그대를 만난 것이었소. 우연히. 우리 인연이 참 절묘하지 않소?"

"우연이 아니라 운명일지도 모르겠습니다."

운명이라는 말에 원범의 가슴이 떨렸다. 원범은 소성을 보며 되물었다.

"운명?"

원수의 아들과 두 번이나 부딪쳤으니 하늘이 내게 주신 운명이겠지. 소성은 대답하지 않고 생각했다.

"우리가 그렇게 우연히, 아니 그대의 말에 따르면, 운명적으로 만난 다음, 조용한 계곡으로 가서 그대가 내게 그 운명을……."

고백하였구려. 원범이 말을 멈추고 소성을 바라보았다.

"내 그날 일은 하나도 빠짐없이 기억하고 있소. 그대도 물론 기억하고 있겠지?"

"예, 기억납니다."

소성도 기억은 하고 있었다. 다른 의미에서. 원범이 소성을 보며 웃었다. 숨은 달을 보듯 은근히, 떨어진 별을 보듯 애잔하게.

"왜 그리 애석하게 웃습니까?"

"내 웃음이 이상하오?"

"예."

"어떻게 이상한지……."

"얼빠진 사람 같습니다."

"뭐요?"

원범이 입을 실룩거렸다.

"농입니다, 농."

사실은 그 웃음 때문에 마음이 자꾸 약해집니다, 라고 대답하지 못하고 소성은 희미하게 미소만 지었다.

"뭘 그리 진지하게 받습니까? 한데 환정 실태를 왜 야장간에서 조사합니까?"

환정 실태를 조사한다면 관아나 고을 백성들을 살펴야 하지 않은가, 소성은 생각했다.

"야장은 조선의 백성이 아니오? 그대도 혹 탐관오리 때문에 환곡을 꾸고 억울한 일을 당했다면 내게 말하시오. 내가 다 해결해주겠소."

"말씀은 고맙지만 환곡을 꾼 적은 없습니다."

"형편이 많이 나쁘지는 않은 모양이오."

원범은 안도했다.

"절에 살고 있어서 딱히 형편이라 할 것도 없습니다."

"절? 승려들이 사는 절 말이오?"

"그렇습니다."

"어찌 젊은 여인이 절에……?"

원범은 질문을 하다가 소성의 마음이 상하지 않을까 염려했다. 다행히 소성의 기분을 해치지 않은 것 같았다.

"어렸을 때부터 절에서 자랐습니다. 어렸을 때 절에 버려진 걸 스님들께서 주워다 키웠습니다."

"그럼, 부모님은?"

"모릅니다. 전 고아입니다."

"미안하오. 괜한 걸 물어봐서……."

"괜찮습니다. 스님들이 부모님처럼 절 잘 돌봐주셨습니다."

"그럼 낭자도 어렸을 때 부모님을 여읜 거로군."

원범은 소성을 바라보았다. 저를 사모하는 이 여인이 더 애처롭게 보였다.

"저 말고 부모님을 여읜 사람이 또 있습니까?"

"아니오."

원범은 정신을 다잡았다. 자신은 지금 김좌근의 아들, 김병운이었다.

"어머니만, 김병운인 나는 아주 어렸을 때 어머님을 여의었소. 너무 어려서 얼굴도 기억나지 않소."

소성도 원범에게 동병상련을 느꼈다. 저도 어렸을 적에 어머니를 여의는 바람에 그 얼굴조차 모르고 자랐다. 저를 보는 원범과 눈이 마주치자 소성은 그 시선을 피했다가 다시 원범을 보고 물었다.

"저…… 사헌부라면 관리의 잘못을 살피는 곳입니까?"

"맞소. 혹 관리들 때문에 원통한 일을 당한다면 언제든지 말하오. 내가 다 해결해주리다."

"그럼, 아주 높은 사람도 살필 수 있습니까?"

"물론이오. 말만 하시오."

소성은 입술을 달싹거리다가 말을 삼켰다.

"왜, 억울한 일이 있소?"

"아닙니다. 없습니다."

소성이 고개를 저으며 얼버무렸다.

"그럼, 나중에라도 그런 일이 생기면 꼭 말하오."

"예."

심규와 대화를 나누던 야장이 흩어졌다. 대화가 끝난 모양이었다. 심규는 그 자리에서 조용히 대기하고 있었다. 원범이 머뭇거리다가 말했다.

"이만 가보리다."

"갑니까?"

소성의 얼굴이 어두워졌다. 저도 모르게 서운한 감정이 들었다.

"서운하오?"

원범이 눈빛을 반짝였다.

"잘 가시오."

소성이 정색을 하며 원범에게 인사를 건넸다.

"그럼, 또 오리다."

"또요?"

"아니, 그대를 보러 오는 것이 아니라 어명을 받잡고 일이 있으면 와야 하오."

"예. 알고 있습니다, 지평 나리."

원범이 소성을 보며 머뭇대다가 걸음을 옮겼다.

"가자, 방자야."

심규와 함께 야장간을 나가던 원범이 말했다.

"아니다. 계속 일을 보아라."

원범은 다시 방향을 바꾸어 소성에게 다가왔다. 원범의 뒷모습을 바라보던 소성이 얼른 고개를 돌렸다. 저…… 원범은 소성에게 다시 말을 붙였다.

"어? 아직 안 가셨습니까?"

"청이 있소. 함께 저자에 좀 가주시오."

"예?"

소성이 원범을 올려다보았다.

저자는 사람들로 복닥거렸다. 소달구지가 고약한 냄새를 풍기며 지나갔다. 어른도 아이도 목청을 돋우며 시끄럽게 떠들어댔다. 원범과 소성은 시전과 난전을 기웃거리며 길을 걸었다. 심규가 이들을 뒤따랐다.

"한데 어머니께서는 돌아가셨다고 하지 않았습니까?"

소성이 물었다.

"양모가 계시오."

"새어머니 생신 선물에 이리 마음을 쓰다니 참 효성이 깊은 아들입니다."

"친어머니처럼 생각하고 있소."

"한데 어머님이 무얼 좋아하십니까?"

'여인은 꽃신, 장신구, 염낭 같은 것을 좋아한답니다.'

원범은 강하의 말을 떠올리고 슬쩍 웃었다.

"글쎄, 염낭이나 꽃신?"

마침 원범의 눈에 신발 시전이 들어왔다. 색 고운 운혜와 당혜가 진열돼 있었다. 비단으로 가죽신을 감싼 다음 글씨나 무늬를 수놓은 신이었다.

"당혜도 좋아하시오."

"어머님의 발 길이를 압니까?"

"그대와 같을 것이오. 그대가 신어보고 꼭 맞는 것을 사면 되오."

둘은 시전으로 가 진열된 신을 살펴보았다.

"어서 신어보오. 낭자의 마음에 드는 신을 고르오."

"제 마음에 드는 신을 골라도 됩니까?"

"그대의 마음에 들면 어머니 마음에도 들 게요."

"어찌 그리 단정합니까?"

"우리 어머니도 여장부요. 조선 제일의 여장부요. 씩씩하고 늠름한 그대랑 잘 어울리지, 아니 비슷하지 않겠소?"

소성이 푸른 바탕에 꽃나무가 수놓인 당혜를 하나 고른 다음, 제 짚신을 벗고 당혜를 신었다.

"이것도 신어보오."

원범은 붉은 바탕에 연둣빛 꽃이 활짝 핀 신을 내밀었다. 새색시의 녹의홍상을 연상케 하는 신이었다.

"이 신은 너무 화려하지 않습니까? 새신부가 신어야 할 텐데요."

"어머니라고 꼭 고상한 색만 신어야 하오?"

소성이 신을 들여다보았다.

"내가 신겨줘야 하오?"

원범이 몸을 낮추려 하자 소성은 얼른 신을 받아서 신었다. 발에 꼭 맞았다. 마음에 들었다. 원범은 그 모습을 보고 미소를 지었다. 원범의 마음에도 꼭 들었다. 마음에 드는 것이 신인지 소성인지 신을 신은 소성인지는 정확하게 몰랐다.

"어머님 선물이라면 이건 어떻습니까, 나리?"

주인이 옥색 바탕에 복(福) 자를 수놓은 신을 건넸다. 원범과 소성이 동시에 고개를 저었다. 원범은 소성이 고른 신과 제가 고른 신 두 켤레를 샀다. 심규가 당혜의 값을 치르고 물건 꾸러미를 들었다.

"그럼, 선물을 샀으니 이제 그만 돌아가죠."

제 임무가 끝났다고 생각한 소성이 말했다.

"아니오, 당혜만으로는 부족하오. 다른 것도 사야 하오. 장신구가 좋겠고……."

원범은 고개를 저으며 장신구 난전 쪽으로 걸음을 옮겼다. 소성도 싫지 않은 듯, 원범을 따라갔다.

심규의 손이 점점 무거워졌다. 노리개와 머리꽂이, 비녀를 담은 장신구 꾸러미와 염낭을 담은 꾸러미와 종이 일산 꾸러미 때문이었다.

원범과 소성이 물건을 모두 고르고 나란히 걸을 때 머리카락과 수염이 허연 화공이 그들을 불러 세웠다.

"나리, 초상화 한 점 그리고 가시오. 내 양국식으로다가 특별히 두 분은 한 폭에 담아 드리리다. 앉아보시오."

화공이 손을 흔들어가며 원범을 세웠다.

멀리서 강하가 미소를 지으며 이들을 지켜보았다. 심규가 강하를 발견하자 강하는 검지를 제 입에 대며 눈을 끔적거렸다. 조금 전, 강하는 화공에게 돈을 쥐여주며 당부했다.

'꼭 한 폭에 한 사람만 그리지 않으면 잡혀가기라도 하나? 생각의 틀을 조금만 깨서 관습을 바꿔봅세. 반드시 한 폭에 두 분 다 그려야 하네. 다정하게!'

원범과 소성이 머뭇거렸다.

"아, 어서 앉으시오. 쉰네도 먹고살게 좀 도와주시오, 나리."

"앉읍시다."

원범이 먼저 나무 의자에 앉았다. 소성에게 의자를 밀어주었다. 소성도 원범의 옆에 앉았다. 먼 산을 바라보며 비스듬히 앉아 있는 두 사람의 모양새가 영 어색했다.

"아, 좀 다정히 앉으시오."

화공이 화판을 탁탁 치며 못마땅하다는 어조로 말했다. 원범이 소성 가까이로 살짝 몸을 움직였다. 그 결에 원범의 손이 소성의 손에 부딪혔다. 소성은 어색하게 얼굴을 찡그리며 손을 앞으로 모아 마주 잡았다. 원범도 얼른 손을 앞으로 모으고 합장했다.

"기도하시오?"

화공이 일어서서 원범과 소성에게 다가왔다. 두 사람의 자세를 더 가까이 잡아주었다.

"자, 이렇게 가까이 앉고, 아가씨가 좀 더 몸을 앞으로 내밀고, 나리께서 아가씨 쪽으로 몸을 돌리면서, 얼굴을 아가씨 얼굴 가까이 대시오. 아가씨는 나리 쪽으로 고개를 살짝 돌리고…… 됐네, 됐어."

원범과 소성의 얼굴과 몸이 가까워졌다. 두 사람은 아무 말 없이 이 어색한 친밀을 받아들이고 있었다. 화공이 자리로 돌아가 붓을 들었다가 고개를 저었다.

"얼굴을 좀 더 가까이 대시오."

원범과 소성이 서로를 향해 얼굴을 움직였다.

"아! 좀 더 가까이!"

화공이 버럭 소리 질렀다. 원범과 소성의 얼굴이 종이 한 장 들어갈 만큼 가까워졌다.

"예, 좋습니다. 하하하."

소성의 귓가에 원범의 숨소리가 전해졌다. 원범이 내뿜는 온기가 소성의 볼에 와 닿았다. 원범의 시선에 오르락내리락하는 소성의 가슴이 포착되었다. 원범이 두 눈을 감았다. 두 사람은 어색하고 불편했다. 하지만 화폭에 담긴 두 사람은 그 어느 때보다도 편안한 모습이었다.

원범과 소성이 저자를 벗어났다. 이제 소성과 헤어져야 했다. 원범의 걸음이 느려졌다. 소성도 원범과 보폭을 맞추었다. 두 사람은 나란히 걸어 갈림길에 도달했다. 원범이 심규에게서 당혜 꾸러미를 건네받았다.

"저……."

원범이 꾸러미 안으로 손을 넣었다. 소성에게 당혜를 신기고 싶었다. 어떻게 전해줄까, 고민스러웠다.

"그만 가보시오."

원범의 사정도 모르고 소성이 먼저 인사를 건넸다. 원범은 꾸러미에 넣었던 손을 빼냈다.

"오늘 고마웠소."

소성이 눈인사를 건네고 돌아섰다. 원범은 멀어지는 소성의 뒷모습을 바라보다가 대궐을 향하여 돌아섰다. 몇 발짝 뗐을 때 물방울이 원범의 뺨을 적셨다. 하늘에서 빗방울이 떨어지기 시작했다. 지나가던 행인들이 서둘러 자리를 떴다. 행인들의 짚신이 빗물에 젖어들고 있었다. 원범은 푸른 당혜를 꺼내 높이 들었다. 푸른 비단에 빗방울이 한 방울 스며들었다. 연푸른빛이 남빛으로 변했다. 무늬처럼 보기 좋았다. 원범은 당혜를 껴안고, 소성을 쫓아 달렸다.

소성은 손등으로 빗방울을 막으며 고개를 숙였다. 그때 소성의 발 앞에 푸른 당혜 한 켤레가 놓였다. 제가 아는 신이었다. 소성은 천천히 고개를 들었다. 원범의 웃는 얼굴이 눈에 맺혔다.

"실수로 떨어뜨리는 바람에 젖어버렸소. 어머니께 젖은 당혜를 드릴 수 없으니 이 신은 낭자가 신으시오."

소성은 당혜와 원범을 말없이 바라보았다.

"버리기엔 아깝잖소?"

"벌열가 도련님이라 잘 모르는군요. 당혜는 반가에서만 신을 수 있습니다. 그것이 국법입니다."

소성은 희미하게 웃으며 걸음을 옮겼다. 소성이 다시 멀어졌다. 원범이 망연한 눈길로 당혜를 보았다. 국법이라. 조선의 국법은 신발까지 정해놓고서 사람을 차별하고 있구나. 원범은 깊게 한숨을 내뱉었다. 빗방울이 조금 더 굵어지기 시작했다. 심규가 지우산을 받치고 원범에게 다가왔다. 어머니 선물이라는 핑계로 저자에서 산 것이었다. 원범은 지우산을 받아서 소성을 쫓았다.

소성은 손등으로 비를 막으며 달렸다. 비가 더 많이 내렸다. 소성은 달리기를 멈추고 주위를 살펴보았다. 비를 피할 만한 데를 찾았다. 마땅한 곳이 없어 다시 걸음을 옮기려는 찰나, 머리 위로 지우산이 해님처럼 방긋 떠올랐다. 소성은 뒤를 돌아보았다. 원범이 지우산을 받쳐 들고 웃고 있었다.

원범과 소성은 지우산을 함께 쓰고 나란히 걸었다. 둘 다 말이 없었다. 원범은 지우산을 소성에게 기울였다. 원범의 한쪽 어깨가 빗물에 젖었다. 심규가 비를 맞은 채 꾸러미들을 감싸 안고 그들의 뒤를 따랐다. 종이로 만든 우산이라 이내 너덜너덜해져 갔다. 소성이 가리킨 곳에 느티나무 한 그루가 산처럼 버티고 있었다. 원범과 소성은 나무 아래로 달려갔다. 원범이 지우산을 접어서 물기를 털어냈다.

둘은 나무 아래에 나란히 섰다. 말없이 내리는 비만 바라보았다. 빗줄기가 시원스레 떨어졌다. 한여름 열기를 식혀주었다. 원범은 깊게 숨을 들이마시고 내뱉었다. 빗물에 젖어 든 숲 내음이 좋았다. 땅을 적시는 빗소리도 좋았다. 모든 것이 좋았다.

이따금씩 나뭇잎 사이사이로 빗물이 떨어졌다. 원범은 고개를 들어 하늘을 올려다보았다. 소성은 고개를 돌려 원범을 바라보았다. 원범의 한쪽 어깨와 팔이 젖어 있었다. 원범이 고개를 떨구고 소성을 보았다.

"무얼 그리 보시오?"

"옷이 다 젖었습니다."

소성이 원범의 젖은 옷자락에 눈길을 주었다.

"세우(細雨, 가늘게 내리는 비)라 옷이 젖을 줄 몰랐소."

원범이 소리 없이 웃었다.

"세우에도 옷이 젖습니다. 그리고……."

소성은 말을 멈추고 원범에게서 고개를 돌렸다. 내리는 비를 응시하며 조용히 제 마음의 소리를 들었다.

'제 마음도 젖습니다.'

4

어둠에 잠긴 대전에 빛이 번졌다. 원범은 불을 밝히고 나간 내관의 움직임도 알아차리지 못한 채 생각에 잠겼다. 서안 위에는 노리개, 머리꽂이, 비녀, 염낭, 당혜, 소성과 자신을 담은 초상화가 맥없이 놓여 있었다.

이게 다 무엇인지⋯⋯. 그저 내 백성이 문란한 환정으로 고통받고 있지 않은지 조사차 나갔을 뿐인데⋯⋯. 아니, 그 여인 소성이 부패한 관리로 인해 고통받고 있지 않은지 궁금하여 나갔을 뿐인데⋯⋯. 저자까지 함께 가버렸다. 그저 내 백성의 낡은 짚신을 보기가 안쓰러워 튼튼한 가죽신 한 켤레만 신겨주고 싶었을 뿐인데⋯⋯. 아니, 모두 핑계이다. 그 여인 소성에게 튼튼하고 고운 당혜 한 켤레를 신겨주고 싶었다. 아름다운 노리개도, 머리꽂이도, 염낭도 주고 싶었다. 그리고 초상화 한 폭에 담기기 위해 나란히 앉은 것도, 나란히 걷는 것도, 나란히 비를 맞는 것도 좋았다.

"오늘은 다행히 도적이 따라붙지 않았사옵니다."

곁을 지키던 심규가 침묵을 깼다.

"그래, 진짜 도적이었지."

원범이 초상화에 그려진 소성의 얼굴을 보며 나직이 속삭였다.

"한데 사람의 마음을 훔치는 도적이었구나."

심규가 원범을 물끄러미 바라보았다. 원범의 시선이 초상화에서 떠나지 않았다. 얼핏 보기에는 사내 두 명이 그려진 그림이었지만 그중 한 사내는 여인의 얼굴선을 가졌다. 앞으로 삐져나와 옆으로 늘어뜨린 머리카락 사이로 가늘고 긴 눈썹이 매끈하게 굽어졌다. 성상의 마음에 새로운 연정이 싹트는가, 심규는 눈썹이 고운 여인의 얼굴에서 시선을 떼지 않는 원범을 바라보며 생각했다.

원범은 오늘도 어김없이 대왕대비전에 문후를 들었다. 보위에 오른 뒤로 하루도 빠지지 않았다. 마침 병운도 와 있었다. 대왕대비는 평소보다 원범을 더 반가이 맞았다. 원범이 대왕대비 맞은편에 앉고, 병운이 대왕대비와 원범 사이에 자리 잡으며 두 상전에게 곡좌(曲坐, 윗사람 앞에 앉을 때 마주 앉지 아니하고 옆으로 돌아앉음)의 도리를 다했다.

"주상도 이제는 대혼을 올리셔야지요."

"대혼이라 하셨사옵니까?"

찻잔을 쥔 원범의 손이 가늘게 떨렸다. 대왕대비가 웃음을 지었다.

"무에 그리 놀라십니까? 주상."

"소자, 생각지 않은 일이라 잠시 당황하였사옵니다. 자전마마."

"병운, 이 아이를 보니 어미도 이제 며느님을 맞고 싶습니다."

"송구하옵니다, 전하."

병운이 고개를 숙였다. 원범이 괜찮다는 듯 미소를 지었다.

"하나 소자는 아직 준비가 되지 않았사옵니다."

"준비는 이 어미가 다 하겠습니다. 주상은 아무것도 하지 않으셔도 됩니다."

"하나 소자 아직은 국혼 생각이 없사옵니다."

원범이 찻잔을 내려놓았다. 대왕대비의 눈가에 주름이 드리웠다.

"이 늙은이가 산다면 얼마를 더 살겠습니까? 미망인이 무슨 낙으로 살겠습니까? 물론 주상께서 이리 장성하셨으니 내 더는 욕심이 없습니다. 하나 죽기 전에 원손이나 한번 안아봤으면……. 이 어미 소원입니다, 주상."

"자전마마의 원이시라면 소자 목숨도 아깝지 않사옵니다. 하나 갑자기 대혼을 올리라는 분부는 받잡기 어렵사옵니다. 부디 거두어주소서."

원범이 무릎을 꿇었다. 병운도 덩달아 무릎을 꿇었다.

"편히 앉으세요. 대혼 이야기가 나올 때마다 우리 상께서 이리 무릎을 꿇으시니 이 어미, 보기 민망합니다."

대왕대비가 차를 들어 한 모금 삼켰다.

"대왕대비마마, 너무 갑작스러운 일이라 전하께오서도 선뜻 결정하기 쉽지 않으실 것이옵니다. 전하께도 시간이 필요하실 것이옵니다."

"주상의 보령이면 그 시간이 충분히 차고도 남았을 것을……."

병운마저 원범을 거들자 대왕대비의 입꼬리가 실그러졌다.

문후를 마친 원범과 병운이 일어나서 방을 나갔다. 대왕대비가 새삼 원범의 뒷모습을 보니 장성하고도 넘은 사내의 모습이었다.

요즈음 주상은 확실히 예전의 주상이 아니었다. 대왕대비가 눈매를 찡그리며 고개를 돌렸다. 영창을 넘어 들어온 아침 햇살이 따가웠다.

"김 상궁, 어서 발을 쳐라."

대왕대비가 신경질적으로 서안을 두드렸다.

대왕대비전을 나온 병운은 머리를 숙이고 원범에게 사과를 했다. 괜히 저 때문에 원범의 대혼 이야기가 나온 것만 같았다.

"자네 때문이 아니라 매년 말씀하신다네. 과인도 잘 알고 있네. 당연히 중궁을 맞고 후사를 이어 임금의 소임을 다해야겠지."

"한데 어찌 대왕대비마마의 명을 단번에 거역하셨사옵니까? 역시 전하의 정인 때문이옵니까?"

"그러, 하겠지."

원범이 머뭇거렸다. 대왕대비전에서는 미처 생각지 못했다. 그저 대혼이라는 말을 들었을 때 할 수 없다, 하지 말아야 한다는 생각만 들었을 뿐이다. 그 이유는 역시 별이 때문이었으리라. 원범은 연을 물리고 병운과 함께 걸었다. 원범의 시야에 낙선재와 석복헌이 들어왔다.

"여기 이곳, 낙선재와 석복헌 말일세. 선왕께서 총애하는 후궁을 위해 지으셨다 들었네."

"예, 순화궁 경빈 김씨를 위해 지으셨사옵니다."

"그 덕분에 당시 중전이셨던 지금의 대비께서는 늘 외롭게 지내셨다지?"

"하나 전하께는 후궁도 없으시고, 전하의 그분은 이미……."

병운은 망자가 아니옵니까, 라고 말하려다가 끝을 흐렸다. 대신 원범이 말을 이었다.

"죽은 사람이지."

"송구하옵니다."

"아닐세. 자네라도 그 아이를 기억해주니 좋구나."

원범이 희미하게 웃었다.

"전하, 소신 애틋한 연모니 절절한 사랑이니 하는 감정은 잘 모르옵니다. 아직까지 내자가 낯설고 어색하옵니다. 하나 시간이 지나면 내 사람이라는 생각이 들고 이 사람을 아껴줘야겠다는 마음이 생기지 않겠사옵니까? 하루하루 세우에 옷깃이 젖듯, 절로 움직이는 마음 또한 사랑이 아니겠사옵니까? 하오니 중전마마를 맞이하시면……."

"하루하루, 세우에 옷깃이 젖듯, 절로 움직이는 마음이라……?"

원범은 걸음을 멈추고 병운을 바라보았다. 병운이 고개를 끄덕였다.

"혹 전하의 마음이 누군가를 향해 움직이고 있사옵니까?"

병운이 나직이 물었다. 원범은 대답하지 않았지만 그 눈빛이 그렇다고 말했다. 원범의 가슴이 요동쳤다. 그 가슴이 병운의 물음에 소성이라고 답하고 있었다.

소성은 제 거소 쪽마루에 걸터앉았다. 시선을 들어 가늘게 흩어지는 비를 바라보았다. 지난날, 나무 아래에서 원범과 보던 비였다. 소성은 원범의 젖은 옷자락을 떠올리다가 고개를 저었다.

방으로 들어와 다림질감을 펼치고 인두를 달구었다.

"또 다림질을 할 셈이냐?"

"스님께서는 또 이야기책을 읽으셨습니까?"

"그래."

해원 스님이 소성의 머리를 쓰다듬으며 미소를 지었다.

"불가에 귀의하고 강산이 두 번이나 바뀌었지만 아직 끊어내지 못하는 것이 있구나."

"한데 매번 같은 이야기책만 보십니다. 그 이야기책에 사연이라도 있습니까?"

"사모하던 분께 받은 책이다."

해원 스님의 눈동자에 그리움이 피어났다. 소성은 이때다 싶어 오랫동안 간직한 궁금증을 풀었다.

"혹시 그분이 우리 아버지이십니까?"

"뭐?"

해원 스님이 눈가에 가는 주름을 그리며 웃었다.

"아니다. 어찌 그런 생각을 했느냐?"

"아버지께서도 같은 제목의 이야기책을 들여다보곤 하셨어요."

"그래?"

해원 스님의 눈에 섬광처럼 빛이 일었다.

"어찌 그러시어요?"

"아니다. 혹 그 이야기책에 관하여 다른 말씀은 없으셨느냐?"

"예. 한 가문에 관한 소설이라는 말씀밖에는……. 진서로 쓰여 있어서 저도 읽어본 적은 없고요."

"그래. 그분은, 내가 사모하던 그분은 네 아버지와 나, 우리의 주군이셨다."

"그분이라면 누구이십니까? 우리 아버진 역시 평범한 농부가 아니었지요? 김좌근에게 죽임을 당한 이유가 있었지요?"

소성이 눈빛을 반짝이며 몰아쳤다.

"내가 괜한 소리를 했구나. 다 잊으라고 해놓고선."

"스님, 말씀해주세요."

"소성아, 네 아버지의 유언이기도 하지 않느냐? 다 잊자. 잊자꾸나."

"스님."

소성이 간절한 눈으로 해원을 바라보았다. 해원은 시선을 돌려 소성의 눈빛을 외면했다.

"하긴 불가에 입적한 나도 아직 끊어내지 못하거늘……. 네게만 잊으라고 말하는구나."

해원 스님이 바닥에 널린 다림질감을 보고 다시 물었다.

"소성아, 오늘은 무엇이 널 번뇌케 하느냐?"

"스님."

소성은 입술을 맞물고 망설였다.

"말해보아라."

"저…… 나쁜 사람인데 좋아진다면, 미워해야 하는데 좋아진다면, 그러면 아니 되겠지요?"

"네가 마음 가는 사람이라면 나쁜 사람이 아닐 게다. 다시금 잘 살펴보아라."

소성은 입술을 모으고 생각에 잠겼다. 해원이 소성을 보며 미소를 지었다. 우리 소성에게 새로운 연정이 피어나는구나, 해원은 소성을 따뜻하게 바라보았다.

소성은 야장간 문간에 서서 멍하니 밖을 내다보았다. 볕이 쨍쨍하고 날이 무더웠다. 푸른 도포를 펄럭이며 청량한 바람처럼 걸어오던 그자, 김병운의 모습이 눈앞에 어른거렸다. 소성이 고개를 저었다. 눈을 깜빡였다. 여전히 제 눈앞에 김병운이 있었다. 더위를 먹었어, 이래선 안 돼, 정신 차리자, 소성은 머리를 흔들며 돌아섰다.

"나를 기다린 게 아니었소?"

익숙한 목소리였다. 소성이 반사적으로 몸을 돌렸다. 묘한 표정을 지었다. 반갑기도 하고 기쁘기도 하고 서운하기도 하고 속상하기도 했다.

"기다려놓고 왜 그냥 들어가오?"

원범이 웃으며 다가갔다.

"기다리기는요. 누굴요?"

"그대의 얼굴에 그리웠다 쓰여 있는데?"

"아니요."

소성이 고개를 저었다.

"그동안 못 와서 미안하오."

"미안하다니요? 제게 미안해할 필요 없습니다."

소성은 원범의 시선을 피했다. 괜히 딴청을 피우다가 물었다.

"한데 왜 걸음을 못 하였습니까? 뵌 지 좀 오래되었습니다."

"궁금하였소?"

원범이 눈을 가늘게 뜨고 웃었다.

"아니요."

소성은 정색하며 고개를 저었다.

"나는 궁금했는데……. 그대가 어찌 지내는지, 잘 지내는지 궁금하였소."

소성이 대답을 하지 못한 채 원범을 바라보았다. 하얀 피부 가운데 반짝거리는 검은 눈망울, 이자의 용모가 아름답다는 생각이 들었다. 원범은 소성의 시선을 알아차렸다. 소성이 말없이 저를 들여다볼 때면 얼굴이 뜨거워지고 가슴이 두근거렸다. 처음이 아닌데도 저 시선만큼은 여전히 감당하기가 벅찼다. 원범은 입을 열었다.

"성상께서 갑자기 좋은 임금이 되겠다고 결심하시는 바람에 하문하시는 것도 많고, 명하시는 것도 많았소."

"성상께서는 이미 좋은 임금님이신걸요. 물론 아직도 할 일이 많으시지만……."

"성상께서 꼭 하셨으면 하는 일이 있소?"

원범이 가까이 다가왔다. 소성은 움찔했지만 물러나지 않았다.

"음…… 굶어 죽는 백성이 없었으면 좋겠습니다."

"그건 성상께서도 가장 마음 아파하는 바요. 백성의 배를 곯리지 않기 위해 늘 노심초사하신다오. 또 있소?"

"죄 많은 안김은 꼭 벌을 받았으면 좋겠습니다."

"아직도 안김이 많이 밉소?"

"예."

"나도 밉소?"

원범은 소성에게 더 가까이 갔다. 소성은 원범의 시선을 피했다.

"그렇군."

소성이 원범을 보았다.

"무엇이 말입니까?"

"대답을 들었소."

"아무 대답도 하지 않았는데요?"

"들리오. 그대 마음의 소리가."

"제 마음의 소리가 어떠한데요?"

"그대가 잘 알지 않소?"

원범이 웃었다. 진짜 들린 거야, 뭐야? 소성은 원범에게서 시선을 떼며 떨떠름한 표정으로 헛기침을 했다.

"갈 데가 있소."

소성은 원범을 보았다. 원범은 그녀의 눈에서 반짝하고 지나간 빛을 읽었다.

원범이 소성을 데리고 온 곳은 용산이었다. 남쪽에는 한강이 흐르고, 북서쪽에는 용머리를 닮은 봉우리가 굽이굽이 솟아 있었다. 강변에는 사람이 많이 모여 있었다. 대단한 구경거리가 있는 듯했다.

"저걸 보러 오셨습니까?"

"그건 아닌데⋯⋯. 저건 뭐지?"

원범과 소성은 사람들의 무리 사이로 파고들었다. 어디선가 나타난 심규가 원범의 뒤를 쫓았다. 사람들의 시선이 향한 곳, 강 가운데에서는 웬 여인이 배에 올라 물고기에게 밥을 주고 있었다. 한데 그녀를 보는 구경꾼의 반응이 지나치게 암담했다. 저마다 얼굴에 그늘을 한가득 지고 한숨을 짓고 혀를 차고 탄성을 질렀다. 원범은 구경꾼들 지나 맨 앞자리로 갔다. 강변 끝으로 가서 배 위의 여인을 유심히 보았다. 잘 차려입은 중년의 귀부인이 어른 주먹만 한 하얀 뭉치를 강물에 던지고 있었다. 여인은 자리를 옮겨 다른 쪽 강물에도 하얀 뭉치를 던졌다.

"저것은……?"

"쌀밥입니다."

심규가 답했다.

"저런……. 저 여인은 대체 누구인가?"

"모르오? 잘나신 영상 대감, 댁 아버님의 애첩, 나합이잖소?"

이번에는 소성이 답했다.

나합이라면, 원범은 일전에 소성과 저자에 나갔을 때 광대가 우희에서 나합을 풍자하던 일을 떠올렸다.

"저런, 미친!"

원범의 얼굴이 일그러졌다. 가슴 깊은 곳에서 분노가 일었다. 이제야 구경꾼의 표정이 왜 그리 참담한지 알았다.

"저 여인을 당장 데려오게."

원범은 나합과 마주했다. 소성은 구경꾼의 무리에 섞여 원범과 나합을 바라보았다. 거만하던 나합이 원범의 말 한마디에 절

절매었다. 나합은 내내 안절부절못하며 원범의 말에 머리를 조아
렸다. 곧 나합이 원범에게 절을 하고 자리를 떴다. 나합이 불퉁한
얼굴로 아랫것에게 뭔가를 지시했다. 곧 나합의 종들이 분주히
움직였다. 그들은 자루를 들고서 구경꾼들에게 다가와 주먹밥을
나누어주었다. 하얀 쌀밥이었다.

원범이 소성을 바라보며 손을 흔들었다. 소성은 환하게 웃으며
손을 마주 흔들다가 무안한 듯 내렸다. 곧 표정을 바꾸어 정색했
다. 원범이 소성에게 다가왔다. 소성이 원범에게 다가갔다. 둘은
가운데에서 만났다.

"나합이 혼쭐이 나던데 영상 대감에게 이르면 어쩌려고요?"

"괜찮소. 내 뒷배가 더 크오."

"……?"

"내 뒷배는 성상이시오."

소성은 고개를 끄덕이며 웃었다.

"자, 이제 우리도 목적지로 갑시다."

원범은 소성을 큰 무덤가로 안내했다.

"여긴 왕릉인가요?"

원범이 웃었다.

"왕릉은 아니고 무덤이지."

"누구?"

"그대와 나의 무덤."

소성이 인상을 썼다.

"잠시 기다리시오."

원범은 무덤지기에게 다가갔다. 빙패를 꺼내 보여주었다. 무덤지기는 반색하며 머리를 조아렸다. 원범이 무덤지기와 말을 나누고 돌아왔다. 원범은 소성을 데리고 무덤 가까이에 갔다. 오른쪽으로 도니 무덤 한쪽 면은 돌담으로 되어 있었다. 돌담 한가운데 네모난 입구가 있었다. 원범이 소성을 무덤 입구로 데려갔다.

"들어가게요?"

원범이 고개를 끄덕였다.

"무덤에요?"

"물론. 그대와 나의 무덤이니까."

"더위 먹었습니까? 왜 자꾸 이상한 말을 합니까?"

"두렵소?"

"그럴 리가요. 갑시다."

소성이 먼저 무덤의 문을 넘었다. 무덤이 깊어지면서 차가운 기운이 불어왔다. 무덤 가장 밑바닥에는 익숙하면서도 생경한 물건이 놓여 있었다.

"이건……."

"얼음이오. 여긴 얼음을 보관하는 빙고고. 겨울에 한강에서 얼음을 채취한 다음 이곳에 보관하여 여름에 쓴다오."

"하여 지금 자랑하려고요? 나 이런 데도 마음대로 들어올 수 있다, 뭐 이런 말입니까?"

"그대가 싫어하는 줄 알지만 오늘은 내 지위를 잠깐 쓰고 싶었소. 한여름에도 불가마 앞에서 일해야 하는 그대가 아니오? 열을 좀 식히시오."

소성은 멀뚱히 서 있었다.

"자, 앉으오."

원범이 먼저 자리 잡았다. 소성은 원범과 떨어진 자리에 앉았다. 원범이 다시 일어나 소성을 번쩍 들었다.

"어머, 뭐 하십니까?"

소성의 목소리가 높아졌다. 얼굴을 붉히며 발버둥 쳤다. 원범 정도는 가뿐히 해치울 수 있지만 몸이 움직이지 않았다. 원범은 힘주어 소성을 안고 그녀를 얼음 곁에 앉혔다.

"여기가 더 시원하오."

원범은 소성의 곁에 나란히 앉았다. 소성이 옆으로 자리를 피했다.

"'자세히 보아야 여인이다.' 잊었소? 자세히 안 볼 테니 걱정 마오."

원범은 다시 소성의 곁으로 갔다. 슬쩍 소성을 보았다. 소성이 뾰로통하니 앉아 있었다. 원범은 미소를 짓고 손을 움직여 소성의 머리를 제 어깨 위로 떨어뜨렸다.

"뭐 하십니까?"

소성은 머리를 들고 바로 앉았다.

"어허. 자세히 안 본다니까. 자세히 안 볼 땐 그댄 여인이 아니라니까. 내 그저 기댈 자리가 되어줄 터이니 잠시라도 편히 쉬란 말이오."

원범은 다시 소성의 머리를 옮겨 제 어깨로 받쳤다.

"손 떼십시오. 안 움직이겠습니다."

원범은 소성의 머리에서 손을 뗐다. 소성은 눈을 감았다. 찬 기운이 소성의 몸에 달라붙어 끈적이던 습기를 말려주었다. 몸은 시원하면서도 마음은 따뜻했다. 이 사내, 원범의 어깨가 제법 편안했다.

소성이 눈을 떴다.

"다 잤소?"

소성이 얼굴을 들었다. 너무 오랜 잔 듯했다. 저도 모르게 단잠을 잤다. 퍽 오래간만에 달고 깊게 잤다.

"많이 고단하였구려."

원범은 소성의 얼굴을 자세히 들여다보았다.

"뭐 하십니까?"

"그대를 자세히 보고 있소. 자세히 보면 그대는 사랑스러운 여인이지."

소성이 양손을 들어 제 볼을 가렸다. 원범은 소성의 양손에 제 손을 포갰다. 소성의 가슴이 두근거렸다. 손을 빼야 하는데…… 생각하면서도 움직일 수 없었다. 원범은 소성의 손을 끌어와 제 가슴 앞으로 모으고 입을 열었다.

"그대의 고단한 인생에 든든한 뒷배가 되어주고 싶소. 이제 내게 기대어 쉬시오."

소성이 눈을 동그랗게 뜨고 원범을 바라보았다. 원범이 소성의 손등에 제 입을 맞추었다.

원범의 목소리가 편전을 울렸다. 지난 능행 때 원범의 명을 받은 병운과 강하가 제 몫을 잘 해낸 직후였다.

"목민관은 백성을 위해 존재하오. 백성의 피고름과 골수를 짜내어 제 배를 살찌우는 자를 어찌 목민관이라 하겠소? 환곡을 착복하고 백성을 수탈한 수령과 아전들을 당장 파직하오."

대신들이 잠시 머뭇거리다가 말했다.

"성은이 망극하옵니다, 전하."

김좌근도 마지못해 다른 대신처럼 입을 움직였다.

"아울러 기근으로 죽어가는 백성을 구휼할 수 있게 각 관아에 구휼미를 지급하오."

"전하, 신 영의정 김좌근, 이 일은 불가한 줄로 아뢰옵니다."

원범의 말이 떨어지자마자 김좌근의 음성이 터져 나왔다.

"이미 지난 춘궁기 때 각 지방 관아에 구휼미를 지급했사옵니다. 하여 지금은 재정이 부족하옵니다."

"하면 내수사로 하여금 지급하게 하시오."

"그 또한 불가한 줄로 아뢰옵니다."

"왜 불가하오? 내수사에는 곡식이 차고 넘치지 않소?"

국가의 재정이 아무리 곤궁해도 백성들이 아무리 굶어도 대왕대비가 직접 부리는 왕실 창고인 내수사에는 재화가 차고 넘쳤다. 대왕대비는 이 내수사를 기반으로 온갖 사치와 영화를 누렸다.

편전에 정적이 흘렀다. 대신들은 편전 회의 내내 말없이 지켜만 보는 대왕대비의 눈치를 살폈다. 대왕대비가 입을 열었다.

"백성은 나라의 근간이며 애민은 왕도의 근본이오. 백성의 고통을 어찌 모른 척할 수가 있소? 내수사에서 구휼미를 지급하도록 하오."

"성은이 망극하옵니다, 자성 전하."

대신들은 가슴을 쓸어내리며 머리를 깊숙이 조아렸다.

편전 회의를 끝내고 원범이 대왕대비전으로 들었다. 이미 김좌근이 자리해 있었다.

"송구하옵니다, 자전마마."

"아닙니다. 나 또한 백성들의 고통을 생각하니 마음이 찢어집니다. 일전에도 주상께서 잠행을 나가시어 민생을 돌보셨다는 소식을 들었습니다. 잘하셨습니다."

"외숙께도 송구하오."

외숙 김좌근 대신 대왕대비가 답했다.

"아닙니다. 외숙이라도 잘못을 하면 혼이 나야지요. 자고로 군주는 그 누구에게나 공평해야 하거늘. 지금처럼 늘 애민지심을 잊지 마세요, 주상."

"소자, 자전마마의 가르침을 명심하겠사옵니다."

이들의 대화를 지켜보는 김좌근은 원범을 다루는 대왕대비의 수완에 감탄했다. 원범이 나가고 김좌근이 말했다.

"호조에 일러 구휼미의 양만큼 내수사를 다시 채워놓겠사옵니다."

대왕대비가 말없이 웃었다.

"한데 마마, 주상을 저리 두어도 되겠사옵니까? 무지렁이 허수아비인 줄 알았는데 실로 많이 장성했습니다. 시시때때로 도승지의 감시를 받게 하며 강화 시절을 잊지 말라는 경고를 하면 어떠하옵니까?"

"영상, 주상께 무지렁이 허수아비가 뭡니까?"

대왕대비가 이마를 찡그렸다. 물론 오늘 원범이 편전에서 보인 모습에 대왕대비도 당황했다. 대왕대비가 검지를 들어 톡톡 하고 서안을 두드렸다. 툭, 대왕대비의 손가락이 멈추었다.

"좋아요. 그자를 부르세요."

김좌근이 미소를 지었다.

강화 유수 조형복이 도승지가 되어 한양으로 돌아왔다. 조형복은 대전에 입시해 절을 했다. 대전에는 이미 강하가 들어 있었다.

"신 도승지 조형복, 주상 전하를 뵈옵니다."

조형복의 몸에서 식은땀이 흘렀다. 원범이 잠저에 있을 때 그를 괴롭힌 전과가 있기 때문이었다. 하지만 원범의 반응은 뜻밖이었다.

"과인이 강화에 있을 적에 경이 과인에게 가혹하게 한 일은 고의로 과인을 괴롭힌 것이 아니오. 경은 국법에 따라 제 임무를 충실히 했을 뿐이니 혹여 그때 일 때문에 마음 쓰지 마시오."

"서, 서, 성은이 망극하나이다, 전하. 성은이 망극하나이다, 전하."

조형복은 원범의 성정에 감동하여 몇 번씩 절을 하고 물러났다.

'자네 소임은 강화 도령이 강화에 있을 때와 한가지네. 단, 죄인

의 신분에서 성상의 신분으로만 바뀌었을 뿐이네.'

조형복은 대전을 나오면서 김좌근의 말을 떠올렸다. 조형복은 얼굴을 찌푸렸다. 선한 주상이냐, 힘 있는 영상이냐, 답은 당연히 힘 있는 영상이었다. 한데 어쩐지 마음이 개운치 않았다.

조형복이 나가고 강하는 원범을 물끄러미 바라보았다. 조형복을 대하는 너그러운 성심에 강하 역시 감동했다.

"그 눈빛, 부담스럽네."

원범이 웃으며 말했다.

"소신은 전하가 너무너무 좋은데 어찌하옵니까? 소신 전하의 평생 반려가 되고 싶사옵니다."

강하가 눈을 깜박거렸다.

"어렵겠지요?"

"광놈이! 내 평생 혼자 늙어 죽는 일이 있어도 자네를 반려로 맞지는 않으리라."

"그럼, 누구요? 누구랑 함께하고 싶으시옵니까? 그 여인, 소성?"

원범이 미소를 지었다.

"생각만 해도 기분이 좋으신가 보옵니다."

"과인이 언제 좋다 하였는가?"

"그럼, 어두컴컴한 석빙고에서는 좋으셨사옵니까? 아무 일도 없으셨사옵니까?"

"과인이 실수했네."

"예? 낭자에게 실수하셨사옵니까?"

강하는 오히려 즐거운 표정을 지었다.

"아니, 자네에게 빙패를 빌리는 실수를 하였네."

"소신만 알고 있는 일이옵니다. 정녕 아무 일도 없으셨사옵니까?"

"어허, 그 여인은 그저 과인이 아비의 마음으로 돌보아야 할 백성이네. 석빙고를 보여준 것뿐이네."

"그냥 백성이옵니까?"

"그래. 그냥 백성. 그냥 좀 친한, 그냥 좀 친밀한, 그냥 백성이네."

원범이 잠시 머뭇거리다가 말을 돌렸다.

"아까 하던 김 지평의 혼례 이야기나 계속하게."

"예, 하여 말이옵니다만, 전하. 초례도 못 보셨는데 신행은 봐야 하지 않겠사옵니까?"

"온 나라 대소 신료가 다 영상의 집으로 모이는데 무슨 방도로 신행을 본단 말인가?"

오늘은 처가에서 혼례를 치른 병운이 제집으로 신부를 데리고 들어오는 날이었다. 원범은 영상의 집에 모인 대소 신료가 저를 어찌 생각하고 있는지 알고 있기에 그들과 자리를 함께하고 싶지 않았다. 강하도 모르는 바는 아니었다.

"소신에게 방도가 있사옵니다. 맡겨만주소서."

그 방도를 믿어도 될지…… 원범이 못 미덥다는 듯이 강하를 바라보았다.

"믿으소서."

강하가 자신 있게 말했다.

저물녘 도성 거리에 정체 모를 용 한 마리, 이무기 한 마리, 잉어 한 마리가 나타났다.

"이 꼴이 자네가 강구한 방도인가?"

용의 탈을 쓴 원범이 이를 악물고 이무기 탈을 쓴 강하에게 물었다.

"변장의 고수, 신 조강하 아뢰옵니다. 변장 중에서도 그 얼굴을 가늠할 수 없는 건 탈이 제일 적격이옵니다."

강하의 눈빛은 볼 수 없었지만 그 목소리는 진지했다. 강하는 진정 탈 변장이 제일 좋은 방법이라고 믿는 듯했다.

"가세."

원범이 잉어 탈을 쓴 심규와 걸음을 뗐다. 심규가 원범의 뒤를 따르고, 강하가 그 뒤를 따랐다.

"용이다!"

"저건 이무기야!"

"잉어도 있어!"

원범 일행이 대로로 나왔을 때 여기저기서 아이들이 소리를 지르며 몰려들었다. 강하는 진짜 광대라도 된 듯이 덩실덩실 춤사위를 선보이며 앞으로 나아갔다. 아이들은 원범 일행의 옷자락을 만지작거리며 이들을 쫓아왔다. 심규는 원범에게 들러붙는 아이들을 저지하면서 원범의 뒤에 바짝 붙었다. 걸음을 옮길 때마다 아이들의 수가 점점 더 많아졌다. 원범 일행은 아이들 무리에 둘러싸였다. 결국 원범이 달음질을 시작했다. 심규와 강하도 달리기 시작하자 아이들이 야, 함성을 지르며 이들을 뒤쫓았다. 용, 이무기, 잉어가 빠르게 뛰어가는 모습, 소리를 질러대며 그들을 쫓아가는 아이들의 모습은 재미난 구경거리가 되었다.

원범 일행은 겨우 아이들을 따돌리고 교동 김좌근의 저택 앞에 도착했다. 셀 수도 없이 많은 홍사등롱이 집 주위를 두르고 있었다. 대문간은 들고 나는 사람들로 북적대고, 한편에서는 노비들이 선물 보따리를 들고 줄을 서 있었다. 청지기로 보이는 자가 선물을 받고 기록을 했다. 잔치 음식이 풍기는 고소한 기름 냄새, 시끌벅적한 말소리, 웃음소리, 풍악 소리가 담을 타고 넘어왔다.

원범 일행은 하객이 가득 들어찬 아래채와 중간채를 지나 사랑채로 넘어왔다. 사랑채 마당 한가운데에서는 남사당이 접시를 돌리고, 땅재주를 넘는 등 공연을 벌이고 있었다. 공연 마당 가운데에는 갓 쓴 손님이 거적을 깔고 잔칫상을 받았다. 사랑채 마루에는 김좌근과 김흥근, 김문근, 정원용 등 조정 대신이 자리 잡고 있었다. 하지만 병운의 모습은 보이지 않았다.

원범 일행은 안채로 걸음을 옮겼다. 안채에서는 여인들이 잔치를 즐기고 있었다. 안방 창 너머로 고급스럽게 치장한 부인네의 모습이 보였다. 마당에서는 아낙들이 음식을 나르며 분주하게 오가고 한구석에서는 탈을 쓴 광대들이 여인들을 위해 공연을 준비하고 있었다.

"듣던 대로 대궐만큼 넓고 넓은 집이구나. 한데 새신랑은 어디에 있는가?"

원범이 주위를 두리번거리며 물었다.

"새신랑이니까 좀 더 은밀한 곳에 있지 않겠사옵니까? 잠시만 기다려주소서. 소신이 살펴보고 오겠사옵니다."

강하는 별채로 들어섰다. 새신부가 있는 곳이라 조용했다. 대청에 올랐다. 뒷걸음질로 밖을 살피며 방문을 열고 들어갔다.

"에구머니나, 뉘시오?"

이무기의 침입에 놀란 여인네가 소리쳤다. 돌아보니 새신부와 몸종이 앉아 있었다. 새신부는 낯선 사내의 등장에 소리도, 미동도 없었다.

"미안하오. 미안, 미안합니다."

강하는 원범과 심규를 별채 마당으로 안내하고 병운을 찾기 위해 혼자 후원으로 갔다. 병운은 후원 정자에서 또래 손과 잔칫상을 두고 담소를 나누고 있었다. 강하가 자세를 낮추고 슬금슬금 병운이 좌정한 쪽으로 다가갔다.

"서방님! 서방님!"

병운이 정자 마루 밑으로 시선을 돌렸다. 이무기 한 마리가 머리를 내밀고 있었다.

"서방님, 조 직각 나리께서 오셨습니다."

"내내 기다리던 참인데 어서 뫼시지 않고."

강하가 목소리를 한껏 더 낮추었다.

"어서 별채로 오시랍니다. 용을 뫼시고 왔답니다."

용이라면…… 병운이 눈을 크게 뜨며 일어났다.

병운은 이무기를 따라 별채의 문턱을 넘다 용의 탈을 쓴 원범과 잉어 탈을 쓴 심규의 뒷모습을 발견했다. 그는 다급히 다가가 허리를 깊숙이 숙였다.

"전하!"

원범이 몸을 돌려 병운을 보고 탈을 벗었다. 원범의 이마에 맺혀 있던 땀이 얼굴을 타고 흘러내렸다.

"전하, 어찌 이곳까지 납시셨사옵니까?"

"이무기의 꼬임에 빠져서 왔다네."

"황감하옵니다. 우선 별당으로 모시겠사옵니다."

병운이 다시 허리를 숙이고서는 별당을 가리켰다.

"자네를 봤으니 되었다. 이제 돌아가야겠네. 도포와 삿갓을 좀 가져다주게."

"소신이 얼른 준비하겠사옵니다. 잠시만 기다려주소서."

병운이 사라지고 얼마 되지 않아 곧 인기척이 들려왔다. 원범이 재빨리 탈을 뒤집어썼다.

"자네들 뒷간에 간다더니 여기 있었나? 어서 가세. 여기는 사내가 함부로 오는 곳이 아니네."

집안 살림을 총괄하는 안 서방이 원범 일행에게 말을 걸며 다가왔다. 원범과 강하, 심규는 아무런 대답도 하지 못하고 고개만 끄덕였다.

"어서 가세. 마님들이 기다리고 계신다네."

안 서방이 강하의 옷자락을 잡아끌며 갈 길을 재촉했다. 강하가 손을 내저으며 말했다.

"아니, 우리가 왜 가야 하오? 우리는 용을 모시고 왔소. 용을. 우리는……."

"새 탈도 왔네. 잘 왔네. 빨리 가세."

안 서방이 강하의 말을 막고 원범과 심규를 밀어댔다. 안 서방의 힘에 원범이 걸음을 떼자 심규가 그를 따랐다.

원범 일행은 안 서방에게 떠밀려서 안채 한가운데에 마련된 공연 마당에 섰다. 대청마루에 앉아 공연을 기다리며 소란스럽게 떠들던 부인네들이 원범 일행에게 시선을 집중했다. 일을 하던 아낙도 공연 마당 주위로 모여들었다. 오래간만에 신기한 구경을 하게 된 부인네들이 눈빛을 반짝였다.

원범 일행은 마당 한가운데에 서서 관객들의 시선에 몸을 쭈뼛거렸다. 안 서방이 공연을 시작하라고 재촉했다. 광대 한 명이 관객들에게 박수를 유도하며 흥을 돋우었다. 악대가 북 장단과 함께 풍물을 연주하기 시작했다.

"이 무슨 해괴한 상황인가?"

"빨리 수습하게."

원범이 강하를 재촉했다.

잠시 뜸을 들이던 강하가 머리와 팔을 흔들어대며 요사스러운 춤을 추기 시작했다. 이무기가 하늘로 승천하기 위해 발광을 하는 것 같았다. 움직임은 더 격렬해졌다. 접신을 한 박수무당이 위아래로 펄쩍펄쩍 뛰며 굿을 해대는 것 같았다. 강하의 꼴을 보던 원범도 그를 따라 팔을 위아래로 흔들며 용춤을 추기 시작했다. 폭우 직전 몰아치는 바람에 빨래가 맥없이 휘날리는 듯 스산한 춤사위였다. 이어 심규도 잉어 춤을 추었다. 보초를 서듯이 오른쪽 왼쪽으로 번갈아 고개를 돌려댔다. 무사다운 절도가 흐르는 춤사위였다.

관객은 처음 본 이상한 춤사위에 고개를 갸우뚱하다가 곧 자지러지며 즐거워했다. 흥이 붙은 원범은 몸통도 좌우로 흔들었다. 몸통과 팔을 함께 움직이니 춤사위가 더 잘 맞아떨어졌다. 심규도 팔을 움직여가며 재단한 듯 각을 맞추었다. 이들의 춤을 보고 갸우뚱하던 다른 광대도 곧 탈을 쓰고 공연 마당 안으로 들어왔다. 용과 이무기와 잉어와 사자들이 어우러진 춤판이 벌어졌다.

땀을 쏟으며 한창 춤에 빠져 있을 때 원범의 시야에 익숙한 얼굴이 들어왔다. 원범의 움직임이 서서히 느려졌다. 시선도, 동작도 멈추었다. 원범의 시간도 멎었다. 원범의 시간과 시야에는 오직 한 사람만이 있었다. 저 여인, 나를 보러 왔구나. 원범의 시선이 머문 곳에서, 마당 가장자리에서, 박장대소하며 공연을 관람하고 있는 여인의 무리 중에서, 가늘고 긴 눈썹을 가진 여인, 소성이 원범을 무표정하게 바라보고 있었다.

원범은 팔과 몸통을 흔들어대며 강하에게 다가갔다. 강하는 원범을 마주 보고 더욱더 신나게 몸을 흔들어댔다. 배를 앞으로 텅기며 원범에게 재롱을 부렸다. 원범은 손가락을 뻗어 소성이 있는 객석을 가리켰다. 소성을 만나러 가겠다는 뜻이었다. 하지만 강하는 손짓의 뜻을 알아차리지 못하고 원범이 추는 팔 뻗기만 흉내 냈다. 강하는 검지를 치켜들고 객석을 향해 양팔을 번갈아 뻗었다 굽혔다 하기를 반복했다. 반응이 더 뜨거워졌다. 부인네들도 검지를 들고 팔을 앞으로, 옆으로 뻗었다 굽혔다. 심규는 검지를 들고 팔을 위로 아래로 올렸다 내렸다. 모두 신명나게 손가락을 위, 아래, 앞, 옆으로 질러댔다. 원범은 강하의 고개를 몇 번이나 잡고 흔들면서 소성이 있는 객석으로 돌렸다. 마침내 소성을 본 강하는 고개를 끄덕이며 더욱더 춤에 흥을 실었다.

강하가 온몸을 던져 신들린 춤을 선보이자 객석의 시선은 강하에게 집중되었다. 팔만 뻗던 부인네들이 하나둘씩 일어나 강하와 함께 몸을 흔들기 시작했다. 그 틈을 타 원범은 춤판을 빠져나왔다. 심규도 바로 원범을 뒤따랐다.

원범이 객석으로 왔을 때 소성은 이미 자취를 감춘 뒤였다. 원범은 그곳을 나와 소성을 찾기 시작했다. 하지만 안채에도, 후원에도, 사랑채에도 소성의 모습은 보이지 않았다. 원범이 한숨을 쉬었다.

반 시진 전, 소성은 도성의 거리를 걷고 있었다.

"야!"

눈 깜짝할 사이에 한 무리의 아이들이 함성을 지르며 소성의 시야를 스치고 지나갔다. 아이 무리 너머 선두에는 탈을 쓴 광대가 쫓기듯 달리고 있었다. 이들을 보고, 소성은 제가 있는 곳이 저자라는 사실을 깨달았다. 저도 모르게 이곳으로 향했다. 소성은 긴 한숨을 내쉬었다. 이곳으로 온 제 마음을 알 듯도 모를 듯도 했다. 하지만 이곳으로 이끈 제 마음을 단단히 다잡아야 한다는 점은 알았다. 당분간 저자에는 오지 말아야겠다고 생각했다.

소성이 발걸음을 돌렸을 때 이번에는 어른이고 아이고 할 것 없이 사람이 삼삼오오 무리 지어 소성의 맞은편에서 왔다. 저마다들 빨리 가야 한다, 늦으면 안 된다며 걸음을 서둘렀다. 그러고 보니 오늘따라 저자에는 어딘가를 향하여 바삐 움직이는 무리가 많았다. 소성은 아이 하나를 세워 사정을 물었다.

"교동 김 대감 집으로 가. 돈 받으러."

"무슨 돈?"

"오늘 그 집 막내아들이 신행을 오잖아. 그래서 큰 서방님이 사람들에게 돈을 나누어준대. 잔치가 있을 때마다 그 댁 큰서방님이 지붕 위에서 돈을 뿌리잖아. 빨리 가야 해. 늦게 가면 못 받아."

아이는 이야기를 마치고 서둘러 자리를 떴다.

교동 김 대감 집 막내아들이라면, 김병운! 그가 신행을 온다면, 그것은 이미 그가 혼례를 올렸다는 뜻이다. 소성은 저도 모르게 몸이 휘청거렸다. 잠시 눈앞이 깜깜해졌다. 맞아, 그는 이미 정인이 있다고 했다. 평생 그 정인만을 연모하리라고도 했다. 그래도…… 제 손을 잡고 제 손에 입을 맞추고 제게 기댈 자리를 주겠다고 한 것도 엊그제인데. 양반네의 정은 참으로 알 길이 없구나. 소성은 고개를 떨구었다. 가슴이 뛰고 열이 났다. 다리에 힘이 풀렸다.

소성은 마른침을 삼키고 다리에 힘을 주었다. 그래. 그는 장성한 사내이다. 그것도 조선 최고 벌열가의 자제이다. 그런 그가 나랑 가당키나 하겠어? 좋은 집안의 규수와 혼례를 올리겠지. 나 같은 건 첩으로 삼으면 그만이겠지. 새삼스러울 일도 아니다. 당연한 일이다. 소성은 아무 일도 아니란 듯이 마음을 다잡고 산사를 향해 걸음을 옮겼다.

소성의 걸음이 빨라졌다. 걸음이 빨라질수록 그녀의 가슴도 더 빨리 뛰었다. 소성은 가슴에 손을 대며 생각했다. 걸음이 빨라서 그래. 천천히, 그래, 조금만 천천히 걷자. 소성은 천천히 걷자고 다짐하면서도 여전히 속도를 늦추지 못했다. 그러다가 방향을 되돌렸다. 한 걸음, 한 걸음, 걸음을 디뎠다. 교동을 향해.

소성이 김좌근의 저택 앞에 왔을 때 날은 이미 저물어 있었다. 담을 따라 두른 청사초롱 불빛이 견고한 성을 지키는 결계 같았다. 기름진 음식과 술, 풍악과 웃음소리, 비단과 장신구로 치장한 사람으로 가득 찬 풍요롭고 화려한 세계를 지켜주는 결계. 그 결계는 병운과 자신을 가르는 경계이기도 했다. 소성은 대문간에서 잠시 망설이다가 그 결계 안으로 조심스럽게 발을 들였다. 어떠한 벌을 받더라도 이 결계를 넘어보고 싶었다.

소성은 괴이하고 이상한 춤판을 보다가 빠져나왔다. 시끌벅적한 분위기를 피해 조용한 곳으로 걸음을 옮겼다. 닫힌 문을 밀고 들어서자 그득한 꽃향기가 소성의 마음을 편안하게 해주었다. 담장 아래에는 봉숭아가 소담스레 피어 있었다. 마당 한가운데에도 작은 꽃밭이 있었다. 소성은 곧 이 꽃밭의 주인이 누구인지 알게 되었다. 방문에 비친 다소곳한 여인의 그림자. 그 여인과 마주한 사내의 그림자. 소성은 이곳이 오늘 신행을 온 새아씨의 별당이라는 것을 알아차렸다.

소성의 가슴에서 울컥하고 뭔가가 일어났다. 어느새 눈시울이 뜨거워졌다. 곧 눈에서 무언가가 쏟아지고 몸을 가누지 못하여 쓰러질 것 같았다. 결계를 범한 대가를 치르더라도 저 여인과 저 사내에게는 보이고 싶지 않았다. 소성은 얼른 새아씨와 그 낭군의 그림자에서 시선을 거두었다. 숨을 깊게 내쉬고 별채 밖으로 뛰쳐나왔다. 걸음을 서둘러 앞만 보고 걸었다. 종종 사람들과 부딪쳤지만 신경 쓰지 않았다. 대문간을 겨우 찾아 성을 빠져나왔다.

처음부터 아니 왔어야 했다. 무슨 마음으로, 무슨 기대로, 무슨 바람으로 이곳까지 왔는지, 소성은 자신을 책망하며 걸음을 옮겼다. 다시는 이곳에 오지 않으리라. 아니, 다시는 김병운 그자를 생각지 않으리라고 해야 옳았다.

하지만 등 뒤에서 꽹과리 소리가 들렸을 때 소성은 다시금 돌아보았다. 또 한 무리의 광대가 대문간에서 풍악을 울리며 놀고 있었다. 소성은 저를 비웃고 책망하며 고개를 돌렸다. 그 어떤 소리가 나도 뒤를 돌아보지 말고, 앞만 보고 걷자고 다짐했다. 하지만 이내 소성의 발을 잡는 소리가 있었다. 사람의 목소리였다. 소성은 돌아볼 수도, 앞으로 나아갈 수도 없었다.

"나를 찾고 있소?"

소성은 좀 전의 다짐을 잊고 뒤를 돌아보았다. 삿갓을 눌러쓴 사내가 서 있었다. 소성은 삿갓을 보자마자 긴장했다. 정신을 가다듬고보니 이곳은 삿갓 사내의 주인일지도 모를, 김좌근의 성문 앞이었다. 소성이 어떻게 할까 고민하고 있을 때 사내가 삿갓을 살짝 들어 올렸다. 소성은 큰 숨을 토했다. 삿갓 아래로 오늘 신행을 왔다는, 김좌근의 막내아들이 거짓말처럼 그 얼굴을 드러내고 있었다. 소성은 풀리는 긴장과 북받치는 반가움에 저도 모르게 웃음을 지었다. 하지만 이내 멈칫했다.

"나를 찾으러 왔소?"

원범이 미소를 띠며 낮은 목소리로 물었다. 소성은 원범의 눈을 바라보았다. 아무 일도 없었다는 듯이 해맑은 눈빛이었다. 소성의 얼굴에 오만 가지의 표정이 일렁였다. 아쉬움인지 서운함인지 거리낌인지 미움인지 무어라 형용할 수 없는, 복잡하고 미묘한 감정이 밀려왔다.

"아닙니다."

소성은 딱 잘라 말하고 고개를 돌렸다. 소성은 걸음을 뗐다. 원범이 나아가 소성의 길을 막았다.

"가야 합니다."

소성은 다시 걸음을 뗐다. 원범은 소성의 어깨를 붙잡았다. 소성이 어깨를 떨고 있었다. 원범은 소성의 앞으로 바투 다가갔다. 소성이 고개를 떨구었다. 원범이 소성의 고개를 세우고 그녀를 바라보았다. 소성도 원범을 바라보았다. 한 사람은 진지한 눈빛으로, 한 사람은 복잡한 눈빛으로 서로를 바라보았다. 둘 다 아무 말이 없었다. 이윽고 원범이 입을 열었다.

"난 그대를 찾고 있었소."

둘 사이에 또다시 침묵이 흘렀다. 대문간에서는 광대들이 꽹과리와 북을 벅적하게 연주해댔다.

고백

I

소성은 걸음을 서둘렀다. 교동에서부터 줄곧 자신을 쫓는 그림자 때문이었다. 저 그림자를 따돌리고 제 마음을 떨쳐내고 싶었다.

소성의 걸음이 빨라지자 원범의 걸음도 빨라졌다. 원범은 저 여인의 쓸쓸한 눈빛을 보았을 때 제 정체를 밝혀야 한다고 생각했다. 제가 김병운이 아니며 따라서 이 혼사의 주인공이 아니라는 사실을. 하여 서빙고에서 제가 했던 말은 진심이라는 것을. 하지만 소성이 매몰차게 등을 돌렸을 때 차마 그녀를 붙잡지 못했다. 그저 소성이 알아차리지 못할 만큼 멀리, 그녀가 가는 길이 무사한지 알 수 있을 만큼 가깝게, 딱 그만큼의 거리를 두고 소성을 쫓았다.

산사에 다다랐을 때 소성이 걸음을 멈추었다. 원범도 걸음을 멈추었다. 재바르게 몸을 숨기려고 할 때 소성이 뒤를 돌아보았다.

"왜 자꾸 따라오십니까?"

소성이 아무렇지 않은 얼굴로 원범을 보았다.

"알고 있었소?"

"어서 돌아가십시오. 신행 날 새신랑이 자리를 비워서야 되겠습니까?"

소성의 어깨가 미세하게 떨렸다.

"실은…… 그 일에 대해 내 그대에게 꼭 해야 할 말이 있소."

"나리의 말은 더 이상 듣고 싶지 않습니다."

"꼭 들어야 하오. 우리 사이에 오해가 있소. 하여 내……."

소성은 원범의 말을 잘랐다.

"네, 알고 있습니다. 서빙고에서 하신 말…… 제가 오해했습니다."

"아니, 그건 오해가 아니오."

"네, 이제 오해가 풀렸으니 더 이상 오해는 없습니다."

"내 그대가 안전할 때까지 어디서부터 어디까지 말을 할 수 있는지 잘 모르겠지만 한 가지는 분명히 말할 수 있소. 서빙고에서 한 말은 진심이오. 그리고 한 가지 더 말해야 하오."

"아니요. 나리에게 들을 말은 더 이상 없습니다. 아무 말도 하지 마십시오. 나리의 말은, 나리의 거짓말은……."

소성은 울컥했다. 제게 기대어 쉬라는 그의 말이 가슴을 휘저었다.

"나리의 말은 그 무엇이든 간에 듣지도, 믿지도 않겠습니다."

"내 거짓을 말하여 미안하오. 하여 진실을 말하려 하오."

역시 거짓이었어, 소성은 얕은 숨을 토했다. 원범이 소성의 앞으로 바투 다가섰다. 소성이 뒤로 물러섰다. 원범이 다시 앞으로 다가갔다. 소성이 다시 뒤로 물러섰다.

"물러서지 마시오."

"다가오지 마십시오."

"그대가 자꾸 물러서니까……."

"나리께서 다가오지 않으시면 저도 물러설 일이 없습니다. 하니 더는 제게 다가오지 마십시오."

원범도 얕은 숨을 쉬었다. 소성이 제게 거리를 두고 있었다. 발 사이의 거리는 한 보밖에 되지 않았으나 마음의 거리는 천 리였다.

"아니, 다가가겠소. 내가 먼저 그대에게 다가가야만 하오."

원범이 한 보를 내딛었다. 한 손을 뻗어 소성의 어깨를 감싸고 고개를 숙여 소성의 눈을 응시했다.

"그대에게 할 말이 있소. 늦어서 미안하오. 나는 사실 안동 김씨, 김좌근의 아들 김병운이……."

소성이 원범의 손을 뿌리쳤다.

"김병운 나리, 예는 김병운 나리가 있을 곳이 아닙니다. 어서 나리의 세상으로 돌아가십시오. 다시는 이곳에 오지 마십시오. 제가 사는 이곳도, 제가 일하는 야장간도…… 제가 사는 세상으로 다시는 오지 마십시오."

소성은 원범의 말을 듣지 않고 돌아섰다.

"소성!"

소성은 다시 돌아서서 원범을 바라보았다. 그 눈빛이 하도 적막하고 무거워 원범은 순간 말을 잇지 못했다.

"이제 나리를 만나지 않겠습니다. 이제 나리를 보지 않겠습니다. 하니 다시는 절 찾지 마십시오. 혹여 길에서 우연히 마주치더라도 모른 척하십시오."

소성이 제게 다짐하듯 말했다. 원범의 시선을 피한 채 몸을 돌려 사찰로 뛰어 들어갔다. 원범은 이번에도 저 여인을 붙잡지 못했다.

소성은 사찰 깊숙이 들어오고 나서야 힘껏 쥐었던 주먹을 풀었다. 방 앞에 다다랐을 때 무심한 듯 따뜻한 목소리가 해원 스님의 방에서 흘러나왔다.

"소성이냐?"

눈물 한 방울이 뺨을 타고 흘러내렸다. 소성이 눈물을 훔치고 대답했다.

"아직 안 주무셨어요?"

"자려던 참이었다. 어서 쉬거라."

해원 스님의 방에서 불빛이 사라졌다. 소성은 불 꺼진 스님의 방을 바라보았다. 제 곁에 스님이 있다고 생각하니 슬픔이 조금은 누그러졌다.

소성은 방으로 들어왔다. 불도 밝히지 않은 채 자리에 주저앉았다. 그래, 예서 해원 스님과 함께 지금처럼 살면 된다. 김병운을 잊자. 김좌근도, 진실도, 복수도. 이제 다시는 김병운, 그 사람과 얽히지 말자. 다시는, 다시는…… 소성은 기도하는 마음으로 다짐했다.

소성의 뒷모습이 시야에서 사라진 후에도 원범은 한참 동안 발을 떼지 못했다. 혹 소성이 다시 나오지 않을까 기대했다. 하지만 소성은 끝내 나오지 않았다.

"전하, 오늘은 그만 환궁하소서."

심규의 청에 원범은 고개를 끄덕였다. 그러고도 자리를 뜨지 못했다.

"곧 인경이 울리옵니다."

"가야지. 가야겠지……. 돌아가야겠지. 내 자리로……."

원범이 중얼대며 고개를 끄덕였다. 깊은 숨을 한 번 토했다. 천천히 산사 입구에서 시선을 거두고 걸음을 뗐다.

구름이 달빛을 감고 흘러갔다. 사위는 적요했다. 원범은 자신을 책망했다. 저 여인에게 내가 김병운이 아니라는 사실을 말해야 했는데……. 원범은 소성이 진정 김병운을 연모하고 있다고 느꼈다. 김병운의 혼례 사실을 알았으니 얼마나 마음이 허우룩하겠는가? 처음부터 속이지 말 것을, 아니 야장간에서 알은 척 말 것을, 아니 서신을 받고 만나러 가지 말 것을, 다시 야장간으로 찾아가지 말 것을, 함께 저자에 가지 말 것을……. 소성과 인연을 맺어 그녀를 아프게만 한 것 같았다. 그럼에도 소성을 만나 좋았다. 소성과 만난 모든 순간에 감사하였고, 소성과 함께한 모든 일에 행복했다. 저 또한 소성을 연모했다. 하여 제 마음도 아파왔다. 가슴에 찌릿찌릿 통증이 일었다. 원범이 한 손으로 가슴을 잡았다.

"전하, 미령하신 데라도 있으시옵니까?"

심규가 곁으로 다가왔다.

"아닐세. 그저…… 가슴이, 가슴이 좀 아릴 뿐이네."

"교자를 대령하라 이르겠사옵니다. 대전에 연통하여 어의도 들라 하겠사옵니다."

심규가 주위를 둘러보고 손짓을 했다. 어둠 속에서 사내 두 명이 나왔다.

"아니다, 아닐세. 그런 것이 아닐세."

원범은 더 이상 말을 잇지 못했다.

"좀 걷다보면 나아질 걸세."

원범이 앞장을 섰다. 희미한 달빛이 원범의 얼굴을 훑고 사라졌다.

무더운 여름이었지만 소성은 산사를 내려오면서 냉기를 느꼈다. 더위에 몸은 끈적했지만 뒷덜미는 서늘했다. 산 공기나 산바람은 아니었다. 소성은 뒷덜미를 만져보았다. 특별히 차지 않았다. 소성은 주위를 살펴보고 서둘러 야장간으로 향했다.

야장간으로 들어간 소성은 담장 밑으로 가 밖을 살폈다. 삿갓을 쓴 사내가 야장간 안을 기웃하고 있었다. 내 뒤를 밟던 놈이리라. 소성은 재빨리 밖으로 나가 사내 앞을 스치듯 걸어갔다. 곁눈으로 사내의 모습을 훑었다. 삿갓 아래에 드러난 사내의 얼굴, 애꾸눈이었다. 왼쪽 뺨에 드러난 상흔, 분명 아버지의 검 자국이었다.

그자다!

소성은 아버지가 죽고 강화를 빠져나온 그날을 기억했다. 도망치던 배에서 다시 본 애꾸눈과 왼쪽 뺨의 상흔. 아버지를 죽인 그 사내였다. 소성은 천천히 걸어 사내의 곁을 스쳐 지나갔다. 몇 보

앞에서 자리에 앉았다. 바지 끈을 다시 풀었다 맸다. 침착하려 애썼지만 손이 떨렸다. 그사이 사내는 소성을 지나쳐 멀어졌다. 소성은 일어나 사내를 쫓았다.

사내의 발길은 교동으로 향했다. 사내가 들어간 곳은 김좌근의 집이었다. 이로써 소성이 오랜 시간 마음에 품고 있던 비밀의 실체가 하나 드러났다. 그날 밤, 아버지를 죽인 자는 애꾸눈, 아버지를 죽이라 명한 자는 김좌근. 소성은 입술을 깨물었다. 주먹을 꽉 움켜쥔 채 자리를 떴다.

소성은 야장간 입구에서 뒤를 돌아보았다. 눈을 부릅뜨고 소리를 질렀다.

"누구냐?"

"아이고."

열댓 살 먹은 여자아이가 놀라 뒤로 나자빠질 듯 몸을 휘청했다. 소성이 아이의 손목을 낚아채고 누군지 다그쳤다.

"우리 마님께서 보자고 하십니다."

아이가 가리키는 곳에는 낯익은 얼굴이 하나 있었다.

나합은 노란 모시 저고리에 진분홍 모시 치마를 입고, 머리에는 가채를 풍성하게 얹어 멋을 냈다. 그녀는 말없이 제 앞에 앉은 소성을 뜯어보며 김좌근이 전한 말을 떠올렸다.

김좌근은 나합을 만나기 전에 대왕대비전에 들었다. 대왕대비의 미간에 가는 주름이 잡혀 있었다. 김좌근은 대왕대비의 심기가 편치 않은 것을 알아차렸다. 대왕대비는 근래 편전 회의에서 제 목소리를 내던 원범의 모습을 떠올렸다.

'백성의 피고름과 골수를 짜내어 제 배를 살찌우는 자를 어찌 목민관이라 하겠소. 환곡을 착복하고, 백성을 수탈한 수령과 아전들을 당장 파직하오.'

그날 원범이 파직한 자들은 모두 안김을 따르는 자들이었다. 원범은 또 내수사에서 구휼미를 지급하도록 했다. 물론 공석은 안김의 사람으로 다시 채워졌고, 빈 내수사도 다시 채워졌다. 대왕대비는 아무것도 잃은 것이 없었다. 하지만 대왕대비는 마냥 웃을 수만은 없었다. 김좌근은 대왕대비의 눈치를 살피며 마른침을 삼켰다.

'주상이 군왕의 면모를 갖추어 가고 있지 않습니까?'

'예, 마마. 소신도 염려된다고 여러 번 아뢰지 않았사옵니까? 한데 마마께서 별일 아니라는 듯이 넘겨 버리시어…….'

'하여 지금 이 사람을 책망하고 있습니까? 영상.'

대왕대비의 미간에 굵은 주름이 잡혔다.

'아니옵니다, 마마. 하오나 주상이 계속 잠행을 나가게 둘 수는 없사옵니다.'

'주상이 잠행을 나가 민생을 살핀다는데 종묘사직과 백성을 위해 참으로 다행한 일이 아닙니까?'

'예, 마마. 그렇사옵니다.'

대왕대비가 김좌근을 빤히 쳐다보았다. 김좌근은 궁인이 가져다 놓은 물수건을 들어 식은땀만 닦았다.

'대혼을 추진해야겠습니다. 삼사(조선시대 언론을 담당한 사헌부·사간원·홍문관을 가리키는 말)를 움직이세요. 그전에 주상이 만난다는

계집에 대해 알아봐야겠지요.'

'예, 마마.'

대혼이라…… 김좌근이 수강재를 나오면서 한숨을 쉬었다. 어찌한다? 김좌근의 머리가 복잡해졌다.

김좌근의 근심을 들은 나합은 둘 다 방법이 있으니 해결해주겠다고 했다. 그 하나를 해결하기 위해 지금 소성과 대면했다. 김좌근이 왜 이 아이를 염려하는지 이해되지 않았다. 얼마 안 가 나가떨어질 아이를. 머리부터 발끝까지 색기라고는 하나도 없었다. 사내의 상투처럼 머리를 말아 올리고 때 묻은 면포 저고리와 바지를 입었다. 잠을 못 잤는지 퀭한 눈에는 붉은 핏발이 서 있고 눈 밑에는 그늘이 졌다. 피부와 손은 거칠고 손등에는 상처도 있었다. 강화 도령이 왜 이런 계집을 만나는지 이해할 수 없었다.

"자네, 내가 누군지 아는가?"

"아오."

"그래? 난 자네를 처음 보는데……."

"워낙 유명하니까요."

"그럼, 내가 왜 보자 했는지도 알겠구먼."

소성은 짚이는 데가 있지만 모른 척했다. 두 사람은 야장간 근처 정자 아래에 앉았다. 여종이 나합의 곁에 앉아서 부채를 부쳐댔다. 바람이 일 때마다 청에서 들여온 최고급 향내가 났다.

"저 같은 야장한테 무슨 볼일이 있는지……."

"하, 다 알고 왔으니 시치미 떼지 말게."

"다 알고 오셨으니 단도직입적으로 말씀드리겠습니다. 저도 지체 높으신 나리는 이제 만나고 싶지 않습니다. 제게 와서 나리를 만나지 말라 하지 말고 나리를 단속하십시오."

나합은 할 말을 잃었다. 소성의 태도가 당당하다 못해 당돌했다. 네가 감히 누구를 만나는지 아느냐? 네 주제를 알아야지. 한 번만 더 만났다가는 경을 칠 게야, 등 준비해온 말을 잊고 말았다.

"그래, 나도 단도직입적으로 말하지. 더는 만나지 말게."

"제가 만나고 싶지 않다 말씀드리지 않았습니까? 제가 아니라 나리를 단속하라니까요."

"나리를 단속할 입장이 못 되니 하는 말일세."

소성은 일전에 한강에서 병운에게 꼼짝 못 하던 나합의 모습을 떠올렸다. 첩실의 처지라 어쩔 수 없나 싶었다.

"제 처지를 잘 알고 있습니다. 나리를 만나도 첩실밖에 더 되겠습니까? 첩실이 될 생각은 없으니 염려 붙들어 매십시오."

첩실? 첩실이 어때서? 게다가 보통 첩실이 아니라 후궁 자리인데. 후궁 자리를 마다하다니 이거 완전히 난 년일세. 나합은 입을 비죽거렸다.

"자네가 그리 말하니 믿고 가겠네. 하나 명심하게. 내가 모시는 분은 못 하는 일이 없으시다네. 자네의 목숨 줄만 아니라 자네 식솔들의 목숨 줄까지 쥐고 계신 분이네."

소성이 눈을 매섭게 치뜨고 나합을 봤다. 나합이 소성의 시선을 피하며 자리에서 일어났다.

소성은 나합의 모습이 사라지자 맥이 탁 풀어졌다. 서러워 눈물이 핑 돌았다. 이제 정말 병운을 만나지 말아야겠다고 결심했다.

2

비구니 사찰 앞을 젊은 선비 두 명이 서성였다. 둘 다 갓을 쓰고 흰 도포를 입었다. 선한 눈매와 반듯한 콧날을 지닌 선비는 사찰 입구에 시선을 고정한 채 생각에 잠겼고, 키와 몸집이 큰 선비는 목탁을 든 채 주변을 살폈다. 원범과 심규였다.

원범은 산사로 오르는 길에 뜻밖의 사람과 마주쳤다.

"왕대비마마 아니시옵니까?"

"주상."

"어인 일이시옵니까?"

"산사에 불공을 드리러 왔습니다. 주상께서는 이런 곳에 어찌 납시셨습니까?"

"산세나 구경할까 하여……."

핑계 같지 않은 핑계를 대며 원범이 말끝을 흐렸다.

왕대비가 인사를 하고 다시 산 아래로 발걸음을 움직였다.

"주상."

원범도 발을 옮기려는 찰나 왕대비가 그를 불렀다. 원범이 돌아보았다.

"늘 경계하세요. 그래야 소중한 사람들을 지킬 수 있습니다."

왕대비가 알 듯 말 듯한 말을 던지고 다시 산을 내려갔다.

"전하, 나옵니다."

심규의 말에 원범이 생각을 멈추었다.

"색불이공 공불이색 색즉시공 공즉시색……."

원범은 불경을 읊기 시작했다.

"치시게."

원범이 잠시 멈추고 심규에게 명했다. 심규가 무표정하게 목탁을 두드렸다. 목탁 소리에 맞추어 원범이 다시 불경을 읊었다.

"색불이공 공불이색 색즉시공 공즉시색…… 아아아아아……
색불이공 공불이색 색즉시공 공즉시색……."

소성은 이들을 흘깃했다. 원범이 염불을 멈추고 미소를 지었다. 하지만 소성은 무표정하게 고개를 돌리고 제 갈 길을 갔다. 원범은 소성의 등에 대고 더 큰 소리로 '색불이공 공불이색 색즉시공 공즉시색'을 외쳐댔으나 소성은 돌아보지 않았다.

"안녕하시오. 소 보살 아니신가!"

원범이 성큼성큼 걸음을 옮겨 소성의 앞을 가로막았다. 소성이 원범의 시선을 피했다.

"색이 공과 다르지 않고, 공이 색과 다르지 않고, 색이 곧 공이요, 공이 곧 색인가? 아무튼, 눈에 보이는 모습이 다가 아니오. 시간이나 장소에 따라 변하느니 겉모습에 집착하지 말고 본질을 보시오."

소성이 고개를 들고 시선을 마주했다.

"자, 보이시오? 내 본질이 어떻소?"

원범의 눈망울이 너무 해맑았다.

"본질은 모습으로 나타나죠. 결국 하나입니다."

소성이 옆으로 비켜 걸음을 뗐다. 원범이 다시 소성을 막아섰다. 소성이 고개를 들었다.

"다시는 아니 만나자, 하지 않았습니까?"

"그대를 만나러 오지 않았소. 불공을 드리러 왔다가 우연히 그대와 마주쳤을 뿐이오. 아 물론, 우연히 마주치더라도 모른 척하라고 한 그대의 말은 기억하고 있소. 하나 인지상정상 내 어찌 그대를 모른 척할 수 있겠소?"

"인지상정상 절 모른 척할 수 없었다고는 칩시다. 한데 유학을 숭상한다는 사대부가 절에 오십니까? 그것도 비구니 사찰에?"

"아! 이 산사가 비구니 사찰이었소? 그렇군."

원범이 고개를 끄덕였다.

"그럼 비구니 사찰에서 불공 많이 드리고 가십시오."

소성이 차갑게 돌아섰다.

"관심이 있다 하지 않았소?"

원범이 소성의 등에 대고 소리쳤다.

"우연이 아니라 운명이라 하지 않았소?"

소성이 걸음을 멈추었다.

"나를 좋아해서, 나를 보고자, 나를 찾아 교동까지 오지 않았소? 정녕 나를 아니 보고 살 수 있소? 그대의 마음에 내가 있지 않소?"

"아닙니다. 하니 이제 다시는 저를 찾지 마십시오."

소성은 다시 걸음을 옮겼다. 원범은 멀어져가는 소성의 뒷모습을 바라보며 어찌할까 생각했다. 곧 소성이 걸음을 멈추었다. 뒤를 돌아 한 걸음, 한 걸음 원범에게 다가왔다. 원범의 입매가 올라갔다. 소성이 원범의 앞에 마주 섰다. 아까보다는 한결 부드러워진 표정이었다.

"제가 상처받을까 저어된다고 하셨지요? 오해하게 해드려서 송구합니다. 처음부터 나리께 마음이 없었으니 제가 상처받을 이유도 없고 나리께서 절 찾을 이유도 없습니다. 그럼 더는 만나지 않는 걸로 알고 가겠습니다."

소성이 허리를 숙여 절을 하고 뒤돌아섰다. 주먹을 쥐었다. 가슴이 뛰었다. 잘했어. 그래, 이제 끝이야. 끝이야. 소성은 제 마음을 다독이며 걸음을 서둘렀다.

"아니! 내가 그대를 찾을 이유가 있소."

원범의 목소리가 다시 소성의 발을 잡았다. 원범이 소성 앞으로 다가왔다.

"우리가 다시 만날 이유가 있소."

원범이 소성의 눈을 응시했다. 소성이 급히 고개를 떨구었다. 원범이 소성의 뺨에 손을 가져가 얼굴을 들어 올렸다. 그리고 소성의 눈망울을 들여다보았다. 소성의 눈동자에 제 모습이 있었다.

"내 눈이 그대를 담고 있으니까."

소성은 눈빛을 떨었다. 소성의 눈동자에 비친 원범의 모습도 떨고 있었다.

"내 마음이 그대를 담고 있으니까. 그대가 내 마음에 들어와 있으니까."

소성은 얼른 시선을 피했다. 어깨를 떨지 않으려고 온몸에 힘을 실어 버텨냈다.

"그 마음에 제가 들어갈 자리가 없다고 하신 때가 불과 얼마 전입니다.”

“하나 그대에게 든든한 뒷배가 되어주고 싶다고도 하였소.”

“그 뜻을 제가 오해했다고 말했습니다.”

“그 말은 진정이라고 하였소.”

“혼례도 올리지 않으셨습니까? 저는 미천한 신분이지만 첩실은 되고 싶지 않습니다.”

“혼례를 올린 이는 내가 아니오.”

“그럼 누구입니까? 아, 혼례를 올린 이는 진심이 없는, 김병운의 허울뿐이고, 진심이 있는 진짜 김병운은 지금 여기 있는 나리라고 말씀하시렵니까?”

“사실 나는 김병운이 아니오.”

소성이 헛웃었다.

“아니, 그런 뜻이 아니라. 용서하시오, 낭자. 사실 나는 진짜 김병운이 아니오.”

“아, 그럼 허울뿐인 김병운이 여기에 와 있습니까? 예, 솔직해서 좋습니다. 그럼 이제 가짜 김병운이 되어 저랑 중혼이라도 하시겠습니까? 그 또한 제가 거절하겠습니다.”

어디서부터 이야기를 할까, 과연 소성이 진실을 감당할 수 있을까, 나를 더 멀리하지 않을까, 영영 사라져버리지는 않을까, 원범은 또 염려부터 앞섰다. 소성에게 말하지 못한 사연이 너무 많았다.

“단 하나뿐인 정인이 있다고 하지 않으셨습니까? 평생 그 여인만을 사랑하리라고 말하지 않으셨습니까? 한데 오늘은 제가 그 마음에 들어가 있습니까? 한 달 후, 두 달 후, 석 달 후에는 그 마음에 또 누가 들어가 있겠습니까? 이리 쉽게 변하는 것이 사내의 마음입니다. 사내의 연정만큼 허망한 것은 없습니다. 그런 마음 따위 받고 싶지 않습니다. 돌아가십시오."

소성이 돌아섰다. 원범은 얕은 숨을 토했다. 소성의 말이 틀리지 않았다. 바로 얼마 전까지만 해도 제게 정인은 별이, 하나뿐이었는데……

소성의 차가운 등이 멈추어 섰다. 소성이 걸음을 멈추고 주위를 살폈다. 숲속에서 인기척을 느꼈다. 소성은 원범을 돌아보았다. 원범의 파리한 얼굴에 다시금 붉은 미소가 엷게 번졌다. 하지만 소성은 여전히 무표정했다.

"조심하십시오. 나리의 부친은 죄가 많으니, 나리 또한 적이 많을 것입니다. 나리께서 아무리 좋은 사람이라도 원수의 아들과는 한 하늘 아래 살 수 없을 것입니다. 제가 아는 인지상정은 이렇습니다."

원수의 아들과 한 하늘 아래 살 수 없다. 소성 제 처지기도 했다. 원수의 아들인 저자를 다시 볼 수 없다. 소성은 또 마음을 잡으며 산을 내려왔다.

정신을 차리고보니 야장간 앞이었다. 소성은 몇 번이고 심호흡을 하고 야장간으로 들어섰다. 하지만 야장간에서도 내내 일이 손에 잡히지 않았다.

'그대가 내 마음에 들어와 있으니까.'

원범의 말만 제 머리를 헤집고 다녔다.

"성아, 뭐 하느냐? 손에서 피가 뚝뚝 떨어지잖아."

야장이 천으로 소성의 손을 감쌌다. 소성은 이제야 제 손이 칼에 베인 것을 알아차렸다. 소성의 눈가가, 뺨이 촉촉해졌다.

"물색없이 눈물은 뭐람?"

소성이 손으로 눈물을 훔쳤다.

"많이 아프냐? 생전 눈물이라고는 한 방울도 흘리는 적이 없더니 그리 아프냐? 안 되겠다. 오늘은 그만 들어가서 쉬어라."

"괜찮소. 많이 아프지 않소. 아니 하나도 아프지 않소."

"한데 어찌 이리 우냐?"

"안 아플 거요. 괜찮을 거요. 금방 괜찮아질 거요."

괜찮다, 괜찮다, 되뇌면서 소성은 흐느꼈다.

"그래. 금방 나을 테니 오늘은 들어가 쉬어라. 어서, 말 들어."

야장의 재촉에 소성은 야장간을 나왔다. 사찰을 향해 터벅터벅 걷다보니 어느새 산 초입을 지키는 느티나무에 다다랐다. 그와 함께 비를 피하던 곳이었다. 그날 그는 소성에게 종이우산을 씌워주느라 옷자락을 적셔야 했다. 세우라 옷이 젖을 줄 몰랐다면서. 소성도 마찬가지였다. 세우에 제 마음이 젖을 줄 몰랐다. 옷자락처럼 제 마음도 그에게 젖어버린 것을 이제야 깨달았다. 하지만 김좌근은 제 아비를 죽인 원수. 원수의 아들과 나란히 한 하늘을 바라보며 별을 헤아리고 웃을 수는 없었다.

소성은 터벅터벅 무거운 발걸음을 옮겼다. 사찰로 들어섰다. 풍경 소리가 바람에 실려 와 소성의 어지러운 마음에 흩어졌다.

바람은 원범의 마음에도 불어왔다. 그의 마음도 어지러웠다. 원범은 서안에 턱을 괴고 생각에 잠겼다. 이따금 길게 숨을 내쉬었다. 한숨 소리가 곁방에서 자리를 지키고 있는 심규에게도 들려왔다.

'단 하나뿐인 정인이 있다 하지 않으셨습니까? 평생 그 여인만을 사랑할 거라 말하지 않으셨습니까? 한데 오늘은 제가 그 마음에 들어와 있습니까?'

원범은 소성의 말을 떠올렸다. 그래, 평생 하나뿐인 나의 정인, 별이! 내가 어찌 별이를 잊을 수 있으랴. 원범은 평생 별이만을 그리워하고 사랑하리라 다짐하였는데 어느새 소성이라는 여인이 제 마음에 자리하고 있었다. 별이도, 소성도 이제 원범에게는 소중한 사람이다. 별이가 평생 마음 한자리에 묻어둘 사람이라면, 소성은 이제 이런 마음까지도 한평생 나누고 싶은 사람이 되었다.

"별이야!"

원범이 나직이 별이의 이름을 불러보았다. 열린 창 너머에서 별이 총총 쏟아지고 있었다. 별이야, 내게 소중한 사람이 생겼구나. 이런 내 마음, 헤아려주겠니?

민 상궁이 들어왔다.

"전하, 밤이 깊었사옵니다. 침수 자리를 보오리까?"

"민 상궁, 내 아직도 석연치 않은 점이 있네."

"무엇이 말이옵니까?"

"별이와 스승님 말일세. 스승님은 무공 고수였고, 별이도 사내 몇 명은 거뜬히 상대하는 실력을 갖추고 있었지. 한데 어찌 그들이 비적에게 당할 수 있는가? 무언가 앞뒤가 맞지 않네."

"그것은…… 그것은…….."

민 상궁이 주저하며 말을 잇지 못했다.

"아닐세. 자네에게도 크나큰 아픔이 되었을 터, 과인이 괜히 자네의 상처를 건드렸구먼."

"전하, 황공하옵니다."

민 상궁이 고개를 숙이며 생각했다. 전하와 별이 그리고 연심, 아니 이제는 해원 스님으로 살아가고 있는 동무를 위해서는 평생 입을 다물고 살아야 해. 이것이 모두를 위하는 길이야. 민 상궁은 원범을 속여서 죄스러웠지만 모두를 위해 다시 한번 마음을 다잡았다.

3

"죽이세요."

낮고 무거운 목소리였다. 대왕대비가 무표정하게 말했다. 김좌근의 눈빛이 날카롭게 빛났다.

"진즉에 끊었어야 할 명줄이 아닙니까?"

대왕대비가 김좌근에게 눈길을 두었다. 진즉에 제대로 일을 처리하지 못한 김좌근을 책망하고 있었다.

"송구하옵니다."

김좌근이 옷소매로 식은땀을 훔쳤다.

"이번엔 반드시 죽이세요."

"예, 마마."

김좌근이 촛불에 심하게 일렁이는 대왕대비의 그림자에 시선을 두며 머리를 조아렸다.

"고개 드세요."

대왕대비가 이맛살을 찌푸렸다. 김좌근이 고개를 들고 조심스럽게 미소를 지었다.

"영상도 그 계집이 비구니 사찰에 무사히 은거하고 있을 줄 어찌 알았겠습니까?"

"이번에는 실수 없이 처리하겠사옵니다."

"영민하고 바지런하여 내 곁에 두고 아끼려 했거늘, 아까운 계집입니다. 한데……."

"더 하명하실 일이라도 있사옵니까?"

대왕대비가 생각에 잠겼다. 김좌근은 저도 모르게 어깨에 힘이 바짝 들어갔다.

"주상이 만난다는 그 계집이 윤가와 살고 있다면서요? 그 계집에 대해서도 좀 더 소상히 알아보세요."

"예, 마마. 그렇지 않아도 잘 일러두었사옵니다."

"잘하셨습니다. 그래도 영상이 내 의중을 속속들이 알아줍니다."

대왕대비의 이마가 반듯해졌다.

"한데 마마, 주상이 정치를 하려고 드니 걱정이옵니다. 김정희를 병조 참판에 제수하려 하고, 조병현의 관작을 회복하려고 하옵니다."

대왕대비가 혀를 찼다.

"주상은 이미 어미에게 효를 다하고 신하를 아끼며 백성을 사

랑하면서 임금 노릇을 충분히 잘하고 계시거늘……. 왜 다들 용
상에만 앉으면 정치를 하려고 들어 명을 재촉하는지……. 그 용
상에 부적이라도 붙여 놓아야 합니까?"

"익종 대왕께서는 용상에 앉기도 전에……."

"내 익종의 일은 함구하라 했거늘!"

대왕대비가 우레와 같은 소리를 내지르며 상을 쳤다. 상이 흔
들리고 다과가 쏟아졌다. 상에서 찻물이 피눈물처럼 뚝뚝 흘렀
다. 병풍에 비친 대왕대비의 검고 거대한 그림자도 괴물처럼 흔
들렸다. 김좌근은 납작 엎드렸다. 대왕대비의 아들인 익종 대왕
이 효명 세자 시절 죽은 일은 대왕대비 앞에서는 생각조차 할 수
없는, 그녀의 역린이었다.

"황공하옵니다, 마마. 소신이 실언을 했사옵니다. 죽여주소서."

대왕대비가 침묵했다. 숨을 골랐다.

"하니 내 용상에 부적을 써야 하나, 농을 했는데 왜 심각하게
받아들입니까?"

"송구하옵니다, 마마."

"내 본래 화가 많아 마음에 들지 않으면 우울해질 뿐만 아니라
문득 화가 치밀어 올라 견디기 어렵습니다."

"어의를 불러 진맥을 받아보시면 어떠하오리까?"

"내가 무슨 큰 병이라도 들었답니까?"

대왕대비가 다시 눈을 부릅뜨고 소리 질렀다.

"송구하옵니다, 마마."

김좌근이 다시 머리를 조아렸다. 대왕대비는 궁인을 불러 어지

러운 상을 치우게 했다.

"우리 주상을 어찌한다?"

"아무래도 잠행을 자주 나가면서 보고 듣는 점이 많으리라 짐작하옵니다. 하니 자꾸 정치에 간여를 하지 않겠사옵니까?"

"아, 우리 주상께는 이 어미 그늘이 제일 안전하거늘, 우리 주상께서 바깥세상이 얼마나 위험한지 모르시니 참 걱정입니다."

"예, 소신이 알아서 잘 처리하겠사옵니다."

"호호호, 우리 아우님이 영민하시니 내 오늘도 발 뻗고 잡니다."

대왕대비의 웃음소리에 김좌근은 오히려 간담이 서늘해졌다. 온화한 목소리와 미소 띤 얼굴로 모질고 섬뜩한 말을 아무렇지 않게 내뱉을 수 있는 여인. 그 여인이 바로 제 누이이자 보수 유학자에게는 성모(聖母)로 칭송받고, 자신을 스스로 조선의 여군이라 일컫는 이 나라의 대왕대비였다.

그믐밤이었다. 사위는 시커먼 어둠에 잠겼다. 소성의 걸음 소리만이 산사의 음음적막을 깨웠다. 해원 스님의 처소에 가까이 왔을 때 따스한 불빛이 소성의 앞길을 밝혀주었다. 스님! 해원 스님! 소성은 알았다. 해원 스님은 늘 쉬이 잠들지 못한다고 말하지만 실은 소성이 늦는 날이면 불을 밝혀두고 소성의 귀가를 확인한 후에 잠자리에 든다는 사실을. 어머니가 일찍 돌아가신 탓에 어머니의 정을 한 번도 느껴본 적이 없는 소성이었지만 만약 어머니가 있었다면 해원 스님 같은 분이 아닐까 생각하곤 했다.

"스님, 주무십니까?"

해원 스님의 방 앞에서 소성은 걸음을 멈추었다. 늘 소성이 왔느냐, 하는 목소리가 먼저 나왔는데 오늘은 아무 소리도 들리지 않았다.

"스님, 저 돌아왔습니다. 이제 그만 주무십시오."

여전히 방 안에서는 아무 대답이 없었다. 스님답지 않게 불을 밝혀 두고 잠이 드셨나? 소성은 불을 끄기 위해 해원 스님의 방으로 들어갔다.

"스님!"

소성의 입에서 비명이 터져 나왔다. 해원 스님이 쓰러져 있었다. 스님의 옷자락에도, 바닥에도 붉은 핏물이 배어 있었다. 가슴 한가운데에서 쏟아진 피였다.

"스님!"

소성이 소리를 질렀다.

"소성이 왔느냐?"

해원 스님이 힘겹게 눈을 뜨고 쉰 음성을 냈다.

"사람들을 불러오겠습니다. 잠시만 계십시오."

소성이 자리에서 일어나자 해원 스님이 소성의 발목을 잡았다.

"소란스럽게 하지 말아라."

"소란스럽게 하지 말라니요. 어서 사람들을 불러서……."

"소성아, 내 몸에 독이 퍼졌다. 한 시진 전에 독이 묻은 칼이 내 가슴에 꽂혔다. 이미 죽었을 터인데 널 보기 위해 지금까지 겨우 버텨냈구나."

"스님, 무슨 말씀입니까? 어째서, 어째서? 도대체 스님께 무슨 일이 일어났습니까?"

"단지 도적에게 당했을 뿐이다."

"이 가난한 사찰에 도적이라니요? 그리고 독 묻은 칼입니다. 아버지도 독화살을 맞았습니다. 혹 스님을 이리 만든 자가 애꾸 사내입니까? 그자는 김좌근의 하수인이지요?"

"소성아, 내 죽음에 대해 알려고 들지 말아라."

"김좌근 그자입니까? 스님과 아버지와 그자 사이에 무언가가 있지요? 그자를 피해서 아버지는 강화에 숨어 살았고, 스님은 이 사찰에 은거하셨지요?"

"소성아, 그자의 이름을 입 밖에 내서는 안 된다. 지금 당장 이곳을 떠나라."

"싫습니다. 가서 의원을 불러오겠습니다. 조금만 기다리십시오."

소성이 일어나려고 하자 해원 스님이 다시 소성의 팔을 붙잡았다. 스님의 손도 피로 얼룩져 있었다. 소성이 피 묻은 스님의 손을 잡았다. 소성의 눈에서 눈물이 뚝뚝 떨어졌다.

"소성아! 곧장 이곳을 떠나서 가능한 멀리 가거라. 다시는 돌아오지 말거라. 네 정체를 결코 드러내서는 안 된다. 약조하거라. 내 마지막 부탁이니라."

"스님!"

소성이 울부짖었다.

"약조하거라. 어서. 절대로 들키지 말거라. 멀리 떠나 성상도, 아버지도, 나도 다 잊고 살아라. 어서 약조하거라. 어서!"

해원 스님이 피를 토했다. 눈이 감겼다.

"예, 약조합니다. 약조하겠습니다. 더 이상 말씀하시지 마세요. 사람들을 불러오겠습니다."

"소성아."

해원 스님이 눈을 감은 채 소성을 잡았다. 남아 있는 마지막 힘을 다하여 소성의 뺨을 어루만졌다.

"우리 별이를 두고 내 어찌 눈을 감을꼬……."

해원 스님의 손이 소성의 뺨을 타고 미끄러져 내려와 툭 떨어졌다.

"스님! 스님!"

소성이 해원 스님의 몸을 흔들었다.

"스님! 눈 좀 떠보세요. 어서 눈 뜨셔요."

아무리 스님을 부르고 몸을 흔들어도 스님은 아무런 반응이 없었다. 소성은 제 양손을 해원 스님의 뺨에 가져가 감쌌다. 그녀의 뺨에는 아직 온기가 남아 있었다.

"스님! 해원 스님!"

소성이 마지막으로 스님을 불렀다. 속삭이듯 나직이. 소성의 뺨 위로 피 섞인 붉은 눈물이 한없이 흘러내렸다.

산사 하늘 위로 솟아오르던 연기가 사그라졌다. 해원 스님의 조촐한 다비식(시체를 화장하여 그 유골을 거두는 의식)이 끝났다. 이틀 내내 한눈도 붙이지 못한 소성이 해원 스님의 방 안으로 들어왔다. 금방이라도 곧 쓰러질 듯한 몸을, 온 힘을 다하여 꼿꼿이 세운 채 스님의 방을 둘러보았다. 궤 하나, 서안 하나, 촛대 하나가 전부인 소박한 살림이었다.

　소성의 시선이 바닥에 머물렀다. 스님이 흘린 피가 방바닥에 그대로 스며들어 자국으로 남아 있었다. 소성은 핏자국을 지우기 위해 옷소매로 방바닥을 문질렀다. 쉬이 지워지지 않자 겉옷을 벗어들고 핏자국을 지웠다. 바닥을 닦고 또 닦아내도 핏자국은 사라지지 않았다. 소성의 눈에서 눈물이 흘러내렸다. 민 상궁이 들어와 소성의 곁에 주저앉았다. 소성의 팔을 잡았다.

　"마마님, 핏자국이, 핏자국이 지워지지 않습니다."

　소성이 울음을 터뜨렸다.

　"내가 물걸레로 깨끗이 훔쳐놓으마. 그만 울고 이제 좀 쉬어라."

　"핏자국 때문입니다. 핏자국 때문에 웁니다. 핏자국, 핏자국, 이 핏자국 어떡해요?"

　"괜찮다. 울지 마라."

　"핏자국이, 우리 스님의 핏자국이 지워지지 않아서 웁니다."

　"소성아, 제발! 이러다 너까지 어찌 될까 걱정이구나."

　지난 이틀간 소성은 물 한 모금도 넘기지 못했다. 내내 눈물을 흘리며 해원 스님의 다비식만 지켜보았다. 그 옛날 원범과 이별하고 아비와 사별했을 때와 마찬가지였다.

　그때는 해원이라도 있어 널 돌보았거늘 이제 누가 있어 널 다독이겠느냐? 민 상궁이 눈물을 쏟아내며 멍하니 바닥만 문지르는 소성을 안았다. 한 손으로 가만가만 소성의 등을 토닥였다. 민 상궁의 눈에서도 눈물이 흘러내렸다. 별이, 이 아이의 가혹한 운명이 너무나 애달프고 쓰라렸다. 슬프면 목 놓아 울고 즐거우면

숨 가쁘게 웃는 모습이 이 아이 또래 여인의 일상적인 삶인 것을. 제 신분만 숨기라 하였거늘 언젠가부터 이 아이는 희로애락마저 삼켜버렸다. 다비식 내내 울음을 머금고 눈물을 흘리면서도 연기가 매워서 울 뿐이라고 답하는 아이였다. 소성아, 소성아, 어찌하느냐, 어찌해야 하느냐, 널 전하 곁으로 보낸다 한들 저들이 널 살려둔다고 장담할 수 없고, 널 이렇게 홀로 살아가게 할 수도 없구나. 소성아, 널 도대체 어찌해야 하느냐? 민 상궁은 제 답답한 속을 쓸어내리듯이 소성의 등을 쓸어내렸다.

소성과 민 상궁은 해원의 유품을 정리했다. 잿빛 승복 사이 붉은 비단이 눈에 띄었다. 소성과 민 상궁은 궤 깊숙이 숨겨져 있던 비단 보자기를 펼쳐보았다. 보자기에서 서찰이 우수수 쏟아졌다. 민 상궁이 서찰 하나를 들어보았다. 겉봉에 '왕세자 저하 전상서'라는 글귀가 쓰여 있었다. 주인을 닮은 단아한 서체가 쓸쓸하면서도 애달팠다.

"연심아!"

민 상궁이 해원의 이름을 나직이 토했다. 오랫동안 불러보지 못한 동무의 이름. 익종 대왕을 남몰래 사모한 궁녀의 이름이었다. 민 상궁의 눈이 촉촉이 젖어들었다. 입가엔 엷은 미소가 번졌다. 세상을 떠난 동무와 그 동무와 함께 보낸 시절, 그 시절을 함께한 사람들에 대한 추억과 그리움이 물밀 듯이 밀려왔다.

'내가 쓴 연서를 모으면 책 몇 권은 될 게야.'

소성의 눈도 붉어졌다. 언젠가 해원 스님이 한 말이 떠올랐다.

"주군께 쓰신 연서이지요?"

"너도 알고 있느냐?"

"처음에는 스님께서 부치지 못한 연서를 쓰셨다는 걸 들었어요. 후에 연서의 주인이 아버지와 함께 모셨던 주군이라는 사실을 들었고요. 그 주군은 어떤 분이셨습니까?"

"그것이……."

민 상궁을 말끝을 흐렸다.

"말씀해주세요."

"네 아버지도 스님도 말씀하지 않은 연유가 있겠지."

"하면 제가 직접 김좌근을 만나 물어볼까요?"

민 상궁이 한숨 쉬었다.

"그래, 하는 수 없구나. 내가 그분에 대해 말해줄 터이니 넌 더 이상 알려고 하면 안 된다."

"예. 누구셨습니까?"

"익종 대왕이시다."

"익종이요?"

소성이 처음 듣는 묘호였다.

"익종 대왕은 승하하신 효명 세자이시다. 세자 시절 승하하셨기에 훗날 아드님이신 헌종 대왕께서 보위에 오르신 후 익종으로 추존하셨지. 해원 스님, 아니 연심이는 승려가 되기 전에는 궁녀였단다. 생각시 시절부터 동무였지."

"해원 스님의 사연은 직접 물어볼 수도, 다 헤아릴 수도 없었지만 어쩌면 민 상궁 마마님처럼 궁인이었을지도 모르겠다고 짐작하곤 했습니다."

민 상궁이 소성의 머리를 쓰다듬으며 미소를 지었다.

"네 총명함이 어딜 가겠느냐?"

"익종 대왕은 해원 스님이 모시던 분이셨습니까?"

"그렇단다. 그리고 연심이 생각시 시절부터 사모한 분이지."

"한데 해원 스님은 어찌 궁을 나와 이곳에서 살게 되셨습니까?"

"그것은, 그것은…… 나도 더는 알지 못한다."

민 상궁이 말을 얼버무리며 소성의 시선을 피했다. 하지만 소성은 전과 다른 민 상궁의 기색을 놓치지 않았다. 민 상궁은 분명 해원 스님의 사연을 안다. 해원 스님은 아버지를 잘 안다고 했다. 해원 스님과 아버지의 숨겨진 사연을 알아야 한다. 소성은 이 기회를 놓치지 않기 위해 재빨리 하지만 무심한 듯 말을 흘렸다.

"그럼 우리 아버지도 익종 대왕을 모셨군요."

"그러셨지. 박시명 나리는 익종 대왕께서 가장 신뢰하고 의지하시던 호위 무관이셨다."

역시 아버진 평범한 농부가 아니셨어. 김좌근이 평범한 농부를 죽일 이유가 없지. 분명 해원 스님의 죽음도 김좌근과 관련돼 있어. 소성은 생각했다.

"어머나! 스님이 소설책을 몰래 숨겨두고 보셨구나."

민 상궁이 연서 더미에서 책 한 권을 꺼내 들었다.

"이 책은……."

"'김씨옥수기'라는 소설책이 아니냐? 궁중 여인네들도 즐겨 읽는 책이란다."

소성이 눈빛을 빛내며 소설책을 펼쳐보았다.

"이 책은 익종 대왕께서 해원 스님에게 주신 책이어요."

"그래? 익종 대왕께서도 소설책을 좋아하셨나?"

민 상궁은 금시초문이라는 듯이 고개를 갸우뚱하며 되물었다.

"아버지께서도 이 책을 갖고 계셨어요."

"소설책은 규방 여인만 읽는 줄 알았더니 익종 대왕께서도, 나리께서도 좋아하셨느냐?"

"익종 대왕은 잘 모르겠지만 아버지는 소설책을 읽으시던 분이 아니었어요. 스님도 이 책을 자주 들여다보긴 하셨지만 소설을 읽으시진 않았어요. 이 책은 여러 권에 걸쳐 이야기가 진행되는 소설인데 스님은 이 한 권만 가지고 계셨으니까요."

"익종 대왕이 그리워서 이 책만 자주 들여다보곤 하였구나."

"그럼 아버지도 익종 대왕께 책을 받았을까요?"

소성의 표정이 심각해졌다.

"글쎄. 알 수 없구나. 한데 누구에게 받았는지가 중요하냐?"

민 상궁은 흔한 소설책에 심각해지는 소성을 이해할 수 없었다.

"아버지와 스님 모두 익종 대왕을 모시다가 출궁한 후, 신분을 감추고 살다가 살해당하셨습니다. 아버지는 김좌근에게 그리고 스님은, 스님은……."

"소성아, 그만하여라."

민 상궁이 당황하며 소성의 말을 가로막았지만 소성은 멈추지 않았다.

"스님도 김좌근에게 당했습니다."

"소성아, 제발! 아무 말도, 아무 생각도 하지 말아라. 아버지의 유언을, 스님의 유언을 거역할 셈이냐? 다 잊으라고 하지 않으셨느냐?"

"하지만 마마님……."

민 상궁이 소성의 말을 막았다. 소성은 더 할 말이 있는 듯 입술을 옴짝거렸다.

"소성아……."

소성의 관심을 돌려야 한다. 김좌근에 대한 생각에서 벗어나게 해야 한다. 민 상궁은 성상을 떠올렸다. 소성은 성상에 대해서도 잊어야 한다. 하지만 지금 당장 소성의 관심을 돌리기 위해서는 성상의 이야기라도 꺼내는 수밖에 없었다.

"한데 어찌 성상에 대해서는 묻지 않느냐?"

"전하는, 전하는…… 이미 그분을 잊었습니다."

소성의 눈동자에 슬픔이 떠올랐다. 민 상궁은 소성의 눈빛을 놓치지 않았다. 그 눈빛에는 그리움과 근심이 동시에 서려 있었다.

저녁상을 물리고 난 원범은 대전에 틀어박혀 오색 비단으로 만든 갑을 내려다보았다. 갑 안에는 여인의 노리개와 머리꽂이, 비녀, 염낭, 당혜가 들어 있었다. 원범은 전하지 못한 물건의 주인을 머릿속에 그렸다.

"민 상궁은 내일이면 입궁하오?"

"예, 전하."

상선이 대답했다. 원범이 깊게 한숨을 내쉬었다.

"혹 중요한 일이라도 있으시옵니까? 소인에게 하명하소서,

전하."

"아니오."

원범이 또 한숨을 내쉬었다. 노리개를 만지작거리다가 상선을 향해 고개를 들었다.

"혹 상선도 내명부의 일에 대해서 잘 알고 있소?"

"소신, 소상히는 알지 못하오나 하문하시면 아는 데까지 아뢰겠나이다."

원범은 잠시 상선을 바라보다가 또다시 한숨을 내쉬었다.

"아니오."

원범은 잠시 침묵했다가 다시 상선을 불렀다.

"예, 전하!"

"과인이 아프오."

"어디가 미령하시옵니까? 당장 어의를 들라 하겠나이다."

상선이 놀라 원범에게 다가왔다.

"과인이 미친 것 같소."

"예?"

"과인을 아프게 하는 이가 자꾸만 생각나오. 무엇을 해도 잊히지 않소."

원범이 또 한숨을 쉬었다.

"그 여인을 내 평생의 반려로 맞고 싶소."

상선이 물끄러미 원범을 바라보았다. 원범의 표정이 간절함과 망설임으로 뒤엉겨 있었다.

4

다음 날, 민 상궁은 산사를 떠났다. 날이 저물고야 대전으로 들었다.

"어서 오시게. 휴가는 잘 보내셨는가?"

"예, 전하. 성은이 망극하옵니다. 오래간만에 옛 동무도 만나고 그간 못다 한 이야기도 나누었사옵니다. 한데 소인을 찾으셨다 들었사옵니다."

"과인이 자네에게 내명부의 법도를 묻고자 하였네."

"하문하소서."

상선에게 대강의 사정을 전해 들은 민 상궁은 침착하게 응대했다. 상선의 언질이 없더라도 최근 달라진 원범의 행보를 눈여겨본 민 상궁은 짐작 가는 바가 있었다. 원범이 잠시 주저하다가 입을 뗐다.

"과인이 민가(民家)의 여인을 비빈으로 맞을 수 있는가?"

"아뢰옵기 황공하오나 민가의 여인이라면 중전은 물론 아직 후궁의 반열에도 오를 수 없사옵니다."

"중전은 아니 되겠지."

원범이 긴 한숨을 토했다. 원범도 알았다. 중전의 자리는 안동 김씨의 차지라는 사실을. 안김은 2대에 걸쳐 순조 대왕의 비인 작금의 대왕대비와 헌종 대왕의 첫 번째 비인 효현 왕후를 배출했다. 이미 순조 대왕이 아들인 효명 세자의 빈으로 작금의 왕대비를 풍양 조문에서 간택하여 쓴맛을 본 적이 있는 안김은 결코 왕비와 후계의 자리를 내주지 않으리라. 이번에는 반드시 안김 가문에서 중전을 간택하고 중전과의 후사를 통해 외척으로서 세력을 공고히 다질 터였다.

"하나 후궁의 첩지도 내릴 수 없는가?"

"법도가 그러하옵니다."

원범은 고개를 떨구었다. 낯빛이 어두워졌다.

"하나 승은을 입은 여인이라면 방도가 없지도 않사옵니다."

"승은?"

"예, 전하."

원범의 눈이 휘둥그레졌다.

승은이라…… 궁 안의 수많은 여인이 승은을 받기 위해 원범을 바라보고 있지만 아직 원범의 승은을 입은 여인은 없었다. 승은은 그동안 원범이 애써 외면해 온 일이었다. 원범은 숨을 한번 머금고 말을 이었다.

"물론 승은을 받은 여인이네. 승은을 받았지. 아무렴. 자, 이제 어찌하면 되는가?"

원범은 태연한 척을 했다.

"승은을 받은 여인이라면 우선 승은 상궁으로 책봉하여 입궁할 수 있사옵니다. 그 후 회임을 하여 출산하면 후궁의 첩지를 받을 수 있사옵니다."

"그래. 그럼 승은 상궁으로 입궁하면 되겠구나."

"하나 이는 내명부의 일이므로 자성 전하의 윤허가 있어야 하옵니다."

"자전이라…… 산 넘어 산일세그려."

원범은 중궁을 맞으라는 대왕대비의 명을 계속 거역했다. 한데 중전이 아니라 다른 여인을 곁에 두겠다는 원범의 뜻을 대왕대비 전에서 용납해줄지……. 원범은 한숨을 내쉬었다.

"대왕대비마마 외에 또 넘으셔야 할 산이 아직 있사옵니까, 전하?"

심란해진 원범의 표정을 보고 민 상궁이 조심스레 물었다.

사실 원범으로서는 아직 산 하나도 넘지 못한 셈이었다. 승은 이고, 대왕대비의 윤허이고, 입궁이고 간에 가장 중요한 점은 소성의 마음을 얻는 일이었다. 임금으로서 한 여인을 취하는 게 아닌, 사내로서 한 여인의 진심을 얻고 싶었다. 소성의 동의 없이는 그 어떠한 일도 추진하고 싶지 않았다.

"아닐세."

"전하, 반드시 자성 전하의 산을 넘으시옵소서. 소인 전하께 은 애하는 여인이 생기셨다니 참으로 기쁘옵니다."

"민 상궁."

원범이 민 상궁을 나직이 불렀다.

"과인의 하늘에 별이 하나 걸려 있지 않은가? 그 별도 내가 새 사람을 마음에 품고 그 사람을 받아들이는 일을 기뻐해줄까?"

대답보다 먼저 민 상궁의 눈에서 눈물이 흘러내렸다.

"그럴 것이옵니다."

민 상궁이 얼른 눈물을 훔쳤다. 그간 별이로 인해 슬픔에 빠진 원범을 늘 위로해주던 민 상궁이었는데 오늘따라 그녀가 의외의 모습을 보였다. 원범이 걱정스레 민 상궁을 쳐다보았다.

"민 상궁, 무슨 일이 있는가? 어찌 눈물을 보이시는가?"

"황공하옵니다. 아무 일도 아니옵니다."

"민 상궁……."

"전하!"

민 상궁이 제 가슴을 쓸어내리며 울음을 터뜨렸다.

어제부터 소성은 교동 김좌근 저택을 주시했다. 아래위로 거친 베옷을 입고 흰 댕기를 두르고 머리를 올렸다. 등에는 칼자루를 맸다. 많은 이가 대감집 솟을대문 문지방을 넘었다. 교자를 탄고관대작, 화려한 색감과 질 좋은 모시옷을 입은 부유한 상인, 흰도포를 입고 검은 갓을 쓴 양반, 양반처럼 입었으나 양반이 아닌중인, 머리가 하얗게 센 노인, 수염을 뽐내듯이 기른 중년의 사내, 귀티 나는 젊은이들. 하지만 소성이 기다리는 사람은 아직 오지 않았다. 왼쪽 뺨에 상흔이 있는 애꾸눈의 사내, 솔개.

해가 떨어지고 저택 지붕 위로 황금빛 저녁놀이 깔렸다. 저녁어스름마저 사라지고 어둠이 완전히 내렸을 때 솔개가 집 안에서나왔다. 어둠 속에서도 소성은 그를 알아볼 수 있었다. 지난 시간동안 한시도 잊지 않은 그 눈빛. 짐승의 안광처럼 번득이던 그 눈빛. 눈과 마음에 새겼던 그 눈빛이 단 하나뿐인 그의 눈에서 살아움직였다.

소성은 숨을 죽이고 어둠에 몸을 숨긴, 검은 그림자를 쫓았다. 솔개는 골목을 몇 개 지나 대로를 거쳐 다시 골목으로 접어든 뒤

전쟁 때 무너진 궁터로 들어갔다. 전각들은 불에 타 흔적만 남고, 박석 사이로 이름 모를 풀이 사람의 키만큼 자라나 있었다. 궁터 한가운데에 이르렀을 때, 솔개가 뒤를 돌아보았다. 이미 소성의 미행을 눈치챘다.

"누구냐?"

"널 죽이러 왔다."

소성이 검을 뽑아 치켜들었다. 풀밭 위로 솟은 검날이 달빛에 번득였다. 솔개가 풀밭에 가려진 소성을 향해 말했다.

"꽤 쓸 만한 검을 가지고 있구나. 하나 내가 검을 뽑으면 너는 죽는다."

"죽음을 각오하고 왔다."

솔개가 이를 드러내고 웃었다.

"내가 누군지 아느냐?"

"김좌근의 개, 솔, 개."

"알면서도 날 죽이러 왔다. 넌 도대체 누구냐?"

"네 손에 내 어머니가 돌아가셨다."

솔개가 눈을 번득였다. 제 인생에 여인을 죽인 적은 딱 두 번 있었다. 몇십 년 전, 지아비를 위해 목숨을 걸던 박시명의 처와 며칠 전 산사의 비구니 하나. 그렇다면…….

"해원 스님의 죽음을 기억하느냐?"

아, 솔개가 숨을 토했다. 해원 스님을 어머니로 부르는 계집이라면 임금이 만난다는 그 계집이었다.

"나는 모르는 일이다. 괜한 사람 잡지 말고 물러가라."

아직 저 계집을 처리하라는 명은 받지 못했다. 그저 좀 더 알아보라는 명만 받았다. 하지만 소성은 검을 휘두르며 전진했다. 소성이 움직일 때마다 솔개와 소성의 사이를 가로막고 있는 풀들이 베어져 나갔다. 드디어 소성과 솔개가 마주했다. 소성이 솔개를 향해 검을 내질렀다. 솔개가 빠르게 검을 뽑아 소성의 검을 막았다. 소성과 솔개의 검이 부딪쳤다.

"멈추어라."

풀숲에서 사내 세 명이 나타났다. 원범과 심규, 병운이었다. 솔개가 병운을 보고 고개를 숙이자 소성이 솔개를 향해 검을 내질렀다. 심규가 검을 뽑아 소성을 막았다. 소성의 검이 심규의 검에 부딪치면서 튕겨 나갔다.

솔개가 원범을 보았다.

"이 땅의 주인이시다. 어서 검을 거두고 물러가라."

병운의 말에 솔개가 허리를 굽혀 인사를 하고 사라졌다. 소성은 검을 찾아 들고 솔개를 쫓았다. 심규가 다시 소성을 막았다.

"뭐 하는 짓이오?"

소성이 원범을 향해 소리쳤다.

"그대야말로 예서 뭐 하고 있소?"

병운과 심규가 조용히 자리를 피했다.

"내가 얼마나 찾았는지 아오?"

원범은 민 상궁과 이야기를 나눈 뒤 소성을 만나 승은 상궁으로 입궁해달라고 청하기 위해 출궁했다. 하지만 소성은 산사에도, 야장간에도 없었다. 소성의 행방을 몰라 애를 태우고 있을 때 병운이 왔다. 소성이 이틀째 제집 앞을 기웃거린다는 소식을 들고.

'과인을 자네로 알고 있으니 과인을 만나러 오지는 않았는가?'

'그랬다면 문지기를 통해 소신에게 연통 했을 것이옵니다. 그저 대문간만 주시하고 있사옵니다.'

원범은 심규의 심복 두 명을 보내 소성을 지켜보게 했다. 그후 소성이 움직인다는 전갈을 받고, 소성을 쫓아왔다.

"나리와 더는 만나지 않겠다 하였습니다. 남의 일에 상관하지 말고 돌아가십시오."

"이미 그대는 내게 남이 아니오. 그대도 잘 알지 않소?"

"제가 아는 건 나리, 아니 당신은 그저 오늘 내가 죽였어야 할 자의 상전이고, 나를 가로막고 그자를 지킨 자일 뿐이오."

"저자를 왜 죽여야 하는지 말해주시오."

"저자뿐만 아니라 저자의 주인인 당신의 아비, 그리고……."

소성이 다짐하듯 주먹을 쥐었다.

"그 아비의 아들인 당신도 내 손에 죽어야 할 거요."

소성이 원범을 빗겨 지나갔다. 원범이 소성의 팔을 잡았다. 소성이 원범의 손으로 시선을 옮겼다. 원범의 손이 미끄러져 내려와 소성의 손을 잡았다. 부드럽고 따뜻했다. 잠시 소성의 눈이 흔들렸다.

"저자에게 무슨 원한이 있소? 내가 아는 한, 김병운, 나는 그대에게 죽을 만큼 잘못한 일이 없소. 필시 저자의 주인, 내 아비와 원한이 있는 게지. 무슨 일이오? 무슨 원한이오? 제발 무모하게 위험을 무릅쓰지 말고 내게 말해주시오. 내가 해결하겠소. 내 도움을 받으시오."

소성이 원범의 손을 뿌리치며 피식 웃었다.

"도움이라. 김좌근의 아들이 아비를 두고 나를 도와주겠다고?"

"그렇소. 그대 혼자는 내 아비의 상대가 되지 못하오. 그대를 다치게 하고 싶지 않소. 내가 그대를 지킬 수 있게 해주시오."

소성이 검을 뽑아 원범에게 겨누었다. 어둠 속에 있던 심규가 재바르게 나타나 소성에게 검을 겨누었다. 보이지 않는 곳에서 심규의 심복 내금위 두 명이 소성을 향해 편전을 겨누었다. 원범이 심규에게 검을 걷으라고 명했다. 심규가 소성을 보면서 망설였다.

"괜찮네."

원범이 소성에게 시선을 고정한 채 말했다. 심규가 검을 거두고 어둠 속으로 물러났다.

"김좌근도 김병운도 호위가 없으면 아무것도 아니지. 내가 아니라 당신 자신을 지킬 궁리나 하시오."

소성이 검을 거두었다.

"다시는 내 눈에 띄지 마시오. 다음은 당신 차례요."

"내가 김좌근의 아들이 아니라면? 김좌근의 아들이 아니라면 내 도움을 받겠소?"

"또 그 소리. 왜? 죽는다고 생각하니 이제는 그 아비의 아들이 아니고 싶소?"

"그런 말이 아니잖소? 내가 김좌근의 아들이 아니라면 내 도움을 받겠소?"

"김좌근이 아들이 아니라면 당신이 누군데?"

"사실을 말하면 날 안 죽이겠소?"

"당신이 김좌근의 아들이 아니라면 당신을 죽일 이유는 없소. 하지만 당신이 김좌근의 아들, 김병운이라면 우리가 다시 만나는 날, 당신은 내가 죽이오. 김좌근과 김병운은 내 손에 죽소."

원범이 한숨을 쉬었다. 소성도, 병운도 지켜야 했다. 자신이 김병운인 한, 소성의 검은 제 살을 파고들지 못하리라.

"내가 김병운, 당신이 죽여야 할 김병운이오. 하니 나만 죽이시오."

소성이 원범에게 등을 돌려 성큼성큼 걸어 긴 풀숲 속으로 사라졌다.

어젯밤, 소성과 헤어지고 궁으로 돌아온 원범은 오랫동안 소성과 병운을 생각했다. 소성과 병운 모두를 안전하게 지키는 방법은, 하루빨리 소성에게 제 신분을 밝히고 소성을 승은 상궁으로 입궁케 하는 방법밖에 없었다. 사실 며칠 전부터 소성에게 고백하고자 결심한 터였다. 소성을 반려로 맞는 방법을 고민하고, 민 상궁과 이야기를 나누던 날 밤. 원범은 민 상궁의 이야기를 듣자마자 당장 산사로 달려오고자 했다. 소성을 만나 승은 상궁으로 입궁해달라고 부탁하려고 했다. 하지만 궁문이 닫힌 야심한 시각에 눈을 피해 출궁하는 일은 불가능했다.

다음 날, 아침 일찍 산사로 갔으나 소성은 없었다. 야장간에도 없었다. 그리고 어젯밤 궁터에서 병운을 죽이겠다는 소성을 보고

248

제 신분을 밝히지 못했다. 소성이 진짜 병운을 찾아 일을 벌일까 염려되었다. 오늘은 새벽 댓바람부터 출궁할 궁리를 했지만 사정이 여의치 않았다. 조강과 상참을 끝내고 나오려고 했지만 이번에는 도승지 조형복이 상소를 가득 들고 입시했다.

"과인이 지금은 분주하니 이따가 처리하겠소."

"영상께서 속히 처리하라 명, 아니 당부하셨사옵니다, 전하."

"화급을 다투는 일이오?"

"예, 그러하옵니다."

원범은 하는 수 없이 정좌하고 상소를 펼쳤다.

대혼을 올리시어 후계를 공고히 하소서.

중궁을 맞으시어 왕실의 안녕과 번영을 도모하소서.

하루속히 중궁을 들이시고 후사를 보시어 종사를 굳건히 하소서.

"과인의 혼례에 어찌 대소 신료가 이래라저래라하오?"

"전하, 아뢰옵기 황공하오나 국혼은 전하 개인의 일이 아니라 종사의 대업인 줄 아뢰옵니다."

"지금은 답할 수 없으니 후일 다시 오시오."

"하오나 영상께서……."

"도승지."

원범이 부드럽게 도승지를 불렀다.

"예, 전하."

"그대는 영상의 신하가 아니라 과인의 신하요. 그렇지 않소?"

"예, 전하."

"그럼 기다리시오."

조형복이 잠시 망설이다가 답했다.

"예, 전하. 소신 물러가겠나이다."

조형복은 대전을 나오면서 생각했다. 나는 누구의 신하인가? 조형복이 대답 대신 한숨을 쉬었다.

원범이 조형복을 보내고 출궁하려는 찰나 이번에는 병운이 봉서를 들고 입시했다.

"또?"

원범이 얼굴을 찌푸렸다.

"아니옵니다. 소성 낭자의 서신이옵니다."

원범이 반색하며 봉서를 열었다. 만나자는 전갈이었다.

벅차오르는 마음과 떨려오는 가슴을 진정하며 원범은 산사까지 한달음에 달려왔다. 날 냉정히 보내놓고 얼마나 마음이 아팠을까? 그 아이 역시 처음부터 내게 남다른 감정을 느낀 게야. 우린 어쩔 수 없는, 운명이었어. 하늘이 정한 연분이었어. 무슨 말부터 해야 할까? 어떤 표정을 지어야 할까?

원범이 산 아래 도착했을 때 그 나무가 보였다. 산사로 접어드는 산길을 지키는 아름드리 느티나무. 원범은 그 나무를 다시 보자 웃음이 절로 나왔다. 그 나무 아래에서 소성과 함께 비를 피하던 일을 떠올렸다. 오늘은 그 비도, 소성도 곁에 없지만 원범의 마음은 벅차고 설레었다. 뜨거운 햇볕이 원범의 머리 위로 쏟아졌다. 그러나 원범에게는 따스하고 기분 좋은 볕이었다.

"전하, 볕이 뜨겁지 않사옵니까?"

심규가 원범의 곁으로 다가왔다.

"괜찮네."

"그늘로 드심이……."

"괜찮네."

"하오면 소신이 부채라도 부치겠나이다."

"어허, 괜찮대도."

"송구하옵니다."

"물러가 있게."

"예?"

"좀 더 멀리 떨어져 있으래도."

"하오나, 전하……."

"자네 때문에 더 덥다. 땀이 나는구나."

원범이 심규를 흘겨보자 심규가 한 발짝 물러났다.

"더!"

원범의 명에 심규가 다시 한 발짝 물러났다.

"더!"

심규가 하는 수 없이 열 보 물러났다.

멀리서 소성이 숲에 모습을 숨기고 원범을 바라보았다. 입술을 꽉 깨물고, 가슴에 품은 칼을 마음으로 갈았다.

어젯밤 궁터에서 원범과 헤어지고 돌아온 소성은 핏물이 살짝 스민 수건과 빗물에 색이 바래고 흐늘흐늘해진 지우산을 꺼내 불 속으로 집어 던졌다. 모두 그자에게 받은 것이었다. 수건은 처음 만났을 때 그자가 제 상처를 싸매준 것이었다. 지우산은 그자와 함께 비를 피하던 것이었다. 이로써 그자에게 기울어져 있던 가는 마음 한 올까지 모두 태워버렸다.

그자는 지금 저를 기다리며 나뭇잎 사이로 비치는 햇살처럼 웃고 있었다. 소성이 그를 보면서 속삭였다.

"김좌근! 널 죽일 수 없다면 내 기필코 네 아들이라도 죽이리라."

소성이 가슴에 품은 단도를 만져보았다. 단단한 칼처럼 제 마음도 단단히 잡았다. 실패해선 안 된다. 오늘은 결코 실패해서는 안 된다.

원범의 얼굴이 소성을 만난다는 기쁨과 설렘으로 붉게 상기되어 있을 때 심규의 얼굴은 그 어느 때보다도 냉정하게 가라앉았다. 오늘 잠행을 나오기 전, 민 상궁을 통해 왕대비전의 전갈을 받았기 때문이었다. 늘 대왕대비전을 예의 주시하던 왕대비는 자성전의 뜻에 따라 김좌근이 원범이 잠행을 나갈 때 일을 꾸미리라는 정보를 얻고 심규에게 전했다. 숲속에서 작은 움직임이 포착되었을 때 심규는 검을 잡고 긴장했지만 곧 긴장을 풀었다.

푸른 잎이 무성한 나무 사이로 소성이 천천히 걸어 나왔다. 원범과 소성이 눈빛을 마주했다. 두 사람은 서로를 응시하면서 그 어느 때보다 급한 마음으로, 그 어느 때보다 찬찬한 걸음으로 다가갔다. 마침내 두 사람이 마주 섰다. 소성을 만나기 전에 그리도 생각이 많았거늘, 원범은 막상 소성을 마주하니 머리도, 말문도 막혀버렸다.

소성은 오로지 한 가지 생각만으로 원범의 앞에 섰다. 이자를 죽인다. 그 후의 일은 아무렇게나 되어도 상관없다. 운이 좋으면 방자인지 호위 무사인지를 처리하고 도망쳐 김좌근을 향한 칼날을 갈고, 운이 나쁘면 저 방자에게 잡혀 죽으리라. 하지만 소성도 막상 원범의 앞에 섰을 때 주춤거렸다. 원범의 눈빛에서 저를 향한 진심을 읽었기 때문이었다. 그래도 이자는 불구대천 원수의 아들이다. 김좌근의 아들이다. 저자를 찌른다. 방자가 손쓰기 전에 한 번에 정확하게 찌른다.

소성은 마음을 다잡으며 원범의 눈빛을 외면했다. 그때 원범이 양팔로 소성을 그러안았다. 한 손을 들어 소성의 얼굴을 제 가슴에 묻었다. 소성의 머리를 부드럽게 감쌌다. 당황하여 뿌리치는 소성의 귀에 원범의 심장 박동 소리가 들려왔다. 그 소리에 소성의 몸은 망부석처럼 굳었다. 움직일 수 없었다.

내내 원범을 주시하던 심규의 시선이 두 사람에게서 빗겨 나갔다. 그 순간 원범을 향해 화살이 하나 날아들었다. 소성은 화살을 피하기 위해 원범을 안은 채 재빨리 바닥으로 쓰러졌다. 심규가 화살이 온 방향을 향해 뛰어갔다.

"괜찮으냐?"

원범이 다급하게 소성의 상태를 확인하며 물었다. 소성이 말없이 몸을 일으켰다.

"네 덕분에 살았구나. 고맙다. 너는 정말 늘……."

몸을 일으키며 소성에게 말을 건네던 원범은 말을 끝마칠 수 없었다. 소성이 원범의 목에 칼을 바짝 겨누었다. 원범은 소성의 눈에서 시선을 떼지 않은 채 자리에서 천천히 일어났다. 소성도 원범의 목에서 칼을 떼지 않은 채 일어났다.

두 사람이 완전히 섰을 때 무관 두 명이 숲에서 튀어나왔다. 그들이 소성에게 칼을 겨누었다. 심규의 명으로 매복한 내금위 병사였다.

자객을 쫓다 돌아오던 심규의 눈에 원범과 소성, 내금위의 모습이 포착되었다. 심규가 단도를 꺼내 소성에게 던졌다. 하지만 원범이 몸을 돌려 소성 대신 심규의 칼을 받았다. 원범의 팔에 칼날이 스쳤다. 소성을 안은 원범의 몸이 휘청거렸다. 소성이 그의 품 밖으로 미끄러졌다. 원범의 흰 도포 위로 선혈이 배어 나왔다.

"전하!"

내금위 무관 한 명이 소리치며 원범을 부축했다. 동시에 소성이 도주했다.

청혼

내금위가 소성을 뒤쫓았다.

"그만두어라."

원범의 말에 내금위가 발을 멈추고 심규를 쳐다보았다. 심규의 명에 내금위는 원범의 뒤로 몸을 숨겼다.

"전하, 어떠시옵니까?"

심규가 다가와 원범의 팔을 보며 물었다.

"괜찮네. 살짝 스쳤을 뿐이네."

원범이 도포에 스며든 핏물을 손으로 훔쳤다. 내금위가 주위를 경계했다.

"역도이옵니다."

"역도가 아닐세. 저 아이는 과인을 김병운으로 알고 있네. 임금을 시해하려 한 게 아니야."

원범이 침착하게 답했다.

"한데 이자들은 어찌 된 겐가? 오늘은 우리 둘만 오자고 하지 않았는가?"

"실은 자성전의 뜻으로, 영상이 전하의 잠행을 저지하기 위해 일을 꾸몄다는 밀보(密報)를 받았사옵니다."

"자전께서 어찌 과인의 잠행을 저지하신단 말인가?"

"밀보의 근원지가 왕대비전이옵니다. 자세한 사정은 왕대비마마께 여쭈어보소서."

원범의 머릿속이 복잡해졌다. 자전은 나의 잠행을 막기 위해 영상을 통해 일을 꾸미고, 왕대비는 이 사실을 미리 전해주었다. 그리고 여전히 풀리지 않는 의문. 소성과 김좌근은 도대체 무슨 일로 엮였는가? 그 아들을 죽이려 할 만큼 깊은 원한이 무엇인가?

원범은 소성이 떨어뜨리고 간 날카로운 단도를 집어 들었다. 단도엔 아직 소성의 온기가 남아 있는 듯했다.

소성은 달렸다. 산사로 오르는 샛길을 벗어나 달렸다. 산을 내려가는 오솔길을 벗어나 숲 한가운데로 내달렸다. 늘어진 나뭇가지가 소성의 몸을 할퀴고, 땅을 뚫고 불거진 나무뿌리가 소성의 발목을 붙잡았다. 소성은 숨이 차서 곧 쓰러지기 직전에 달음질을 멈추었다. 헉헉대고 숨을 고르면서 좀 전에 제게 일어났던 일을 되짚었다.

내가 목숨을 거두려고 한, 그자가 나 대신에 칼을 맞았다. 그리고 그자가 김병운이 아니다? 소성은 분명히 들었다. 소성에게 칼을 겨누던 무사 한 명이 원범을 향해 '전하'라고 부르는 소리를. 전하? 전하! 김병운이 아니라 전하! 저자가, 아니 저분이 전하라고? 소성은 지난밤, 자신이 김병운이 아니라면 도움을 받겠냐는 그의 말을 떠올렸다. 그리고 지난밤에는 미처 생각지 못하고 흘려버렸던 말. 그와 함께 온 사내는 그를 일러 솔개에게 '이 땅의 주인'이라고 했다. 이 땅이라면 폐허가 된 궁터. 궁터의 주인은 김좌근이 아니라 임금이시리라. 또 생각하니 김좌근 못지않게 권세를 누리는 나합이 아무리 첩실이라도 김좌근의 아들인 병운에게 너무 절절맸다.

'나리를 단속할 입장이 못 되니 하는 말일세.'

나합이 김병운과 제 만남을 막기 위해서 왔을 때에도 나리나 잘 단속하라는 제 말에, 나합은 이리 대꾸했다. 나합이 직접 김병운을 단속하기는 어렵더라도 김좌근을 통해서는 얼마든지 단속할 수 있을 터였다. 그리고 김병운의 친영 날, 신방을 벗어나 자신을 쫓아온 그의 행보. 돌이켜 생각해보면, 알아챌 여지가 한둘이 아니었다. 제게 빌려준 어깨, 제 손을 잡던 손, 저를 향한 눈빛, 절 지켜주고 싶다는 말도 모두 거짓이 아니었다. 소성의 얼굴에서 땀인지 눈물인지 분간하기 어려운 물기가 얼룩져 흘러내렸다.

저분이 임금이셨어! 저분이 바로 성상 전하셨어! 내가 성상을 진짜 만났어. 우리가 다시 만났어. 하지만 원범을 만났다는 기쁨도 잠시, 소성은 곧 정신이 아득해졌다. 내가 성상께 무슨 짓을 했지? 내가 성상께 칼을 겨누다니……. 내가 성상께 살기를 품고 칼을 겨누었어. 소성은 몸을 떨었다. 눈앞이 까마득했다. 눈물이 끊임없이 흘러내렸다.

난 이제 어쩌지? 소성은 이제 어디로 가야 할지, 무엇을 해야
할지, 어떻게 해야 할지 가늠할 수 없었다. 방향을 상실한 소성은
그 자리에 주저앉고 말았다. 정신이 아찔했다. 낯선 현기증이 일
었다. 소성은 그 자리에 고꾸라졌다.

소성이 눈을 떴다. 정신을 차리고보니 숲에 쓰러진 그대로였다.
온몸이 싸늘하게 식어 있었다. 소성은 정신을 가다듬고 자리에서
일어났다. 그래, 내가 엿들었을 수도 있잖아. 우선 확인해보자. 소
성은 교동으로 달려갔다. 큰 버드나무 뒤로 몸을 숨기고 김좌근의
집 대문간을 응시했다. 날이 저물었다. 소성의 집중력이 흐트러지
려는 찰나, 소성의 옆구리로 날카로운 칼끝이 파고들었다.

"조용히 따라오너라."

고개를 돌렸다. 솔개가 제게 단도를 겨누고 있었다.

솔개는 지난밤 궁터에서 돌아온 후, 잊은 기억 하나를 꺼냈다.
제 손에 처음으로 죽은 계집, 박시명의 처. 몇십 년 전, 솔개는 주
군인 김좌근의 명을 받고 박시명을 쫓았지만 잡을 수 없었다. 박
시명을 쫓은 대가로 오른쪽 눈을 잃었다. 한쪽 눈을 잃고 나니 정
말 눈에 뵈는 게 없었다. 하나 남은 눈으로 박시명의 집으로 갔
다. 박시명 대신에, 바락바락 악을 쓰며 광주리를 지키기 위해 몸
부림치던 계집을 죽였다. 광주리에서 어린아이가 기분 나쁘게 울
어댔다. 솔개는 광주리를 마당으로 차버렸다. 아이의 울음이 그
쳤다. 잠시 후, 광주리에서 고양이 한 마리가 기어 나와 울 옆으
로 도망쳤다. 그때는 분명 아이가 없었는데……. 박시명은 분명

강화에서 어린 딸아이와 살았다고 들었다.

'네 손에 내 어머니가 돌아가셨다.'

솔개는 소성의 목소리를 기억했다. 비구니인 윤연심을 어머니로 여기는 자. 박시명의 딸이 강화에서 살아남았다면 소성과 또래이리라. 그리고 그 눈빛. 분명 박시명의 눈빛과 닮은 데가 있었다.

"네 아비가 박시명이냐?"

소성이 숨을 삼켰다.

"대답해라. 네 아비가 박시명이냐?"

"그렇다면?"

"내게도 널 죽여야 할 이유가 생겼구나."

소성의 등 뒤로 한 줄기 식은땀이 흘러내렸다.

"가자."

솔개의 재촉에 소성이 걸음을 뗐다. 솔개가 옆구리에 단도를 겨눈 채 바투 붙었다.

"솔개."

달려오던 말이 멈추고, 사내가 말에서 내렸다. 솔개가 사내를 향해 고개를 숙였다. 사내가 소성과 솔개를 번갈아 보았다.

"떨어져라."

솔개가 망설였다. 이미 오래전에 박시명의 여식을 죽이라는 김좌근의 명이 있었지만 병운에게는 말할 수 없었다.

"지금 당장 도(刀)를 거두고 그 여인에게서 떨어져라."

솔개는 하는 수 없이 칼을 거두고 소성에게서 떨어져 골목 안 어둠 속으로 걸음을 옮겼다.

"거기 말고, 집으로 들어가 작은 사랑에서 나를 기다려라."

병운이 명했다. 솔개를 집 밖에 풀어놓으면 또 이 여인에게 무슨 짓을 할지 몰랐다. 집 안에 묶어두어야 했다. 솔개가 소성을 흘기고는 집 안으로 들어갔다.

"다친 데는 없습니까?"

병운이 소성에게 다가가 물었다. 소성은 병운을 자세히 보았다. 어제 원범과 나타났던 사내였다.

"누구신지요?"

"저는 빠름이, 그러니까 가짜 김병운의 하인……. 제가 진짜 김병운입니다."

진짜 김병운. 솔개와 나누는 대화를 통해 짐작은 했다. 가짜 김병운, 아니 원범은 이자 행세를 하면서 성상과 벗이라고도 했다. 하지만 지금은 김병운에게 신경을 쓸 때가 아니었다.

"어제 궁터에도 오셨지요. 함께 오신 분은 성상이 맞으십니까?"

"주군의 신분을 밝혀도 된다는 명을 받잡지 못했으나 어제 그분은 제가 뫼시는 주군이 맞습니다. 대답이 되었는지요?"

소성은 깊은 숨을 토했다. 그분이 김병운이 아니라서 다행이고, 그분이 성상이라서 다행이 아니었다. 소성은 말없이 돌아섰다. 걸음을 떼다가 휘청거렸다. 정신이 아득했다.

"괜찮으십니까?"

병운이 다가와 소성을 부축했다. 소성이 거칠게 병운의 손을 쳐냈다. 병운이 무안하여 손을 뒤로 감추었다.

"모셔다드리겠습니다."

"상관 마십시오."

소성이 서둘러 걸음을 옮겼다. 병운이 소성의 뒷모습을 망연히 바라보았다.

소성은 산사로 돌아왔다. 혹여 잘못 듣지 않았을까, 하는 일말의 기대감이 여지없이 무너졌다. 지금까지 김병운이라 믿은 자는 틀림없는 원범이었다. 그의 모습 어디에서도 강화 시절 유배 죄인이던 소년 원범의 흔적은 찾아볼 수 없었다. 큰 키와 벌어진 어깨. 하얀 피부와 굵은 팔목과 큰 손과 긴 손가락. 얼굴선을 타고 찰랑거리던 보석 갓끈과 시중에서는 구경할 수도 없는 비단 도포. 당당한 걸음걸이와 우아한 몸놀림. 지금 원범의 모습은 귀태와 품위로 빛나고 있었다.

소성은 명경을 꺼내 제 모습을 들여다보았다. 얼굴은 볕에 그을려 거무튀튀하고, 볼은 움푹 패고, 몸은 깡마르고, 눈은 독기를 품어 살벌한, 여인도 아니고 사내도 아닌 흉측한 몰골이 저를 바라보았다. 전하께서 이런 나를 차라리 못 알아보셔서 다행이야. 소성은 한숨을 쉬면서 저를 위로했다. 전하를 잊으라던 아버지의 유언이, 이곳에서 멀리 떠나라던 해원 스님의 마지막 말씀이 떠올랐다. 이제 정말 원범을 잊고, 이곳을 떠나야 할 때가 왔다. 하지만 소성의 가슴속에서는 다른 생각이 뭉글뭉글 솟아올랐다. 떠나기 전에 원범을 한 번만 더 만나고 싶었다. 전하께서 나를 알아봐주시고 별이야 하고 한 번만 불러주신다면 얼마나 좋을까? '이런 나'라도 알아봐주신다면 얼마나 좋을까?

소성은 고개를 저었다. 지금까지 원범을 몇 번이고 만났지만 절 알아보지 못했다. 그리고 소성은 원범을 죽이려고까지 했다. 그 대상이 원범이 아니라 김병운이라도 제가 사람을 죽이려고 한 사실은 변함이 없었다. '이런 저'를 원범에게 보여줄 수 없었다. 전하는 별이 같은 건 다 잊으셨을 거야. 그리고 이제 소성을 찾지도 않으실 거야. 그래 이편이 차라리 나아. 소성은 스스로에게 다짐하듯 속삭이고 또 속삭였다.

밤이 깊어가고 있었다. 멀리서 짝을 부르는 산짐승의 울음소리가 서럽게 들려왔다. 몇십 년 전, 이 산사에서 한 여인이 사모하는 이를 향한 사랑과 그리움으로 잠들지 못한 것처럼 오늘 밤은 소성 역시 눈물과 한숨으로 밤을 지새워야만 했다.

2

원범은 천천히 후원을 거닐면서 생각에 잠겼다. 저녁 어스름이 창덕궁 후원을 자줏빛으로 물들이고 있었다. 소성, 김병운, 김좌근, 자전, 왕대비. 숲에서 소성과 헤어진 이후, 내내 이 다섯 사람으로 얽히고설킨 실타래가 원범의 머릿속을 어지럽게 날아다녔다.

원범은 생각을 정리했다. 일, 소성은 분명 김좌근에게 깊은 원한이 있어. 이, 하면 소성은 김좌근과 언제 어디서 어떻게 엮였지? 삼, 소성을 돌보던 승려 해원은 누구에게 살해되었나? 소성의 원한과 관계가 있나? 사, 자전께서는 어찌 내 잠행을 막으려 하시지? 늘 민생을 살피고 백성을 위하라, 당부하시는 분인데……. 지난번 능행도 흡족해하시지 않았는가. 오, 왕대비의 의중은 무엇인가. 어찌하여 오늘 나를 도왔는지?

맞은편에서 왕대비가 걸어왔다. 원범은 정신을 가다듬고 왕대비에게 다가갔다. 두 사람은 눈을 마주치고 서로 예를 차려 인사를 했다. 심규와 민 상궁이 주변을 살폈다. 풍조 가문의 수장인 왕대비 조씨는 대왕대비의 며느리이자 익종의 정궁이요, 헌종의 모후였기에 대왕대비 다음으로 왕실의 큰 어른이었다. 하지만 항렬상 원범에게는 형수뻘이 되었기에 왕대비도 원범에게는 예를 갖추어 대했다.

"어인 일로 예까지 납셨사옵니까, 왕대비마마."

"저녁노을이 하도 고와서 잠시 구경하러 들렀습니다, 주상."

원범은 왕대비에게 다과를 청했다. 두 사람은 애련지 북쪽에 있는 정자에 자리 잡았다. 민 상궁의 지휘 아래 빠르게 다과상이 나왔다. 사실 이 '우연한 만남'은 원범의 계획 아래 이루어졌다. 원범은 오늘 낮에 환궁한 후, 민 상궁을 통해 왕대비를 만나기를 청하였고, 대궐의 여러 귀와 눈을 피해 지금의 우연을 가장했다. 심규와 민 상궁만을 가까이 둔 채 주위를 물린 두 사람은 연신 미소를 띠었다. 멀리서 보면 우연히 만난 두 사람이 평범한 담소를 나누는 것처럼 보였다. 찻잔이 다 식었을 때 왕대비가 나직이 말했다.

"정치를 하는 자들은 입에 꿀을 바르고 가슴엔 칼을 품지요. 의중을 숨기고 원하는 바를 얻어냅니다. 비단 조정뿐이겠습니까?

왕실과 궁궐도 마찬가지입니다. 우리가 가족입니까?"

"가족이 아니면 무엇입니까?"

"우리는 이해(利害)에 따라 언제든지 칼을 겨누고 상대의 등에 칼을 꽂을 수 있는 사이지요. 칼만 꽂으면 다행입니다. 그 칼로 명줄을 끊기도 하지요. 이 궁궐에는 사람이 없지요. 마음이 없는 그림자만 있지요. 이 궁궐에 사는 그림자에게는 진심이 없지요. 그림자에게는 진정한 내 편도 없지요. 우리는 그저 만백성이 우러러보게 만들고 천년만년 자리를 보전해야 하는 왕실의 그림자일뿐입니다."

"과인은 그렇지 않습니다."

왕대비가 미소를 지었다.

"주상께서는 진정이 있는 사람이시지요. 하여 뒷방에서 숨도 쉬지 못하는, 이 그림자가 주상께 손을 내밀었지요. 주상께서는 성정이 맑고 깨끗하시어 언제나 그 언행에 숨김이 없으시지요. 하나 이제 저들로부터 주상을 지켜내려면 달라지셔야 합니다."

"저들이라면, 교동 외숙과 그 일가를 뜻하십니까?"

왕대비가 대답 대신, 고개를 돌려 담 너머를 응시했다.

"저기 저 담장 너머에 있는 집이 보이십니까?"

"단청을 하지 않은 집 말입니까?"

"예. 익종 대왕께서 서재로 지으신 의두합입니다. 익종 대왕께서 동궁 시절 승하하시지 않고 즉위하셨다면 이 나라, 이 강산, 이 백성의 삶이 지금보다는 한결 나았을 테고, 이 사람과 전하의 삶도 훨씬 행복했을 텐데 말입니다."

원범이 침묵으로 왕대비의 말에 동의했다.

"이 사람은 저들 손에 아버지와 지아비, 아들을 잃었고, 이제 지아비가 아끼던 사람마저 잃었습니다. 오래전에는 강화에 은거하던 박시명이 저들 손에 죽었고, 얼마 전에는 산사에 은거하고 있던 궁인 윤가가 저들 손에 죽었습니다. 모두 익종 대왕께서 승하하시기 전에 이 사람에게 부탁한 자입니다. 하나 이 사람이 힘이 없어 지키지 못했습니다."

원범이 놀라 동공을 떨었다.

"박시명이 저들 손에 죽었습니까? 궁인 윤가라면 승려 해원 말입니까?"

"예, 그렇습니다. 주상과 이 사람이 산사 앞에서 만난 적이 있지요? 그때 저는 윤가, 연심을 보고 오던 길이었습니다. 한데 그것이 마지막이 될 줄 몰랐습니다."

"스승님, 아니 박시명이 왜 저들 손에 죽었단 말입니까? 연심은 이미 출가한 비구니인데 저들이 무엇 때문에 죽였단 말입니까?"

"이 사람도 잘은 모릅니다."

왕대비는 순조 대왕의 대리청정을 하던 익종이 안김 세도가를 축출하고 개혁을 시도하려 했고, 헌종이 부왕의 유지를 이어받으려 하였으며, 안김이 이를 저지하기 위해 벌인 음모를 박시명과 연심이 알고 있던 것 같다고 했다.

"하면 왕대비마마께서는 선대왕 두 분께서 저들 손에 죽었다고 생각하십니까?"

"예. 증좌는 없지만 이 사람은 그리 믿고 있습니다."

왕대비가 잠시 원범의 기색을 살피다가 말을 이었다.

"박시명의 처도, 주상의 정인이었던 박시명의 여식도 저들 손에 죽었습니다."

"아!"

원범이 입을 막으며 경악했다. 손을 부들부들 떨었다.

"주상, 보는 눈이 많습니다. 쉽게 성정을 드러내셔야 어찌 저들과 맞서겠습니까? 드러내지 않고 저들과 맞서야 합니다. 구밀복검하셔야 합니다. 그래야 주상도, 주상의 사람도 지키실 수 있습니다."

원범이 손을 무릎 위에 놓았다. 두 손을 모아 깍지를 끼고 힘을 주었다.

"하면 이 모든 죽음에 자전께서도 연관되어 있습니까?"

"안김의 정점에는 대왕대비전이라는 여군이 있지요. 조선의 모든 정사가 교동 김좌근의 사랑에서 나온다지요. 하나 그 배후는 대왕대비전입니다. 김좌근은 대왕대비전의 묵인 없이는 한 걸음도 움직이지 못합니다."

"어찌 자전께서……."

"자전이요? 누가요? 아들도, 손자의 죽음도 묵인한 사람입니다. 왕실에는 가족이 없습니다. 대왕대비전이 주상을 진정 아들로 여기고 있을까요?"

원범은 주먹을 꼭 쥐고 이 엄청난 비밀을 감당하기 위해 애썼다. 평정심을 잃지 않으려 노력했다. 하지만 알았다. 곧 가슴속에서 감당할 수 없는 폭풍이 휘몰아치리라는 것을.

"자전과 안김은 과인을 택군하여 용상에 세운 어머니이시자 외가입니다. 과인이 왕대비마마의 말씀을 어찌 믿습니까?"

"주상께서 믿으시고 안 믿으시는 바는 이 사람의 일이 아닙니다. 진심이 있는 진짜 사람이신 주상께서 진실을 밝히시기를 바랄 뿐입니다. 물론 진실을 덮으셔도, 파헤치기조차 하지 않으셔도 이 사람은 주상을 원망하지 않습니다."

왕대비는 선하고 유연한 왕이 미덥지 않았다. 하지만 아직 대안은 없었다. 힘도 없었다. 그리고 주상이 아직 잃지 않은 '진정'이라는, 아름답지만 환상에 불과한 마음에 한 번쯤 기대를 걸어 보고도 싶었다. 이제 화살은 주상에게 넘겼다. 진실의 화살을 손에 쥔 주상이 활을 언제, 어떻게 날릴지 지켜보는 수밖에 없었다.

왕대비를 보낸 원범은 대궐에 어둠이 완전히 내려앉을 때까지 그 자리에 그대로 있었다. 안김의 도 넘은 부정과 부패, 저를 향한 조소와 무시는 이미 짐작했다. 한데 그 배후가 대왕대비전이라니 믿기지 않았다.

'주상은 부모를 여의었고 나는 자식을 여의었으니 우리 서로에게 어미와 자식이 되어 의지하며 살아봅시다.'

'이 어미에게는 주상밖에 없습니다. 이 넓은 대궐에서 서로 믿고 의지할 사람은 우리 둘뿐입니다.'

'주상이 장성하여 어엿한 군주가 되시면 어미는 더 이상 바랄 바 없습니다. 내일 죽어도 여한이 없습니다.'

대왕대비는 온 조선이 두려워하는 여군이지만 원범에게는 늘

자애로운 어머니였다. 원범은 수강재에 들어 대왕대비와 마주했다. 그녀의 얼굴을 보며 지난날을 떠올렸다. 아무리 생각해도 대왕대비는 제게 좋은 어머니였다.

"뭘 그리 보십니까? 어미도 이제 많이 늙었지요?"

"아니옵니다. 처음 알현했을 때처럼 한결같이 고우시옵니다. 마마처럼 고운 어른은 소자 여태껏 보지 못했사옵니다."

"호호호. 내가 주상 덕분에 웃습니다."

원범의 눈시울이 뜨거워졌다. 원범은 밝게 웃었다.

"자전마마."

"예, 주상."

"어마마마."

"예, 아드님."

"어머님, 소자를 키워주셔서 감사하옵니다."

대왕대비가 눈물을 머금었다.

"잘 커주셔서 이 어미가 감사하옵니다."

원범이 미소를 지었다. 이 미소가, 진심 어린 이 미소가 영원하기를 바랐다.

원범은 대전으로 돌아오자마자 바닥에 주저앉았다.

"전하."

심규가 원범을 부축했다. 원범은 주위를 물리고 심규와 단둘이 남았다.

"과인이 즉위했을 때 자네가 한 말이 있지. '자성 전하께오서 죽었다고 하면 죽은 것이옵니다. 지금은 그렇사옵니다. 지금은 그리 받아들이셔야 하옵니다'라고. 자네는 알았던 게야. 왕대비께서 오늘 내게 전한 사실을, 선대왕을 모셨으니 다 알고 있던 게야."

"황공하옵니다. 전하의 말씀이 옳사옵니다."

"하여 강건해져라 당부하였는가?"

"그러하옵니다."

"하여 과인이 강성해져야 과인도, 과인의 사람도 지킬 수 있다 당부하였는가?"

"그러하옵니다."

원범의 눈동자가 붉게 물들었다. 원범은 그때 그 소년으로 돌아갔다. 눈에서 눈물이 쉴 새 없이 흘렀다. 박시명과 별이를 해한 사람이 자전이라니, 제가 존경하고 의지하고 사랑하는 자전이라니, 하늘이 무너지는 슬픔을 느꼈다.

"전하."

심규가 조각 수건을 건넸다.

원범은 고개를 절레절레 흔들면서 눈물을 삼켰다.

"내 용서치 않으리라. 저들을 용서치 않으리라. 내 반드시 살아남아서 저들을 단죄하리라."

원범이 밖을 향하여 소리쳤다.

"조 직각과 김 지평을 부르게. 아니, 조 직각만 부르게."

퇴청하는 길에 즉시 입시하라는 명을 받고 대전으로 달려온 강하는 원범에게 뜻밖의 어명을 받고, 왕대비를 원망했다. 아, 이런! 할망구. 기어이 성상을 건드렸어.

"저들에 관한 모든 정보를 모으게. 부정, 부패, 비리 모든 증좌를 모으게. 하나부터 열까지 저들을 단죄할 수 있는 것은 모두. 내 기필코 조정에서 저들을 축출하겠다."

전하! 위험하옵니다. 아니 되옵니다. 전하께서 다치실까 저어되옵니다. 하지만 강하의 입에서는 생각과 다른 말이 흘러나왔다.

"예! 소신, 어명을 받들겠나이다."

계획과 전혀 다른 말이지만 이 대답은 진심이었다. 왕대비의 명은 거역했어도 주군의 명은 거역할 수 없었다. 온유하신 성상께서 칼을 뽑으셨을 때에는 그만한 이유가 있지. 다만 권모술수와 정치를 모르는 성상이시니 저들에게 어찌 맞서실 것인가? 강하는 진심으로 원범을 걱정하여 머릿속이 복잡했다. 물론 주군과 주군이 가려는 정도(正道)를 위해 죽는다면 제 한 목숨은 아깝지 않았다. 원범이 그에게 처음 손을 내밀었을 때부터 그가 원범의 손을 처음 잡았을 때부터 강하는 이 사람을 위해 살 수도, 죽을 수도 있겠구나 생각했다. 그때가 왔는가? 그리고……

"전하, 김 지평 그 친구는 아니 부르시겠사옵니까?"

원범이 한숨을 내쉬었다. 강하는 원범의 심사를 헤아렸다. 저만 부르라 한 것은 병운이 못 미더워서가 아니었다. 벗에게 차마 제 아비와 제 가문을 치는 데 일조하라고 할 수는 없기 때문이었다.

"그 친구 감당할 수 있겠는가?"

"심성이 곧고 단단한 친구 아니옵니까? 분명 옳은 길로 갈 것이옵니다."

"하여 더 걱정이네. 그 성정에 얼마나 괴로워할지……."

원범과 강하는 말이 없었다. 둘 다 병운을 생각했다. 그와 함께 맘껏 웃던 시절을. 함께 글을 읽고, 말을 달리고, 활을 쏘며, 검을 휘두르던 그 시절도 생각했다.

세 사람 다 학문에는 막힘이 없었으나 무예에는 그다지 소질이 없었다. 병운은 어렸을 때부터 책벌레였다. 종일 사랑에 틀어박혀 책만 파고들었다. 강하는 선천적으로 총명함을 타고났다. 이미 세 살 때 천자문을 다 떼고 신동이라는 소리를 들었다. 병운만큼 노력하지는 않았지만 한번 본 글은 금세 외웠다. 원범은 늦게 학문을 시작했지만 총명함과 성실함으로 그들과 어깨를 나란히 할 수 있게 되었다. 원범은 보위에 오르고 나서 하루도 공부를 게을리하지 않았다. 틈만 나면 책을 펼쳐놓고 읽고, 쓰고, 또 읽고, 또 썼다. 제 시선이 머무는 여기저기에 글을 써놓고 보고 익히고 또 보고 또 익혔다. 하지만 세 사람 다 아무리 노력해도 무예는 늘지 않아 스승인 심규의 애를 먹였다. 그나마 어릴 적부터 산야를 누비며 별이와 수련한 덕분에 원범이 둘보다 낫긴 했으나 실수가 없는 것은 아니었다. 어이없는 세 사람의 실수가 수련장을 웃음장으로 만들곤 했다.

우리 다시 그 시절, 그때처럼 웃을 수 있을까? 원범과 강하, 두 사람 다 그때를 그리워했다. 밤이 깊어가고 있었다. 곁에서 심규가 두 사람의 마음을 다 안다는 듯이 그들을 따뜻하게 바라보았다.

"영상!"
나이 드니 귀도 잘 안 들리는구먼. 김좌근은 제 귀를 후벼 팠다.

"영상!"

잘못 듣지 않았다. 원범이 저를 영상이라 불렀다. 강화 도령이 실성을 했나? 아침부터 저를 찾은 것도 이상한데 늘 외숙이라 부르며 저를 어렵게 대하던 원범이 당당하게 영상이라 불러대고 있었다.

"왜 대답이 없으시오?"

김좌근은 헛기침을 했다. 원범에 태도에 놀랐다.

"예, 전하. 어인 일로 소신을 부르셨습니까?"

"어제 과인에게 준 가르침은 잘 받았소."

"가르침이라니요?"

"영상께서 친히 자객을 보내어 대궐 밖이 얼마나 위험한 곳인지 가르쳐주지 않았소?"

"무슨 말씀을 하시는지 소신은 도통 모르겠습니다."

하, 원범이 소리 내어 웃었다.

"모른다?"

"예! 어찌 외숙인 소신을 의심하십니까?"

"외숙? 영상이 진정 과인의 외숙이 맞소?"

"그게 무슨 하문이십니까? 소신의 누이가 되시는 자성 전하께서 강화에 유배 중인 전하를 양자로 삼아 용상에 앉히셨으니 소신은 전하의 외숙이지요."

알겠느냐? 강화 도령! 김좌근이 득의양양한 미소를 지었다.

하여 택군을 감사히 여겨라? 원범도 미소를 지었다.

"이 나라 지존인 조카를 미행하고 자객을 보내는 외숙이라. 외숙의 관심과 애정이 참으로 과분합니다."

"글쎄. 소신은 모르는 일이라 하지 않습니까?"

"그럼 이건 알고 있소?"

김좌근이 다시 헛기침을 했다. 원범의 태도가 영 마뜩잖았다. 하지만 원범은 개의치 않았다.

"과인이 내수사에서 백성을 구휼하라 했거늘."

"예, 그래서 명을 받들지 않았습니까?"

김좌근이 원범의 말을 잘랐다. 곁방에서 두 사람의 대화를 듣고 있던 심규와 강하는 이를 악물었다. 참으로 무엄하고 방자한 태도였다. 원범은 동요하지 않았다.

"은자 육천 냥을 구휼 자금으로 내고, 호조에서 세 배가 넘는 이십만 냥을 빼내어 내수사를 다시 채워놓았다지요?"

"내수사가 소신의 창고입니까?"

"자전의 명이었겠지요."

김좌근이 또 헛기침을 했다. 어찌 대답해야 할지 난감했다.

"미행도, 자객도 대왕대비전의 명이었겠군요."

"소신은 전하께서 무슨 말씀을 하시는지 통 모르겠습니다."

"영상! 과인의 잠행은 과인이 알아서 합니다. 과인의 일에 신경쓰지 말고 집안 단속이나 하세요."

"그건 또 무슨 억울한 말씀입니까?"

"영상의 아들 이조 참판은 생일날 지붕 위에서 돈을 뿌려대고, 영상의 소실은 한강에서 물고기에게 쌀밥을 던져주더이다."

"소신은……."

"모르는 일이다?"

이번에는 원범이 김좌근의 말을 가로막았다.

"백성은 풀죽으로 겨우 하루 한 끼를 연명하고, 그마저도 못 먹어 죽어가고 있거늘, 영상이라는 자는 대궐 같은 집에서 온갖 부귀영화를 누리며 백성의 피고름을 짜내고, 그 수족은 그렇게 짜낸 재물로 돈지랄을 하고 있군요. 이건 알고 있겠지요?"

원범이 목청을 높였다. 이번에는 강하와 심규가 더 놀랐다. 강하가 눈을 동그랗게 뜨고 심규에게 속삭였다.

"돈지랄이라니요? 전하께서 언제 저런 말을 배우셨습니까?"

"잠행을 자주 나가시다보니……."

심규가 겸연쩍게 웃었다.

김좌근은 대꾸하지 않았다. 지금은 한 보 물러나야 했다. 아들 병기의 품행이나 나합의 행태는 조선 천지가 다 아는 일이었다. 더 이상 모르쇠로 일관할 수 없었다.

"소신의 가정사는 소신이 알아서 잘 처리하겠나이다. 더 하문하실 것이 없으면 소신은 이만 물러가겠나이다."

김좌근은 고개를 숙였지만 여전히 자신만만했다. 강화 도령! 내 오늘 무슨 패를 쥐고 있는지 안다면 내게 이럴 수 없다.

대전을 나온 김좌근은 곧바로 수강재로 향했다.

탁, 하는 둔탁한 소리와 함께 대왕대비가 신경질적으로 찻잔을 내려놓았다. 김좌근이 마른침을 삼키며 대왕대비의 눈치를 살폈다.

"제 애비를 닮아 참으로 목숨이 질긴 계집이 아닙니까?"

"예, 마마. 그 계집이 살아남아 윤가와 함께 살고 있을지 어찌 알았겠사옵니까?"

대왕대비가 눈을 치뜨고 김좌근을 흘겨보았다. 원범이 강화를 떠날 때 별이를 제대로 처리하지 못한 그가 못마땅했다.

"송구하옵니다, 마마."

"주상은 그 계집의 정체를 알고 있습니까?"

"모르옵니다. 주상은 그 계집이 그 계집인 줄, 그러니까 산사의 그 계집이 강화의 그 계집인 줄 모르고 만나고 있사옵니다."

"틀림없습니까?"

대왕대비가 의심스러운 눈초리를 보냈다.

"예, 마마."

"내 이번에는 영상을 믿어도 되겠습니까?"

"예, 마마. 소신을 믿어주소서. 주상이 알아차리기 전에, 아니 절대 알아차리지 못하도록 확실히 처리하겠사옵니다."

대왕대비가 차를 한 모금 들이켜고 김좌근의 눈을 정면으로 응시했다.

"이번에는 반드시 그 계집의 숨통을 제대로 끊어놓아야 할 게야. 알겠는가?"

대왕대비의 목소리가 낮고 무거웠다. 눈빛은 지옥에서 온 사자(使者)처럼 섬뜩했다. 천하를 제멋대로 쥐락펴락하는, 영락없는 여군의 모습이었다.

"예, 마마. 여부가 있겠사옵니까?"

김좌근은 식은땀을 훔치며 머리를 조아렸다.

"차 드세요. 아우님, 차 맛이 괜찮습니다."

대왕대비가 다시금 온화한 미소를 띠며 찻잔을 김좌근의 앞으로 밀어주었다. 역시 오늘 대전에서의 일은 고하지 않는 게 나아. 주상에게 당한 걸 알면 얼마나 노하실지……. 김좌근은 찻잔을 들며 생각했다.

김좌근은 잘 알고 있었다. 누이의 저 온화한 미소 뒤편에 감춰진 포악한 성정. 대왕대비는 평생 내 편이면 옳고, 내 편이 아니면 그르다는 신념으로 살아왔다. '내 편'에게는 한없이 너그럽고 따뜻한 성모였지만, '내 편'이 아닌 자에게는 한 치의 자비도 허락지 않는 폭군이었다. 이번에는 실수해서는 안 된다. 대왕대비를 잘 알고 있는 김좌근이 차를 넘기며 다짐했다.

3

소성은 주지승에게 인사를 하고, 산사를 돌아보았다. 손에는 봇짐이 들렸다. 강화를 도망치듯 떠난 저를 오랫동안 품어준 곳이었다. 막상 떠나려니 이곳저곳에서 해원 스님과의 추억이 새록새록 돋아났다. 가슴이 저렸다.

일주문을 지났을 때 익숙한 어깨와 뒷모습이 눈에 들어왔다. 심규가 소곤거리자 원범이 돌아보았다. 소성이 걸음을 멈추고 원범을 바라보았다.

'전하! 소녀 별이입니다. 소녀를 알아보지 못하시겠사옵니까?'

소성의 눈가가 붉게 젖어들었다. 원범이 다가와 소성의 곁에

서더니 제 팔을 어루만지며 휘청댔다.

"아이고! 아파라."

"괜찮으십니까, 나리?"

심규가 다가와 원범을 부축했다. 원범이 눈을 찡그리며 심규에게 물러나라는 신호를 보냈다.

"내가 어떤 낭자를 구하느라고 그 낭자 대신 칼을 맞아 그 낭자 대신 아파 죽겠다네."

소성은 원범의 팔을 보며 고개를 숙였다.

"아이고 아파라."

"송구하옵니다."

소성이 부복했다.

"아니, 낭자 어찌 이러시오? 어서 일어나시오."

소성은 땅에 엎드린 채 꼼짝하지 않았다.

"나 많이 안 아프오. 아니, 하나도 안 아프오. 농이었소, 농. 그만 일어나시오."

원범이 몸을 낮추어 소성을 일으키려 했다. 하지만 소성의 몸은 바위처럼 굳었다. 조금도 움직이지 않았다. 원범의 눈에 소성의 봇짐이 들어왔다.

"한데 이 봇짐, 설마 도망이라도 가려 하오?"

소성은 몸을 숙인 채 미동이 없었다. 원범이 몸을 수그리고 소성을 향해 고개를 기울였다. 소성에게 단도를 건넸다. 소성이 자신을 겨누다가 떨어뜨리고 간 물건이었다. 소성이 두 손으로 단도를 받아 들었다.

"그 칼로 날 죽이려 해놓고? 내가 그대를 잡기 위해 사람을 풀었을 수도 있는데 말이오. 하면 조선 천지에 그대가 안전한 곳은 없을 텐데?"

"전하께서는 절 해치지 않을 분이시옵니다."

원범이 고개를 들었다.

"내 신분을 알고 있었소?"

"예, 전하."

"언제부터요?"

"어제 무관이 '전하'라고 부르는 소리를 들었사옵니다."

원범은 안도했다. 역시 소성은 자신을 시해하려 한 역도가 아니었다.

"일어나시오. 답답하오."

원범은 소성과 얼굴을 마주 보며 이야기하고 싶었다. 하지만 소성은 여전히 고개를 들지 않았다. 원범이 먼저 일어났다.

"소성은 일어나 과인의 얼굴을 바로 보라."

소성은 천천히 고개를 들어 원범을 바라보았다. 소성이 일어섰다. 원범이 소성에게 한 발짝 다가가자 소성이 한 발짝 뒤로 물러났다.

"내가 다가갈 때까지 그대로 있으라."

원범이 소성에게 바투 다가가 섰다. 시선을 낮추어 소성의 눈을 바라보았다.

"과인이 누구인지 안다 하니 과인이 이곳에 온 연유를 단도직입적으로 말하겠다."

소성은 고개를 숙여 원범의 시선을 피했다.

"과인은 그대와 함께 궁으로 가겠노라."

소성도, 원범도 잠시 말이 없었다. 소성이 먼저 입을 열었다.

"벌은 마땅히 달게 받겠사옵니다."

원범이 미소를 지었다.

"아니, 그대를 과인의 반려로 삼아 궁으로 가리라."

원범은 떨고 있는 소성의 손을 잡았다. 소성이 몸을 떨었다. 원범의 손을 뿌리치고 입술을 맞물었다. 하마터면 '전하'라고 부를 뻔했다. 원범을 안고서 목 놓아 울 뻔했다. 하지만 곧 마음을 다잡았다. 소성은 두 걸음 뒤로 물러났다.

"그럴 수 없사옵니다."

"그럴 수 없다니?"

"송구하옵니다."

"과인은 그대를 탓하는 것이 아니다. 하니 주저 말고 말하라. 과인의 반려가 될 수 없는, 특별한 연유가 있느냐?"

"소인은 전하를 시해하려 했사옵니다."

"그대는 과인을 시해하려 하지 않았다. 김좌근의 아들인 병운을 죽이려 하였지."

"하오나……."

"그대 역시 과인을 해치지 않느니라. 과인은 잘 알고 있느니라. 그대 마음의 소리를 들어보아라."

소성의 눈빛이 흔들렸다.

"과인의 말이 틀렸느냐?"

틀리지 않사옵니다, 하지만 소인은 전하 곁에 머무를 수 없사옵니다, 소인은 할 일이 있사옵니다. 그리 답하지 못했다. 소성은 아무 말도 하지 않았다. 원범이 소성의 곁으로 바짝 다가왔다.

"내 여인이 되어다오. 내 곁에 머물러다오. 이는 왕의 명이 아니라 그대, 소성이라는 여인을 연모하는 사내의 청이다."

놀란 소성이 고개를 들어 원범을 응시하다가 다시 고개를 떨구었다. 원범의 시선을 외면했다. 원범의 진실한 눈빛을 보고 있노라면 그 곁을 영영 떠날 수 없을 듯했다.

"전하! 소인은……."

"아직 답하지 말라."

원범이 소성의 두 손을 다시 잡아끌었다. 원범의 따뜻한 손이 소성의 마음까지 온기로 물들였다.

"내 너에게는 왕의 여인으로서의 간택이 아니라 선택을, 순종이 아니라 애정을 청한다. 나를 너의 정인으로, 너의 낭군으로 선택하고, 사랑해다오."

소성은 고개를 들어 원범의 눈망울을 들여다보았다. 원범이 간절히 자신을, 아니 소성이라는 여인을 원하고 있었다.

'전하, 진정 이 여인을 사랑하시는군요.'

소성이 원범의 손에서 제 손을 뺐다.

"소인, 출신이 비천하여 감히 전하의 곁에 머물 수 없사옵니다."

"그 어떠한 이도 과인 앞에서 비천한 이는 없다. 과인에게는 모두 귀하고 중한 사람이니라. 그리고 너는 내가 가장 사랑하는, 내 여인이다. 이 세상에 단 하나뿐인 내 정인이다."

소성은 예전에 원범에게 물은 적이 있었다.

'그럼, 너는 한 사람의 정인, 하나의 사랑뿐이야?'

그때 원범은 대답하지 않았다. 소성은 그 시절 일을 떠올리니 서운함과 서글픈 감정이 한꺼번에 밀려왔다. 참으로 설명하기 어려운 감정이었다. 원범이 사랑한 별이도 자신이고, 원범이 사랑하는 소성도 자신인데, 왜 별이 아닌 소성에게 마음을 준 원범을 보면서 가슴 한구석이 서늘해지는지 헤아리기 어려웠다.

"전하, 시간이 지나면 그 마음도 희미해지고 엷어질 것이옵니다."

"아니, 내 마음은 시간이 지날수록 더 빛나고 짙어질 것이다."

"아뢰옵기 황공하오나, 전하께서는 단 하나뿐인 정인을 심중에 품으셨고 평생 그 여인만을 사랑하리라 하지 않으셨사옵니까? 하오나 지금 전하께서는 저를 원하시옵니다. 사랑은 이토록 쉽게 변하는 감정이옵니다."

"내 마음은 변하지 않았다. 그리고 앞으로도 변하지 않으리라. 영원히."

"전하, 궁중에는 수많은 여인이 전하를 바라보고 있다지요? 소인이 대관절 무엇이기에 전하의 마음을 평생 잡아둘 수 있단 말이옵니까? 소인, 언제 사라질지 모르는 전하의 감정만을 믿고 전하의 여인으로 살 수 없사옵니다. 부디 소인의 앞길을 막지 마소서."

소성은 고개를 숙였다. 제가 떠나는 일이 가장 옳은 길이라 생각했다.

"내 곁이 아니라면 어디로 가려느냐?"

"어디든지, 한양에서 먼 곳으로 가고 싶사옵니다."

"네 어린 시절 사찰에 버려졌다 했다. 부모도 고향도 모르지 않느냐? 아무도 없는 곳에서 어찌 살려느냐?"

"이곳 역시 아무도 없사옵니다."

"내가 있지 않느냐? 내가 네게 아무도 아니더냐?"

소성은 입술을 맞물었다. 원범이 어찌 소성에게 아무도 아닐 수 있으랴?

"대답하라. 내가 네게 아무도 아니더냐?"

"전하께서는 만백성의 어버이, 이 나라의 임금이시옵니다."

"그뿐이냐? 네게는, 네게 나는 무엇이냐?"

"그뿐이옵니다. 전하께서는 제게 아무도 아닌, 그저 임금이시옵니다."

"나는 아니다."

소성은 마른침을 삼켰다. 저도 아닙니다. 전하는 제게 가장 소중한 분이십니다. 말하지 못했다.

"나는 아니다. 너는 내게 가장 소중한 사람이다. 나는 이제 너를 보내고 살지 못한다. 그래도 가겠느냐?"

"예, 소인 떠나겠사옵니다."

"나와 함께 궁으로 가자고 청하지 않겠다. 그냥 산사에 있어라. 굳이 이곳까지 떠날 필요는 없지 않느냐?"

"소인 떠나야 하옵니다. 통촉하여주소서."

소성이 고개를 떨구었다. 눈동자가 촉촉해졌다. 원범에게 들키지 않으려고 눈에 힘을 주었다.

"어머니처럼 따르던 승려 해원이 죽었기 때문이냐? 하여 평생 김좌근에게 원한을 가진 채, 도망 다니며 살려느냐? 그러다가 어설픈 기회라도 잡으면 네 목숨을 담보 삼아 그자를 해칠 위험을 또 무릅쓰겠느냐?"

소성이 놀라 원범을 다시금 올려다보았다.

"어찌 아셨사옵니까?"

"내 너에 대해 모르는 바가 없다."

"아니요. 있사옵니다."

"내 너에 대해 모르는 바가 또 무엇이 있느냐? 말해보아라."

'정작 저에 대해 가장 중요한 사실은 모르지 않사옵니까? 제가 별이인데, 제가 별이인데, 제가 별이입니다, 전하.'

하지만 소성은 이번에도 말할 수 없었다. 제 정체가 드러나고, 제가 원범의 곁에 있으면 원범 또한 위험해진다는 아버지의 유언을 흘러넘길 수 없었다. 김좌근의 손에 아버지도, 해원 스님도 죽었다면, 원범이 위험해질 수 있다는 아버지의 말도 새길 수밖에 없었다.

"왜 말을 못 하느냐? 네가 감추는 바가 무엇이 또 있느냐?"

"전하, 부디 소인을 보내주십시오. 소인에 대해서 잘 아신다면 이곳에서 소인 또한 위험하다는 사실을 아시지 않사옵니까?"

"하니 내 곁에 있으라는 말이다. 내 곁에서 널 안전하게 지켜주겠다는 뜻이다."

"그럴 수 없사옵니다."

"혹 네 마음에 다른 사람이 있느냐? 설마 철모르는 소싯적 정인이라도 있어 아직도 품고 있느냐?"

"예? 전하 소인은……."

원범이 소성의 말을 가로막았다.

"답은 듣고 싶지 않다. 누구나 마음 한구석에 첫 연정 하나쯤은 품을 수 있는 법. 나 또한 그러하다. 이해하느니, 내 그리 속 좁은 사내가 아니다."

"전하! 소인에게는……."

"어허! 내 너에 대해 모르는 바가 없다 하지 않았느냐? 네 마음도 이미 내게 있음을 안다. 하니 공연히 다른 이를 핑계 삼지 말아라."

"전하, 소인은 소인의 마음도 믿지 못하겠사옵니다. 부디 제가 떠날 수 있게 윤허해주소서."

소성의 말은 진심이었다. 물론 원범이긴 했지만 제 마음도 잠시 병운이라 믿은 자에게 흔들리지 않았는가.

"네 정녕 가고 싶으냐?"

"예."

"마지막으로 묻겠다. 네 정녕 가고 싶으냐?"

"예, 전하."

"네 뜻이 그리 강경하다면 할 수 없구나. 가거라."

소성은 원범에게 큰절을 올렸다. 잠시 소성을 바라보던 원범이 먼저 뒤돌아섰다. 소성의 눈시울이 붉어졌다. 멀어져 가는 원범의 뒷모습을 향해 소성이 다시 한번 절을 올렸다. 이제 임금이신 원범에게는 사배(四拜)를 올려야 하리라. 소성이 마지막 절을 하고 고개를 들었을 때 원범의 발이 눈에 들어왔다. 원범이 다시 제게 돌아왔다. 소성은 차마 몸을 일으키지 못하고 눈시울을 훔쳤다. 원범이 몸을 낮추었다. 소성의 손을 가져와 손바닥 위에 작은 비단 주머니 하나를 올려놓았다.

"네가 네 마음을 믿지 못해도 괜찮다. 내가 네 마음을 믿는다."

원범이 뒤돌아섰다.

산을 내려온 후 심규가 원범에게 물었다.

"전하, 저 여인을 저대로 보내실 작정이옵니까?"

"떠나지 않을 것이네."

원범이 미소를 지었다.

"마음을 단단히 먹은 듯한데 어찌 그리 확신하시옵니까?"

"내 저 아이의 마음도, 저 아이의 성정도 잘 알지. 저 아이는 떠나지 않아. 실력이 뛰어난 무관을 보내 저 아이의 안전을 먼발치서, 은밀히 지키라고 명하게."

"예, 전하."

심규가 원범을 바라보았다. 오늘따라 원범의 눈빛과 기색이 몹시 낯설었다. 오늘 주상은 어제까지 자신이 모시던 주상과는 확연히 달라 보였지만, 심규는 이 낯섦이 오히려 반갑게 느껴졌다.

원범의 뒷모습이 시야에서 완전히 사라졌을 때 소성은 주머니를 살펴보았다. 꼭 매인 매듭을 풀자 주머니 안에서 조그마한 물건이 떨어져 나와 바닥 위를 굴러갔다. 소성이 물건을 주웠다.

"이건……."

소성은 숨이 멎을 것만 같았다. 옛날, 원범이 강화를 떠나면서 남기고 간 쌍지환의 나머지 한 짝이 햇빛을 받아 반짝였다.

4

달빛이 산사 마당에 은은하게 스며들었다. 원범에게 가락지를 받고 소성은 산사를 떠나지 못했다. 몇 시진 동안 뜰만 거닐었다. 소성의 손에는 은빛 쌍지환이 있었다. 이 쌍지환은 분명 전하께서 강화에 계실 때 나를 위해 준비한 것인데 어찌 소성인 내게 주셨을까? 전하의 마음이 완전히 나를 떠나 소성에게 가버렸나? 우리의 추억도 저버릴 만큼?

소성은 고개를 흔들었다. 아니야. 전하는 그리 무정한 분이 아니야. 소성은 걸음을 멈추었다. 혹 전하께서 내가 별이라는 사실을 알아차리셨을까? 소성은 다시 고개를 흔들었다. 만약 그랬다면 전하께서는 당장 제 이름을 부르며 달려왔으리라. 하지만 오늘 전하는 저를 여전히 소성으로만 알았다. 소성은 다시 발을 옮겼다. 여름이었지만 산바람이 차가웠다.

소성이 인기척을 듣고 뒤를 돌아봤다. 검은 복면을 한 장정 둘이 어둠 속에서 모습을 드러냈다. 그들은 재바르게 소성의 입을 막고 기절하게 했다. 그 바람에 소성의 손에 있던 쌍지환이 바닥으로 떨어졌다. 소성은 넋을 놓고 있던 참이라 미처 반격할 틈도 없었다. 어둠 속에서 의관을 반듯하게 차려입은 사내가 나왔다. 허리를 굽혀 쌍지환을 줍고 장정에게 신호를 보냈다. 복면 장정들은 소성을 데리고 잽싸게 사라졌다. 사내도 주위를 살피고 그들을 뒤따랐다.

소성이 눈을 뜬 곳은 검은 숲 한가운데였다. 소성은 자리에서 일어나 주위를 두리번거렸다. 곧 주변이 환해졌다. 몸집이 단단해 보이는 사내들이 숲 가장자리에서 횃불을 밝히고 있었다.

"네놈들은 누구냐?"

소성이 날을 세우며 소리를 질렀다. 한 사내가 소성에게 다가왔다. 소성이 방어 자세를 취했다. 사내는 양손을 들어 공격의 의사가 없다는 점을 밝혔다.

"이리로 오십시오."

사내는 정중하게 소성을 안내했다. 사내가 가리킨 곳에는 의자가 있었다. 소성은 경계를 풀지 않은 채 사내가 이끈 나무 의자에 앉았다.

둥 두둥 둥, 북소리와 함께 소성의 앞이 밝아졌다. 공중에 걸린 줄 위로 광대가 나타났다. 광대는 북장단에 맞추어 줄 위를 사뿐사뿐 가뿐가뿐 오고 갔다. 하늘 위로 훌쩍 솟아올랐다가 내려오기를 반복했다. 가벼운 듯 무거운, 묵직하면서도 경쾌한 광대의 비상에 소성은 긴장이 풀렸다. 소성이 광대의 공연에 넋을 빼앗겼을 때 광대가 바닥으로 훌쩍 떨어지는 듯하다가 줄 끝에 거꾸로 매달렸다. 줄에 매달린 광대는 바닥에 놓인 항아리 입구로 들어가 사라졌다. 잠시 후 그 옆에 마련된 다른 항아리에서 광대가 나왔다. '입호무'라는 둔갑술로, 신라 시대부터 전승해온, 유명한 환술 중 하나였다. 소성은 눈 앞에 펼쳐진, 신기하고 흥미로운 광경에 흠뻑 빠져들었다.

이번에는 이무기와 잉어 탈을 쓴 광대 두 명이 기이한 율동을 하면서 양쪽에서 나타났다. 이무기와 잉어는 바닥에 씨앗을 뿌리고 입에서 물을 뿜었다. 씨앗이 자라서 싹을 틔우고 꽃을 피웠다. 이무기와 잉어가 꽃 주변을 돌면서 괴이한 춤을 추었다. 이어 멸치 탈을 쓴 광대가 나왔다. 그가 바닥에 물을 뿌리자 꽃밭이 펼쳐졌다. 이무기가 멸치에게도 춤을 권했다. 멸치가 고개를 저으며 도망치듯 사라졌다. 이무기와 잉어도 괴상한 율동을 해대면서 어둠 속으로 사라졌다.

주위가 다시 캄캄해졌다. 소성의 앞에 시퍼런 도깨비불이 나타났다. 여러 개의 도깨비불이 춤을 추면서 소성의 시선을 사로잡았다. 컴컴한 어둠 속에서 유유히 춤을 추는 푸른 도깨비불. 기이하면서도 아름다운 광경이었다. 도깨비불 하나가 소성의 앞으로 천천히 다가왔다. 도깨비불을 든 광대는 소성에게 손을 내밀라는 시늉을 했다. 소성이 손을 내밀자 광대는 소성의 손을 뒤집어 손바닥을 반듯하게 폈다. 소성의 손바닥 위로 파란 도깨비불이 떨어졌다. 소성이 화들짝 놀라 몸을 움찔했지만 도깨비불은 뜨겁지 않았다. 손바닥으로 전해져오는 금속의 감촉, 쌍지환이었다. 소성의 눈가가 촉촉해졌다. 도깨비불이 사라지고, 횃불이 어둠을 내몰자 원범이 소성 앞에 나타났다.

"전하!"

"별이야!"

두 사람의 눈에 눈물이 그렁그렁 맺혔다. 원범은 별이의 왼손을 잡았다. 쌍지환을 별이의 손에 끼워주고 별이의 양손을 모아 잡고 제 가슴에 댔다.

"별이야, 내 반려가 되어주겠느냐?"

"전하!"

별이의 눈에서 눈물이 줄기처럼 쏟아졌다.

"나와 함께 대궐로 가서 평생 내 곁에 있어주겠느냐?"

"전하!"

"이 세상 하나뿐인 내 여인이 되어주겠느냐?"

"전하!"

별이가 고개를 끄덕였다.

"너를 사랑한다, 별이야. 너는 하나뿐인 내 정인, 단 하나뿐인 내 사랑이다. 별이야, 너무 늦게 답해서 미안하구나."

원범은 오랜 세월 가슴에 묻은 말을 토했다. 쌍지환이 별이의 손가락 위에서 수줍게 떨었다. 별이의 뺨 위로 은빛 눈물이 흘러내렸다. 원범이 별이의 눈물을 닦아주었다. 별이를 안아 도닥도닥 등을 두드려주었다.

"별이야, 이제 내가 곁에 있으니 울지 마라. 내 다시는 너를 울게 하지 않겠다."

"알고 계셨사옵니까?"

원범의 품에 안겨 별이가 울먹였다. 그녀의 눈물이 원범의 가슴에 촉촉이 젖어들었다. 원범이 별이의 얼굴을 들어 눈물을 다시 닦아주었다.

"내 너에 대한 모든 바를 다 안다, 말하지 않았느냐?"

원범이 별이의 손을 잡으며 미소를 지었다.

"그럼, 그 말이 진정이셨습니까?"

"그래, 내 너에게 죽을 뻔한 이후로 다시는 네게 거짓을 말하지 않기로 했다.”

“전하! 그 일은……”

별이가 말을 잇지 못하고 원범의 품에 다시 파묻혔다.

며칠 전, 휴가를 얻어 연심을 보내고 환궁한 민 상궁은 제 가슴을 쓸어내리며 원범의 앞에서 울음을 터뜨렸다. 원범이 민가의 여인을 후궁으로 맞을 수 있는지 물은, 그날이었다.

‘무슨 일인가?’

처음 보는 낯선 모습에 원범이 눈을 동그랗게 떴다. 민 상궁은 아무 말 없이 울기만 했다.

‘무슨 일이야? 자네 분명 무슨 일이 있는 게야.’

‘전하!’

‘말해보시게.’

‘전하!’

‘우리 사이에 못 할 말이 있는가. 어서 말하시게.’

‘전하! 별이, 별이, 별이를 지켜주소서.’

민 상궁이 엎드려 땅을 치면서 통곡했다.

‘별이라 했는가? 우리 별이말인가?’

‘예, 전하. 별이가 살아있사옵니다. 소인이 전하께 죽을죄를 지었나이다.’

‘뭐라? 별이, 우리 별이가 살아있다고? 참말인가? 참말인가? 민 상궁?’

‘예, 전하. 소인을 죽여주소서.’

민 상궁이 다시 엎드려 머리를 바닥에 댔다.

'어서 말해보시게. 별이가 지금 어디에 있는가? 어찌 있는가? 잘 지내고 있는가?'

'잘 지내고 있지 못하옵니다. 그 아이는 예전 별이가 아니옵니다. 전하께서 부디 그 아이를 살려주십시오. 그 아이가 기쁘면 웃고, 슬프면 울 수 있게, 예전 별이로 되살려주소서.'

민 상궁은 원범이 강화를 떠나던 날 밤, 별이의 집에 자객이 들어와 시명을 죽이고, 그 후 별이는 산사에서 신분을 감춘 채 연심과 함께 지내었는데 연심마저 자객에게 죽임을 당했다고 말했다.

그리고 어제, 별이를 데리러 온 원범은 별이와 정식으로 재회하기도 전에 대왕대비와 김좌근이 보낸 경고를 받고 별이를 놓쳐야만 했다. 그날 저녁, 민 상궁의 주선으로 왕대비를 만나 사건의 진상을 파악하고, 강하를 불러 대책을 궁리하다가 병운도 불러 도움을 청했다. 오늘 아침에는 떠나려는 별이의 발을 다시 산사에 묶어두고, 별이가 보고 싶다하던 환술 공연을 준비하여 오래전 별이에게 고백하기 위해 마련한 쌍지환을 마침내 제 손으로 전해주었다.

"내 평생의 반려가 되어주겠느냐? 별이야."

"예, 전하."

"내 곁에 영원히 있겠느냐?"

"예, 전하. 늘 전하 곁에 머물겠사옵니다."

"내 머리가 허옇게 세고, 내 이마에 굵게 주름이 지고, 내 얼굴에 저승꽃이 밉게 피어도 내 곁에 있겠느냐?"

"예, 전하. 전하의 겉모습은 중요하지 않사옵니다. 소인, 이 목숨이 다할 때까지 전하의 곁에서 전하를 지키겠사옵니다."

"그놈의 지키겠다는 소리, 아직도 하느냐?"

원범과 별이가 웃었다.

"이제는 내가 널 지키느니, 넌 아무 걱정도 말아라."

오랜 세월 가슴속 깊이 묻어두었던 말이 두 사람의 입에서 터져 나왔다.

"자네 우는가?"

연인의 포옹에 고개를 돌리던 병운이 강하에게 물었다. 강하가 눈물을 훔쳤다. 내내 들뜬 기분으로 오늘 행사를 준비한 강하는 감동에 젖어 말을 잇지 못하였다. 늘 허허실실로 농을 해대지만 실은 그 누구도 믿지 않고 그 아무에게도 마음을 주지 말자, 결심한 강하였다. 한데 원범을 처음 만났을 때 그 결심이 저도 모르게 흔들렸다. 어리고 나약한 원범에게 밴 슬픔과 쓸쓸함이 연민을 불러일으켰고, 원범의 선하고 올곧은 성품이 제 마음을 움직여 지금은 원범의 최측근이 되었다. 늘 원범을 보면서 그 내면에 밴 외로움에 제 가슴마저 서늘해지곤 했는데 요 몇 달 새 원범이 사내 같은 여인을 만나고 달라지더니 그 여인이 바로 원범이 꿈에서도 잊지 못하는 '그 여인'이었다. 정말 꿈같은 일이었다.

"내 정녕, 이제 전하를 잊어야 한단 말인가? 흑흑흑."

강하가 병운의 손을 잡았다. 병운이 강하의 손을 뿌리치며 고개를 저었지만 강하의 마음이 제 마음과 다르지 않다는 걸 잘 알고 있었다.

산골 외딴 민가에서 붉은빛이 새어 나왔다. 방 안에는 원범과 별이가 마주 앉아 있었다.

"그간 고생이 얼마나 많았느냐? 난 네가 이 고생을 하는 줄도 모르고 잘 먹고, 잘 입고, 잘 살았구나."

"고생이라니요. 당치 않사옵니다."

"얼굴이……."

원범이 별이의 볼을 쓰다듬었다. 예전의 생기발랄하던 모습은 온데간데없었다. 안쓰러움에 말을 이을 수가 없었다.

"많이 상하였지요?"

"아니, 그대로다. 강화에 살던, 못생긴 별이 그대로구나."

"하온데 어찌 못생긴 별이를 못 알아보셨사옵니까?"

"알아보았다."

"언제부터 말이옵니까?"

별이가 눈을 반짝이며 물었다.

"처음부터."

원범이 능청을 떨었다.

"에이, 거짓말 마십시오. 처음엔 모르셨잖아요."

"너는 어찌 나를 몰라보았느냐?"

"전하께오서는 강화에 살던 못생긴 전하가 아니시니까요. 그때는 저보다 키도 작으시고 몸도 작으셨지요. 한데 장성하신 전하를 처음 뵈었을 때부터 눈이 부셨습니다. 몸태가 훤칠하시고 이목구비가 아름다우시고 낯빛이 환하셨지요."

"하여 원수의 아들이라던 김 지평에게 빠졌느냐?"

원범이 별이의 볼을 꼬집었다.

"빠지다니요? 제가 사랑한 분은, 소싯적 강화 시절부터 오직 한 분, 전하뿐이었사옵니다."

"김 지평 나리가 아니고요?"

소성이 눈을 흘겼다. 이 모습은 옛날 그대로였다.

"전하께서도 성은 '소'요, 이름은 '성'인 여인에게 빠지지 않으셨사옵니까?"

"빛날 소, 별 성, 아니 나 또한 강화 시절부터 오직 한 사람, 빛나는 '별'뿐이었구나."

별이가 웃었다.

"예, 어쨌든 원수의 아들이라 생각한 자가 아니라 전하시니 기쁨이 두 배이옵니다."

"나는 네가 죽은 줄 알았다. 죽은 사람이 살아 돌아왔으니 내 기쁨에 비하겠느냐? 한데 별이야, 아주 중요한 문제가 남아 있구나."

원범의 얼굴이 진지해졌다. 별이는 짐작 가는 바가 있었다.

"아무래도, 제가 전하의 여인이 되기에는 자격이 없지요?"

"응."

별이의 얼굴에 그늘이 졌다. 원범이 미소를 지었다.

"하여 말인데 자격을 갖추어야 한다."

"예. 하지만 그 자격을 어찌……."

"승은을 입으면 된다."

"그게 뭡니까?"

"혹 민 상궁에게 들은 적이 없느냐?"

"아, 압니다. 들어보았습니다."

"다행이다."

원범의 얼굴이 밝아졌다.

"지금 하면 됩니까?"

"그래도 되는데…… 너무 이르지 않으냐?"

"이르다니요? 날이 이렇게 어두운데요?"

"그러냐? 그렇구나. 그럼 그래라. 아니, 그러자."

원범이 어색하게 미소를 지었다. 별이가 자리에서 일어났다. 원범이 긴장했다. 별이가 두 손을 모으고 몸을 낮추어 절을 올렸다.

"성은이 망극하옵니다, 전하."

별이의 목소리가 개선장군처럼 우렁찼다. 원범이 눈을 동그랗게 떴다.

"너, 뭐 하느냐?"

"성은을 입어야 한다기에…… 틀렸사옵니까?"

"틀렸다."

원범이 소리 내어 웃었다.

"송구하옵니다. 민 상궁 마마님께 다시 배우겠사옵니다."

"어이구, 성은이 아니라 승은이니라."

"성은이랑 승은이랑 다르옵니까?"

"다르다마다."

"그럼 승은, 그건 뭡니까?"

원범이 한숨을 쉬었다.

"그건 말이다, 별이야."

원범이 별이의 손을 꼭 잡았다.

"너와 내가, 그러니까 우리가 함께……."

"함께요?"

"밤을 보내야 한다. 아주 친밀하게, 가깝게."

원범이 별이의 눈치를 살폈다.

"알아들었느냐?"

"예, 알겠습니다. 우선 불부터 끄겠사옵니다."

"아니, 별이야, 그렇게까지 서두를 필요는 없는데……."

밖에서는 심규와 내금위 두 명, 병운과 강하, 민 상궁이 대기하고 있었다. 민가를 둘러본 병운이 말했다.

"한데 전하를 모시기엔 너무 초라하지 않은가?"

민가는 삼간초가였다.

"낭비를 질색하시는 전하의 뜻이었네. 안전하기도 하고. 하지만 걱정 말게. 내 나머진 완벽하게 준비했다네."

"또 다른 분부가 있으셨는가?"

"아니, 전하께오서 직접 분부하시기는 민망하실 듯하여 내가 따로이 장만했다네."

"무얼 말인가?"

"지금 전하께서 드신 방에는 원앙금침에 향로, 홍촉 또 특별히 준비한 비장의 무기까지 완벽하게 갖추어져 있다네."

"그것들을 무에 쓰나?"

"아! 이 사람아! 그걸 몰라서 묻나? 아가씨께서 승은 상궁으로 입궁하신다는데 승은을 입어야 하지 않겠나?"

강하가 눈빛을 반짝이며 병운의 곁으로 다가왔다.

"오늘 밤이 바로 그 밤일세."

"아닐 텐데……."

"한 치의 빈틈도 허용치 않았네. 모든 것을 완벽하게 준비했으니 나만 믿게."

"사대부에게 멸치 탈을 씌우고, 나리께 잉어 탈을 씌우는 자네를 어찌 믿겠나? 아니 그렇습니까? 나리."

병운이 잠자코 있는 심규에게 동의를 구했다. 강하의 꼬임에 빠져 전하를 위해 어쩔 수 없이 하긴 했지만 멸치 탈을 쓴 일은 두고두고 생각해도 부끄러운 일이었다.

"저들은 나를 무척이나 존경하는 부하들이었네."

심규가 호위 무관을 보며 자리를 떴다. 병운은 심규를 이해했다. 궁에서 제일 무겁고 무서운 사내로 이름난 분이 잉어 탈을 쓰고 괴이한 춤까지 추었으니 그 속도 알 만했다. 병운과 심규의 속을 아는지 모르는지 강하가 들뜬 목소리로 말을 이었다.

"아, 물론 나를 못 믿을 수도 있겠지만 씩씩하고 늠름한 아가씨를 믿어보세. 아가씨께서 다 알아서 하시겠지."

강하의 말이 떨어지자마자 방 안의 불이 꺼졌다.

"하하하. 이것 좀 보게."

강하가 득의양양하게 웃음을 터뜨리고 있을 때 원범이 나왔다.

"이제 그만 돌아가세."

강하가 원범의 옷차림을 살폈다. 원범의 의관은 반듯했다.

"벌써 가십니까?"

강하가 토끼 눈으로 원범에게 물었다.

"벌써가 아니라 이미 많이 늦었네."

"하온데 불은 왜 끄셨사옵니까?"

"그거? 별이가 껐네. 이 컴컴한 산중에 홍촉이 웬 말인가? 별이가 백촉으로 바꾼다고 했네."

"그럼 사향 향내도 못 맡으셨습니까?"

"사향을 두었나? 그것도 냄새가 야릇하다며 별이가 진즉에 치웠네."

"그럼 비장의 무기는?"

"뭐가 또 있었는가? 못 봤는데……. 자, 어서 서두르세."

강하가 멋쩍게 원범의 뒷모습을 바라보았다.

"참, 씩씩하고 늠름한 아가씨일세. 허허허."

병운이 웃으며 앞장선 원범과 심규를 뒤따랐다. 강하가 원범에게 달려갔다.

"그러니까 전하, 오늘 밤이 '그 밤'이 아니었지요? 그럼 소신에게 아직 기회가 있사옵니까, 전하?"

"과인이 내 화촉을 밝히기 전에 기필코 자네 화촉부터 밝혀줄 것이야."

"전하!"

"한데 사향을 두면 어찌하나? 사향 때문에 불임이 될 수도 있다네."

강하가 놀라 토끼 눈을 떴다.

"그렇사옵니까? 소신, 미취한 몸이라 무지했사옵니다. 송구하옵니다."

원범이 강하를 흘겨보다가 웃었다.

"한데 전하께오서는 어찌 아셨사옵니까? 전하께서도 미취하셨지 않사옵니까? 전하의 몸은 소신과 다르옵니까?"

"다르다마다. 자네 몸은 기방에서 아주 유명하지 않은가?"

병운이 답했다.

"실없는 소리들 그만하고, 어서 가세. 할 일이 아주 많다네."

원범이 힘차게 걸음을 뗐다. 세 사람이 원범을 따랐다. 네 사람을 비추는 달빛이 맑았다.

혼례

새벽닭이 울었다. 원범이 눈을 떴다. 문창 너머로 동이 터왔다. 원범은 햇살처럼 환하게 웃었다. 대궐에서 아침을 맞고 나서 처음 짓는 웃음이었다. 아침이 반가웠다. 아침이 좋았다. 원범이 자리에서 일어났다. 자릿조반은 생략하고 소세부터 준비하라 명했다. 오늘은 할 일이 많으니.

원범은 어제 환궁하자마자 대왕대비전으로 향했다. 원범의 등장과 함께 낯선 기운이 수강재를 휘감았다. 서슬 퍼런 긴장감이 달빛 아래 은밀히 드러났다. 대왕대비는 막 침수에 들려던 참이었다. 얼굴을 씻고 머리를 풀었다. 자리를 깔고 자리옷으로 갈아입은 뒤였다. 여느 때 같았으면 원범은 돌아갔으리라. 하지만 이 밤은 돌아가지 않고 대왕대비를 만나고자 했다. 처음 있는 일이었다.

대왕대비가 원범의 옷차림을 훑어보았다. 원범은 곤룡포와 익선관 차림이 아니라 흑립과 도포 차림이었다. 원범이 고개를 움직일 때마다 비취색 옥구슬로 만든 갓끈이 흔들렸다. 왕실의 체통이 있거늘, 금 구슬이라도 넣어야지, 저 도포는 내가 지난해 지어 보냈는데 아직도 입고 있는가. 대왕대비는 원범의 옷차림을 보며 새 갓과 새 도포를 지어 보내야겠다고 생각했다.

"요즈음 잠행이 잦으십니다, 주상."

대왕대비가 피곤한 얼굴로 웃었다.

"늦게까지 잠행을 다니시니 이 어미는 주상의 안위가 염려됩니다. 민생을 살피는 일도 중요하지만 이 어미에게는 주상의 성후가 무엇보다도 중요합니다."

"자전마마."

대왕대비는 원범의 모습에 긴장했다. 굳이 이 시각에 수강재에 들겠다는 점도 이상했지만 원범의 눈빛, 표정, 분위기가 어딘지 모르게 평소와 달랐다. 하지만 대왕대비는 내색하지 않았다. 여전히 미소를 띠었다.

"예, 말씀하세요."

"아뢰옵기 황공하오나 소자의 승은을 입은 여인이 궁 밖에 있사옵니다."

오호라, 한밤에 달려온 연유가 이것이구나, 대왕대비는 예의 온화한 미소를 잃지 않으며 물었다.

"승은이라니요. 참으로 경사스러운 일이 아닙니까? 그래, 어느 댁 규수랍니까?"

"아비가 예전에 익종 대왕의 익위사에 있었사오나 지금은 죽었사옵니다."

대왕대비가 이마를 찡그렸다.

"그래요? 익위사 무관의 여식이라니, 주상의 배필이 되기에는 집안이 너무 한미합니다."

"하오나 승은을 입은 여인을 사가에 둘 순 없으니 입궁을 윤허하소서."

"그리해야죠."

어차피 그 아이는 곧 죽을 테니 입궁할 일은 없다오, 대왕대비가 미소를 지으며 생각했다.

"하면 내일 당장 첩지를 내리고 입궁케 하겠사옵니다."

원범이 미소로 대왕대비의 반응을 맞받으며 생각했다. 그 아이가 궁 밖에선 안전하지 않으니 하루라도 빨리 입궁시켜야겠지요.

"호호호. 내일 당장이라니요? 너무 이릅니다, 주상. 생각시를 들이는 데도 궁중의 법도가 있거늘, 하물며 주상의 승은을 입은 여인이지 않습니까?"

"자전마마, 소자는 그 여인을 하루라도 보지 않으면 살지 못하겠나이다. 매일 늦은 시각까지 잠행을 다녀야겠사옵니까? 아니면 새벽이슬을 맞고 입궁해야 하옵니까?"

"호호. 우리 주상의 성정이 언제 이리 변하셨을꼬? 호호호."

예상치 못한 주상의 반응에 대왕대비는 당황해서 어색하게 웃었다.

"물론 주상의 승은을 입은 여인을 사가에 그대로 두기가 마땅치는 않으나 정궁의 자리가 비어 있는 마당에 후궁을 들이기가 거북합니다. 하니 먼저 대혼을 치르세요, 주상."

"어마마마, 당장 후궁으로 책봉하겠다는 뜻이 아니옵니다. 그저 승은 상궁이옵니다. 세간에서는 정궁의 자리가 빈 것보다 소자의 승은을 입은 여인이 한 명도 없다는 사실을 두고, 더 거북한 일이라 여기며 입방아를 찧고 있사옵니다."

"무엄한 것들, 우리 주상이 이리 건강하시거늘. 호호. 내 우리 주상을 위해 그것들을 당장 잡아들이라 하겠습니다."

"아니옵니다. 승은 상궁을 들이면 이상한 소문은 금방 잠재울 수 있사옵니다. 하니 윤허하여주소서."

대왕대비가 길고 가는 숨을 내쉬었다.

"여유를 두고 찬찬히 숙고해봅시다."

"여유가 없사옵니다. 벌써 그 아이의 존재를 알고 경계하는 이들이 목숨을 노리고 있사옵니다. 오늘 밤에도 그 아이의 거소(居所)에 자객이 들었사옵니다."

"저런, 자객이라니요?"

대왕대비가 놀란 척하며 물었다.

원범이 대왕대비전에 당도하기 전, 산사에서는 텅 빈 별이의 방을 확인하고 자리를 뜨던 자객이 원범의 명으로 매복한 내금위에게 추포되었다.

"예. 자객을 잡았으니 곧 배후가 드러나겠지요. 아마 소자의 잠행을 꺼려 소자를 미행하고 소자에게 자객을 보낸 인물이겠지요."

"우리 주상에게 자객을 보내다니요? 있을 수 없는 일입니다.

범인은 추포하였습니까? 찢어 죽여도 시원찮을 놈입니다."

"소자가 잠행을 다니면서 관리의 부정부패와 민생고를 직면하는 일을 영 마뜩찮게 여기는 자들이 있사옵니다. 하루빨리 그 아이를 궁으로 들여야 소자 또한 잠행을 줄이고, 소자의 잠행을 싫어하는 자들 또한 일을 꾸미는 번거로움을 덜지 않겠사옵니까? 마마."

"도대체 그들이 누구란 말입니까?"

대왕대비는 이 말은 하지 말아야 했다고 후회했다. 짐작보다 훨씬 더 많은 사실을 알고 있는 주상에게 저도 모르게 감기어들면서 나온 말이었다.

"그들이 누군지는 아직 정확히 모르오나 교동 외숙이 관여하고 있다는 사실은 아옵니다."

"영상이요? 그럴 리가요?"

대왕대비는 혼연한 표정을 유지했다.

"그럴 리 없습니다, 주상. 이는 분명 주상과 영상의 사이를 이간질하는 자들의 소행입니다. 주상과 외가의 사이를 시기하고 고깝게 보는 이들이 얼마나 많습니까?"

"예, 마마. 좀 더 조사하면 진실이 밝혀지겠지요. 만약 소자와 외가의 사이를 이간질하는 자들이 있다면 소자 엄중히 처벌하겠나이다."

원범이 담담하게 대꾸했다.

"하온데 소자가 분명히 알고 있는 사실이 있사옵니다. 이번 일에 외숙이 관련되어 있는지는 조사를 해봐야 확실해질 터이나,

옛일에는 외숙이 틀림없이 관여하고 있사옵니다."

"옛일이라면……?"

"교동 외숙이 익종 대왕의 익위사 박시명을 살해하고 그 여식을 죽이려 하였고, 그 여식을 돌보고 있는 비구니도 살해하였사옵니다."

"주상, 이 무슨 가당치 않은 말씀입니까? 도대체 누구의 꼬임에 넘어가 영상을 모함하십니까?"

내 주상을 아꼈거늘, 주상을 끝까지 지키려고 했거늘, 어찌하여 여기까지 왔소, 대왕대비가 숨을 뱉었다. 원범은 차분하게 말을 이었다.

"모함이 아니옵니다. 지금이라도 증인을 당장 불러들일 수 있사옵니다. 하오나 교동 외숙이 누구이옵니까? 자전께오서 가장 귀히 여기시는 근친이 아니옵니까? 하여 소자, 자전마마께오서 박시명의 여식을 승은 상궁으로 입궁시켜주시는 은혜에 보답하고자 옛일은 다 덮겠사옵니다. 물론 오늘 밤 산사에 잠입한 자객의 배후도 굳이 밝히지 않겠사옵니다."

대왕대비가 주먹을 쥐었다 폈다. 밤낮으로 주상의 곁에 간자를 붙이고 보고를 받았거늘, 주상이 언제 여기까지 왔단 말인가. 아니라고 발뺌을 해야 할지, 종묘사직을 위한 일이라 구구절절 변명을 해야 할지 고민했다. 지금은 한 발 물러날 때다. 맞대응하면 영상 다음에는 자신이 도마에 오르리라. 짧은 순간 여기까지 판단한 대왕대비가 입을 열었다.

"내 피를 나눈 영상이 그같이 무도한 짓을 저질렀다니 믿기지는 않지만 아드님의 말씀을 믿어야지요. 이 어미가 아드님을 믿지 않으면 누가 우리 아드님을 믿겠습니까? 영상이 어찌하여 그런 짓을 저질렀는가? 이 어미가 죄인입니다. 이 어미가 죽어야 합니다."

"아니옵니다. 박시명의 여식이 승은 상궁으로 입궁하면 다 끝나는 일이옵니다."

"좋습니다. 승은 상궁을 들이세요."

"성은이 망극하옵니다, 자전마마."

"주상의 첫 승은을 입은 여인이라……. 이 어미 아주 기대됩니다."

어젯밤 일을 생각하며 원범은 웃었다. 소세를 하면서도, 의복을 입으면서도, 웃었다. 드디어 별이가 제 반려가 된다. 별이가 제 반려로서 입궁한다. 어서 아들을 낳고 별이를 정1품 빈의 자리에 올리리라. 아니, 그전에 좋은 낭군이 되리라. 이 세상에서 가장 좋은 지아비가 되리라. 임금과 후궁이 아니라 지아비와 지어미가 되어 부부로 살리라. 제게 지어미는 별이 하나뿐이리라. 지어미가 된 별이를 하늘처럼 높은 곳에 올려놓고 해처럼, 달처럼 섬기리라.

원범의 일로 대왕대비는 아침을 신경질로 맞았다. 눈을 뜨자마자 불쾌한 냄새가 확 밀려들었다. 탕약 달이는 냄새였다. 대왕대비는 내의원에서 달이는 약을 믿지 못했다. 내의원에서 처방이 오면 김 상궁의 감독하에 대왕대비전에서 직접 달이게 했다.

대왕대비는 코를 막으며 탕약을 당장 치우라고 소리쳤다. 소리치면서도 화를 내면 아니 된다는 어의의 말을 떠올렸다. 대왕대비는 치밀어 오르는 화를 가라앉히며 김좌근을 불렀다.

"주상이 박시명의 딸을 승은 상궁으로 들이겠다고 합니다."

김좌근의 얼굴에 낭패감이 일었다.

"송구하옵니다, 마마."

"그 아이를 입궁시켜 내가 직접 처리할까요? 아니면 입궁 전에 영상이 먼저 처리하겠습니까?"

"당연히 소신이, 소신이 먼저 처리하겠사옵니다, 마마."

"그러셔야죠."

대왕대비가 쓴웃음을 지었다.

원범은 기분 좋게 조반을 들고, 기분 좋게 조강과 상참을 마치고, 기분 좋게 낮것상을 받고, 기분 좋게 주강을 끝내고 출궁했다. 심규와 상의하여 창경궁 월근문으로 나왔다. 저들이 별이의 거소를 찾기 위해 창덕궁 문 앞마다 심어 놓은 미행을 피하기 위해서였다.

하지만 김좌근은 만만한 이가 아니었다. 창경궁 월근문 앞에도 김좌근의 사람이 있었다. 솔개는 원범이 창경궁 월근문으로 출궁했다는 전갈을 받고, 날듯이 말을 달렸다. 월근문 근처에서 원범과 심규의 모습을 확인하고 말에서 내려 조용히 뒤를 밟았다.

원범은 대로로 나아갔다. 많은 사람이 시끄럽게 떠들어대며 오고 갔다. 길은 평소보다 붐볐다. 원범은 사람 속에 파묻혔다. 흰색 도포를 입은 탓에 눈에 잘 띄지도 않았다. 그럴수록 솔개는 더 긴장하고 주의하며 원범을 놓치지 않았다. 하나뿐인 눈에 온 정신을 집중했다. 원범의 뒤로 여덟 명이 끄는 가마 한 대가 지나갔다. 비단 휘장과 구슬로 고급스럽게 치장한 가마였다. 대단히 지체 높으신 댁 마님이 타고 있는 듯했다. 사람들이 가마 옆으로 비켜나 길을 만들었다. 솔개는 사람들에게 떠밀리면서도 원범을 놓치지 않으려 애썼다. 가마가 지나가자 멀리 원범과 심규의 모습이 보였다. 솔개는 다시 그들을 쫓았다.

원범은 별이의 거처에 다다랐다. 별이는 흥인문 밖, 산중 외딴 초가에 있었다. 강하가 조용히 독서를 하기 위해 마련해놓은 곳이라고 하는데 사대부의 별서치고는 초라했다. 삼간초가가 다였다.

'독서가 아니라 다른 짓을 하는 게지.'

원범의 말에 강하는 고개를 저으며 펄쩍 뛰었다. 제 심신에 피가 되고 살이 되는, 몹시 유익한 책을 본다고 했다. 사서삼경을 보든, 잡서를 보든, 음서를 보든, 어쨌든 별이의 비밀 거처로 쓸모가 있었다.

"별이야."

원범은 별이의 이름을 부르며 방으로 들어갔다.

"엄마야."

별이가 깜짝 놀라며 보던 책을 덮었다. 원범의 시선이 책으로 향했다. 별이가 책을 치마 속으로 감추었다.

"무엇이냐?"

"책이옵니다."

"무슨 책이냐?"

"글자 책, 글자 많은 책이옵니다."

"한데 왜 숨기느냐?"

"하하하. 제가 숨겼나요? 숨긴 것이 아니옵니다."

별이가 고개를 저으며 어색하게 웃었다. 손으로는 책을 감싼 치맛자락을 꼭 눌렀다.

"꺼내보아라. 내 읽어주겠다."

"아닙니다. 궁금하지 않사옵니다."

"내 직접 네 치마를 들척거려야겠느냐? 어서 꺼내보아라."

원범의 손이 별이의 치맛자락으로 향했다. 별이가 원범의 손을 잡았다.

"전하, 치마를 들추시다니요? 전하께서는 그런 분이 아니옵니다."

원범이 굵고 짙은 눈썹을 꿈틀거리며 미소를 흘렸다.

"별이야, 우리가 헤어지고 나서 너무 오랜 세월이 흘렀구나. 난 이제 강화의 그 소년이 아니니라. 사내란 말이다. 피가 뜨거운. 게다가 넌 이미 승은을 입지 않았느냐? 우리 사이에 못 할 것이 뭐가 있겠느냐?"

"그건 가짜 승은이옵니다."

별이가 목소리를 낮추었다.

"네가 원한다면 오늘이라도 진짜로 만들 수 있다."

별이가 침을 꿀꺽 삼켰다. 책에서 보던 그림들이 눈앞에 어른거렸다. 별이가 눈을 감고 고개를 저었다. 원범을 보기가 민망했다. 원범이 별이에게 가까이 다가갔다. 왼팔을 옮겨 별이의 등을 받쳤다. 별이가 눈을 떴다. 원범의 얼굴이 가까이 있었다. 원범이 별이에게 입을 맞추었다. 별이가 눈을 동그랗게 뜨고 원범을 쳐다보았다. 원범이 오른손을 들어 별이의 눈을 감겼다. 원범의 손이 별이의 눈과 광대, 귀와 턱선, 목선으로 미끄러졌다. 원범의 손길에 사랑이 가득 담겨 있었다. 별이는 온몸이 나른해졌다. 몸이 자꾸만 바닥으로 꺼졌다. 원범은 왼팔에 힘을 빼면서 별이를 편안하게 눕혔다.

길고 깊은 입맞춤이 끝났다. 원범이 입술을 뗐다. 별이가 눈을 떴다. 저를 내려다보는 원범의 얼굴과 상체가 너무 가까이 있었다. 별이는 다시 눈을 감았다.

"뭘 더 원하느냐? 눈은 왜 감느냐?"

"어휴, 진짜!"

별이가 원범을 밀쳤다. 원범이 소리 내어 웃으며 별이의 옆에 누웠다. 별이는 다시 앉았다. 등을 돌려 명경을 보며 흐트러진 옷매무새와 얼굴을 정돈하고 원범의 앞에 다소곳이 앉았다. 원범은 별이를 올려다보았다. 별이는 연두저고리와 다홍치마를 입고 머리를 땋아 내렸다. 분을 바른 별이의 하얀 뺨에 붉은 연지가 은은히 번져 있었다. 오늘 별이는 그 어느 때보다 예쁘고 사랑스러웠다.

"너무 곱구나."

별이가 새초롬히 미소를 지었다.

"하나 책이 내 손에 왔으니 독서부터 해야겠구나."

원범이 웃으며 자리에서 일어났다. 오른손에는 별이의 치맛자락 속에서 꺼낸 책이 들려 있었다.

"전하!"

별이가 소리치며 벌떡 일어나 말렸으나 이미 원범이 책을 펼친 뒤였다. 이번에는 원범이 침을 꼴깍 삼켰다. 벌거벗은 남녀가 아주 친밀하게 어울리고 있었다. 강하가 지난밤에 말하던 '비장의 무기'가 이것이던가. 제 심신에 피가 되고 살이 된다는, 몹시 유익한 책.

"책이 여기 있었사옵니다. 어젯밤부터."

별이는 눈매를 찡그리며 부끄러워했다.

"그래, 아주 유익한 책을 보고 있었구나. 어젯밤부터."

"어젯밤부터는 아니옵고. 오늘 잠깐, 전하께서 오시기 전에 잠깐 보았사옵니다."

"그래. 괜찮다. 너도 피가 뜨거운 여인이 되었으리라."

원범이 책에서 시선을 거두고 별이를 쳐다보았다. 별이의 얼굴이 붉어졌다. 별이가 눈을 한 번 깜빡거리고 원범에게 다가가 입을 맞추었다.

"네 이러면 가짜를 진짜로 만들어야 하는데……."

원범이 웅얼댔다.

"전하."

원범과 별이가 눈을 떴다. 문밖에서 심규의 목소리가 들렸다.

"미행은?"

"잘 따돌렸습니다."

오늘 원범이 지나온 대로에는 평소보다 사람이 많았다. 원범이 대로를 지나던 그 시각, 근처에는 곡식을 나누어주는 행사가 있었다. 상선이 이 일을 맡았다. 곡식을 받기 위해 대로를 찾은 사람들 사이로 가마 한 대가 지나갔다. 가마에는 원범과 체격이 비숫한 내금위가 원범과 비슷한 옷을 입고 타 있다 혼잡한 틈에 내려와 심규와 합류했다. 원범은 가마에 올랐다. 뒤늦게 솔개는 심규 곁의 이가 원범이 아니라는 사실을 알아차리고 가마를 쫓았다. 하지만 원범이 이미 가마에서 내린 뒤였다.

"네 거소를 알아내기 위해 미행이 붙었구나. 하여 당분간 나는 오지 못할 게야."

별이가 고개를 끄덕였다. 원범이 일어났다.

"왜 일어서십니까?"

"응?"

"진짜 승은은……."

"아!"

원범이 주저앉았다. 별이를 꼭 안고 별이의 귓가에 속삭였다.

"네가 가장 원하는 일은 우리 집, 우리 방에서……. 조금만 기다리거라."

별이가 원범에게서 몸을 뗐다.

"누가 원했다고요?"

"피가 아주 아주 뜨거운, 여기 이 아가씨."

"저만요?"

별이가 입술을 맞물고 원범을 은근하게 노려보았다.

"소성도 이 표정을 짓곤 했지. 내 소성에게 끌린 이유가 있었어. 너였기 때문이야."

"말씀을 딴 데로 돌리시기 없습니다."

"왜? 아직도 진짜 승은에 미련이 남느냐?"

"어휴, 참. 어서 돌아가소서."

"책은 계속 열심히 보아라. 우리 아가씨를 보니, 입궁하면 쓸 일이 아주 많겠구나."

별이가 눈을 흘겼다. 이번에는 그윽하게. 원범이 별이의 볼을 어루만지고 일어섰다. 지금 일어서지 않으면 영영 못 일어날 것 같았다.

2

김좌근은 삼단 정자관을 쓰고 자색 창의를 입고 제집 사랑에 앉았다. 서안과 연상(벼루, 먹, 붓, 연적 따위를 담아 두는 작은 책상)은 금사를 입힌 자단나무로 만들었는데 궁궐에서도 볼 수 없는 사치품이었다. 김좌근은 호박으로 만든 장죽을 들었다. 호박은 황색이었다. 이 호박 장죽을 피울 때마다 제가 청국 황제라도 된 듯했다.

지난번 박가 여식의 거처를 알기 위해 창덕궁은 물론, 창경궁 문까지 사람을 심어두었지만 원범의 기지로 실패했다. 그 후 궁 내외로 더 많은 사람을 심어두었지만 원범은 더 이상 궁 밖으로 나오지 않았다. 하는 수 없이 대왕대비께 도움을 청했다. 주상의 승은을 입은 박씨는 어의동 조병기의 집에 기거하며 궁중 법도를 익히라는 언문 교지가 내려졌다. 거처는 원범의 뜻이었다. 조병기는 황해도 관찰사로 나가 있었고 그 집에는 그의 아들 영하와 강하가 기거했다. 김좌근이 원한 장소는 아니었지만 그런대로 만족했다. 집 밖에서도 얼마든지 일을 도모할 수 있으니. 어의동으로 들어오는 길목 곳곳에 사람을 배치했다. 이번은 피하지 못하리라. 김좌근의 입꼬리가 올라갔다.

별이는 내금위와 함께 한밤중에 산에서 내려왔다. 역시 저들을 따돌리기 위한 원범의 생각이었다. 이미 대전 정 나인이 별이로 위장하여 가마를 타고 민 상궁과 함께 강하네 집으로 들어간 뒤였다. 별이가 머물던 산 초입에는 강하가 호위와 함께 말을 끌고 와 있었다. 말을 타고 가라는 것도 원범의 생각이었다. 위급할 때 속도를 내기 좋았다. 별이, 강하, 내금위 둘, 강하의 호위 넷이 말에 올랐고 모두 검을 차고 있었다.

별이 뒤를 따라가던 강하가 속도를 올려 별이에게 가까이 갔다.

"제가 우리 성상을 사랑하는 마음이 지극하여 성상을 보내드리기가 못내 서운하지만……."

별이는 고개를 들어 강하를 찬찬히 들여다보았다. 달빛에 드러난 강하의 이목구비가 여인보다 고왔다. 별이의 시선을 느끼며 강하가 웃었다.

"그런 쪽은 아닙니다."

"아니, 뭐……."

별이가 겸연쩍게 웃었다.

"성상께서 김씨도 아니고, 조씨도 아니고, 홍씨도 아닌 여인을 비로 맞으시길 간절히 바랐습니다. 하여 소저가 무척 마음에 듭니다. 나를 오라비라 생각하십시오."

"오라버니요?"

"선친께서는 좌익찬을 지내셨다 들었습니다. 양반이긴 하나 지금은 소저 곁에 힘이 되어줄 이가 아무도 아니 계시지 않습니까? 하니 나를 친정 오라비라 생각하십시오."

"저보다 한참 어려 보이시는데요?"

"어허. 내 동안이라 그렇지 나이는 먹을 만큼 먹었다오. 전하께서도 날 친형처럼 의지하신다오."

강하가 말투가 오라비뻘의 말투로 바뀌었다.

"하면 궁금한 점이 하나 있는데……."

"뭐든."

별이가 잠시 쉬고 입을 열었다.

"성상의 보령, 약관을 한참 넘으셨는데 정을 나눈 여인이 한 명도 없었습니까?"

별이가 눈동자를 반짝였다. 길고 가는 눈 가운데 빛나는 별을 보면서 강하는 '별이'라는 이름이 그녀와 참 잘 어울린다고 생각했다.

"아……."

"있었습니까?"

강하가 심각한 표정으로 미간에 주름을 잡고 이야기를 시작했다.

"지금 궁에는 세 분의 어른이 계시오. 순조 대왕의 비이셨던 안동 김씨 대왕대비마마, 순조 대왕의 아드님이신 익종 대왕의 비이셨던 풍양 조씨 왕대비마마, 익종 대왕의 아드님이신 헌종 대왕의 비이셨던 남양 홍씨 대비마마. 선대왕의 비가 세 분이나 살아 계시던 적이 거의 없었소만 어쨌든 지금은 그대가 모셔야 할

시어른들이 세 분이나 계신단 말이오. 한데 이 세 가문에서 성상의 비를 들이기 위해 각축전을 벌였으니……."

　대왕대비는 김씨 가문의 처자를 중궁으로 내정해놓았다. 하나 조씨와 홍씨의 반발이 만만치 않을 터였다. 하여 조씨와 홍씨 가문에서도 처자를 들이라고 했다. 단, 정식 금혼령과 간택령을 내리기 전에 중궁을 선발해놓고 간택의 과정을 최소화하자고 했다. 금혼령과 간택령이 사가에 폐를 많이 끼친다는 명분을 들었다. 곧 김씨, 조씨, 홍씨 처자가 대왕대비의 탄신연에 초대되었다. 공식적으로는 대왕대비의 탄일을 경하하기 위하여 입궁하였나 비공식적으로는 중궁으로 간택받기 위해서였다. 대왕대비는 원범과 세 처자가 동석하게끔 자리를 만들었다. 김씨 처자는 이미 원범과 안면이 있었다. 대왕대비의 철저한 계획에 따라 대왕대비전에서 몇 번 만난 적이 있었다. 대왕대비의 바람대로, 원범은 세 처자가 동석한 자리에서 김씨 처자와만 몇 마디 나누었다.

　탄신연이 끝나고 대왕대비가 원범에게 물었다.

　'주상께서도 짐작하셨지요. 어미는 세 처자 중에서 중전을 간택하려 하오.'

　'그럼 두 사람은 어찌 되옵니까?'

　'주상이 원한다면 후궁으로 들이지요.'

　'소자의 뜻이 중요하옵니까?'

　'그럼요. 주상의 배필을 고르는 일인데 우리 주상의 뜻이 제일 중요하지요. 그래, 주상이 보기에 처자들이 어떠하셨소?'

　'자전마마를 닮아서인지 김씨 처자가 제일 고왔사옵니다.'

됐다, 대왕대비가 흐뭇하게 웃었다.

그후 대왕대비, 왕대비, 대비가 모여 중전을 간택하려 했지만 결론이 나지 않았다. 대왕대비는 주상의 뜻을 따르자고 했다.

'소자는 홍씨 처자를 중궁으로 맞고 싶사옵니다.'

왕실의 세 여인이 웃음을 터뜨렸다. 각자 의미가 다른 웃음이었다.

대왕대비가 지금도, 그때도 원범을 상대하기 어려운 일이 있었으니 바로 여인 문제였다. 원범은 죽어도 홍씨 처자를 비로 맞겠다며 고집을 부렸다. 수라도 들지 않았다. 결국, 중전 간택령은 무기한 연기되었다. 대왕대비는 그 후 몇 년간은 간택령을 입에 담지 않았다. 대신 고운 아이를 궁녀로 선발하여 지밀에 들여보냈지만 원범은 눈길 한번 주지 않았다. 세 분의 웃전이 비밀리에 추진한 중궁 간택 사건을 모르는 궁인들은 임금에게 죽은 첫 정인의 망령이 씌었다고도 하고, 병이 있다고도 했고, 남색이라고도 했다.

"한데 나는 말이오. 왠지 그 홍씨 처자를 못 잊은 게 아닌가 한다오. 전하께서 매양 가을이면 홍시를 대하실 때마다 그 눈빛이 은근하다고 할까?"

별이가 말고삐를 세게 당겼다. 말이 요란한 소리를 내며 멈추었다. 내금위와 호위들이 말을 멈추고 일제히 별이를 보았다. 강하가 웃으며 내금위를 출발시켰다.

"하하하. 농이오, 농. 내 전하의 심중에 오직 그대뿐이라는 걸 알고 있다오."

"하여 그 홍씨 처자는 어떻게 되었습니까?"

"시집가서 잘 살고 있소. 나머지 처자들도. 결국 이씨를 제외하고 세 가문이 서로서로 사돈을 맺어 잘 산다오."

별이 일행이 흥인문을 지났다. 흥인문 앞에서 금군이 별이를 세웠다. 한 여인이 별이에게 다가왔다. 여인은 대왕대비전 김 상궁이었다. 김 상궁은 인사도 없이 말했다.

"자성 전하께서 가마를 내리셨사옵니다. 가마에 오르시지요."

"성상 전하께서 이미 말을 하사하셨으니 말을 타고 가겠습니다."

별이가 대답했다.

"더 이상 왕실의 품위와 체통을 실추시키지 말라 하셨습니다."

김 상궁이 '더 이상'을 힘주어 발음했다. 별이로 인해 이미 왕실의 품위와 체통이 실추되었다는 뜻이었다.

별이가 가마를 보았다. 왕실의 품위와 체통에 맞지 않게 초라한 가마였다. 휘장도, 주렴도 없었다. 이미 왕실의 품위와 체통을 깎아먹은 네게 딱 어울리는 가마이니 타고 오렴, 하는 대왕대비전의 뜻을 헤아릴 수 있었다. 별이는 강하를 보았다.

"내명부의 일이옵니다. 조 직각 나리께서 나설 일이 아닙니다."

강하가 입을 열 새도 없이 김 상궁이 말을 쏘아붙였다.

"자성 전하께 성은이 망극하다 전해주십시오."

별이가 가마로 다가갔다.

"흉측한 물건은 내려놓으시지요."

김 상궁이 검을 가리켰다. 별이는 검을 강하에게 건네고 가마에 올랐다.

김 상궁이 앞장섰다. 금군 네 명이 가마를 옹위했다. 원범의 내금위와 강하의 호위, 강하를 합한 일곱 명이 가마를 뒤따랐다. 말고삐를 쥔 강하의 손이 식은땀으로 끈적해졌다. 울창한 버들 숲을 보고 강하가 안도의 숨을 쉬었다. 숲길을 지나면 어의동이었고 어의동 계곡 근처에 제집이 있었다. 도착까지 반 식경도 남지 않았다. 버들잎 사이로 달빛이 길을 밝혀주었다. 강하가 말을 몰아 가마 가까이 다가갔다.

"거의 다 왔습니다."

별이가 한시름 놓는 순간, 가마가 덜컹대고 멈추었다. 이어 사내의 고함, 발소리, 검이 부딪치는 소리가 났다. 별이가 가마 밖으로 나왔다. 가마꾼과 금군이 한편이 되어 내금위와 강하의 호위와 검을 겨루고 있었다. 김 상궁은 자리를 피해 달아났다. 강하가 제 검을 휘두르며 별이에게 다가왔다. 별이에게 검을 건네며 피하자고 했다. 내금위와 호위가 자객을 상대하는 동안, 강하와 별이가 달아났다. 둘은 강하의 집이 있는 산자락으로 들어섰다.

"걱정 마시오. 이 오라비가 누이를 꼭 지켜드리겠소."

강하가 검을 꼭 쥐며 말했다.

"제가 지켜드려야겠는데요?"

숲에 매복해 있던 자객 네 명이 나왔다. 검은 옷을 입고 검은 복면을 썼다. 가운데 애꾸 사내도 있었다.

"앞으로 손위 누이로 깍듯이 대하시오."

별이가 검을 들고 솔개를 향해 돌진했다.

"두고 봐야 알지."

강하가 공중으로 솟아올라 자객들을 향해 검을 내리꽂았다.

여섯 개의 검이 공중에서 부딪쳤다. 강하의 옷가지가 여기저기 찢겨나갔다. 자객의 검이 강하의 머리 위를 가로질렀다. 강하의 갓이 벗겨졌다. 갓끈에 매달린 옥구슬이 터져 바닥 위를 굴렀다. 강하의 표정이 험악해졌다. 자객을 향해 미친 듯이 칼을 휘둘렀다. 하지만 자객은 강하를 죽일 생각은 없는 듯했다. 별이에게 집중하여 공격했다.

"조심하시오."

별이가 소리쳤다. 산 위에서 화살이 날아들었다. 검은 복면 사내가 더 있었다. 네 명이 말 위에서 화살을 날려대며 내려왔다.

"뭐 이렇게 많아?"

화살이 자객을 맞히었다. 강하가 웃었다.

"이런, 실수."

자객이 말에 탄 복면 사내를 보면서 고함을 질렀다. 말 탄 사내가 자객에게 다시 화살을 날렸다. 자객이 쓰러졌다. 다른 자객을 향하여 화살이 우수수 쏟아졌다. 말을 탄 두 명의 사내가 달려와 별이와 강하를 향해 손을 내밀었다.

"우리 편인가 봐요, 누님."

강하가 소리치며 사내의 손을 잡고 말에 올랐다. 별이도 말에 올랐다. 말은 강하의 집, 솟을대문 안까지 내달렸다. 마당에 들어오고서야 말이 멈추었다. 별이와 강하가 말에서 내렸다. 사내들이 복면을 벗었다. 원범과 심규였다.

"별이야."

원범이 말에서 내려 별이에게 다가갔다.

"전하!"

별이 대신, 강하가 원범에게 달려가 안겼다.

"전하, 소신 전하께 하직 인사도 고하지 못하고 황천길로 갈 뻔했사옵니다. 별이 누님이 아니었으면 소신은 이미 죽었사옵니다."

원범이 강하를 밀쳐내려다 말고 다시 안았다. 상투는 풀어지고, 도포는 찢기고, 눈물과 콧물을 빼고 있었다. 신은 한 짝만 신었다. 이런 제 모습을 보고 충격을 받을 강하를 생각하니 애처롭기까지 했다. 원범은 조용히 강하의 등을 두드려주었다.

"자네가 고생했구나."

별당엔 좋은 향기가 그득했다. 별이가 당분간 머물 곳이었다. 미리 온 민 상궁과 대전 나인들이 별이를 맞이했다. 별이는 별당 후원을 돌아보면서 감탄했다. 원범이 웃었다. 별당 뜰에는 과실나무와 꽃이 많았다. 나뭇가지마다 등롱이 걸려 있어 꽃밭을 환하게 비춰주었다. 원범과 별이는 뜰에 섰다. 산 내음이 향긋했다. 계곡을 흐르는 물소리도 감미로웠다. 산짐승의 울음소리마저 달게 들렸다. 두 사람이 함께 있으니 소리도 냄새도 대기의 맛도 달콤했다.

원범이 별이의 등 뒤에 서서 그녀를 살포시 안았다. 원범의 숨결이 별이의 귓불에 와 닿았다. 별이가 소리 내어 웃었다. 호로록, 하고 맛있는 국수를 빨아올리는 소리 같았다. 기분 좋은 소리였다.

"저 나무는 무슨 나무이옵니까?"

별이가 후원의 나무를 가리키며 물었다.

"감나무니라."

"예? 감나무요?"

별이의 음성이 커졌다.

"왜 그리 놀라느냐? 감을 좋아하더냐? 어릴 적에는 입에 대지 않더니 언제부터 감을 좋아했느냐?"

"예, 어제까지 좋아했사옵니다."

"그래. 후원뿐만 아니라 뒷산의 나무도 모두 감나무이니라. 가을이면 늘 조 직각이 감을 올려 배부르게 먹는단다."

"그럼, 홍시도 드시겠네요?"

"또 이 집 홍시가 아주 맛나지."

별이가 이를 악물었다.

"홍시를 좋아하십니까?"

"좋아하다마다. 달콤하고 부드러우면서도 질긴듯한 속살이 좋지 않으냐? 과실의 매력을 논한다면 홍시가 으뜸이니라. 생각만 해도 입에 침이 고이는구나."

원범이 입맛을 다셨다.

"하면 홍씨랑 혼인하시지요, 왜 여태껏 홀로 계셨사옵니까?"

"뭐라? 홍시랑 어떻게 혼인을 하느냐? 이상한 농을 하는구나. 시장한가 보구나."

"예, 시장하옵니다. 너무 시장해서 홍시를 잘근잘근 씹어 먹고 싶사옵니다."

"그래, 올가을에는 홍시를 실컷 먹자꾸나."

원범이 웃으며 별이를 꼭 껴안았다. 달빛 아래에서 감나무 잎사귀가 반짝, 하고 미소 지었다.

3

　입궁 전날이었다. 깊은 밤까지 별이는 민 상궁과 이야기를 나누었다.

　"별이야, 네가 다시 입궁할 줄은 몰랐구나. 그것도 성상의 승은을 입고 말이다."

　"다시요?"

　"넌 어렸을 때 일이라 잘 기억이 나지 않겠지만 실은 두 번째 입궁이니라."

　몇십여 년 전, 나인 연심과 좌익찬 박시명은 익종의 명을 받고 출궁한 뒤 돌아오지 못했다. 익종은 역시 나인이던 민 상궁을 불러 박시명의 집에 다녀오라고 했다. 박시명의 집에는 처와 어린 딸이 하나 있었다. 하지만 박시명의 처도 그의 소식을 몰랐다. 민 상궁이 시명의 집을 떠나기 전, 시명의 처는 민 상궁에게 딸아이를 안겼다. 딸아이가 민 상궁의 품에서 방긋 웃었다. 시명의 처는 시명이 돌아올 때까지만 딸아이를 맡아달라고 했다. 처의 부탁이 하도 간곡하여 민 상궁은 딸아이, 별이를 데리고 환궁했다.

　"넌 그때도 사랑을 많이 받았단다."

　별이는 동궁전의 아기 손님이 되어 지금의 빈궁과 상궁, 나인의 귀여움을 독차지했다. 그 후, 박시명의 처가 죽고, 효명 세자가 승하하고, 죽었다고 알려진 박시명이 은밀히 나타나 별이를 데려갔다.

　"그때 빈궁이시던 왕대비마마께서 널 궁에 두고 가라 하셨지. 한데 네 아버지가 꼭 너와 함께 살아야 한다고 고집하셨어. 결국 이렇게 돌아오게 되는구나. 넌 처음부터 대궐에 살 운명이었구나."

민 상궁이 별이의 머리를 쓰다듬으며 웃었다.

"한데 어머니는 어찌 돌아가셨어요?"

"아버지가 말씀해주시지 않던? 역병으로 돌아가셨다 들었다. 네 어미가 널 내게 맡긴 걸 보면 선견지명이 있던 게지."

별이가 아비에게 듣던 그대로였다. 아비의 말이 맞으리라. 별이는 한동안 어머니의 죽음에 품었던 의혹을 거두었다.

"혹 그 소식은 없느냐?"

민 상궁이 조심스레 물었다.

"그 소식이요?"

"회임 말이다."

"회, 회임이요?"

별이가 얼굴을 붉히며 말을 더듬었다.

"뭘 그리 부끄러워하느냐? 내게는 털어놓아도 된다. 난 이미 전하께 다 들었단다."

"다……요?"

"그래, 승은을 입었으니 회임을 하는 것이 순서가 아니겠느냐?"

"그, 그렇지요. 제가 승은을 입었지요. 한데 회임은 아직…… 마마님도 들은 바가 없으시지요?"

"걱정이구나. 상궁의 첩지는 받는다 해도 회임을 하고 후사를 보아야 정식 후궁에 책봉된단다. 그래야 궁에서 네 입지가 공고해지지 않겠느냐? 전하께오서 중전마마를 맞으시기 전에……."

중전마마…… 별이의 안색에 설핏 그늘이 서렸다. 민 상궁이 말을 멈추고 별이의 손을 잡았다.

"별이야, 숙종 대왕께서 후궁은 중전이 될 수 없게끔 국법으로 정해놓으셨다. 전하의 어심은 네게 있지만 전하도 어찌하실 수 없는 일이 있단다. 언젠가는 대혼을 하고 중궁을 맞으셔야 해. 자성 전하께서 움직이시니 성상께서도 끝내 거역하기는 힘드실 게야."

"예, 걱정하지 마셔요. 잘 알고 있습니다."

별이가 애써 웃음을 지으며 밝게 대답했다.

대혼이라……. 전하께서는 이제 여염의 필부(匹夫)가 아니라 한 나라의 군주이시다. 언젠가는 대혼을 하여 중전을 맞으시고, 후사를 공고히 하기 위해 후궁을 들이실 게다. 이는 당연지사이다. 별이는 다짐하듯 생각했다. 하지만 가슴 한구석이 서늘해지는 것은 어쩔 수 없었다.

아침이 밝았다. 별이는 새벽녘까지 잠들지 못했다. 원범과 함께 산다는 설렘과 대궐살이에 대한 근심으로 마음이 어지러웠다. 이쪽저쪽으로 돌아누우며 몸을 뒤척였다. 잠이 든 지 한 시진도 지나지 않은 듯한데 영창은 밝아 있었다. 별이는 눈을 떴다가 다시 감았다. 꿈결에 아버지와 해원 스님을 보았다. 아버지, 해원 스님 모두 슬픈 눈으로 저를 바라보다가 말없이 떠나셨다. 억울하게 돌아가신 슬픔과 나를 배려하신 침묵인가, 별이는 생각했다.

별이가 정 나인의 도움을 받아 단장을 끝냈다. 정 나인은 대전 지밀나인으로 별이 또래였다. 선대왕 시절 때 생각시로 입궁하여 지금은 정식 나인이 되었다. 머리가 영리하고 행동이 민첩하여 이번에도 별이 대신 가마를 타고 강하네 집으로 먼저 와 자객을 따돌렸다고 했다. 별이가 궁중 법도를 익히는 데도 많은 도움을 주었다.

"고마워요."

별이가 말했다.

"아니옵니다. 마마님, 언제든지 소녀의 도움이 필요하시면 말씀하십시오."

정 나인이 나가고, 민 상궁이 들어왔다. 이제 가마를 타고 입궁할 일만 남았다. 민 상궁이 별이를 가만히 바라보았다. 눈가는 촉촉했지만 입가에는 미소를 그리고 있었다.

"어색하지요?"

별이가 제 머리를 만지며 눈을 찡그렸다. 명경을 들여다보았다. 첩지를 얹고 비녀를 꽂아 올린 머리가 영 어색했다.

"아니요. 고우십니다."

민 상궁이 존대를 했다. 별이와 민 상궁의 예전 관계는 어젯밤에 끝이 났다. 오늘부터는 대전 지밀상궁과 승은 상궁의 관계가 시작되었다.

"전하께서 보시면 얼마나 좋아하실까요?"

민 상궁이 웃었다.

"전하께서 오십니까?"

별이의 얼굴이 환해졌다.

"아니요. 전하께서는 오지 못하십니다. 법도가 그러한지라……."

민 상궁이 안타까운 표정으로 말끝을 흐렸다.

원범과 별이에게 오늘은 혼례 날이나 마찬가지였지만 그들에게 초례상은 허락되지 않았다. 혼례라고 해봐야 신랑 없는 곳에서 첩지를 받고, 대전을 향해 절을 올리는 의식이 전부였다.

"예, 잘 압니다. 궁중의 법도를 따라야지요."

별이가 부러 밝게 웃었다.

밖에서 정 나인이 가마가 왔다고 알렸다. 별이가 밖으로 나왔다. 뜰에는 가마와 낯선 궁인들, 내관들, 호위 무관들이 대기하고 있었다. 듣던 것보다 수행원의 수가 많았다. 뜰에 있던 강하가 웬 사내와 함께 별이에게 다가왔다. 병운이었다.

'박 상궁의 부친과 승려 해원의 죽음에 제 아비가 연관되어 있다는 사실을 들었사옵니다. 저를 보지 마시고 전하의 뜻대로 하소서.'

병운은 원범에게 이렇게 말했다고 한다. 원범은 별이에게 병운이 얼마나 반듯한 사람이며, 얼마나 신실한 벗인지를 들려주었다.

'별이야, 김좌근이 그 자리를 지키면서 얼마나 많은 죄를 지었는지 안다. 김좌근은 내가 반드시 단죄할 것이다. 이 조정에서 반드시 축출할 것이다. 하나 김 지평은 무고하다. 김 지평 그 친구가 아비와 가문을 선택해서 나온 건 아니지 않느냐? 하니 그 아비의 잘못과 김 지평을 연관시키지 말아다오. 내 간곡히 부탁하마.'

원범은 별이의 손을 잡으며 조심스레 청했다. 별이도 병운에게는 악감정이 없었다. 하지만 막상 병운을 마주하니 불편했다. 강하만큼 편하지 않았다. 별이가 우물쭈물하고 있을 때 병운이 허리를 굽혀 인사를 했다. 별이도 얼떨결에 상체를 낮추었다.

"지금 두 분이 혼인하십니까?"

강하가 웃었다. 병운이 눈을 찡그리며 강하를 흘겼다. 병운은 노복에게 보따리를 받아 별이에게 건넸다.

"입궁을 감축드립니다. 제 혼례 하례품을 전하와 함께 준비해 주셨다지요? 하여 저도 직접 준비하였습니다."

별이가 보따리를 풀었다. 목각 쌍기러기 한 쌍이 저를 향해 웃고 있었다.

"안녕."

별이가 기러기를 보고 인사를 건넸다.

"쌍기러기처럼 백년해로하십시오."

"감사합니다."

별이가 미소를 지었다. 원범과 쌍기러기에 색을 입히던 일이 생각났다. 그 기러기의 주인이 병운이었다니 이래저래 저와는 인연이 있는 듯싶었다. 강하가 다가와 별이를 재촉했다.

"자, 마마님. 이제 가마에 오르십시오. 오늘은 저희가 대궐까지 마마님을 안전하게 모시겠습니다."

원범은 대궐의 생리를 잘 알았다. 많은 궁인은 강자에겐 약하게, 약자에겐 강하게 처신하면서 대궐에서 살아냈다. 대궐에서 별이는 약자였다. 뒷배가 되어줄 본가도, 궁인을 회유할 재물도 없었다. 대왕대비, 왕대비, 대비는 차치하더라도, 내명부에는 오백 명이 넘는 궁녀가 있었다. 이들이 별이를 어찌 대할지는 원범도 짐작했다. 하여 원범은 별이를 위해 조선 최고 별열가의 자제인 병운과 강하에게 봉영의 소임을 맡겼다. 전례가 없던 일이었다. 별이에게 함부로 굴지 말라는 뜻이었다.

별이가 가마에 오르고, 가마꾼들이 가마를 들어 올렸다. 가마가 출발하면서 휘청거렸다.

"괜찮으십니까, 마마님."

강하가 가마 곁으로 와서 물었다.

"예."

양팔을 벌리면서 균형을 잡은 별이가 대답했다.

"조선에서 가장 귀한 여인을 모시는 길이다. 다시 한번 마마님을 불편하게 했다가는 용서치 않으리라."

병운의 목소리였다. 부드러운 인상과는 달리 삼엄한 말투였다.

"성상께서 가장 총애하시는 여인이시니 자네들도 마마님을 모시는 데 열과 성을 다하게."

이번에는 궁인을 단속했다. 많은 궁인을 보낸 것도 원범의 뜻이었다. 안동 김씨 병운과 풍양 조씨 강하가 별이를 어찌 대하는지 보고, 듣고, 돌아가서 전하라는 뜻이었다.

휴, 별이가 한숨을 쉬었다. 어색하기만 했던 병운이었지만 곁에 있어서 다행이라는 생각이 들었다.

가마가 부드럽게 출발했다. 별이가 심호흡을 했다. 저번에도 느꼈지만, 가마의 승차감은 그리 편치는 않았다. 제 인생에 가마라. 이런 날이 올 줄은 예상치 못했다. 대궐에서는 또 어떤 삶이 기다리고 있을지. 잠시 잊은 근심이 다시 밀려들었다. 반가에서 자란 여인에게도 궁중 생활은 박빙 위를 디디듯 어려운 일이라는데 자유롭게 천방지축으로 살아온 제가 잘해나갈 수 있을지 걱정이었다.

똑똑, 가마를 두드리는 소리와 함께 강하의 음성이 나직이 들렸다.

"밖을 보십시오."

별이가 옆으로 난 문을 살짝 올려 밖을 내다보았다. 오고 가는 사람들이 보였다. 조용한 동리를 벗어나 큰길 한복판에 있는 듯했다.

"시선을 멀리 두십시오."

별이가 고개를 들어 길 건너를 바라보았다. 한 사내가 저를 향해 손을 흔들었다. 푸른 도포에 넓은 갓, 갓 아래에 드러난 환한 얼굴, 원범이었다. 원범이 저를 보고 빙긋이 웃었다.

"전하……."

별이의 눈가가 촉촉해졌다.

"지금 이 순간을 기억해달라고 하셨습니다. 눈에 보이지 않아도 늘 곁에 있다 여겨달라 하셨습니다."

강하가 원범의 말을 전해주었다. 떨어져 있어도 원범은 제 속내를 다 읽고 있었다. 눈에 보이지 않아도 늘 곁에 있는 것처럼. 하니 근심하지 말라는 원범의 답이었다. 별이가 원범을 보면서 고개를 끄덕였다.

"전하, 혼자가 아니라서, 전하께서 곁에 계시어, 이제 두렵지 않사옵니다."

별이가 나직이 속삭였다.

승은 상궁 박씨가 보경당의 새 주인이 되었다. 승은 상궁에게
는 과한 처소였다. 궁인들은 보경당을 흘끔대면서 별이에 대해
쑥덕거렸다. 성상의 첫사랑이자 첫 승은 상궁이자 파격적인 대우
까지, 대궐의 눈과 귀가 별이에게 집중되었다.

별이는 대궐을 둘러보고 싶었다. 처소 밖으로 나갔으나 곧 다시
돌아와야만 했다. 궁녀와 내관이 삼삼오오 모여 저를 주시했다.

"안녕하세요."

별이의 밝은 인사에 내관과 궁녀는 무표정한 얼굴로 고개를 숙
였다. 저를 향한 대궐의 관심이 부담스러웠다. 제가 대궐의 사람
을 불편하게 하는 것 같기도 했다. 별이는 방에 틀어박혔다. 제
처소의 궁인들이 물러나고 방 안에 홀로 남게 된 별이는 명경을
들여다보았다.

"조선에서 가장 귀한 여인, 안녕하세요. 저는 성상께서 가장 총
애하시는 여인이랍니다. 호호호."

별이가 소리 내어 웃었다.

"한데 성상께서는 어디 계실까요? 언제 오실까요?"

거울 속 여인이 대답했다.

"성상께서 가장 총애하시는 여인, 눈앞에 보이지 않아도 늘 곁
에 있다 여겨달라는 성상의 말씀을 그새 잊으셨습니까?"

"잊을 리가요? 어떤 분의 말씀인데……."

별이가 한숨을 쉬었다. 명경과 대화를 하다니……. 아, 나는 이
제 원범의 색시가 아니라 임금의 여인이구나. 별이가 말없이 명
경을 응시했다. 창 너머로 깔린 저녁 노을이 명경 속에 붉은 풍경

을 그려냈다. 석반이 들어왔지만 원범은 오지 않았다. 나인에게 원범의 행방을 묻고 싶었지만 말이 나오지 않았다. 성상께서는 수라도 대전에서 드시는구나, 짐작만 할 뿐이었다.

대궐에서의 첫날밤이 소리 없이 깊어갔다. 별이가 잠들지 못하고 멀뚱히 앉아 있을 때 드디어 인기척이 들렸다. 별이가 눈빛을 반짝이며 일어났다. 문이 열리고, 별이의 얼굴에 실망감이 드리워졌다. 낯선 나인 하나가 들어와 무표정하게 말했다.

"연경당으로 모시라는 분부가 있었사옵니다."

"예?"

"가시지요."

낯선 나인이 우물쭈물하는 별이를 재촉했다.

4

별이는 낯선 나인을 따라나섰다. 많은 전각을 지나 대궐 어딘가를 걷고 있었다. 컴컴하여 잘 보이지 않았지만 냄새와 소리로 보아 주변에 나무가 많고 물이 있는 곳이라고 짐작했다. 숲속 어딘가를 걷고 있다는 확신이 들었을 때 누구의 분부인지 확인부터 해야 했다는 후회가 밀려왔다. 당연히 전하의 분부라 여겼지만 한적한 숲속을 걷고 있으니 의심이 들었다.

"예서부터는 홀로 오시라는 분부가 있으셨사옵니다."

나인이 별이를 멈춰 세운 곳은 대궐 밖에서도 볼 수 있는 대갓

집이었다. 나인이 대문을 열어주었다. 별이는 조심스레 대문을 지났다. 중문 사이로 불빛이 새어나오고 있었다. 한 발짝, 두 발짝, 걸음을 옮겨 중문을 열었을 때 큰 목소리가 들렸다.

"무도부출(姆導婦出). 신부를 부축해 오십시오."

민 상궁과 다른 상궁 한 명이 다가와 어리둥절해하는 별이를 부축했다. 별이의 눈이 커졌다. 제 눈앞에 초례상이 펼쳐져 있었다. 병운, 심규의 얼굴도 보였다. 상궁은 별이를 초례상 앞까지 인도했다.

"서동부서상향립(壻東婦西相向立). 신랑은 동쪽에 신부는 서쪽에 서서 서로 마주 보십시오."

집례자인 상선의 우렁찬 목소리에 이어, 민 상궁의 나직한 목소리가 들렸다.

"고개를 숙이십시오."

하지만 별이는 고개를 숙일 수 없었다. 상 맞은편에는 새신랑 원범이 새신부 별이를 맞이하여 환하게 웃고 있었다.

"어서 고개를 숙이십시오."

민 상궁보다 엄중한 목소리로 다른 상궁이 말했다. 별이가 그녀를 보았다. 민 상궁과 나이는 비슷해 보였으나 몸집은 두 배나 큰 상궁이었다.

"노 상궁입니다. 내일부터 보경당에서 마마님을 모실 겁니다. 지금은 고개를 숙이십시오."

별이가 고개를 숙였다.

"부선재배(婦先再拜). 신부가 먼저 두 번 절하십시오."

별이가 상궁들의 시중을 받아 원범을 향해 두 번 절을 했다.

'잘 왔느니라.'

원범이 미소를 지으며 마음으로 말했다.

'전하, 어찌 된 일이옵니까?'

별이가 원범과 시선을 맞추며 마음으로 물었다.

"서답일배(婿答一拜). 신랑이 답례로 한 번 절하십시오."

원범이 강하의 시중을 받아 절을 했다. 고개를 들면서 별이에게 마음으로 답했다.

'내 널 위해, 우리를 위해 준비하였다.'

"부우선재배(婦又先再拜). 신부가 또 먼저 두 번 절하십시오."

'승은 상궁에게 초례상이라니요? 신첩은 전혀 생각지 못했나이다.'

"서우답일배(婿又答一拜). 신랑이 또 답하여 한 번 절하십시오."

'박별이, 넌 임금의 승은 상궁이기 전에 사내 이원범의 색시이니라. 우리는 이제 부부가 되느니라. 백 년 동안, 아니 천 년 동안.'

상선의 집례에 따라 초례가 진행되었다. 원범과 별이의 마음속 대화도 오고 갔다.

'성은이 망극하옵니다, 전하.'

'내게 와주어서 고맙구나. 그리고 너무 늦어서 미안하구나. 오늘 하루는 어찌 지냈느냐?'

'잘 지냈사옵니다.'

'쓸쓸하지 않았느냐?'

'쓸쓸하지 않았사옵니다.'

'거짓말. 종일 방 안에 틀어박혀서 나만 기다리지 않았느냐?'

'알고 계셨사옵니까?'

'물론. 내 너에 대한 모든 바를 안다 하지 않았느냐?'

'그럼 전하께서 눈에 보이지 않아도 늘 제 곁에 계셨다는 것도 알고 계시겠군요. 하여 쓸쓸하지 않았다는 것도요.'

'그리 생각해주니 고맙구나. 그리고 또 미안하구나.'

'무엇이 말이옵니까?'

'네가 원한 필부(匹婦)의 삶을 살게 하지 못하였구나.'

'기억하고 계셨사옵니까?'

'내 너에 대한 모든 바를 기억하고 있느니라.'

신랑과 신부가 천지신명에게 서로 부부가 되어 평생을 함께하겠다고 서약했다. 청실홍실로 묶인 표주박 술잔이 신랑과 신부 간에 오고 갔다.

'전하, 필부의 삶이든, 후궁의 삶이든 이제 중요하지 않사옵니다. 전하의 배필이 되어 전하의 곁에서 살아갈 수 있으니 더없이 족하옵니다.'

'혹여 대궐에서의 삶이, 내 배필로서의 삶이 널 서글프게 하더라도, 널 쓸쓸하게 하더라도 날 믿고, 오늘의 서약을 믿고, 견디어주겠느냐?'

'서글프지도, 쓸쓸하지도 않을 것이옵니다. 전하께서 늘 제 곁에 계시니 대궐의 하늘도, 대궐의 구름도, 대궐의 나무도, 꽃도, 기와도, 담장도…… 돌멩이까지 대궐의 모든 것이 다사롭고 정답사옵니다.'

"이제 예가 끝났습니다. 두 분은 이제 부부가 되셨습니다."

집례자인 상선의 말을 끝으로 원범과 별이가 부부가 되었다.

민 상궁이 눈물을 훔쳤다.

"혜심 낭자, 좋은 날 왜 우시오?"

강하가 민 상궁의 본명을 부르며 넉살을 떨었다.

"아닙니다. 너무 좋아서 너무 기뻐서 눈물이 납니다."

"에이, 혜심 낭자도 시집가고 싶은 건 아니고?"

"시집이라니요? 당치 않습니다."

민 상궁이 놀란 눈을 하고 손을 저었다. 노 상궁이 두 눈을 부릅뜨고 헛기침을 했다.

"하면 전하의 승은을 입으려고? 이제 전하는 가셨는데?"

"아이고, 망측해라."

민 상궁이 얼굴을 붉히며 고개를 돌렸다. 노 상궁이 눈살을 찌푸렸다. 강하가 노 상궁을 보며 넉살 좋게 웃었다.

"이보게. 민 상궁 그만 놀리고 두 분께 하례 인사 올리고 그만 물러가세."

병운이 강하를 말렸다.

신랑 측 우집사로 시중을 든 강하와 신랑 신부 측 부모님을 대신하여 화촉을 밝힌 병운, 심규가 새신랑 새신부에게 다가가 축하 인사를 건넸다. 덕담이 오고 갔다. 오래전 주인을 잃고 적요하던 연경당 마당이 새신랑 새신부와 둘을 축복하는 사람들의 온기로 살아났다.

원범과 별이가 안채에 마련된 신방에 들었다. 방 안은 붉은 불빛과 좋은 향내로 그윽했다.

"전하께서 머무시는 곳에는 홍촉과 야릇한 향이 그득하온데 혹 전하께서 좋아하시는 빛과 향이옵니까?"

"아니다. 나는 싫어한다."

별이의 진지한 질문에 원범이 손을 내저었다.

"그럼 끄겠사옵니다."

"아니 된다."

"싫어한다 하시고서 어찌 아니 된다, 하시옵니까?"

원범은 오늘 낮 대전에서 혼례식 이야기를 나누며 강하가 하던 말을 떠올렸다.

'홍촉과 용연향을 준비하겠사오니 오늘은 절대 끄시면 아니 되옵니다.'

필요 없다고 단칼에 거절한 원범이었다. 하지만……

"음…… 붉은색은 악귀를 쫓고 복을 부르는 상서로운 색이라 하지 않느냐? 그리고 원래 대궐에서는 향을 피운다. 그것이 대궐의 법도이니라."

"그렇습니까? 신첩이 아직 거기까지는 배우지 못하였사옵니다."

"천천히 배우면 된다. 그것보다도 네게 줄 선물이 있으니 앉아 보거라."

원범이 별이의 손을 잡아끌었다.

"선물이요? 신첩을 위해 또 무슨 보옥을 준비하셨사옵니까? 신첩은 이 쌍지환만으로도 충분하옵니다."

별이가 제 손가락에 낀 쌍지환을 어루만졌다.

"하나 네게 꼭 필요한 것이니 받거라."

"전하의 뜻이 정 그러하시면 신첩 기꺼이……."

원범이 제 손바닥에 올려놓은 '선물'을 본 순간, 별이는 말을 잇지 못했다.

"선물이 이것이옵니까?"

"그래."

별이의 손바닥 위에서 은장도가 불빛에 반짝였다.

"하하하. 신첩한테 은장도가 가당키나 하옵니까? 제 실력을 모르시옵니까? 신첩은 무를 깎아 먹을 때도 이렇게 작은 칼은 안 쓰옵니다. 이 작은 은장도는 신첩에게 어울리지 않사옵니다."

"아니 받을 것이냐?"

"떡과 과실을 찍어 먹는 데 쓰겠사옵니다."

별이가 은장도를 손가락 사이에 끼워 넣고 자유자재로 돌렸다.

"적으로부터 널 지키라는 뜻이 아니라 독으로부터 널 지키라는 뜻이다."

"독이요? 대궐에 절 독살하려는 자가 있사옵니까?"

원범은 얼마 전 왕대비와 나눈 대화를 생각했다.

'이 사람은 저들 손에 아버지와 지아비, 아들을 잃었고, 이제 지아비가 아끼던 사람들마저 잃었습니다.'

원범이 살펴본 기록에 따르면 익종은 스물, 헌종은 스물셋, 이른 보령에 뚜렷한 원인 없이 승하했다. 그럼, 원인은 독살일 수도 있지 않을까.

'오래전에는 강화에 은거하던 박시명이 저들 손에 죽었고, 얼마 전에는 산사에 은거하고 있던 궁인 윤가가 저들 손에 죽었습

338

니다.'

그럼, 박시명과 궁인 윤가는 이 비밀을 알고 있기에 죽임을 당하지 않았을까. 원범은 생각을 떨쳐버리고 밝게 웃었다. 별이를 불안과 두려움 속에서 살게 할 수는 없었다.

"그런 자가 어찌 있겠느냐? 그저 대궐의 법도이니라. 하니 매양 음식을 들기 전에는 이 은장도로 꼭 독을 시험해보고 먹어야 한다. 알겠느냐?"

"예. 대궐에서 지켜야 할 법도는 한두 가지가 아니군요."

별이가 대답하면서 생각했다. 성상께서는 늘 독살의 위험 속에서 살고 계셨을까.

"한데 별이야……."

"예?"

별이가 생각을 멈추고 미소를 지었다.

"스승님과 해원 승려의 죽음 말이다. 그 배후가 김좌근이라고 확신하는 게냐?"

단순히 안김이라는 이유만으로 별이가 병운을 죽이려고 하지 않았을 터. 원범은 별이가 어디까지 알고 있는지 알아야 했다. 그래야 별이를 안전하게 지킬 수 있었다.

"하여 김 지평을 죽이려 하였느냐?"

별이는 아버지의 입에서 나온 '김좌근'이라는 한마디와 해원 스님의 유품인 소설책과 연서를 떠올렸다. 해원 스님의 사연 앞에서 얼버무리며 제 시선을 피하던 민 상궁의 모습도 기억했다. 분명 아버지와 스님을 죽인 자는 김좌근이고, 아버지와 스님은 익종의 사람이었다. 김좌근, 익종, 아버지와 스님…… 이들에게는 숨겨진 사연이 있고, 그 사연을 알아야 한다. 하지만…….

"아니옵니다. 전하, 신첩 이제 전하를 만나서 모든 한을 다 풀었사옵니다. 아버지와 스님의 죽음은 잊겠사옵니다. 나쁜 일은 다 잊고, 좋은 일만 생각하겠사옵니다. 하니 성려 놓으소서."

별이가 웃었다. 김좌근이라면 성상마저도 해칠 수 있으리라. 이 일로 인해 성상마저 위험에 처하게 할 수는 없었다.

'그래, 별이야. 모든 의혹과 불안과 두려움은 내게 맡기고, 넌 이제 내 곁에서 편히, 무사히만 지내거라.'

'전하, 김좌근의 음모와 비밀은 신첩이 다 밝히겠사옵니다. 신첩, 전하만은 꼭 지키겠사옵니다.'

원범과 별이가 서로를 위해 마음을 감추고 미소를 지었다. 서로의 눈을 바라보았다. 잠시 침묵이 이어졌다. 불빛 때문인지 두 사람의 얼굴이 여느 때보다 발그레했다.

"음…… 별이야, 역시 홍촉은 내 취향이 아니다. 저 불은 끄는 것이 좋겠다."

"예, 전하. 신첩이 끄겠사옵니다."

휙, 하는 바람과 함께 신방의 불이 꺼졌다.

"어찌 손으로 불을 끄느냐?"

"전하, 원래 초야의 촛불은 손으로 끕니다. 그것이 법도이옵니다."

"그러하냐? 나는 몰랐구나. 너는 어찌 초야의 법도를 잘 아느냐?"

"야장간에서 사내들과 한솥밥을 먹다보면 다 듣고, 다 알게 되옵니다."

"설마 초야의 법도를 다 꿰고 있느냐?"

별이가 입술을 잠시 맞물었다가 열었다.

"물론…… 아닙니다. 음…… 조 직각 오라버니께도 조금 듣기는 했지만 신첩도 잘 모르옵니다."

"뭐, 오라버니?"

원범의 눈썹이 실룩거렸다.

"전하께오서도 친형처럼 여기고 의지하신다면서요? 하여 저도 친정 오라비처럼 여기라 하였는데요?"

"뭐? 형? 오라비? 조강하 그놈은 머리에 피도 아직 안 마른 놈이다. 이제 겨우 상투를 튼 십 대이니라. 십 대."

별이가 강하를 떠올리며 웃었다.

"하온데 조 직각은 왠지 낯설지가 않사옵니다."

"한 처사를 떠올렸구나."

"전하도 그러셨사옵니까?"

"그래, 나도 매번 그 친구를 대할 때마다 한 처사 생각을 하곤 했다. 그렇다고 조 직각 그 친구와는 가깝게 지낼 필요는 없느니라."

"전하의 가장 친한 벗이잖아요? 그럼 신첩에게도 소중한 벗이 될 수 있지 않겠사옵니까?"

"아니다. 별로 안 친하다. 하니 가까이 지내지 않아도 되느니라."

원범이 손을 내저었다.

"그래도 참 좋은 분 같아요. 유쾌하고 친절하고요."

"뭐? 참 좋은 분? 유쾌하고 친절해? 아예 미남자라고 하지 그러느냐?"

"예, 미남이지요. 저는 그리 곱게 생긴 남정네는 처음 보았사옵니다."

원범이 별이에게 눈을 흘겼다.

"너 첫날밤부터 다른 남정네 얘기를 계속할 참이냐?"

"남정네 얘기가 아니라……."

"조강하, 그것이 아주 위험한 자이니라."

"글쎄요."

두 사람은 강화 시절 친구이자 가족이자 연인이던 원범과 별이로 돌아가 있었다.

"한데…… 손은 괜찮으냐?"

원범이 별이의 손을 잡으며 바짝 다가왔다. 목소리가 은근했다.

"예. 아무렇지도 않은데요? 손은 갑자기 왜?"

"그 여린 손으로 뜨거운 촛불을 끄지 않았느냐?"

"이까짓 것. 아무것도 아니지요."

별이가 제 손을 들어 보였다.

"신첩 야장의 딸이자 야장 출신이옵니다."

"아니, 넌 이 세상에서 제일 고운 여인이다."

원범이 다시 별이의 손을 잡았다.

"호호. 신첩이 곱사옵니까?"

"응. 곱다마다."

원범이 고개를 끄덕였다.

"신첩을 곱다고 하는 분은 전하뿐이십니다."

"물론, 지금 어두워 네 모습이 잘 보이지는 않는다만……."

"뭐라고요?"

"아니, 다들 눈이 상했다 말했다. 네가 얼마나 고운데?"

원범이 검지로 별이의 뺨을 두드렸다.

"고운 이마, 고운 눈썹, 고운 눈, 고운 코……."

원범의 손가락이 별이의 이마, 눈썹, 눈, 코를 따라 미끄러졌다. 간지러움이 별이의 전신으로 번져 나갔다.

"고운 입, 입술……."

원범의 손가락이 멈추었다. 별이가 침을 꼴깍 삼켰다. 원범이 손가락을 떼며 말했다.

"머리부터 발끝까지 곱지 않은 데가 없구나. 하니 어느 곳 하나라도 다쳐서는 아니 된다. 앞으로 이 고운 손으로 초를 끄는 일 따위는 하지 말아라."

"예."

"조금이라도 위험한 일은 해서는 아니 된다."

"예. 신첩은 이 세상에서 제일 고운 여인이니까요."

별이가 미소를 지으며 고개를 끄덕였다.

"한데 신첩, 어디가 고운지 잊어버렸사옵니다. 전 어디가 곱사옵니까?"

별이가 얼굴을 내밀었다. 원범이 손가락을 들었다.

"넌 다 고우니라. 고운 이마, 고운 눈썹, 고운 눈, 고운 코, 고운 입, 입술……."

원범의 손가락이 별이의 입술에서 멈추었다. 톡톡 하고 별이의 입술을 두드렸다. 빙글빙글 맴을 돌았다. 별이가 뜨거운 숨을 토해냈다. 부드러운 숨결이 원범의 손가락을 어루만졌다. 원범이 눈을 감았다. 그의 손가락이 별이의 목덜미로 흘러내렸다. 별이가 원범에게 입을 맞추었다.

대궐 하늘에 가장 밝은 별이 떴다. 신출내기 부부의 첫날밤이 별과 함께 간지럽게 저물어갔다.

승은 상궁

J

민 상궁이 대전에 들었다. 원범을 보고 방실 웃었다. 원범도 미소를 지었다. 민 상궁이 또 방실 웃었다. 원범은 또 미소를 지었다. 민 상궁이 또 방실 웃었다.

"민 상궁."

원범이 부드러운 가락으로 민 상궁을 불렀다.

"예, 전하."

민 상궁이 노래하듯이 대답했다. 목소리가 들떠 있었다.

"무슨 일이 있으신가?"

"호호호. 전하, 보경당에 의녀가 들었사옵니다."

"별이가 어디 아픈가?"

원범이 놀란 눈으로 물었다.

"호호호. 전하, 고정하소서. 의녀에게 확답을 들으면 말씀 올리려 하였사온데……."

"어서 말씀하시게."

"박 상궁이 회임을 한 듯하옵니다. 음식 앞에서 입덧을 했다 하
옵니다."

"벌써?"

원범이 고개를 갸웃거렸다. 별이와 초야를 보내고 겨우 이틀이
지났다.

"벌써라니요? 박 상궁이 승은을 입은 지 석 달이 넘지 않았사
옵니까?"

"그래. 그랬지. 박 상궁이 석 달 전에 승은을 입었지."

원범이 고개를 여러 번 끄덕였다.

"가봐야겠네."

원범이 일어나 보경당으로 향했다.

"하하하."

원범의 웃음소리가 보경당 문지방을 넘어 뜰 안에 울려 퍼졌
다. 뜰에 있던 민 상궁이 한숨을 쉬었다.

"전하, 웃지 마십……."

고개를 쳐들고 눈매를 찡그리던 별이가 노 상궁을 보고 미소를
지었다. 고개를 살포시 숙였다. 눈을 내리깔고 얌전히 말했다.

"전하, 그리 웃으시면 신첩 부끄럽사옵니다."

원범이 별이의 어깨를 잡았다.

"별이야, 왜 이러느냐? 분명 체기는 다 가셨다고 했는데 아직
도 몸이 좋지 않느냐?"

"호호호. 놀라시기는요? 신첩 본래 정숙하고 음전한 여인이 아니옵니까?"

꼬르륵, 말이 떨어지자마자 별이의 배 속이 비웃는 듯 울렸다. 별이가 배를 잡으며 이마를 찡그렸다.

"하하하. 네 왕자가 아니라 거지를 회임한 게로구나. 노 상궁, 음식 좀 들이시게."

노 상궁이 나가고 별이가 한숨을 내쉬었다. 원범이 별이를 안고 등을 도닥였다. 별이의 증상은 급체였다. 노 상궁에게 가르침을 받으며 밥을 먹느라 체했다고 한다.

"내 다 안다. 내 다 아느니라. 하나 노 상궁은 나도 어쩔 수 없구나. 대궐에 처음 왔을 때 내게도 대왕대비전 다음으로 무서운 사람이었다."

노 상궁은 원범이 입궁했을 때부터 민 상궁과 함께 지밀에서 원범을 모셨다. 왕대비전에서 보낸 민 상궁이 어머니와 같이 부드럽고 따뜻한 사람이라면 대왕대비전에서 보낸 노 상궁은 아버지와 같이 엄하고 냉정한 사람이었다. 법도에 어긋나는 일은 한 치도 용납하지 않았다.

노 상궁이 죽상을 가지고 들어왔다. 별이가 물부터 마셨다.

"마마님, 물을 마실 때에는 목구멍에서 꿀꺽꿀꺽 소리를 내서는 아니 되며 죽을 드실 때에는 갑자기 들이마셔 후루룩 소리를 내서는 아니 되며 숟가락이 그릇에 닿는 소리를 내서는 아니 되며……."

"이리 다오. 내가 먹여주마."

원범이 숟가락을 들며 노 상궁에게 미소를 지었다. 노 상궁이 무표정하게 고개를 끄덕이고 밖으로 나갔다.

"아……."

별이가 얕게 신음을 토했다.

"괜찮다. 곧 익숙해지느니라. 자, 어서 먹자. 밥 좋아하는 우리 별이, 대궐에서 굶어 죽으면 아니 되지."

"신첩이 먹겠사옵니다."

"그리하겠느냐?"

원범이 별이에게 얼른 숟가락을 쥐여주었다. 별이가 떫은 감을 씹듯, 죽을 씹었다.

원범이 별이를 보며 웃었다. 젓가락으로 나박김치에 있는 하얀 무를 집어 별이의 입에 넣어주었다. 별이가 무를 씹다가 멈추었다.

"왜? 맛이 없느냐?"

"전하, 신첩은 도저히 모르겠사옵니다. 어찌 무를 소리 나지 않게 씹을 수 있사옵니까?"

별이가 투정하듯 말했다.

"소리 나게 씹거라. 나는 네가 아삭아삭 무를 씹는 소리가 이 세상에서 제일 듣기 좋더구나."

"그렇지요?"

별이가 무를 씹었다.

"잘 씹는구나. 자, 미나리도 씹거라."

원범이 미나리를 별이의 입에 넣어주었다. 별이가 아기 새처럼 작은 입을 벌리고 받아먹었다.

"잘 씹는다. 어찌 이리 예쁜 소리로 씹느냐? 자, 국물도 씹거라."

원범이 국물을 떠서 별이의 입에 가져다주었다.

"전하."

별이가 정색했다.

"국물을 어찌 씹사옵니까?"

원범도 정색했다.

"그래, 그럼 노 상궁 앞에서는 국물만 먹으면 되겠구나. 소리 나는 건 내가 먹여줄 터이니, 노 상궁과 있을 때는 국물만 먹거라."

"예, 그리하겠사옵니다."

별이의 표정이 진지했다. 원범이 웃음을 터뜨렸다. 별이도 까르르 웃음을 터뜨렸다.

"아이, 어찌합니까?"

"어찌하긴 뭘 어찌해? 어서 씹어 먹어라. 냠냠 씹어 먹거라."

원범이 별이의 입에 죽 한술을 넣어주었다.

"내 아예 노 상궁을 씹어주랴?"

별이가 죽을 먹으며 손을 내저었다.

"그래, 사내가 좀스럽게 아녀자의 편을 드느라 아랫사람을 나무랄 수는 없겠지?"

"예, 신첩이 알아서 하겠사옵니다."

"그래, 넌 잘할 수 있을 게야."

원범이 고개를 끄덕이며 별이의 입에 죽을 또 한 술 넣어주었다.

"맛있느냐?"

별이가 고개를 끄덕였다.

"그럼, 홍시 맛이 나겠구나?"

"예?"

별이가 이마를 찡그렸다.

"아닌데요."

"어, 이상하다. 내 가장 좋아하는 '홍시' 맛이 나는 죽을 만들라 했거늘, 어째서 홍시 맛이 나지 않는단 말이냐?"

"홍시 맛이 나지 않아서 홍시 맛이 나지 않는다고 하였는데 어찌 홍시 맛이 나지 않느냐고 하시면 신첩은 화가 나옵니다.* 전하."

별이가 이를 악물고 입꼬리를 끌어올렸다. 원범이 웃었다.

원범은 이미 강하에게 '홍씨' 이야기를 들은 터였다. 원범도, 강하도 알고 있었다. 그때, 원범이 홍씨 처자를 택한 이유는 홍씨 처자가 중궁이 될 가능성이 제일 낮기 때문이라는 것을. 원범은 홍씨 처자의 얼굴도 기억나지 않았다.

"그럼, 하는 수 없구나. 가을이 되면 내 홍시를 많이 안겨다주마. 내 말했더냐? 가장 좋아하는 과실이 홍시라고."

"예. 신첩도 전하가 가져다주시는 홍시의 맛이 아주 기대가 되옵니다."

별이가 주먹까지 꼭 쥐고 대답했다. 별이의 뺨이 부루퉁해졌다. 원범이 별이의 부푼 뺨에 입을 맞추며 웃었다.

원범은 보경당을 나오면서 노 상궁을 불렀다. 주위를 물리고서는 노 상궁에게 가까이 다가갔다.

"노 상궁."

낮고도 은밀한 목소리였다. 원범은 노 상궁을 내려다보고 눈을

---

* 드라마 〈대장금〉의 대사를 변용.

맞추었다.

"우리 박 상궁은 말이네. 먹는 걸 무지 좋아한다네. 하여 먹을 때 누가 방해하면 무척 싫어한다네. 밥이든 국이든 푹푹 떠서 입 안에 한가득 넣고 냠냠 씹으면 기분이 좋아진다네. 또 걸을 때는 말이지 사내처럼 씩씩하게 힘차게 걷는다네. 치맛자락을 잡고 뜀 박질도 잘한다네. 치마를 입고서도 멧돼지 한 마리는 거뜬히 때 려잡을 수 있다네. 또 소리를 지를 때는 얼마나 우렁찬지 열 대장 군 부럽지 않다네. 노 상궁, 이 모습이 바로 과인이 사랑하는 박 상궁이라네. 과인을 변태라 욕해도 좋네. 하나 과인은 씩씩하고 늠름하다 못해 저 짐승 같은 박 상궁이 좋다네. 부디 과인에게서 사랑스럽고 귀엽고 든든한 박 상궁의 모습을 앗아 가지 마시게."

노 상궁은 입을 벌린 채 말이 없었다. 숨을 쉴 때마다 턱 아래 로 늘어진 살이 출렁였다.

"과인은 자네만 믿겠네."

원범이 돌아서려다 말고 다시 노 상궁을 보았다.

"과인은 자네도, 있는 그대로, 이 모습 그대로 사랑한다네."

"예, 전하. 성은이 망극하옵니다."

노 상궁이 허리를 굽혔다. 원범이 돌아서며 빙긋 웃었다.

2

날이 푹푹 찌는 더위가 연일 계속 이어졌다. 편전에 든 원범은 찬물 수건으로 땀을 닦으며 승지가 올린 공문서에 계자인을 찍었다. 잠시 후 편전에 손이 들었다. 뜻밖의 인물을 보고, 도승지 조형복의 낯빛이 어두워졌다.

"어서 오시오. 이 더위에 예까지 오시느라 얼마나 노고가 많으셨습니까?"

"신, 지난 복날에 전하께서 하사하신 고기와 얼음을 받잡고 어찌 가만히 있을 수 있겠나이까? 전하께오서도 백성들을 생각하시어 육선을 물리신다 들었사온데 불초 소신에게까지 성은을 베푸시어 그저 망극할 따름이옵니다."

"아니오. 과인이 힘이 없어 경을 곁에 두지 못하여 미안합니다."

조형복이 나가고 노신(老臣)이 절을 올렸다. 원범은 예순 중반의 노신을 위해 친히 찬물 수건을 건넸다. 노신이 황송해하며 찬물 수건을 받아 들고 땀을 닦았다. 추사 김정희였다. 안김에게 탄핵당하여 제주에서 9년간의 유배 생활을 끝내고 돌아왔지만 정계에 복귀하지 못했다.

"전하, 승은 상궁을 맞으셨다 들었사온데 신이 오늘 전하의 용안을 뵈오니 그 여인을 진심으로 은애하고 계시옵니다."

"그러합니까? 경의 눈에는 보입니까?"

"예, 소신의 눈에는 잘 보이옵니다."

김정희는 마치 할아버지가 손자를 대하듯이 인자한 미소를 지었다.

"소신도 내자를 살뜰히 은애하옵니다. 하온데 유배지에서 오랜 시간을 보내다보니 내자와 떨어져 있을 때가 많았사옵니다. 한번은 내자가 예산 집에서 제주 유배지까지 옷과 반찬을 보냈지요. 하나 시일이 많이 지나버려 내자가 봄밤 내내 바느질한 여름옷은 겨울에야 도착했고, 내자가 어렵게 구하여 저는 먹지도 않고 보낸 반찬은 곰팡이가 슬고 슬어서 먹을 수 없었지요. 하여 내자의 마음을 걸치지도, 입지도 못한 채 머리맡에 병풍처럼 둘러놓고 밤을 보냈답니다."*

"그 부인과 그리 애틋한 사연이 있었습니까?"

"예. 하온데 유배 생활 2년 만에 내자는 저세상 사람이 되었습니다. 것도 모르고 소신은 내자가 죽던 날도, 그 다음 날도 내자에게 보내는 서신을 썼더랬지요. 서신을 부치고 이제나저제나 내자의 답신을 기다리는데 한 달이 훨씬 지나고 나서야 온 서신은 내자의 답신이 아니라 부고였사옵니다."

노신이 떠나고 그가 앉은 빈자리를 보며 원범은 눈가를 적시며 아내를 그리워하던 추사의 모습을 떠올렸다.

'전하! 신이 노쇠하고 세도가의 서슬이 아직도 퍼렇나이다. 소신, 언제 전하를 다시 뵈올지 기약할 수 없는 처지이옵니다. 정치적인 부침 속에서 이래저래 여한이 없다고 하면 거짓이겠사오나 이제 와 생각해보니 내자와 좀 더 많은 정을 나누지 못한 것이 가장 큰 회한으로 남사옵니다. 전하께서는 부디 은애하시는 여인을 곁에 두시고 백년해로하소서.'

알겠습니다. 내 반드시 그대도, 내 여인도 지키겠으니 우리 꼭 다시 만납시다. 원범은 제가 존경하는 노신과 은애하는 여인을

---

* 김정희가 아내에게 보낸 한글 편지를 인용.

떠올리며 또 다짐했다.

노신을 보낸 원범은 보경당으로 왔다. 그와 대화를 나눈 후, 별이 생각이 더 났다. 보경당 대문 앞에서 원범은 저를 따르는 수행원들을 멈춰 세우고 혼자 보경당 뜰 안으로 들어왔다. 검지를 제 입에 대고, 보경당을 지키던 궁인들의 입을 막았다. 원범은 모처럼 시간을 낸 터였다. 별이를 깜짝 놀라게 해주고 싶었다. 발 너머로 별이의 그림자가 어른거렸다. 원범이 미소를 지었다. 조용조용 발을 움직여 방문 앞에 다다랐다.

"나오라 해라."

원범이 나직이 말했다. 문 앞에 선 나인이 방 안을 향해 소리를 높였다.

"마마님, 잠시 나와보십시오."

잠시 후, 문이 열렸다. 원범이 방을 나서는 별이를 꼭 껴안았다. 별이가 제 품에 쏙 들어온 것이 아니라, 넘쳤다.

"전하!"

엄중한 목소리, 육중한 몸태. 노 상궁이었다. 원범이 놀라 몸을 뗐다. 궁인들이 키득거렸다.

"박 상궁은?"

"마마님이야 늘 뜰에 계시지요. 아니 만나셨사옵니까?"

"만났네. 만나러 갈 것이네. 하니 자네는 방 안으로 들어가서 절대 나오지 마시게. 아무리 불러도 나오지 마시게."

원범이 뜰로 내려섰다. 별이의 모습은 보이지 않았다. 뒤뜰로 갔다. 여기도 별이는 없었다. 별이가 늘 저만 기다려야 한다는 법은 없지만 찾은 곳에 별이가 없으니 서운했다. 시무룩한 얼굴로 서서 하늘을 올려다보았다. 한숨을 쉬었다. 바람이 불었다. 그리고 등 뒤를 파고드는 포근한 감촉. 제 가슴팍으로 스며드는 간지러운 촉감. 원범이 뒤로 돌았다. 별이가 두 눈을 반짝이며 저를 올려다보고 있었다.

"미운 것. 어디에 있었느냐?"

"눈에 보이지 않아도 저야 늘 전하 곁에 있지요."

별이가 웃었다. 원범이 별이를 꼭 안았다. 맞춤옷처럼 별이가 제 품에 쏙 들어왔다.

"하온데 전하, 보경당에 흉흉한 소문이 돌더이다."

별이가 고개를 들어 원범을 바라보았다.

"무슨 소문?"

"전하께서 그새 다른 여인을 품에 안으셨다고요?"

"아니. 그럴 리가 있겠느냐?"

원범이 고개를 저었다.

"이런, 어찌합니까? 신첩도 두 눈으로 똑똑히 보았사온데요?"

"하여 지금 투기를 하십니까? 부인?"

"투기는 칠거지악이니 하여 신첩에게 소박을 놓으시겠습니까, 서방님?"

"아니요. 사과를 드려야지요. 부인."

원범이 별이에게 입을 맞추었다.

"전하."

별이가 주변을 살피기 위해서 고개를 돌렸다. 원범이 별이의 빰에도 입을 맞추었다.

"전하."

별이가 눈을 가늘게 떴다. 원범이 다시 별이에게 입 맞추었다. 별이가 웃었다.

"안으로 드소서."

"싫다."

"그럼 예서요?"

별이가 주변을 살폈다. 원범이 웃으며 별이의 볼을 꼬집었다.

"이 엉큼한 아낙을 보시게. 혼례를 올리더니 용감해졌구나. 무슨 생각을 하는 게야?"

"부창부수(夫唱婦隨). 이심전심. 신첩이야 늘 전하랑 같은 생각을 하지요."

"그럼 가자."

원범이 별이의 손을 잡고 걸음을 옮겼다. 원범과 별이가 대문 간에 도착했다.

"방으로 들어가지 않사옵니까?"

별이가 고개를 갸웃거리며 물었다.

"왜? 그리 방으로 가고 싶으냐? 아직 달도 안 떴는데?"

원범이 별이의 귓가에 대고 속삭였다.

"아니요. 신첩 오늘, 전하와는 결코 방으로 들지 않겠사옵니다. 달이 떠도!"

"그럼, 내일, 별이 뜨면 들자꾸나. 얼마 남진 않았다."

별이가 눈을 흘겼다.

원범과 별이가 손을 잡고 나란히 걸었다. 저녁놀이 대궐의 하늘에 곱게 깔리고 있었다.

"한데 전하, 노 상궁이 좀 달라졌사옵니다."

"어떻게?"

"더 이상 법도를 운운하지 않사옵니다. 신첩이 밥을 먹을 때도 곁에 있지 않고요. 물론 궁인들에게는 여전히 엄격하지만요."

"잘되었구나."

"혹, 전하께서 노 상궁을 어찌하시지는 않으셨지요?"

"내 팔불출로 기억되고 싶지는 않다. 제 여인의 역성을 드느라 늙은 상궁을 어찌하겠느냐?"

"그렇지요."

"다 네 힘이다. 네 힘으로 해냈느니라. 네게는 검이나 칼을 들지 않고도 사람을 움직이게 하는 힘이 있다. 하니 네 힘을 믿고 당당하게 생활하여라."

"제 힘이요?"

별이가 어깨를 으쓱하며 웃었다.

"그래, 네 힘. 그러고 보니 내가 능력 있는 여인을 얻었구나."

별이가 소리 내어 웃었다. 원범의 도움 없이 제 힘으로 잘해나가고 있다고 생각하니 기분이 좋아졌다. 별이의 모습을 보며 원범도 웃었다. 별이가 당당하고 자신 있는 태도로 궁 생활을 즐기기를 바랐다. 두 사람의 발걸음이 가벼웠다. 손을 꼭 잡고 후원 부용지에 도착했다.

"와, 대궐에 이런 곳이 있었사옵니까?"

별이의 눈빛이 부용지 물빛처럼 빛났다.

"후원에 이보다 근사한 곳은 많으니라. 보경당에만 있으니 답답하지 않느냐?"

"아니요. 하나도 답답하지 않사옵니다."

"거짓말도 늘었구나."

원범이 별이를 정자에 앉혔다.

"별이야, 나를 염려하여 거짓을 말할 필요는 없느니라. 내 여인이 나를 염려하여 희생과 불편을 감수하는 걸 원치 않는다. 언제든지 네가 보는 그대로, 네가 듣는 그대로, 네가 느끼는 그대로를 말해주었으면 좋겠구나. 약조해다오. 나를 염려하느라 네 마음을 숨기지 않겠다고."

별이가 고개를 끄덕였다.

"보경당 생활이 답답하지 않느냐?"

"답답하옵니다."

"그럴 테지. 한데 왜 밖으로 나가지 않느냐?"

"좀 무섭습니다."

"뭐가?"

"잘 모르겠습니다. 대궐에 오니 신첩에게도 겁이라는 게 생겼사옵니다."

"별이야, 보아라. 예가 다 우리 집이다. 너와 내가 함께 살고, 우리 아이들이 살아갈 집."

"우리 집."

원범이 별이의 곁에 앉았다.

"그래, 우리 집. 두려워 말아라. 그리고 네겐 사람을 움직이게 하는 힘이 있지 않느냐? 노 상궁 저 깐깐한 노인네를 움직인 이는 네가 처음이다."

"그렇지요?"

별이가 환하게 웃었다.

"후원엔 여기보다 근사한 곳이 얼마든지 있단다. 대궐이 넓어서 나도 다 보지 못했구나. 네가 찾아서 내게 하나씩 보여주겠느냐?"

"예, 제가 찾아서 전하께 다 보여드리겠사옵니다."

별이가 자신 있게 웃다가 다시 물었다.

"하온데 전하, 대왕대비전은 예서 멉니까?"

"가보련?"

"아니요."

별이가 손사래까지 치며 고개를 저었다.

별이는 입궁한 다음 날, 대왕대비, 왕대비, 대비 세 분 웃전께 인사를 올려도 되는지 여쭈었다. 왕대비전과 대비전에서는 즉시 들어도 좋다는 답이 왔으나 대왕대비전에서는 따로 명이 있을 때까지 기다리라는 답이 왔다.

대비와 왕대비는 모두 별이를 친절히 맞아주었다. 대비는 별이에게 비단을 하사하였고, 왕대비는 별이에게 비단과 패물을 하사했다. 왕대비는 별이가 어린 시절 궁에서 지낸 이야기도 들려주었다.

원범이 별이의 손을 맞잡았다.

"별이야. 대왕대비는 물론 만만한 분이 아니다. 그렇다고 두려

위해서는 아니 된다. 악한 사람일수록 약자에겐 강해지는 법이다. 네 두려움을 귀신같이 알아차리고 이용하려 들 게야. 그건 네 잘못이 아니라 상대가 악한 것일 뿐이다."

"예. 알고 있사옵니다."

"네게 고난을 줄 수도 있다. 하나 내명부의 일이니 내가 일일이 나설 수는 없구나. 내가 나서면 사람들의 손가락은 내가 아니라 너를 향할 게야. 너로 인해 내가 불효를 저지른다고 하겠지. 너 또한 저들의 표적이 되겠지. 하여 너 홀로 대왕대비전을 상대해 내야 하느니라. 할 수 있겠느냐?"

"예, 할 수 있습니다. 전 혼자가 아니니까요. 눈에 보이지 않아도 전하께서 늘 제 곁에 계시니까요."

"하지만 네 힘에 부치면 언제든지 말해야 한다."

"예."

"그럼 낙선재로 한번 가보겠느냐?"

"아니요."

"아직도 두려우냐?"

"그게 아니라 전하와 단둘이, 오붓이 기다리고 싶습니다."

별이는 원범의 팔짱을 꼈다.

"누구를?"

"별님을요. 내일 밤, 별이 떠야 처소로 돌아가지요."

"아이고, 엉큼한 부인이 또 납시셨구나. 납시셨어. 하하."

원범이 별이의 볼을 꼬집고서는 하늘에 뜬 희미한 별을 가리켰다.

"어, 별이 떴구나. 가자."

"아직은 오늘 밤이잖아요. 내일 밤까지 기다리겠사옵니다. 전하를 꼭 붙잡고요."

원범과 별이는 서로 마주 보고 웃었다.

"어, 별이 또 떴구나."

원범이 별이를 가리켰다. 별이가 눈을 깜빡였다.

"아니다. 얼굴이 둥글 납대대한 게 달이었구나. 달. 별이야 너 몸이 많이 불었구나. 어쩐지 노 상궁을 안았을 때 남 같지 않더라니 이유가 있었어, 이유가."

별이는 팔짱을 풀고 원범을 흘겨보았다. 원범은 별이가 저를 흘기는 표정이 좋아 자꾸만 별이를 놀리고 싶었다.

"예? 저 오늘부터 밥을 안 먹겠사옵니다."

"과연 우리 별이가 밥을 마다할까?"

"예, 안 먹겠사옵니다."

"내가 먹여줄 텐데?"

"하여도 안 먹겠사옵니다."

별이가 토라진 듯 원범을 뒤로 하고 걸음을 뗐다. 아아, 원범이 목청을 가다듬고 노래를 시작했다. 강하가 흥얼대는 소리를 듣기만 했지 부르기는 처음이었다.

"이리 보아도 내 사랑 저리 보아도 내 사랑. 내 사랑이지 네가 내 사랑이지. 둥둥둥둥 어허둥둥 내 사랑."

별이는 웃음이 터져 나왔지만 꾹 참고 토라진 척 걸음을 옮겼다. 원범은 다른 대목도 생각해냈다.

"이리 오너라 업고 놀자. 이리 오너라 업고 놀자. 사랑 사랑 사랑 내 사랑이야. 사랑이로구나 내 사랑이지."

원범이 달려와 별이를 업었다.

"몸이 많이 불었는데 무겁지 않사옵니까?"

"아니다. 깃털처럼 가볍구나. 앞으로 더 많이 먹어야겠구나."

"아니옵니다. 지극히 높은 분께서 제 얼굴이 둥글 납대대한 게 달덩이 같다고 하여 먹지 못하옵니다."

원범이 또 다른 대목을 생각했다. 마침 딱 맞는 부분이 있었다. 오늘 밤은 제가 이 도령, 별이가 춘향이 된 듯하였다.

"네가 무엇을 먹으려느냐. 네가 무엇을 먹으려느냐. 둥글둥글 수박 웃꼭지 떼 뜨리고. 강릉 백청을 따르르르 부어. 씨는 발라 버리고. 붉은 점 움푹 떠 그것을 네가 먹으려느냐."

"아니, 나는 싫소."

별이가 가락 없이 대답했다.

"어둥둥 내 사랑이야. 그러면 무엇을 먹으려느냐. 능금을 주랴 포도를 주랴. 뒷동산 올라가 시금털털 개살구. 작은 이 도령 서는 데 네 먹으려느냐?"

"작은 이 도령이요? 전하께오서는 아들을 원하시겠지요?"

"아들이든 딸이든 상관없다. 아니, 없어도 괜찮다. 너만 무탈하다면 내 다 괜찮다."

"한데 어째서 춘향과 이 도령 노래이옵니까? 두 사람은 나중에 이별하지 않사옵니까? 춘향은 나쁜 자에게 죽지 않사옵니까?"

"끝까지 듣지 않았구나."

"예, 지나가다가 전기수가 읽는 내용을 띄엄띄엄 들었사옵니다."

"이 도령이 춘향을 구하고 춘향은 정경부인이 되어 두 사람은 백년해로하느니라."

별이는 다행이라고 생각했다. 저와 원범도 춘향과 이 도령처럼 되고 싶다고 바랐다. 원범은 계속 노래를 이었다.

"그러면 무엇을 먹으려느냐. 소 잡아 주랴 돼지 잡아 주랴 양을 잡아주랴. 닭을 잡어주랴 나를 통채 삶아주랴."

"아이고, 전하. 무슨 말씀이시옵니까? 전하를 잡다니요? 사람을 어찌 먹사옵니까?"

"애 별이야 말 들어라. 사랑에 지쳐서 하는 말이로다. 둥둥둥둥 어화둥둥 내 사랑."*

어느덧 두 사람은 후원을 벗어났다.

"이제 내려주십시오."

"방까지 들어가자."

"아니 되옵니다. 내관과 여관이 보옵니다."

"과인이 내 색시를 업는데 누가 보면 어떠하냐?"

"하오면 신첩이 전하를 업겠사옵니다. 노래에서도 이 도령이 춘향에게 저를 업으라고 하지 않사옵니까?"

"그건 방에서……."

"예?"

별이가 원범의 등에서 훌쩍 뛰어내렸다.

"아직 오늘 밤이옵니다."

"하면 업고 놀았으니 내일 밤이 올 때까지 '타고 노는 노래'를

---

* 판소리 『춘향』 중 '사랑가'의 일부를 변용.

불러주랴?"

별이가 깜짝 놀라 주변을 살폈다.

"왜, 마음에 들지 않느냐? 하면 '옷 벗기기 노래', '궁'자 노래도 있느니라?"

"전하, 고정하소서. 전하는 이런 분이 아니시옵니다."

별이가 음성을 낮추어 웅얼대듯 말했다.

"잊었느냐. 우리는 강화의 소년, 소녀가 아니라 하였다. 이제 부부이니라. 피가 끓는, 건강한 부부 말이다."

별이가 고개를 저으며 원범을 흘겨 보았다.

"알았다. 알았어. 앞으로 네 앞에서는 절대 노래를 부르지 않으마."

"아니, 전하의 노래는 좋사옵니다. 다만, 방 안에서 불러야 할 노래가 있고, 방 밖에서 불러야 할 노래가 있다는 말이지요."

"그래, 그럼 뭐, 맷돌 노래를 부르지."

별이는 잠시 생각하다가 손으로 제 입을 막았다. 입을 막은 채로 말했다.

"오 전하, 신첩 너무 부끄러워 고개를 들지 못하겠나이다."

별이가 원범을 두고, 걸음을 서둘렀다.

"별이야, 네 참 이상하구나. 맷돌이 어떻다고 그러느냐? 맷돌은 곡식을 가는 데 쓰는, 건전한 물건이니라."

"오, 전하! 그만! 그만하소서."

별이는 양손으로 제 귀를 막고 걸었다.

"아 참, 부인. 맷돌은 그저 맷돌일 뿐인데 어찌 그러시오?"

"오, 전하! 신첩을 차라리 죽여주소서."

"부인, 죽더라도 내 노래는 듣고 죽으시오."

"오, 전하! 제발! 그만!"

별이는 처소를 향해 뛰어갔다. 원범이 별이를 잡고, 별이는 원범을 뿌리치고 얼굴을 가렸다. 처소 근처에 대기하던 궁인들이 고개를 숙였다. 하늘에서는 별이 반짝, 모습을 드러내고 미소를 뿌렸다.

3

처음 맡아보는 서가의 냄새가 나쁘지 않았다. 옛이야기와 지난 세월의 향이었다. 왕실 서고에 온 별이는 서가 한 칸 한 칸을 지나며 이 책 저 책을 뒤져보는 일이 흥미로웠다.

요 며칠 별이는 '전, 당, 합, 각, 재, 헌, 루, 정'으로 끝이 나는, 대궐의 전각들을 둘러보는 데 재미를 붙였다. 전하께서 즉위하신 곳이자 만조백관을 거느리고 공식 행사를 여시는 인정전, 제가 혼례를 올렸던 연경당, 한때 익종 대왕께서 사용하셨던 중희당과 의두합, 성정각, 헌종 대왕께서 총애한 후궁을 위해 지은 낙선재와 석복헌, 도서관과 열람실이 있는 주합루와 익종 대왕의 도서관이던 승화루 그리고 후원의 아름다운 정자, 부용정, 애련정, 존덕정, 관람정 등. 별이는 대궐을 둘러보면서 이곳에서 원범과 제가 만들어갈 무수한 역사와 이야기를 꿈꾸고 기대했다.

오늘 별이의 발길이 머문 곳은 서고였다. 서고를 지나치면서 별이의 생각이 '김씨옥수기'에 미쳤다. 아버지도 해원 스님도 가지고 있던 책이었다.

서고에는 이미 아는 얼굴이 와서 책을 읽고 있었다. 사가에서 별이를 시중들던 정 나인이었다. 싹싹하고 손이 빨라 별이를 많이 도와주었다. 별이가 반가운 목소리로 그녀를 불렀다.

"정 나인."

"박 상궁 마마님, 그간 안녕하셨사옵니까?"

정 나인이 상냥하게 웃었다.

"응, 덕분에. 자네, 책을 좋아하는가?"

"예, 그냥 소일 삼아 이야기책을 읽사옵니다."

"그래? 무슨 책이 재미있는가?"

별이는 정 나인이 읽던 책을 보았다. 이것은…… 별이가 찾던 '김씨옥수기'였다.

"잘 아시는 책이옵니까?"

"아니. 제목 정도만 안다네. 진서로 쓰인 책이라 내용을 다 알지는 못한다네. 자네가 언제 이야기해주게."

"예, 마마님. 그럼, 살펴보고 오소서. 소인은 이만 물러가겠사옵니다."

정 나인이 자리를 떴다. 별이는 더 보아도 괜찮다 말하고 싶었지만 정 나인이 서두르는 바람에 잡지 못했다. 별이는 '김씨옥수기'를 가져와 책상 앞에 앉아 읽기 시작했다.

보경당에 들른 원범은 별이가 서고에 있다는 소식을 듣고 이리 달려왔다. 독서 삼매경에 빠져 있는 별이의 뒷모습이 보이자 원범은 수행원을 물렸다. 조용히 별이에게 다가갔다. 별이는 원범의 기척을 눈치채지 못하고 책에 몰두했다.

원범은 별이의 맞은편에 앉았다. 별이는 허리를 꼿꼿이 펴고 양손으로 책을 세워 든 채 눈을 감고 있었다. 새근새근, 숨소리가 들렸다. 원범은 웃음을 참았다. 별이의 손에서 책을 뺀 다음, 몸을 책상 위로 기울여주었다. 책을 베개 삼아 잠든 별이의 얼굴을 바라보았다. 우리 별이는 자는 모습도 고우냐. 이마, 눈, 코, 입, 입술…… 곱지 않은 데가 없어 내 괴롭구나. 원범이 이마를 찡그렸다. 별이의 손을 잡고 가만히 들여다보았다.

밖이 어두워졌다. 별이는 잠에서 깨어나 빙그레 웃었다. 잠에서 깨어나니 좋은 꿈이 저를 기다리고 있었다. 제 맞은편에 원범이 잠들어 있었다. 늘 고단하고, 슬프고, 쓸쓸하고, 힘에 겨운 꿈을 꾸던 별이는 대궐에 온 이후로 감미롭고 편안한 꿈을 꾸기 시작했다. 별이가 가만히 원범을 바라보다가 원범의 얼굴에 손을 가져갔다. 이마를 쓰다듬었다.

"다 고우니라. 이마, 눈, 코, 입, 입술……"

원범의 목소리를 흉내 내며 검지로 원범의 눈썹, 원범의 눈, 원범의 코, 원범의 입술을 쓰다듬었다. 청년 원범의 얼굴이 좋았다.

"무엄하구나!"

원범이 별이의 손을 낚아챘다.

"과인의 용안과 옥체에 함부로 손을 대서는 아니 된다. 법도를 모르느냐?"

"황공하옵니다."

엄격한 원범의 모습에 당황한 별이가 시선을 피했다.

"하나 너는 예외니라."

원범이 별이의 양손을 잡아 제 얼굴을 감싸게 했다.

"박별이! 그대는 언제든지 과인의 얼굴을 만져도 좋다. 이것이 과인과 그대 사이의 법도이니라."

원범이 웃었다. 별이는 원범의 손에서 제 손을 빼내고서는 눈을 흘겼다.

"신첩은 앞으로 대궐의 법도를 준수하겠사옵니다."

"그 말에 책임질 수 있겠느냐? 내 너를 위해 보경당에 준비해 놓은 선물을 보면 내게 또 반할 터인데?"

"보경당에 선물을 준비해놓으셨다고요? 이번 무기는 좀 크고 무거웠으면 좋겠사옵니다."

"음…… 무기라……. 장차 너와 나에게 큰 힘이 되어줄 무기일 수도 있겠구나."

"혹 무쇠 도끼입니까?"

"하하하. 도끼보다 몇 갑절은 더 나은 것이다. 감격하여 내게 또 반하지나 말아라."

"신첩이 언제 전하께 반했다고 그러시옵니까?"

원범이 턱을 괴고 별이 앞으로 얼굴을 쭉 내밀었다.

"저자에서 날 처음 봤을 때부터."

"아니옵니다. 신첩이 진즉에 말씀드리고 싶었사온데 전하께서 어마어마하게 착각하셨사옵니다. 신첩, 저자에서 전하를 뵌 날은 물론, 그 이후에도 전하를 뵙고 반한 적은 단 한 번도 없사옵니다."

"그래, 여인이 사내에게 한눈에 반했다, 쉬이 말하기 힘들겠지."

"아니옵니다."

"그럼 언제 반하였느냐? 강화에서 나를 본 첫날, 그때 반하였느냐?"

"전하! 신첩은 보경당에 준비하신 무기가 무척 궁금하옵니다. 어서 보경당으로 납시옵소서."

"맞구나. 그때, 그날 반하였구나!"

"아니옵니다."

"말을 돌리는 것을 보니 그때가 확실하다. 나를 처음 본 날부터 내게 반한 게야. 하하하."

서고 문 앞에서 대기하고 있던 심규의 얼굴에 미소가 떠올랐다. 대궐 서고에서 원범과 별이가 티격태격하며 써 내려가고 있는 한 편의 이야기가 퍽 행복하기 때문이었다.

원범과 별이가 보경당 근처에 모습을 드러내었다.

"별이야!"

"언니!"

보경당 뜰에서 담장 밖을 살피고 있던 사내와 처자가 별이를 향해 달려왔다.

"누구이옵니까?

별이가 원범에게 물었다.

"우리 동무가 아니냐?"

"우리 동무요? 우리 동무라면…… 설마 한 처사, 귀순이?"

"그래. 어서 가보거라."

별이가 달려갔다. 긴 세월 동안 은규와 귀순은 몰라보게 달라져 있었다. 둘 다 어린 티를 싹 벗고, 장성한 어른이 되어 있었다. 한 처사는 수염까지 기르고 있었고, 귀순은 완연한 처녀의 모습이었다.

"귀순아! 한 처사!"

세 사람이 서로 부둥켜안으려 했으나…….

"선비님!"

노 상궁이 엄한 얼굴로 이들 사이를 가로막았다.

"선비님은 거기 계시고 소저만 가까이 와서 마마님과 인사를 나누십시오. 그리고 '마마님'이라 부르시고 존대를 하십시오. 이것이 대궐의 법도입니다."

세 사람이 엉거주춤하게 섰다. 원범이 웃으며 노 상궁에게 다가갔다.

"노 상궁, 과인은 자네만 믿고 가네. 오랜만에 만난 동무들이니 잘 부탁하네."

"가시옵니까?"

별이가 아쉬운 얼굴을 하였다.

"내 석강이 있다. 가봐야 한다."

"예."

별이는 원범이 시야에서 사라질 때까지 바라보았다.

"전하께서는 많이 바쁘시구나. 아니, 바쁘시군요."

은규가 노 상궁의 눈치를 살피며 별이에게 말했다.

"응, 많이 바쁘셔. 수라도 따로 드시고, 낮에는 잘 만나 뵐 수도 없어. 만기(萬機. 임금이 보는 여러 가지 정무)가 많아서 밤늦게야 오셔."

"하여 서운해, 아니 서운하시십니까?"

"아니."

별이가 미소를 지었다. 은규는 노 상궁의 눈치를 보며 하려던 말을 삼켰다.

방으로 들어온 세 사람은 노 상궁이 나가자마자 모여 앉았다. 후유, 은규와 귀순은 한숨부터 쉬었다. 은규와 귀순은 어떻게 된 일인지 별이에게 그간의 사정을 물었다. 별이는 소성으로서 김병운인 척한 원범을 만난 일, 두 사람이 다시 사랑에 빠지게 된 일부터 승은 상궁이 되어 입궁하고, 혼례식을 하고 부부가 된 일까지 들려주었다.

"정말 상감마마와 별이 상궁 마마님은 운명이구나."

귀순이 두 손을 모으며 감탄했다.

"두 사람이 오니 정말 든든하고 기뻐. 오래 있다 가렴. 자주자주 오고. 귀순이는 자고 가렴. 한 처사는 법도가 법도인지라⋯⋯."

"나는, 아니 저는 전하께서 좋은 거처를 마련해주셨습니다. 그 집에서 과거를 준비하라고 하셨습니다."

한 처사의 말투에 별이가 웃었다. 두 사람이 오니 참 좋았다. 친정 식구를 만나면 이런 기분일까 싶었다.

"마마님, 너 행복하지요?"

별이의 표정을 보면서 은규가 목소리를 낮추어 조심스레 물었다. 누구보다 자유분방한 별이에게 대궐의 삶이 녹록지 않으리란 생각이 들어서였다.

"대궐은 나와 어울리지 않는 곳이지만 전하께서 계시니까 힘들어도 견딜 수 있어. 전하께서 계시니까 다 괜찮아. 다 좋아."

은규는 마음이 놓였다. 별이의 진심이 전해졌기 때문이었다.

한편, 원범은 보경당을 나오면서 생각했다. 강화 시절, 영민한 말재주와 따뜻한 성품으로 늘 저를 웃기고 달래주던 벗, 한은규. 강화에서 그와 보낸 시절이 원범의 기억 속에서 스쳐 갔다. 은규, 귀순, 귀순네 아버지, 귀순네 어머니, 강화의 이웃, 그리고 별이, 스승님 박시명…… 그들과의 삶. 비록 유배 죄인의 신분이었지만 원범의 삶에서 가장 편히 웃고, 가장 편히 먹고, 가장 편히 잠자고, 가장 편히 떠들던 시절이었다.

원범은 가슴이 먹먹해졌다. 그 시절 동무를 다시 만나니 감정이 벅차올랐다. 그리고 이제는, 다시는 돌아갈 수 없는 그 시절이 사무치게 그리웠다. 긴 세월을 거쳐 다시 찾은 이 행복과 사람들을 다시는 잃지 않으리라. 반드시 강건한 군주가 되어 저들을 지켜 내리라. 원범은 다짐하면서 대전으로 돌아갔다.

4

"주상 전하 드시옵니다."

별이가 눈물을 훔치고 밖을 내다보았다. 날이 밝았다. 아직 오실 때가 아닌데…… 별이는 눈을 크게 떠 웃는 연습을 하고 일어나 원범을 맞았다. 별이를 보자마자 원범의 얼굴이 어두워졌다.

"울었느냐?"

"아니옵니다."

"울었구나."

"신첩, 슬픈 이야기책을 보다가 눈물 한 방울을 흘렸사옵니다."

"그래?"

"예."

원범의 의심스러운 눈초리에 별이가 고개를 끄덕였다.

"그래, 무슨 이야기기에?"

"'운영전'이옵니다. 궁녀와 선비의 비극적인 사랑 이야기옵니다."

별이는 핑계를 댔다. 옛날, 은규가 권하여 '운영전'을 읽어본 적
이 있었다. 눈물을 흘릴 정도는 아니었지만 기억나는 비극이라고
는 '운영전'밖에 없었다.

"내게 거짓을 말하고 있구나."

"거짓이 아니옵니다. 전하, 염려하지 마소서."

"노 상궁!"

원범이 밖을 향해 소리쳤다. 음성에 노기가 가득했다. 노 상궁
이 들어왔다.

"과인이 오기 전, 박 상궁이 무엇을 하였는지, 누구를 만났는
지, 어디를 다녀왔는지 고하라."

"방에서 책을 읽고······."

"그 전에 무엇을 하였느냐?"

원범의 음성이 날카로웠다. 별이는 노 상궁에게 아무 말 말라

눈짓으로 신호를 보냈지만 노 상궁은 별이의 눈짓 따위는 신경 쓰지 않았다.

"낙선재 뒷동산에 가서⋯⋯."

원범이 화가 난 표정으로 노 상궁의 말을 가로챘다.

"낙선재! 대왕대비전을 만났느냐?"

"그것이 아니오라 왕대비전을 만났사옵니다."

"왕대비?"

원범의 목소리가 낮아졌다. 왕대비라면 별이에게 호의적인 사람이었다. 노 상궁을 물리고, 원범은 별이에게 왕대비와 무슨 일이 있었는지 물었다.

"옛날이야기를 들었사옵니다."

왕대비는 낙선재 뒷동산에 있는 평원루로 별이를 불렀다. 별이가 먼저 알현을 청한 터였다. 왕대비는 별이를 앞에 두고 수강재를 내려다보며 생각했다.

'대왕대비마마! 결국 제가 마마보다 오래 살 것이고, 살아남은 제가 대왕대비가 될 것이고, 대왕대비가 된 제가 조선의 새로운 여주가 되지 않겠습니까?'

왕대비는 익종과 헌종이 죽고 친정 가문이 실각하면서 지금은 끈 떨어진 망석중이 신세가 되었지만 와신상담하면서 대왕대비가 사라질 내일을 기다리고 있었다. 왕대비가 수강재에서 시선을 거두고 별이를 보았다.

'아비와 연심의 사연이라⋯⋯.'

'예, 당시 일을 알고 계시는 분은 왕대비마마뿐이라고 들었사

옵니다.'

'그래⋯⋯. 당시 박시명과 연심은 출궁하여 익종 전하의 특명을 시행하였는데 도중에 자객의 습격을 받았고 연심은 다행히 몸을 숨겨 살아남았지만 박시명은 큰 변을 당했다 들었네. 그 후 구사일생으로 박시명이 깨어났지만 이미 익종 대왕께서 승하하신 뒤라 박시명도 연심도 궁궐로 다시 돌아오지는 못했다네. 그 후 민 상궁을 통해 강화와 비구니 사찰에 자리 잡은 그들의 소식을 들었다네. 내가 아는 사실은 여기까지일세. 다만 익종 전하의 특명이 저들에게 치명적인 약점이 될 만큼 중요한 일이라고 짐작할 뿐이라네.'

별이가 왕대비와 나누었던 대화를 원범에게 들려주었다.

"아버지와 스님 생각이 나서 눈물을 훔쳤사옵니다. 전하께서 심려하실까 말씀드리지 않았을 뿐이옵니다. 하온데 노 상궁까지 나무라시고 너무하시옵니다. 신첩이 얼마나 놀랐는지 아시옵니까?"

원범이 별이를 껴안고 토닥였다.

"놀라게 해서 미안하구나. 한데 내 마음을 헤아려보아라. 네가 울고 있는 모습을 보는 순간, 정신을 놓아버리게 되었다."

"전하답지 않으시옵니다."

"하니 앞으로 내게 아무것도 숨기지 말아라. 다시 한번 네 우는 모습을 본다면 미친 망나니가 되고 말 게야."

별이가 원범을 꼭 껴안으며 왕대비와의 대화를 떠올렸다. 원범에게 미처 말하지 못한 부분이었다. 별이를 울게 만든 진짜 이유이기도 했다.

'저들이라면 영상 김좌근을 위시한 안김 일문을 이르시옵니까?'

'그러하네. 그리고……'

왕대비가 다시금 수강재를 내려다보았다.

'대왕대비전을 조심하시게. 안동 김문의 최고 수장은 인자한 미소와 온화한 목소리를 띠고 발 뒤에 앉아 주상 위에서 군림하는 대왕대비전일세.'

별이는 어머니의 죽음에 대해서도 물었다. 아버지도, 민 상궁도 어머니가 역병에 걸려 돌아가셨다고 하였지만 연기처럼 스멀스멀 피어오르는 의혹은 영 가시지 않았다. 별이가 궁중 서고의 기록을 뒤져본 결과 당시에는 한성부에 역병이 없었다. 그럼에도 어머니가 굳이 저를 대궐로 보낸 이유가 궁금했다.

'자세히는 모르나 익종 대왕의 말씀으로는 자네 어머니도 저들에게 당했다고 하셨네.'

별이의 짐작이 맞았다. 하지만 별이는 원범에게 다 말할 수 없었다. 이미 박시명과 해원 스님의 죽음만으로도 원범에게 큰 짐을 안겼다. 게다가 왕대비의 말에 따르면 그 배후에는 대왕대비전이 있다. 원범은 최근 대왕대비와의 사이가 소원해졌으나 본디 효성스러운 아들이었다. 원범에게 제 일로 더는 근심거리를 안겨줄 수 없었다. 아버지, 해원 스님, 어머니의 죽음. 이는 저들의 약점을 파헤치기 위한 익종 대왕의 특명 때문이다. 그 배후에는 대왕대비전이 있다. 별이는 사건을 파면 팔수록 더 어둡고 묵직한 그림자에 휘감기어가는 것 같았다.

"별이야, 나가자."

원범이 별이의 어깨를 살포시 잡았다.

"바쁘시지 않사옵니까?"

"맨날 그 상소가 그 상소이다. 이제는 첫 문장만 보아도 읊을 지경이니라. 잠시는 괜찮다."

"어디로 납시겠사옵니까? 신첩은 오늘은 전하께 안내해드릴 후원 공부를 못 했사옵니다."

원범이 별이의 손을 잡았다.

"오늘은 낙선재 뒷동산으로 가자꾸나. 슬픈 이야기를 들은 곳이 아니라 나와 즐거운 추억을 쌓은 곳으로 만들어버리자꾸나."

원범과 별이가 일어섰다. 원범은 방을 나오면서 노 상궁의 손을 잡고 말했다.

"자네를 많이 사랑하이."

원범과 별이가 낙선재 뒷동산을 거닐었다. 별이가 왕대비와 이야기를 나눈 평원루를 가리켰다.

"올라가보셔요. 도성의 모습이 보인답니다."

별이가 원범에게 손을 내밀었다. 원범이 별이의 손을 잡고 평원루에 올랐다. 누각으로 불어오는 바람이 시원했다.

"요사이 네 덕에 좋은 구경을 많이 하는구나. 이제 네가 없이는 이 넓은 대궐에서 하루도 못 지내겠구나."

"신첩은 늘 전하 곁에 있으리니 지겹다 하지 마소서."

원범이 별이의 등 뒤에 서서 어깨를 안았다. 별이가 제 머리를 원범에 가슴에 기대고 도성을 내려다보았다.

"그대야말로 내 매일 온다고 타박하지 마소서."

신첩은 종일 전하만을 기다리는데 그럴 리가 있겠사옵니까, 별이는 말하지 못했다.

"신첩은 전하를 은애하옵니다. 전하께서 매일 오셔도 은애하고, 혹여 오시지 않아도 은애하옵니다."

"나도 너를 사랑한다, 별이야. 내 눈에 보여도 사랑하고, 내 눈에 보이지 않아도 사랑하느니라. 내게 여인은, 사랑은 너뿐이다."

"제게 사내도, 연모도 전하뿐이옵니다."

두 사람은 마주 보며 포옹을 했다.

수강재 뒤뜰에서도 평원루가 보였다. 대왕대비는 원범과 별이의 모습을 지켜보았다.

"덥다. 덥구나. 바람이 왜 이리 약한 게야?"

대왕대비는 부채를 부치는 나인을 나무랐다. 나인 두 명이 다가와 부채질을 보탰다.

"한여름에 고뿔이라도 걸려야겠느냐?"

김 상궁의 고갯짓을 보고 나인 한 명이 얼른 자리를 떠났다.

김좌근이 김 상궁과 눈짓을 하며 대왕대비에게 다가왔다. 김좌근이 대왕대비의 눈치를 살피며 물었다.

"어찌 박가 여식의 입궁을 윤허하셨사옵니까?"

대왕대비가 김좌근을 노려보았다. 일을 제대로 처리하지 못한 자네 때문이 아닌가, 라고 책망하려다 말고, 다시 평원루로 시선을 옮겼다.

"어린아이가 그간 어미, 아비도 없이 고생하지 않았습니까? 주상의 청도 있고, 저 아이의 사정도 딱하여 잠시 대궐에서 쉬라 하였습니다."

"저러다가 아들이라도 낳으면 어찌하옵니까?"

"염려 마세요. 오늘 밤 저 아이는 살아서 이 궁을 나가지 못하느니."

김좌근은 몸을 움츠렸다. 대왕대비의 말을 듣고 있자니 한여름에도 한기가 들었다.

대궐에 밤이 내렸다. 빛 한 줌 없는 그믐밤이었다. 대왕대비전의 명을 받고 수강재에 든 별이는 돌처럼 몸이 굳었다. 촛불에 어른거리는 그림자마저도 압도적이었다. 이 그림자였다. 아버지와 스님의 사연 뒤에서 뻗어 나와 제 몸을 휘감는, 불길한 그림자. 언젠가는 저 그림자가 제 목과 원범의 목을 죌 것 같았다.

"박 상궁."

"예, 자성 전하."

별이는 아랫방에 선 채로 고개를 숙였다.

"자네를 보니 주상이 생각나는구나. 주상이 처음 입궁하여 나와 대면했을 때 그때 주상의 모습도 자네와 같았다."

별이는 고개를 숙인 채 억지로 미소를 지었다.

"들어오너라."

"성은이 망극하옵니다, 자성 전하."

별이가 방 안으로 발걸음을 뗐다.

"그만."

방 한가운데에 도착하자 김 상궁이 말했다.

"절."

"그만."

별이가 절을 올리려 하자 김 상궁이 음성을 높였다.

"곡배(曲拜. 임금을 뵙고 절을 할 때 임금은 남쪽을 향하여 앉고, 절하는 사람은 임금을 마주 보지 아니하고 동쪽이나 서쪽을 향하여 절을 함)."

별이는 아차 싶었다. 곡배와 곡좌는 입궁 전에 민 상궁에게 배웠다. 왕대비전과 대비전에 문후를 올릴 때도 잘하였는데 너무 긴장하여 저도 모르게 잊어버렸다. 또 그간 웃전에 문후를 드릴 때 노 상궁이 동행하여 실수하지 않게 눈치도 주었는데 오늘은 노 상궁마저 없었다.

"황공하옵니다, 자성 전하."

"김 상궁, 너무 나무라지 말게. 부모도 없이 절에서 자랐다는데 뭘 제대로 배웠겠는가?"

"성상을 모시는 자인데 곡배와 곡좌는 기본 중의 기본이 아니옵니까? 자성 전하."

"기본을 알면 명문가에서 입궁하였을 터, 숙원의 첩지는 받았겠지. 고작 승은 상궁 아닌가. 그것도 밖에서 들인."

별이는 눈물이 쏟아질 듯하였다. 대왕대비는 물론 김 상궁마저 저를 아랫사람 대하듯 모욕하고 있었다. 저뿐만 아니라 제 집안과 저를 키워준 해원 스님까지 욕을 보였다.

'악한 사람일수록 약자에겐 강해지는 법이다. 네 두려움을 귀신같이 알아차리고 이용하려 들 게야. 그건 네 잘못이 아니라 상

대가 악한 것일 뿐이다.'

별이는 원범의 말을 떠올렸다. 하니 두려워하지 않으리라. 홀로 당당히, 약자에게 강하게 구는 악인을 상대하리라.

"곡배."

김 상궁이 다시 소리쳤다. 별이는 김 상궁의 말을 무시하고 대왕대비에게 바로 말했다.

"자성 전하, 소첩 자성 전하를 경외한 나머지 실수를 하였사옵니다. 부디 소첩의 불찰을 용서해주소서. 소첩, 절을 올리겠나이다."

별이가 절을 하고 자리에 앉았다. 별이는 고개를 옆으로 살짝 들어 대왕대비를 보았다. 대왕대비는 나이답지 않게 피부가 곱고 얼굴선이 아름다웠다. 아무나 흉내 낼 수 없는 기품과 위엄을 간직하고 있었다.

"뭘 그리 보느냐?"

"황공하옵니다. 성안이 하도 아름다워 신첩이 무례를 범하였사옵니다. 용서하소서."

별이가 고개를 숙였다.

"아름다운 이를 처음 보느냐?"

"아름다운 이는 보았으나 자성 전하만큼 기품 있게 아름다운 이는 보지 못하였사옵니다."

"영민하구나. 이 또한 주상을 닮았고. 내 영민한 사람을 아끼지. 내 품을 벗어나지 않는다면."

"신첩은 충심과 효심을 다하여 자성 전하를 공경하겠사옵니다."

"그래야지."

대왕대비가 눈썹을 실룩거렸다.

"눈매는 아비를 닮았구나. 강기(剛氣)와 의기(義氣)가 서려 있어. 들었는가? 내가 주상의 어미니. 너는 내 며느리가 되는 셈이구나. 날 어머니처럼 여기어라."

"성은이 망극하옵니다, 자성 전하."

"보경당에 있다지?"

"예, 자성 전하."

"보경당이 어떤 곳인지 아느냐?"

"가르침을 주소서, 자성 전하."

"영종 대왕의 생모인 숙빈 최씨가 기거하던 곳이다. 물론 나중엔 지아비이신 숙종 대왕께 버림받고 쫓겨나다시피 대궐을 나가 다시는 돌아오지 못했지만."

별이는 고개를 숙인 채 잠자코 있었다.

"걱정 말아라. 너는 주상의 오랜 정인이 아닌가. 설마 주상이 이 어미에게 맞서면서까지 들인 너를 내치겠느냐?"

"황공하옵니다, 자성 전하."

별이는 이 말이 적절한지도 가늠할 수 없었으나 침묵으로 일관하기도 어려웠다.

"아들을 낳아라. 그것이 미천한 너를 귀인으로 만들어주는 길이야."

"예, 자성 전하."

"알겠느냐?"

"예, 자성 전하. 명심하겠사옵니다."

"대왕대비마마, 탕제 대령했사옵니다."

밖에서 상궁의 목소리가 들렸다.

"들여라."

대왕대비의 명이 떨어지자 김 상궁이 방을 나가 탕약 사발을 들고 다시 들어왔다. 김 상궁이 별이 앞에 탕약 사발을 놓았다.

"들어라."

"예?"

별이가 눈을 둥그렇게 떴다.

"무얼 그리 놀라느냐? 왕자를 생산하게 해준다는 약이니라."

"소첩, 아직 회임은 생각지 못하였사옵니다."

"생각? 생각 따위는 네가 할 일이 아니다."

"하오나 주상 전하의 생각도 여쭙지 못했나이다."

"네 나이가 몇이며 주상의 보령이 몇이더냐? 여염집 같았으면 아들 둘에 딸 하나를 두고도 남았을 것. 너로 인하여 주상을 종묘사직의 죄인으로 만들 셈이냐?"

대왕대비의 시선을 느끼며 별이가 약사발에 손을 댔다. 약을 들라는 대왕대비의 명을 거역할 수도 없는 노릇이고, 무턱대고 약을 먹을 수도 없는 노릇이었다. 별이는 약을 먹지 않아야 한다는 직감이 들었다.

"주상이 너 때문에 정궁도, 후궁도 아니 들이겠다 하니 너라도 후사를 보아야 하지 않겠느냐? 네가 정녕 왕통을 끊을 셈이냐?"

대왕대비의 음성이 높아졌다. 별이는 약사발을 들었다.

"옳지. 식으면 약효가 떨어지느니, 어서 들어라."

대왕대비가 다시 목소리를 낮추고 달래듯 말했다. 김 상궁도 거들었다.

"자성 전하께서 박 상궁을 위해 특별히 준비하라 명하신 약일세. 어서 드시게."

"예, 자성 전하."

별이는 약사발을 든 채 대왕대비를 바라보았다. 대왕대비가 온화한 미소를 지었다. 별이는 떨리는 손으로 약사발을 입가에 가져갔다.

〈2권에서 계속〉

참고 자료

도서

김경준, 『철종 이야기』, 아이올리브, 2006

김용숙, 『朝鮮朝 宮中風俗研究』, 일지사, 1987

민승기, 『조선의 무기와 갑옷』, 가람기획, 2004

박영규, 『조선의 왕실과 외척』, 김영사, 2003

박희병, 『한국고전인물전연구』, 한길사, 1992

변원림, 『순원왕후 독재와 19세기 조선사회의 동요』, 일지사, 2012

변원림, 『조선의 왕후』, 일지사, 2006

신명호, 『조선 왕실의 의례와 생활, 궁중 문화』, 돌베개, 2002

신명호, 『조선왕비실록 : 숨겨진 절반의 역사』, 역사의 아침, 2007

심재우 외, 『조선의 왕으로 살아가기』, 돌베개, 2011

윤정란, 『조선왕비 오백년사』, 이가출판사, 2008

윤정란, 『조선의 왕비』, 이가출판사, 2003

윤호진, 『역주교감 패림 13-15』, 민속원, 2009

이덕일, 『이덕일의 여인열전』, 김영사, 2003

이덕일, 『조선 왕 독살사건 1-2 (개정증보판)』, 다산북스, 2009

이세영, 『조선후기 정치경제사』, 혜안, 2001

이승희, 『순원왕후의 한글편지』, 푸른역사, 2010

전경욱, 『한국의 전통연희』, 학고재, 2004

정원용, 『국역 경산일록 세트 : 세계에서 가장 오래 쓴 개인 일기』, 보고사, 2009

지두환 『순조대왕과 친인척』, 역사문화, 2009

지두환, 『철종대왕과 친인척』, 역사문화, 2009

지두환, 『헌종대왕과 친인척』, 역사문화, 2009

최범서, 『야사로 보는 조선의 역사 2』, 가람기획, 2003

논문

김경순, 「추사 김정희의 한글 편지 해독과 의미」, 『어문연구』, 75권, 어문연구학회, 2013,
　　p. 199-229

이기대, 「한글편지에 나타난 순원왕후의 수렴청정과 정치적 지향」, 『국제어문』, 47권 47호,
　　국제어문학회, 2009, p. 199-229

이기대, 「한글편지에 나타난 순원왕후의 일상과 가족」, 『한국고전여성문학연구』, 18권 18호,
　　한국고전여성문학회, 2009, p.315-349

이종묵, 「효명세자의 저술과 문학」, 『한국한시연구』, 10권 10호, 태학사, 2002, p.315-346

임혜련, 「19세기 수렴청정(垂簾聽政)의 특징 : 제도적 측면을 중심으로」, 『조선시대사학보』,
　　48권 48호, 조선시대사학회, 2009, p. 255-289

기타

조선왕조실록 http://sillok.history.go.kr/main/main.do